SAMAC U BRAKU

SAMAC U BRAKU

Milica Jakovljević Mir-Jam

Globland Books

Prolog

Mirna palanačka ulica razlila se kao reka, opervažena sivim i zelenkastim zgradama, prizemnim fasadama i ponekom dvospratnicom. Iza ograde zelene se šimširi, poneka tuja i kržljavi bor. Nigde buke automobila. Tek zaškripe, ili zatandrču kola, vikne đevregdžija, kokičar, salebdžija, ili seljak opsuje stoku.

Najednom se začu larma, kao da jato ptica prhnu sa strehe. Raspuštao se viši razred gimnazije. Zagasiti berei samo što ne slete sa nestašnih glavica kudrave kose, koketno nakrivljeni čak do uva. Žagor ispuni ulicu. Razgovaralo se o pismenom iz matematike. Strepnje ispuniše mnoge glavice ispod tih naherenih berea. Rešenje zadataka nije se slagalo, ali odlične učenice su išle pobedonosno, verujući u svoj uspeh.

Žagor se malo stiša ispred jedne advokatske kancelarije, kroz čije se široke prozore u prizemlju moglo pogledati unutra. Napolju je stajala bela tabla s crnim slovima:

RADMILO TOMIĆ, advokat

Dvadeset pari nestašnih, naivnih, koketnih i radoznalih očica jurnuše na prozor.

— Eno Abisinca!

Za časak se to nestašno jato umiri i pogleda crnomanjastog mladića za pisaćim stolom, crnpuraste kože, visoka i inteligentna čela, koje je uokvirivala kovrdžava kosa — gusta, puna talasa i preliva.

— Što je sladak! — prošaputa jedna garavuša. Muvale su se pod prozorom, ali kad spaziše da jedan drugi mladić priđe prozoru, privučen njihovom pažnjom, prasnuše u smeh i pobegoše, okrećući se onom drugom, koji je stajao do prozora i smešio se na njih.

— Ti i ne gledaš ovu dečicu, Radmilo — prebaci mu njegov drug, inženjer. — A znaš kako su te prozvale?

— Kako?

— Abisinac!

— Zar ličim na Abisinca?

— To i udovica kaže.

— Mani je! Ta mi stalno piše pisma.

— Rekao sam joj da si zaljubljen i da se ženiš. Ti si me i zvao da mi to kažeš.

— Jeste. Dobio sam povoljan odgovor iz Beograda.

— Od nje?

— Ne, od njene tetke. Pristaju i devojka i njeni roditelji. Prekosutra putujem da je isprosim.

— Šta, prekosutra? Pa što odmah ne kažeš! Zar ti, zbilja, hoćeš da se oženiš tom Beograđankom?

— Ja je volim. Ona je već nekoliko godina san mog života.

— Da to kaže neka žena, bilo bi mi razumljivo. Ali da se zanosiš snovima ti, čiji je ceo život bio borba, to ne razumem. Kod ovolikih devojaka u našoj varoši, gde ima i miraždžika, ti tražiš devojku po Beogradu. Bogami, pokajaćeš se.

Mladi advokat je rasejano šarao po belom tabaku:

Ljiljana... Ljiljana!

Podiže glavu i pogleda svog druga:

— Ja se nikad u životu nisam jagmio za novac i zarekao sam se da ću se, kad osiguram advokatski položaj, oženiti devojkom koju volim. Mučio sam se, ali sam uspeo ono što danas želi svaki advokat — da ima stalni mesečni prihod — ja sam sebi to osigurao kao zastupnik banke. U nekoliko većih procesa zaradio sam i kupio kuću.

— Čak si se i meblirao!

— Umesto honorara, od Jankovića sam dobio nameštaj. Njegovo stovarište nameštaja je izgorelo, pa je bio uhapšen i osumnjičen za zlonamernu paljevinu.

— Zaista, ti si ga vešto odbranio i on diže od osiguranja pola miliona, a sve što je imao u radnji nije vredelo više od sto pedeset hiljada. Mogao ti je dati nameštaj za pet soba, a ono što ti je dao ne vredi više od dvadeset hiljada.

— Vredi više. Pitao sam u Beogradu. Spavaća soba, trpezarija i još moja soba za rad.

— Zbilja, sjajno si se opremio. Još samo tvoja plava golubica da uleti u kuću. Ljiljana, je l' se tako zvaše?

— Lepo ime, zar ne? A tek nju da vidiš, pravi anđelak!

— Pa zar je tebe očarala samo njena lepota?

— Ne samo lepota. Ona je dobra devojka, iz dobre porodice; otmeni su, ali nisu bogati. Nema nikakav miraz. Imali su kuću, pa su je morali prodati. Bili su dužni.

— Pa ti njoj donosiš miraz, umesto ona tebi! A udovica ti nudi kuću, dućane, vinograd, vilu u vinogradu...

— Ostavi, molim te, udovicu! To je histerična žena.

— Pravi ajgir! Bogami, ja volim takve ženske. Izlome one tebe, ali izlomiš i ti njih.

— Gle, gle! Kako ti to pričaš i uzdišeš, a oženjen si tek dve godine, i to onako lepom ženom! Smeš li pred ženom tako da govoriš?

— Što si lud! Otkud bi smeo pred njom? Ali, to me i ubi. Pred ženom se praviš svetac, a kad god se rukuješ s udovicom — stegneš joj malo ruku.

— Ja mislim da ću biti bolji muž od tebe.

— Tako mi svi govorimo kad se ženimo. Dok ne isprosiš devojku, za tebe je brak najveća svetinja. Posle godinu dana zbijaš šalu s brakom, a posle dve godine osećaš se kao pas na lancu i proklinješ brak. Ja sam sada taj pas na lancu. Nisam zao, ali sam ljut što sam vezan.

— Ti si bio mangup i kao mladić! Uvek si zbijao šegu s brakom, a ja o braku mislim ozbiljno.

— A da li tvoja Ljiljana misli ozbiljno? Znaš li ti kakve sve tajne skrivaju beogradske devojke? Ja ni za jednu ne verujem da je poštena!

— Ja pravim razliku. Ljiljana je dobra devojka, a i roditelji su joj prilično staromodni. Ona je mlada, završila je maturu i abiturijentski kurs, ali nije bila činovnica. Znam je još od njene četrnaeste godine. Viđao sam je i poslednje godine na univerzitetu. Njen brat od tetke bio mi je drug, zajedno smo spremali ispite.

— A ti, matori student, zaljubio se u jedno derište.

— Nije to bila prava ljubav, već neko ushićenje. Sećam se kao sad. Sedeli smo u njihovoj bašti i učili. Jedna lepa, plava devojčica upade kao leptir. Duga plava kosa, krupne plave oči kao u deteta, kratka suknjica i divne nožice. Pružila mi je ruku tako ljupko da sam se sav zbunio i poljubio joj ruku. Ona se detinjasto nasmejala i pogledala me. Taj pogled me prosto opio. Zastideo sam se u tom trenutku zbog izlizanog, usijanog kaputa, starih cipela i iskrzanih pantalona. Zaželeo sam da sam gospodičić.

— Ti si uvek bio pomalo snob.

— Svi smo mi snobovi. Grdimo bogataše, a voleli bismo da smo na njihovom mestu. Kritikujemo otmene devojke, a svi želimo da osetimo miris njihovih ručica. Tako sam i ja, abadžijski sin, zaželeo da me voli lepa, otmena devojka. Ne vidim ništa neprirodno u tome.

— Podsećaš me na Napoleona, koji je carskom princezom Marijom-Lujzom hteo da oplemeni svoju plebejsku krv.

— Ne misliš, valjda, da se oženim kafedžijinom Darom i da svake večeri svraćam u kafanu kod tasta, da ispijamo po polić rakije?

— Ali taj može da ti zvecne. Za njega pričaju da ima dukate i napoleone.

— Hvala mu! Ja dovoljno zarađujem da mogu i sebi i svojoj ženi obezbediti lep i ugodan život. Čovek oseća zadovoljstvo kad ne mora da se prodaje za novac.

— Otkud to da ti tako omalovažavaš novac, kad si se toliko mučio i gladovao dok si studirao?

— Zato što sam iskusio gorčinu života i sad, kad se ženim, hoću da mi žena donese sve radosti. Žena i brak, to je za mene cilj života.

— A poslanički mandat?

— To mi osigurava položaj, a sreća u braku zavisi od mene.

— I od žene, ne zaboravi! Nije dovoljno što si ti postigao sve u životu, ako žena ne oseti tvoju vrednost. Ako te ona potceni, ti ćeš i sam posumnjati u svoju vrednost. Na tvome mestu, ja se nikad ne bih ženio otmenom devojkom, osobito ne iz Beograda.

— Nego kafedžijinom Darom ili bakalinovom Natom?

— Ima ovde i činovničkih kćeri, ima i nastavnica. Sve bi one pošle za tebe. One su ti i bliže i bolje bi te razumele. Ti i tvoja Ljiljana ste dva sveta. Ona će tebe uvek videti s onim usijanim kaputom i pocepanim cipelama, iako ti umeš da nosiš i frak i cilindar.

— E, vidiš, meni se sviđa i ta borba sa ženom. Hoću da joj nametnem sebe, da je uverim da mogu i da joj imponujem. Ja sam inteligentniji od nje.

— Kako si naivan! Misliš da žena ceni inteligenciju. Devojke cene samo bogatstvo i položaj.

— Dobro, ako hoćeš dosta sam i stekao! Mislim jednog dana i auto da kupim. Ako uspem da odbranim onoga što je ubio ženu — eto meni auta.

— Daj bože da tebe tvoja žena razume. Iz svega vidim da si ludo zaljubljen u nju. A voli li ona tebe?

— Verujem da sam joj simpatičan. Zar mora biti obostrano vatrena ljubav? Meni se sviđa da osvajam ženu korak po korak... Hoću, najzad, da vidim da li ću biti pobednik i nad ženom, kad sam uvek u životu pobeđivao.

— Da izađeš na megdan s muškarcem, onako snažan, stasit i visok, verujem da bi pobedio. Ali sa ženom se boriti — to je kao da se boriš s đavolom.

— Kakav đavo! Muškarci prave misteriju i od najjednostavnije žene. Tražiš im neke lavirinte u duši, iako imaš samo jednu običnu putanju. Imao sam prilike i na suđenjima da vidim. Nikad žena nije u stanju da se brani kao muškarac. Postaviš li joj nekoliko unakrsnih pitanja, odmah se spetlja. Žena voli ljubav, nežnost, komplimente, poklone... Ako umeš time da je obaspeš, zadobićeš je. A ja mislim da nisam ni ružan mladić.

— Pa za tobom sve ove devojčice u našoj varoši poludeše. Znaš šta kaže udovica?

— Ama, šta se neprekidno kačiš za tu udovicu! Slušaj, tužiću te Veri. Reći ću joj da pripazi malo na tebe i tu udovicu.

— Da se nisi glavom šalio! Ionako je ljubomorna. Kad dođe udovica, sve navraćam vodu na tebe. Đavolsko ženče! Nedavno mi je rekla: „Bio bi mi i ujed sladak od Radmila... Oni njegovi zubi! Kao u mladog psa!"

Advokat se glasno nasmeja, a na njegovom tamnom licu blesnuše dva reda belih zuba.

Napolju se ponovo začu graja ženskih glasova.

— Opet ona dečica. Uh, što ih volim! Sve čvrsto i već zrelo za ljubav. Da ga samo prstom pipneš — plamen!

— Baš si gadan! To su deca. Balavice. Kakva ljubav!

— Kakve balavice? Čim ono onako zategne suknjicu preko kukova i vrcka se — zna ono svoju vrednost.

Jedna grupa prođe i zagleda se u prozor kancelarije mladog advokata. U prolazu doviknuše nekoj iza sebe:

— Tatjana, Tatjana! — očima su joj pokazivale prozor.

— Viču ono tvoje komšiče. Slatko devojče! Prosto te preseče onim krupnim crnim očicama. A tek one duge pletenice! Dobijaš volju da ih obaviješ sebi oko vrata i da je ugrizeš.

— Konstatujem da si mator. Gledaš decu.

— Pogledaj je samo!

Visoka, lepo razvijena devojčica, crnih krupnih očiju — pravi južnjački tip — išla je zbunjena i rumena, čisto se saplićući. Ona baci bojažljivi pogled na „Abisinca", koji je rasejano šarao po tabaku ime *Ljiljana*.

— Ovako nešto kad vidim, zažalim što nisam momak! — reče inženjer Voja Marković i pogleda na sat. — Moram da idem. Moja Verica već izviruje kroz prozor. Zaračunava mi svaki minut. Hoćeš li i ti?

— Čekam pisara. Otišao je u sreski sud da vidi za jedno ročište. Stalno odlažu. A treba i jedan priziv da napišem po onoj presudi gospođi Marković oko testamenta.

— Dakle, prekosutra ideš u Beograd? Želim ti uspeha! Ako ne budeš srećan, sam ćeš biti kriv. Ovde si mogao dobiti najbolju devojku, ali ti hoćeš otmenu Beograđanku!

Inženjer se udalji.

Uto stiže i advokatski pripravnik.

— Suđenje je određeno za 25. mart. Po onoj parnici oko placa neće da čuju da se izravnaju.

— Ništa, teraćemo ih. On je zauzeo tuđi plac, čitav metar i po.

Ogromna dosijea, prepuna raznih parnica, stajala su na stolu. Advokat je nešto pregledao.

— Sad možemo ići — obuče svoj crni zimski kaput, stavi šešir na glavu, navuče kožne rukavice i izađe iz kancelarije. Na uglu ulice su stajale gimnazijalke, i advokat se osmehnuo u sebi.

Vragolaste očice, spremne da se bace na njega, ljutito blesnuše kad on pređe na drugu stranu ulice.

— Uobraženko!

Radmilo im dobaci letimičan pogled. Njegove meke sjajne crne oči na garavom licu kao da ih odobrovoljiše.

— Tatjana, evo ti simpatije! Komšija! Blago tebi, viđaš ga svaki čas.

— On se ženi! — reče jedna plavuša.

Tatjani nešto zastade u grudima.

— Šta se mene tiče što se on ženi? — odgovori tobož ravnodušno i oprosti se brzo s drugaricama, maturantkinjama, bojeći se da ne primete njene zamućene oči.

— Čekaj, Tatjana, zajedno ćemo! — zovnu je Olgica.

Nekoliko pramenova snega dolete iz vazduha. Najpre lagano, pa sve brže, sneg poče da pada.

— Što je lepa Radmilova kuća! Vidi samo kako su divne zavese! Sve je namestio — šapnu Olgica.

— A kojom se ženi?

— Kažu da voli neku devojku u Beogradu... Jednu otmenu i vanredno lepu devojku. Moj brat zna. Iz ljubavi se ženi.

— Zbogom! — reče Tatjana, ulete u svoju kapiju, utrča u sobu i baci nervozno knjige. Kako je u tom trenutku mrzela školu, nastavnice, rečnike, lektiru, tu prokletu matematiku i ceo svoj život.

— Jesi li odgovarala francuski, Tatjana? — brižno je upita mati.

— Nisam.

— Kako nisi! A gospođica Petrović mi je obećala da će zamoliti Miloševićku da te prozove. Treba da popraviš ocenu iz pismenog. Govorila sam ti da ne kriješ od mene ako nisi znala.

— Šta imam da krijem! — obrecnu se kći. — Uvek samo pitaš: „Jesi li odgovarala?" Kad budem odgovarala, kazaću ti.

— Dobro, pa što se izdireš na mene? Zašto ne kažeš lepo? Šta li je to s tobom u poslednje vreme? Samo plačeš! Sve ti nešto nije pravo. A ako kome treba da bude krivo i da se sekira, to smo mi, roditelji. Pitam te jer brinem, matura ti je pred nosom. Oh, da mi je samo tu tvoju maturu da skinem jednom s vrata!

Kći dočepa francuski rečnik i ode u svoju sobu.

— Ne znam šta je ovoj našoj Tatjani? — obrati se mati ocu. — Onako krasno i dobro dete, sasvim se izopačilo. Tako je ludo i nervozno, ništa ga ne smeš ni upitati.

— Ostavi je! Takvo je danas vreme. Deca su nervoznija od roditelja i više se roditelji plaše dece, nego deca roditelja.

— Ne mogu da je ostavim kad je naređala dve jedinice. Po čemu je težak taj francuski? Hajd' matematika, još i mogu da razumem, ali jezik je bar lak! Samo da zasedne i nauči. Baš je muka s tom decom i njihovom školom! — uzdahnu mati.

Tatjana je sedela za stolom i čitala reči, po deseti put čitala je iste reči: *epruve, la konket, konžedije, kapti*... I te reči su joj bile tako daleke i nepoznate, kao da nije francuski već kineski. Pred njom su među onim rečima blistale oči advokata Radmila. Već pet meseci joj ne izbija iz glave. On joj kvari ocene na pismenim zadacima, ne da joj da na miru uči lekcije, uznemirava joj noću san. Otkud da kupi kuću baš do njihove? Pet meseci ga stalno viđa. Čeka na prozoru kad će izjutra da izađe, kad će uveče da se vrati. Od najobičnijeg pogleda rasplitala je čitave snove: da završi maturu, da se uda za njega... ona je najlepša devojčica u razredu, svima se dopada, dobacuju joj, mora se i njemu dopadati. Samo, on je gord! Ali to što je gord, još više ju je privlačilo. A njeni roditelji, i ne sluteći kakvo dejstvo imaju njihove reči, stalno su ga hvalili: „Jedinstven mladić! Kupio kuću. Pravi domaćin! Niti pije niti lumpuje. Najbolji advokat! Mlad, a stekao toliku klijentelu!"

Te reči su se uvlačile u njeno srce, zaluđivale je, on je postao njen vitez, princ, ideal. A maločas one strašne reči: „On se ženi!" Bacila se na sofu, zagrizla zubima jastučić da naglas ne zajeca. U tom času su francuski i matematika bili daleko od nje kao Kineski zid i ona je verovala da nikad neće položiti maturu.

Plava Ljiljana

Zrak sunca provlačio se kroz prozor i osvetljavao jednu lepu plavu glavicu, koja je izvirivala ispod ružičastog pokrivača. Bila je okrenuta zidu, pa joj se lice nije videlo. Video se samo beli vratić, koji se izvlačio iz okovratnika ružičaste pidžame. Linija tela se ocrtavala ispod pokrivača i naslućivala se vitkost mladog tela.

Negde u kući sat iskuca devet. Mati je u drugoj sobi izdavala naredbe:

— Požurite s pijace! Ja ne znam, Lizo, šta radite na toj pijaci. Nema vas po sat i po. I cenkajte se. Nemojte kao onomad — dva dinara kilo spanaća, a devojka gospođe Jovanović platila dinar kilo!

Plava glava se pomeri na jastuku. Spavalica se okrete na leđa i ukaza se lice mlade devojke. Sanjivo se otvoriše velike plave oči i zagledaše u sliku na zidu. Fine tanke obrve malo se skupiše, kao da ih napušta neka neprijatna misao. Oči se sklopiše, ali ostade bora na čelu. Setila se svog sinoćnjeg razgovora s ocem i majkom. Mnogo su hvalili tog palanačkog advokata. Da se uda za njega! Ona? Da živi u palanci i pođe za čoveka koga nije ni pomišljala da voli. Prisećala ga se... Beše ga videla letos. Strašno crnomanjast, gotovo grub. Kosmat! Čudna neka kosa! Malo se pribojavala njegovih crnih očiju. Seća ga se i kad joj je poljubio ruku kao devojčici. Čisto se zgadila na taj poljubac. Mladić joj je izgledao tako bedan! „Sjajan advokat!", seti se očevih reči. Kao da je ženi potreban advokat i njegov govornički talenat, a ne muž.

Skočila je iz kreveta, zabacila glavu i ljutito ponovila u sebi: „Neću! Neću da se udam za njega! Ja volim Momčila! Zašto me on ne zaprosi? Ne, danas moram sve to da raščistim!"

Brzo zbaci pidžamu i ostade naga pred ogledalom. Posmatrala je svoje divno, vitko telo savršenih linija. Stresla se pri pomisli da bi je taj advokat mogao i rukom dodirnuti. Oblačila se, umivala. Uze češalj da razmrsi plave kovrdže. Mali prćasti nos lepo je pristajao uz njene okrugle detinjaste oči.

Mati uđe u sobu:

— Ustala si, Ljiljana? Kako si spavala?

— Boli me glava.

— I meni jutros nije dobro — požali se mati. — Juče sam sigurno nazebla na onom parastosu. Jesi li, Ljiljo, razmislila o onome što smo sinoć razgovarali? Bogami, svi kažu da je krasan mladić.

— Možda, ja ne sporim, ali ja ga ne volim! A želite li vi da se ja udam za nekog koga neću voleti? Za mene bi takav život bio prava patnja.

— Ama, zavolećeš ga, Ljiljo! To je fini mladić. Voli te. Ništa, apsolutno ništa ne traži. Toliko samo: posteljne stvari, dušeke i jorgane. Gde da nađeš danas takvog mladića?

— Vama je važnija, vidim, materijalna strana braka, a da li ću ga ja mrzeti, voleti, biti nesrećna s njim — to vam je sasvim svejedno. Glavno je da se udam za njega da vas to ne stoji skupo.

— Nemoj sine, tako govoriti. Zar su danas najsrećniji brakovi iz ljubavi? Vole se, ginu jedno za drugima, pa posle dve godine pred konzistoriju. Treba gledati karakter čoveka. A taj mladić je dobar, pošten. Ja nalazim i da je lep, elegantan. Jedna pametna devojka nikakve mu mane ne bi mogla naći.

— A pošto ja nisam pametna, nalazim mu mane i za njega je bolje da me ne prosi.

— Ti si pametna devojka — naljuti se mati — ali ja znam šta je kod tebe. Poludela si za onim Momčilom. On je tebi zavrteo pamet. A što te nije zaprosio? Dve godine se viđate u društvu. Koliko me je njih pitalo: „Je li se vaša Ljiljana verila s njim?" A mene stid. Ne znam šta da kažem. Ti se nadaš da ćeš se udati za njega, a ja ti kažem da te on neće uzeti. To je jedna mangupčina! Beogradski sin! Troši očev novac. Kad to proćerda, šta će onda? Tako je nalickan i nakolmovan! Po barovima lumpuje s varijetkinjama i razbija flaše šampanjca. Čuo je tvoj otac sve o njemu. Zar takvog muža želiš?

— Nije on takav, to je laž! On mene voli i on je otmen mladić, a ja volim svet u kome mi živimo. Ovde sam odrasla. Navikla sam se na ovo društvo. A vi me terate u palanku.

— A meni je, vidiš, ovo otmeno beogradsko društvo dojadilo. Svuda samo laž i ogovaranje.

— Sad govoriš tako zato što nemamo više novaca i što smo se zadužili. A ranije nisi tako govorila. I ti si volela taj otmen svet.

— Volela sam, ali sam se razočarala.

— I hoćeš mene da udaš za palanačkog advokata. Da živim u nekoj palanci, da umirem od dosade! I to za čoveka koga još i ne volim...

— Dobro, Ljiljo, neka bude kako ti želiš. Nemoj se udavati za njega, odgovorićemo mu da ga odbijaš. Ali zapamti: ovakvu priliku za udaju nećeš više imati. Svaki traži miraz, a ti nemaš ništa. Ne gledaju muškarci samo lepotu. Ti si lepa, pa što ne jure da te prose. Nego, čim čuju da nemaš ništa, odmah se izgube.

— Zašto me niste dali da budem činovnica? Ja sam mogla da se zaposlim. Bila bih srećnija.

— Jest', a onda bi svi graknuli na nas kako otimamo mesto sirotinji koja nema hleb. Eto, onu generalovu ćerku su otpustili. I tebe su otpustili. Zar nije bolje da se udaš. Nemoj, Ljiljo, da budeš takva! — govorila je mekše mati. — Razmisli, sine. Ne moramo odmah da mu odgovorimo. Treba i ti sama sebe da ispitaš. Ali, ja ti kažem, bićeš srećna s tim mladićem. Ima lepu kuću, baštu. Pa šta ako je palanka? Devojka misli na provod, a kad se uda, onda joj je kuća provod. Pa ćeš biti mati, i ti voliš decu. Čim žena postane majka, ona se preobrazi.

Ljiljana spusti glavu na ruke i tiho zaplaka. Mati ju je milovala po kosi i tešila:

— Hajde da doručkuješ. Hoćeš li jedno rovito jaje?

— Neću. Samo belu kafu. Ne mogu.

Mati uhvati za kvaku, zastade i okrete se:

— Doveče će doći tetka-Dragin Dragiša. On je drug tog advokata. Ispričaće ti sve o njemu.

— U koliko sati će doći?

— Ne znam. Možda posle večere. I Draga će doći s njim. Oni se oboje raduju da se ti udaš za tog mladića.

Mati izađe. Ljiljana je nepomično sedela na stolici. Najednom se nervozno strese i odlučno ustade: „S Momčilom se moram danas videti. Sve ću pitati.”

Uđe u trpezariju, zaviri u spavaću sobu. Majka je bila u kuhinji. Ona brzo priđe telefonu. Nađe broj.

— Alo! Ko je tu?... A, baš dobro. Tebe, Momčilo, tražim. Možemo li posle podne da se nađemo?... Tvojoj kući da dođem?!... A gde su tvoji roditelji?... Kad su otputovali?... A ti si sam kao u garsonjeri?... Imam nešto da razgovaram s tobom. Hoćeš li biti sam? Ne sme niko da me vidi... Ti da otvoriš vrata... Čućeš. Nešto vrlo važno... Dobro. U pola šest.

***

Glave zagnjurene u krzno kaputa, Ljiljana se brzo pela stepenicama. Osećao se neki prijatan miris na stepeništu, kao da je prošao neko naparfemisan. Brojala je spratove. Dođe do trećeg. Vide mesinganu ploču. Bojažljivo pritisnu zvonce. Razleže se zvuk. Začuše se koraci, vrata se otvoriše i ona uđe.

— Ovo je divno iznenađenje, Ljiljana! I tako zgodna prilika. Sami, potpuno sami. Mala moja, ti si jedinstvena! Sad si mi dala dokaz ljubavi, a bogami, počeo sam bio da sumnjam. Skini kaput.

— Neću. Ostaću u kaputu.

— Šta to znači? Daj, ja ću da ti ga skinem. Što me tako gledaš? Nećeš ni da se nasmeješ.

— Danas mi nije do smeha. Nisam raspoložena.

— Ali kad si sa mnom, ti ćeš se raspoložiti. Srce moje malo!

On je uhvati za bradu, ona se trže, odmače i sede na fotelju. Plavi mladić, ondulirane kose, bledunjava lica, napudrovan i malo narumenjenih usana, uvek se smešio i zabavljao na pućenje ove male. Uvek je tako u početku. Devojka neće da izgleda kako je došla zbog onoga na šta misli mladić, pa voli da se pravi malo važna i gorda. Mislio je da sad ima prava da bude i drzak, pa dočepa Ljiljanu za ramena, da bi je privukao u zagrljaj. Ona naglo ustade, odmače se i bez uvoda otpoče:

— Momčilo, došla sam nešto da te pitam. Hoćeš li ti sa mnom da se ženiš?

Mladić se trže, iznenađen, ali brzo sakri svoje iznenađenje ispod ironičnog osmeha:

— Gle, devojčica hoće da se uda! I došla da me zaprosi. Zbilja smo moderni! Devojke prose mladiće. Divno!

— Kad se oni ne odlučuju da zaprose devojku, onda moramo mi njih. Dakle, najozbiljnije te pitam: hoćeš li sa mnom da se ženiš?

— Ovo ispade ultimatum. Šta sleduje zatim?

— Sleduje, Momčilo, da ja hoću da učinim kraj ovoj našoj vezi. Ili da budem tvoja žena, ili da se raziđemo.

— Gle, gle! Kako je ona samo energična! I to moja mala Ljilja. Da me druga koja devojka prosi, ja bih joj umeo odgovoriti. Ali ti, mala Ljiljana, koja mi je uvek bila baš zato simpatična što nikad nije ni pomišljala na brak, a kamoli postavljala ovakav ultimatum — to me zaista iznenađuje. Tebe je neko kod kuće naljutio, pa si kazala: „Hoću odmah da se udam!" Je li tako?

— Niko mene nije naljutio, nego ja hoću jednom da budem načisto s tvojim osećanjima.

— Zar tek sad? A dve godine nisi znala da si ti jedina devojka koju volim!

— I koju neprekidno varaš. Sve ja znam. Toliko sam prepatila za ove dve godine. Ludo te volim, a ti mi neverstvom uzvraćaš ljubav. Jednog dana si mene uveravao da me voliš, a sutradan se drugoj udvarao. Moje prijateljice su se uvek trudile da mi to dostave i da mi zadaju bol.

— Mila moja Ljiljana, ti si danas tako nervozna. Skini kaput i sedi ovde na divan. Moji poljupci će te umiriti.

— Varaš se. Ovog puta me tvoji poljupci neće umiriti. Uvek si me smatrao derištem koje je dovoljno poljubiti pa ga umiriti. Ali, nikad se nisi trudio da dublje zaviriš u moju dušu. A da si to učinio, video bi koliko je očaja u mojoj duši.

— Sirota moja mala! Kakve tragične reči! Zar ti očajavala? Ti si dete. Šta si ti imala da patiš? Imaš tako divne oči, koje najviše volim kad su nasmejane. Bio sam očaran kad si mi javila telefonom da dolaziš. Svu sam poslugu oterao od kuće da bih bio sam s tobom.

— Nisi morao. Ja ću odmah da idem.

— Šta? Da ideš odmah? Kad bih te ja pustio. Dopusti da ti skinem kaput. Neću te odavde tek tako pustiti.

— Ostavi me. Da me nisi pipnuo! Dosta je meni tvojih obmana, laži i ironije.

— O, kako samo ume da se nakostreši! Ali i to ti lepo stoji. Hoćeš da me ogrebeš. Evo, pružam ti obraz. Ti si moje slatko dete!

— Momčilo, slušaj. Nemoj sa mnom da zbijaš šalu. Pitam te još jednom: hoćeš li da me uzmeš za ženu? Da ili ne!

— Kad baš hoćeš, onda i da i ne!

— Šta to znači?

— Oženiću se tobom, ali sad još ne mogu. Prvom prilikom, čim osetim da sam ozbiljan kandidat za ženidbu, oženiću se tobom. Zar moramo žuriti? Tebi je dvadeset godina, a meni dvadeset šest. Imamo vremena još četiri godine. Tada ću ja imati tridesetu, a tebi će biti dvadeset četvrta. Najbolje godine za brak! Pristaje? Jesmo li se sporazumeli?

Ona ustade s fotelje.

— Ako misliš da me možeš ubediti tim svojim šalama, grdno se varaš. Ja sam došla da te pitam zato što — ako ti nećeš da me uzmeš za ženu — udaću se za drugoga.

Gledala ga je pravo u oči, da bi procenila dejstvo svojih reči.

Mladić se ironično nasmeši i sleže ramenima.

— Nemam ništa protiv. Ako si našla dobru priliku, udaj se!

Njene plave oči su ga ukočeno gledale.

— Sad si najiskreniji. Iskazao si ono što si uvek mislio. Mogu da se udam. Čak bi ti to bilo i prijatno, i još bi častio i pričao kako ti se devojka udala.

Glas joj je drhtao. I usne su joj podrhtavale.

— Šta ja mogu? Ako si našla boljeg čoveka, ima li smisla da te odvraćam? Naprotiv, udaj se! Time ti dokazujem da nisam sebičan — kad te se odričem radi tvoje sreće.

— Pravi si lažov! Ne odričeš se ti mene radi moje sreće, nego zato što me ne voliš. Osećam da bi bio čak srećan da se ja udam...

— Ne bih pevao, ali možda ne bih ni plakao. Mi muškarci smo navikli na sve kaprice devojaka. One iz kaprica vole, iz kaprica se udaju. I ti si kapriciozna.

— Ti zoveš kapricom moju ljubav i moj bol.

— Svakako. Čim hoćeš odmah da se udaš za drugog, to nije ljubav, već kapric. I ovim tvojim ultimatumom dokazuješ da me manje voliš.

— Ti si cinik. Svaku reč izokrećeš u svoju korist, i još me vređaš. Uvek si bio bezdušan. A ja sam bila neiskusna i ludo sam te volela.

— A zar ja tebe ne volim? Jesam li ikad pomenuo da ću se oženiti drugom devojkom?

— Lažeš! Nisi me voleo. Da me voliš, ti bi me uzeo za ženu. Dopustio si da se ponizim, da te sama pitam. A ja sam to učinila iz očajanja. Moji roditelji ne dopuštaju više da se zanosim tobom. I ja sama sad uviđam koliko si neiskren i sebičan. Svaki dan mi donosi po jedno poniženje i patnju. Čemu vodi ova ljubav? Vidim toliko rđavih primera oko sebe. A ja sam zamišljala brak s tobom, sreću da živim za tebe! Da imam kuću, decu! Nisam ni s kim koketovala, ni s kim flertovala. Dve godine svaka moja misao pripada tebi. A ti si se igrao s mojim osećanjima. Ja sam za tebe bila samo jedno derište.

— Mila moja, kakva je sad to scena? Govoriš kao na pozornici! Šta ti to pričaš. Brak, kuća, deca! Zar vezuješ našu ljubav za brak? Mi se volimo dve godine, a da smo se uzeli možda bismo se do sad i rastavili. Brak je glupa konvencionalnost. Vredi li onda ženiti se i udavati?

— Za tebe je možda glupost, ali za mene je brak nešto najlepše u životu. Hteo bi da se vučem po tvojim garsonjerama, da budem danas tvoja sutra drugoga, da me jednoga dana svi ostave, ismeju.

— Ko ti to kaže? Kakvi su to nakaradni pojmovi! Devojka će pre osvojiti i zadržati muškarca ako mu pruži i fizičke naslade. Slobodnu ljubav treba izgrađivati, a ne brak. Kroz slobodnu ljubav dolazi se do potpunog duhovnog zbliženja. Ko li te je zatrovao tim zastarelim pojmovima? Treba biti moderna devojka, i shvatiti život novog društva. A ti se mučiš nekim starinskim predrasudama. Zato si tako nervozna. To je histerija, potreban ti je muškarac.

— Varaš se. Nije ovo histerija, nego moja čista idealna ljubav prema tebi, koju ti, nažalost, nisi umeo da ceniš. Zbogom! Od danas je među nama sve svršeno. Ja sam derište za tebe, ali uverićeš se da umem biti i energična. Kad me ti nećeš, udaću se za drugoga.

— Hm, hm — smeškao se. — Čudna si ti devojka. Pa, udaj se! Samo, neću te pustiti da mi tek tako izletiš iz kuće. Jedva sam te uhvatio. Dok te poljubim, već ćeš se umiriti.

— Ako se usudiš da me dotakneš, napraviću uzbunu u celoj kući.

Mladić se namršti.

— Sad se pokazuješ u pravoj boji. Dakle, kod svih devojaka svodi se na isto: da me uzmeš za ženu, ili ću ti baciti vitriol u oči! Da nisi slučajno ponela i neku flašicu vitriola? Moram biti na oprezu.

— Budi spokojan! Moja ljubav prema tebi bila je suviše velika da bih ti mogla učiniti ikakvo zlo. Zbogom! Više se nikad nećemo videti!

— Koješta! Šta to buncaš? — stiže je upravo kad beše uhvatila za kvaku.

Steže je u zagrljaj i gotovo baci na sofu.

— Da ti samo znaš koliko ja čeznem za tobom! Uvek me uzbuđuješ.

Ona ga odgurnu i izmigolji se iz njegovog naručja. Snažne ruke mladićeve ponovo je dočepaše, ali ona ciknu, gurnu ga i skoči s divana. Polete vratima, ali joj cipela spade s noge. Hitrim pokretom mladić dohvati cipelu i nasmeja se.

— Možeš da ideš, ali cipelicu ti ne dam!

— Slušaj, cipelu ćeš mi odmah dati!

— Nećeš je dobiti. Skini taj kaput. Došla si samo da me razdražuješ.

Ona je sva drhtala. Kroz staklena vrata ugleda otvoren prozor u drugoj sobi. Jedna strašna misao je zaslepi. Zašto da ne umre? Šta će joj ovakav život. Baciće se kroz prozor!

Mladić joj se približavao.

— Milo moje, zašto si takva? Što ne budeš bar jednom pametna i prirodna?...

Nije dovršio. Ona odgurnu staklena vrata i u tren oka se nađe kraj prozora. Već se penjala, ali mladić je bio brz kao munja. Dohvati je oko pojasa, povuče unazad i utrča s njom u sobu.

— Još mi samo to treba! Da se baciš kroz prozor. Glupačo mala! Mislio sam da si pametnija, a ti hoćeš skandal. Zaista, inteligentna devojka!

Pribra se i umiri, gledajući njeno uzbuđeno lice. Zatim poče da je stišava:

— Šta sve ovo znači? Dobro, daću ti cipelu, ali smiri se.

Zvonce zazvrja. Oni se trgoše.

— Hoću da idem!

— Sad ne možeš! Ne znam ko je. Tiše! Nemoj tako glasno!

Ona ućuta. Bila je sva zažarena u licu. Srce joj je lupalo. Pogled joj je bio zamućen od suza. Osećala je da će briznuti u plač.

Zvonce je i dalje zvonilo. Mladić je ćutao. Začu se kucanje na vratima. Potom se stiša.

— Da vidim ko je dolazio — priđe prozoru i pričeka. Trže se kao oparen.

Ljiljana dohvati cipelu i vide kako se Momčilo trže od prozora, iznenađen. Ona ugrabi taj momenat, izlete u predsoblje, otključa vrata i izađe.

— Ljiljana, nemoj sada da ideš, vrati se!

Ona se i ne osvrnu. Silazila je, a sve joj je bilo mutno pred očima. Opet je osetila parfem. Jedno dete je trčalo ispred nje. Zastade na odmorištu da popravi kosu. Otvori tašnu i pogleda u ogledalce. Oči su joj bile pune suza. U grlu je stezalo. Pođe lagano, da bi se umirila. Noge su joj klecale. Izađe na ulicu. Malo dalje šetkala je neka devojka. Ljiljana oseti kako joj srce jače zalupa. „Ona, ona je zvonila! Za nju su pričali da dolazi Momčilu!” To je bila jedna od onih devojaka što su stalno na korzou i po garsonjerama.

Devojka odmeri Ljiljanu od glave do pete s ironičnim osmehom, kao da joj govori: „To si ti, dakle, bila tamo. Krasna si mi ti devojčica!”

Ljiljana brzo pođe. Bila je nesigurna na nogama, ali je išla žurno. Nešto je ipak zadrža. Neka nagonska sila. Okrete se. Vide kako ona devojka uđe u Momčilovu kuću. Ona steže pesnice. „Idem da vidim! Hoću da se uverim. Hoću samo dve reči da mu dobacim!” Pođe trčeći, da se ne bi predomislila. Uđe u kapiju, ali je odjednom obuze malaksalost. Osloni se na mermerne pločice. Sva odlučnost naglo iščeze. Dođe joj sve to gnusno, odvratno. Zar ona da špijunira nevaljalce! Šta još ima da traži? On joj je sve kazao. Njemu je svejedno: ona ili ova druga! Hteo je nju da ljubi, a ova će ga zadovoljiti. Kako su devojke jadne! Zadovoljavaju se otpacima osećanja koja im ostaju od života mladića sa svakojakim ženama.

Žurno izađe iz kuće. Išla je brzo, samo da ode što dalje. Jednu sliku nije mogla izbiti iz glave: njih dvoje su u onoj sobi sami! Čovek koga ona toliko voli sad grli drugu... Tramvaj protutnja. Dođe joj misao: baciti se na šine i umreti! Instinkt samoodržanja je ipak zaustavi. Produži dalje. Luta ulicama, ne vidi nikoga. A koliko sveta, mladića, devojaka. Svi je zagledaju, neki dobacuju. Mladi oficiri žure na korzo i bacaju prema njoj vesele sjajne poglede. Iz Devojačke ulice iskaču nestašne glave gimnazijalki. Zastajkuju, smeju se, okreću...

Ah, i ona je bila tako srećna pre dve godine! Kako je zamišljala život i ljubav! Posle je na žuru srela Momčila: kavaljer, laskavac, slatkorečiv! Umeo je da je zaludi komplimentima, da je steže igrajući tango, da vrele prste pripija uz njen stas. Zavolela ga je. Zašto? To nije znala. Nije mislila na njegovo bogatstvo. Volela je njegove plave oči i fini osmeh. Bila je kao pod hipnozom. Volela ga je iako ju je varao. Obožavala ga je, mada je znala da je nestašan i laskavac. Posle plača i očajanja, do kojeg su je dovodile njene drugarice pričajući o njegovim flertovima, još ga je više volela. A njemu je sve to laskalo. Sebičnjak! Uživao je u njenoj zaljubljenosti, a nije hteo da bude častan i da kaže: „Slušaj, mala moja devojčice, nemoj se zanositi ljubavlju prema meni. Ja sam pokvaren, nisam dostojan tvoje čiste ljubavi.”

Zašto muškarci tako ne kažu ludim zaljubljenim devojčicama? Zašto i kad znaju da će raskinuti devojačko srce, uživaju očekujući taj trenutak? Njeno je srce zaista smrvljeno. Rekao je poslednju reč. Neće se njome oženiti. Pred njom je drugu primio u kuću. Stezala je zube u očajanju. Mrzela je i sebe i svoju ljubav. I sad treba da se uda za drugoga! Ovako izmučena, duševno bolesna, očajna. Da se uda? Zar je taj bolji? Zar i on nije muškarac? Osetila je želju da se sveti, da na nekome iskali svoje patnje, poniženja i razočaranja. Da, osvetiće se, udaće se za njega! Ali ga neće voleti. Neće! Neka i on pati. Neka bar jednom muškarcu ona zada bol!

Uđe u tramvaj. Nije mogla više da ide. Sela je malaksalo. Jedan mladić je sedeo preko puta nje. Sva se stresla, uplašila od pomisli: „Tako će mi i onaj biti tuđ, nepoznat. Strašno je crnomanjast, kosmat! Oh, ne mogu, ne volim ga! Kako da budem njegova žena?”

Blizu kuće spazi mamu na prozoru. Izvirivala je čudeći se što nema Ljiljane. Devojka pomisli kako zbog roditelja mora da se uda. Ali ne samo zbog njih već i zbog njega, Momčila. Njemu mora da se osveti. I njemu i tom drugom koji je prosi. Zašto je prisiljavaju da se uda? Zašto je ne ostave da bar zaleči rane. Ona je sad bolesnik, težak bolesnik. Kako će podneti muža? Svaki njegov dodir biće joj odvratan. Oh, to je strašno! Ali neka, udaće se, zadovoljiće roditelje i osvetiti se svima! A posle? Šta će biti posle? Neka bude šta god hoće.

Pela se uza stepenice. Klavir na prvom spratu svirao je neki monoton šlager. Uvek jedno isto. Odnekud se čuo i radio. Stalno sevdalinke! Ti dosadiše sa sevdalinkama. Negde struji voda u kupatilu. Mirišu šnicle. Koliko raznih mirisa i zvukova u tim višespratnicama. Noge su joj teške. Jedva stiže na treći sprat. Samo da legne, da se isplače.

— Gde si bila, Ljiljo? — upita je nežno mati.

— U bioskopu.

— Šta si gledala?

— Gledala sam... gledala — priseća se šta da kaže.

— Je li lepo?

— Prilično.

— Sad će da dođu Dragiša i Draga. Tata ima nešto lepo da ti kaže; on je u trpezariji.

Otac je čitao novine. Njegova lepa proseda glava, s finim profilom, pojavi se iza novina.

— Ljiljo, hteo sam ti reći da mi je danas jedan advokat sve najlepše ispričao o Radmilu. Uskoro će biti i narodni poslanik.

Ona je ćutala.

— Pa šta si mislila?

Njene detinjaste plave oči zaustaviše se na očevoj lepoj sedoj glavi. Osetila je brižan pogled i nežnost roditeljsku. Nešto se u njoj lomilo. Htela je da vrisne, da poleti tati u naručje, da zajeca: „Ne mogu! Ne mogu, tata! Ne volim ga! Strašan će mi biti život s njim. Nemoj me udavati. Pustite me da budem činovnica. Nađite mi službu, biću srećnija. Moje je srce smrvljeno od ljubavi!" Ali, nešto se otkine od nje, kao da se sav bol sjuri u neki tamni bezdan njene devojačke duše da tu tinja, a ona bledih usana prošaputa:

— Javite tom advokatu neka dođe da me zaprosi. Udaću se za njega.

Žrtva pod mirtinim vencem

Kad se između dva reda elegantnih ljudi i žena pojaviše mlada i mladoženja, u crkvi se začu komešanje i žubor glasova. Ona je išla oborenih očiju, svečana pod belim velom, kroz koji su se plavile njene oči kao nebo kroz prolećne oblake. Zlatna kosa sijala je kao svileni oblak oko njene glave. Svila divne bele haljine naglašavala je njene obline, koje su se isticale svežinom mladosti. Pokraj nje je išao mladi advokat — visok, utegnut, s belim kamašnama i cilindrom u ruci.

— Ljilja je više nego zanosna! — prošaputa jedna njena prijateljica.

— I on je divan! — uzdahnu raspuštenica Jelka. Beše se razvela pre pola godine i već utešila. Njene sjajne crne oči nisu gledale Ljilju, već ovog snažnog stasitog mladića crne kose, tako guste i kovrdžave da se njeni prsti nesvesno zgrčiše. „Taj ume da voli!", šaputala je u sebi, gledajući snažni, lepo podšišani vrat i široka ramena, koja su isticala mušku snagu. Zadrhtala je u sebi od zavisti, pomišljajući na ovu malu Ljilju, oko čijeg tela će se čvrsto obaviti snažne ruke ovog crnpurastog mladića.

Crkveni obred otpoče. Mlada je stalno gledala preda se, ne želeći da se susretne ni s jednim pogledom svojih prijateljica.

— A gde je Momčilo? — šapnu Nena Zorici.

— U Beču.

— Zna li da se Ljilja danas udaje?

— Verovatno! Ta on nije ni mislio ozbiljno. A ona verovala da će je uzeti.

— Šta joj fali ovaj advokat? Jesi li čula, ima svoju kuću.

— I vrlo lepo zarađuje. Ali živeće u palanci, a Ljilja je dosad obilazila samo rivijere.

— Dok su imali para. Svi su mislili da ima miraza, tako se i predstavljala, a posle — ništa! Ovaj je zaljubljen u nju. Zgodan momak. Vidi kako je elegantan!

Zorica ne odgovori, ali se saglasi s tim da je mladić više nego zgodan. Pogleda redom sjajne, briljantinom namazane kose drugih mladića, proređene i prave, pa se i nehotice nasmeši na onu grivu na glavi mladoženjinoj.

Unaokolo su se svi smeškali. Svako je bio sa svojim mislima zavisti, ushićenja, tuge, razočaranja... Mladići su odmeravali stas i grudi nevestine, a devojke snažna ramena i vrat mladoženjin.

Samo su roditelji, sa strane, gledali svoju kćer s velikom ljubavlju i bojazni: da li će biti srećna, da li će umeti da oseti kako je ovaj mladić dobar? Smešili su se na nju, da bi je ohrabrili, ulili joj nadu i volju za životom, da bi joj kazali kako su oni uvek tu, neka se ona ničega ne boji, jer će biti srećna.

Radmilo uze ruku svoje lepe neveste. Prsti su mu bili vreli, a njena ruka hladna kao led. On lako steže njene meke prstiće da ih zagreje. Osećao je lepotu njenog tela, nežnost očiju, sjaj njene fine kose. Oči su mu bile strasne, tople, želeo je da zaviri u njene plave oči — jedva je čekao da se sve ovo svrši, da sedne u kupe s ovim nežnim, malim bićem, koje će od sada samo on čuvati i maziti.

Otmene i elegantne devojke radoznalo su posmatrale mladence. Njihov sud o Radmilu bio je vrlo povoljan. Analizirale su ga od glave do pete.

„Noge su mu prave kao strela... Mora da je vrlo lepo razvijen”, mislila je jedna.

„Kako su mu blistavi zubi, a usne senzualne!", ushićivala se druga i lako grizla svoje usnice.

Mladine oči susretoše mladoženjine. Ona osmotri dva velika sjajna oka puna vatre. Sva zadrhta. Učini joj se da stoji pred nekim kavezom na kome su otvorena vrata, a zver se sprema da je ščepa... Ruke joj se još više ohladiše, a trepavice sakriše njene plave, detinjaste oči.

Venčanje se bližilo kraju. Ljiljanina ruka je već vruća i vlažna od vrelih prstiju Radmilovih. Korača lagano, kao da će da padne. Teško joj je pod vencem... Mamine oči smeše se na nju. Traže njen osmeh. Ona se bolno osmehnu mami, kao da joj govori: „Umiri se, mama, ja sam se venčala. Želeli ste da se udam, oslobodila sam vas briga oko moje udaje." Mama je ljubi, plače. I ona bi naglas zajecala, ali unaokolo su njene drugarice, zlurade i zavidljive. One su je, možda, i rastavile s Momčilom, one će mu pričati kako je bila tužna na venčanju. Ne, one to neće opaziti! Neće nikad znati šta se događa u njenoj duši... Podiže glavu: gleda ih, smeši im se, ljubi se s njima. Koliko lažnih poljubaca! Priđe joj i Jelka, zagrli je i kroz poljupce iskreno prošaputa:

— Divan ti je mladoženja! Čestitam! Slažem se potpuno s tvojim ukusom. To je i moj tip!

Tip! Njen tip? Ljiljana se osmehnu i okrete drugoj. Buket belih ruža miriše tužnim mirisom... Taj miris je podseća na nešto što je prošlo, izgubilo se i nikad se neće vratiti. Podseća je na njene devojačke snove. Oni su bili lepi kao bele ruže.

Mladići joj ljube ruke, čestitaju. Ljiljana htede da krikne: „Ne, ja ga ne volim! Ovo je sve laž! Ova ceremonija, čestitanja! Sve je neiskreno! Slagala sam, sve sam slagala! Ne volim ovog čoveka, tuđ mi je!"

Ali, oseti vrelu ruku muškarca, strese se i nesvesno pođe s njim. Neko joj pritrča, poljubi se ponovo s njom, drugi joj opet stegoše ruku, a ona je išla i ne shvatajući ko je sve oko nje. Išla je u neku nepoznatu budućnost, pokraj ovog visokog crnomanjastog mladića sa sjajnim očima tigra.

***

Kupe prve klase nije bio prazan, na veliko razočaranje mladoženjino. A uzeo je prvu klasu nadajući se da će biti sami... Ljiljana sede kraj prozora, a jedna neobazriva starija žena spusti se pokraj nje. Radmilu nije ostalo ništa drugo nego da sedne preko puta. S prigušenim gnevom posmatrao je staru ženu čudeći se njenoj neobazrivosti.

— Da li biste voleli do prozora, gospođo? — zapita je.

— Hvala! Ne mogu natraške da se vozim. Odmah mi pripadne muka. Ni u tramvaju ne mogu — pričala je dalje, iako je on nije više slušao.

Mladoženja se naže prema Ljiljani i dodirnu joj ruku tek nešto da kaže:

— Je li ti toplo ovde?

— Da, vrlo je toplo! — odgovori ona, krijući oči od njegovog sjajnog pogleda koji je neprekidno tražio njene oči.

Skide plavi šešir s glave. Radmilo ga brzo prihvati i spusti u mrežu. Ona iz tašne izvadi češalj i provuče ga kroz svoje guste plave kovrdžave vlasi. Muž joj je posmatrao svaki gest, s ushićenjem i čežnjom, kao svaki mladi zaljubljeni čovek koji još dobro ne poznaje onu koju voli, pa sad uživa u svakom pokretu, pogledu, liniji tela, drhteći od strasti.

Voz je jurio, promicala su seoca s belim kućama, brežuljci se dizali i spuštali. Naiđoše na prvi, zatim drugi, treći tunel. U drugom tunelu mlada oseti onu istu vrelu mušku ruku, koja obuhvati njenu, i oseti topao poljubac na svojoj ruci. U pomračini, pruži drugu ruku, kao da hoće da se odbrani, ali joj ruka pade na gustu kosu mladog čoveka. Ona se trže, kao da je nešto ubolo, povuče se sva i utonu u naslon sedišta, očiju raširenih od straha, od te strasne ljubavi i čežnje koju je osetila u poljupcu svoga muža. Druga njena ruka bila je neprestano u njegovoj i ona je osećala vrele usne koje ljube svaki njen prst i penju se više članka. Tama u kupeu poče da se razređuje, bela sivkasta boja potisnu crnilo, ukazaše se zidovi tunela i voz ulete u svetlost. Ljiljana odahnu. Mladi čovek je imao zamućene, nežne, tople oči. Ona još dublje utonu u sedište, sva prestrašena. Oči su joj preletale preko njiva, po livadama sa svežom prolećnom travom, preko drveća koje je već cvetalo belim, ružičastim i žutim cvetovima. A on je video samo dve boje: plavetnilo njenih očiju i lako rumenilo obraza. Nad tom plavom i ružičastom bojom prelivalo se zlato njene kovrdžave kose. Ti mali uvojci, svuda oko lica, davali su joj izraz deteta s divnim, krupnim i naivnim očima. On oseti kako mu udara u slepoočnicama od uzbuđenja. Skupi se u uglu sedišta i zagleda se u devojku kao da je prvi put vidi.

U stvari, on je i nije mnogo poznavao. To nepoznato u ženi, obavijeno tajanstvenošću, uzbuđivalo mu je sva čula. Zamišljao je brak kao početak novog života, novih osećanja strasti, gde svaki dan donosi iznenađenje i radost. Zbog toga ga je obuzimala ona slatka trema radoznalog iščekivanja. Posmatrao je njena fina kolena ispod mekog plavog štofa, vitki stas na kome su se izdizale dve bujne kape grudi, mali sedefasti dekolte i obraze, rumene kao breskvin cvet... Njeno lepo lice, sveže i čedno, podseti ga na ogromne bokore ruža u njegovoj bašti, i ta asocijacija mu izazva reči:

— U bašti ćemo imati puno majskih ruža.

Ona se trže, začuđeno ga pogleda, ali se seti da treba da se osmehne i nesvesno izgovori:

— Ja volim cveće. U Beogradu nismo imali gde da ga negujemo.

— Bašta nam je velika. Čitav voćnjak. Ja sam voleo kuću s baštom.

Ona htede nešto da kaže, ali nije znala šta. Osećala je kako se sva njena prošlost i ljubav prema mladiću koga je volela sklupčala u jedno ogromno klupko tuge, očaja, straha i sad je guši, penje se u grlo, davi.

A voz juri sve brže. To su oni isti pejzaži koje je jednom gledala s drugaricama kad su pravili ekskurziju. Bio je mesec jun, raskošan, zelen, nabrekao od snage i mirisa. Njena mala duša učenice bila je prepuna čežnje i radosti. Život se tek ocrtavao pred njom — pun boja i snova. Smejale su se tada do iznemoglosti, pravile stotinu nestašluka u vozu... A sad je pred njom čovek koji je trebalo da bude njen princ na belom konju. Čovek iz snova devojačkih, kome će pokloniti svoj život. A tu, pred njom, sedeo je tuđinac. Nesvesno, kao dete, ona pritisnu rukama čelo.

— Boli te glava? — brižno je upita mladić, pun strepnje i nežnosti.

— Ne, ne boli me! Onako.

Mladić zatvori oči misleći da je i ona uzbuđena kao on, čezne za njim, da joj je krivo što je kupe pun... On pogleda na sat.

— Koliko je sati? — upita ona.

— Pola pet.

— A kad ćemo stići?

— Oko sedam.

Ona se strese i još dublje utonu u sedište.

         „Noćas ću se ubiti..."

U autu, Radmilo nežno privuče svoju nevestu. Preko mirisnog mekog krzna, u koje je utonula njena ljupka glavica, tražio je njen rumeni obraz i udisao miris plave kose. Prođoše jednom uzanom ulicom od stanice, s nekim razvaljenim ogradama i nekoliko jednospratnih kuća. Na drugoj strani, na sivkastom nebu sutona, ocrtavao se dimnjak fabrike ili mlina. Zaviše drugom ulicom, protutnjaše preko mosta i izašođe u lepu, široku ulicu.

— Ovo je glavna ulica, Čaršija.

Ona je stegnuta srca gledala ovu nepoznatu tuđu varoš.

— Vidiš, ima i ovde korzo! — govorio je, držeći je za ruku.

— Vidim. Svuda šetaju...

Roletne na dućanima su se spuštale. Zadocnele mušterije još su se zadržavale u trgovini. Bioskopski plakati, sa slikama ogromnih glava, visili su pred jednom kafanom.

Dućani, knjižara, jedna modna radnja, apoteka. Nekoliko višespratnih zgrada štrčale su kao osmatračnice. Uđoše u drugu ulicu. Visoka, lepa crkva s kupolama i velikom portom. Jedna zgrada s puno anđelčića na fasadi. Kuće s baštama. Prazan plac. Grnčarska radnja, a nad njom stanovi sa zavesama. Druga jedna fasada od nekoliko prozora. Do nje kućerak, izvučene strehe. Sve je drukčije — kuće, fasade, bašte, ljudi... Drugi život. Palanački. Ona uvuče glavu u krzno, da bi pobegla od muževljevih poljubaca. Ali on ume da pronađe njen obraz, njenu kosu, on sav drhti od ljubavi a ona drhti od užasa pred ovim nepoznatim čovekom.

— Evo naše kuće!

Auto stade. On iskoči da joj pomogne. Jedna sijalica je osvetljavala kuću. Pet velikih prozora s ulice. Svetlost je gorela iza svih prozora, ali su zavese bile spuštene. Radmilo je sav uzbuđen. Izvodi je iz auta. Tako bi je uneo u kuću na rukama. Jedan prozor do njihove kuće naglo se otvori. Izviri devojčica crnih krupnih očiju. Jedna vitica joj pade niz rame i zanjiha se preko prozora. Radmilo je i ne vidi i ne pozdravi. Uhvati ispod ruke mladu nevestu, da je uvede u kapiju. Služavka im je trčala u susret. Preko puta se na prozoru pojavi još jedna ženska glava. Neki par zastade na ulici, da ih vidi. Otvori se naglo i prozor na kućerku sa strehom. Preko plota izviri čupava glava.

— Moja gospođica, moja mala gospođica Ljiljana! — uzbuđeno je govorila služavka. — Još ne mogu da vam kažem „gospođa".

Ljiljana se naže i poljubi u obraz tu dugogodišnju služavku svoje tetke, koju je znala još u detinjstvu, a ona je uvek govorila da će doći da vodi kuću maloj Ljiljani kad se uda.

Uzbuđena nežnom pažnjom mlade, Julija je zagrli, poljubi je u obraz, izbrisa suze, rukova se i s mladim čovekom, pa potrča ispred njih da otvori vrata.

Mlaz svetlosti iz velikog predsoblja, s garniturom od trske, pade na stepenice i malu verandu sa staklenim krovom. Ljiljana pođe s mužem uza stepenice. On joj obgrli stas i zastade časak na terasi da joj pokaže baštu sa rascvetalim drvećem.

— Pogledaj, Ljiljana, baštu. Vrlo je lepa!

— Oh, tako je divno, gospođo, u toj bašti! Pravi mali park! — divila se i Julija. — Ima malina, pitomih jagoda, ribizli, kajsija. Sve sam obišla. Sutra tek da vidite tu lepotu.

— Vrlo je lepa! — govorila je Ljilja nesvesno, s onom istom jezom, rasejana, ne videći ništa od ovog crnomanjastog mladića, čija joj je blizina ulivala strah.

Kroz dvorište do njihove kuće dotrča krišom ona ista devojčica s dugim viticama, nasloni se uz ogradu iza jednog žbuna da vidi tu lepu Beograđanku koja joj je otela čoveka o kome je isplela svoj najlepši san. Oči male Tatjane bile su suve, groznačave, pune bola, široko otvorene, u grlu ju je nešto stezalo, bila je očajna, izbezumljena, nesvesna svojih postupaka. Zaboravljala je sve: roditelje, školu, drugarice. Jedna misao je uništavala sve u njoj. Gledajući tu plavu, lepu devojku, gotovo devojčicu, na terasi pokraj njenog „Abisinca", tog divnog, gordog, karakternog mladića, šaputala je:

— Noćas ću se ubiti! Noćas se moram ubiti!

Radmilo obgrli nevesti ramena i uvede je u kuću. Veliki crveni ćilim na podu u predsoblju buktao je u narodnim šarama — crvenim, zelenim, plavim — pa je sve dobijalo neki veseo i radostan ton.

— To je taj ćilim što je mama pričala da si ga dobio od svoje stare tetke. Donela ga je kad je mama bila tu.

— Jeste od moje tetka-Stane. Čuvala ga je za mene. Možda se tebi neće dopasti, ali tvoja mama kaže da je lep.

— Vrlo je lep! I meni se dopada.

— Tek da vidite kako je lepo u sobama! — divila se Julija. — Danas je hladno, pa sam sve sobe založila da se moja gospođa Ljilja ne nahladi.

Uđoše u veliku trpezariju. Sve je bilo moderno, presvučeno prugastim štofom — roze i crveno. Osećao se miris nove kuće, laka, nameštaja, drvenarije. Vrata na spavaćoj sobi bila su otvorena. Devojka spazi dve postelje s atlasnim jorganima, boje kajsije, ružičastu svilenu pidžamu, a na drugom krevetu mušku pidžamu... Opet se strese. Htede nešto da kaže, ali se zbuni, nije znala šta je muž pita, na šta se odnosi njegovo pitanje. Govorila je mehanički:

— Lepo! Vrlo lepo. Mama mi je pričala.

— Da vidite ovu sobu! — zvala je Julija. — To je gospodinova. Ali, i tu ima sofa, može da se odmara. Vidite što je lepo ono jastuče! Perunike, ali kao pravo cveće! Mislite, sad su ubrane.

— Divno je, zbilja! — govorila je mlada, bledih usnica.

— A vi, Julija, i večeru spremili, doneli, sve gotovo! Kako ste vredni! — pohvali je Radmilo.

— Hladno sam spremila. Nisam znala tačno sat kada ćete stići, pa sam ispohovala jagnjetinu, spremila salatu, pitu od jabuka sam umesila, sećam se da je moja mala devojčica Ljilja to volela. A za vas sam spremila i pitu od sira. Vruću ću je doneti. Da znate, gospođo Ljiljo, što je tu lepo: u bašti je kuhinja i jedna sobica. Kao kutija. Vaša mama namestila vam je sobicu kao trpezariju. A gospodin je sve kupio u zelenoj boji. Tu se može ručavati. Moja sofa je u jednom uglu. Uživaću kod vas, a i vi ćete uživati. Idem da skuvam kafu. A nisam vam pokazala ostavu i kupatilo. Zimnice nemamo, ali ću vas iznenaditi: skuvala sam slatko od pomorandži. A juče vam je gospođa Janković poslala dve tegle slatkog — od lubenice i od krupnih jagoda.

— Znam, znam. Gospođa Janković, generalica. Pričao sam ti, Ljiljana. Bio sam advokatski pripravnik kod njenog pokojnog brata advokata. Njima imam da zahvalim za svoju advokatsku karijeru. Ona me voli kao majka. Nju i moju tetka-Stanu moramo prvo posetiti. One jedva čekaju da te vide.

— Gospođo Ljiljo, naložila sam i kupatilo. Ako želite možete se okupati ili umiti.

— Hvala, Julija. Vi ste vrlo vredni, a znate sve što treba.

— Kako ne bih znala za moju lepu malu Ljilju. Oprostite, idem u kuhinju. Sad nemojte silaziti, a sutra ćete videti. Ah, ovaj beli buket ruža! Da metnemo u vazu? Sve će se povratiti. Kako još mirišu! Vaš venčani buket? Znam da ste bili kao lutka. Žao mi je što vas nisam videla, ali slikali ste se pa ću vas videti na slici.

Kad Julija iznese vazu, mlada nevesta — kojoj je bilo prijatnije kad je ona tu — oseti kako se muževljeve ruke sklopiše oko njenog stasa. Njegove usne su tražile njene. Ona se instinktivno izvi. U svojoj zaljubljenosti, on ništa nije razumeo. Sav zanesen osećanjem, zbunjenost mlade neveste objašnjavao je njenom čednošću, uzbuđenjem i stidljivošću, što ga je još više uzbuđivalo. Skide joj mantil i iznese ga u predsoblje. Čuo je točenje vode u kupatilu. To je Julija nalivala vazu. Pojavi se s lepim belim ružama.

— Vi ste gladni? Idem da donesem vruću pitu od sira i crnu kafu. Hoćete li da se umijete, gospođo Julija?

— Baš bih volela.

Julija je odvede u kupatilo.

— Donesite mi, Julija, tašnu. Tamo mi je češalj — Julija izađe, a devojka pusti vodu, poče da se pljuska po licu. Osećala je kako joj čelo gori.

Pljuskala se zaneseno. Kovrdže joj se uskvasiše. Ispra usta i grlo. Bilo joj je gorko u grlu, kao od gorkog badema. Ponovo oseti strah, užasni strah od ovog čoveka. Julija joj donese tašnu. Ona se očešlja, pa uđe u trpezariju. Posle nje u kupatilo uđe i Radmilo da se umije i opere ruke. Vrati se brzo. Bio je svež, oči su mu gorele. Te oči tigra, crne i sjajne kao ugalj, sasvim je uplašiše. Stajala je naslonjena na orman. On priđe lagano i spusti ruke na njena nežna ramena. Kroz tanki materijal haljine osećala je vrelinu njegovih ruku.

— Ljiljo, tako te volim! Toliko sam srećan! Znaš li, Ljiljo, koliko sam godina snivao o tebi?

Nije mogao više da govori, privukao ju je na grudi, stegao strasno i s divljom snagom mladog, zaljubljenog i nestrpljivog čoveka podigao joj glavu i spustio dug, vreo poljubac na njene usne.

Začuše se koraci. Ljiljana se otrže i rukom pritisne svoje usne, jer htede da vrisne. Zatetura se i prihvati za orman.

Julija donese pitu sa sirom. Ljiljana zažele da joj pritrči, da je zagrli i da joj kaže: „Julija, ostanite, nemojte ići! Strah me je da ostanem s ovim čovekom... Ne volim ga!" Ali se zastide i sede na divan. Noge su joj klecale.

— Ljiljana, sedi za sto! — nežno joj se obrati muž. Sav je dahtao i nije osećao glad. Bio je gladan samo svoje lepe mlade neveste.

— Posle ću vam doneti kafu i pokupiti sudove. Nadam se da će vam večera prijati — Julija se brzo udalji, uverena da oni žele da budu sami.

Radmilo sede za sto, ali se ne prihvati jela već uhvati ruku svoje žene, ljubeći joj svaki prstić. Bujan i neobuzdan, naglo ustade da je zagrli, ali ona saže glavu na njegove grudi, sakri lice, usne, i oseti kako joj on ljubi kosu. Vrata predsoblja lupiše i njima se učini da je opet Julija. On se brzo vrati na svoje mesto i primače joj činiju.

Bojažljivo, drhtavih ruku, ona uze jedno parče. Ruke su joj bile malaksale, nož joj ispade iz ruku i zveknu na tanjir. Julija obazrivo kucnu na vrata da ih ne uznemiri.

— Uđite, uđite, Julija! — pozva je Ljiljana.

— Zaboravila sam da metnem slanik. A ovo je sitni šećer za pitu.

Mlada nevesta se obradova što je Julija ušla. Zapita je nešto, da bi je zadržala, a ona se raspriča. Menjala im je tanjire, stavljala na orman, sačekala da pojedu i pitu. Donese kafu.

— Vi ništa ne jedete, gospođo Ljiljo? Ne dopada vam se?

— Sve je izvrsno! Ta vi ste najbolja kuvarica, ali ja nisam gladna.

— I gospodin malo jede. Šta biste želeli sutra za ručak?

— Šta god vi hoćete, Julija. To prepuštam vama.

— Ne brinite. Umeću ja vas da zadovoljim. Imam još novca što mi je gospodin ostavio. Ne morate rano ustajati. U koliko sati treba da naložim sobe?

— Ja ću vam zvoniti, Julija — reče Radmilo.

— Zovnite vi mene samo. Ja rano ustajem.

Skupila je sve sa stola, očistila mrve, savila čaršav i stavila drugi od čipke.

— Laku noć, gospođo! Laku noć, gospodine! — reče odnoseći veliki poslužavnik sa sudovima.

Radmilo izađe u predsoblje da zaključa vrata. Ljiljana ugrabi momenat i uđe u kupatilo. Dugo je kvasila ruke i lice. Vrati se, dođe joj da uleti u spavaću sobu da se zaključa, da pobegne od muža, ali ostade nepomična sedeći na divanu. On joj priđe, sede pokraj nje, privuče je sebi.

— Ljiljana! Moja mala, lepa Ljilja! — nije mogao da se savlada, grlio ju je, pritiskao na grudi, ljubio joj oči, kosu, usne... Njene usne su bile hladne, ruke opuštene. Strah joj je prožimao celo telo, svaki nerv. Oseti odvratnost, gađenje na te poljupce, usne, ruke mladog čoveka koje su je stezale. Užas i to gađenje nadvlada u njoj. Ona se strese, izvi i skliznu na pod. Mladi čovek, ne shvatajući ništa, misleći da je to ljubavni nestašluk njegove žene, saže se i snažnim rukama zgrabi je u naručje, kao dete, kao lutku, živu, toplu, zanosnu.

— Mala moja, tako sam srećan! Ti ne znaš koliko te volim. Nikoga nemam. Ti ćeš mi biti sve u životu.

Naginjao se da joj vidi oči, ali njene ruke se odupreše o njegove grudi, a uplašene oči gledale su ga s očajanjem.

— Ljiljo, šta je tebi? Što me tako gledaš?!

— Ne mogu! Ne mogu! — jauknu ona. — Pusti me!

— Jesi li bolesna? Šta ti je? Zašto mi ne kažeš? — pitao je Radmilo promenjenim i iznenađenim glasom. — To je zbog voza. Boli te glava? Sve će to proći. Hodi k meni! — nežno je govorio, privlačeći je na grudi. Ali ona se trže, ponovo se izvi da bi izbegla svaki njegov dodir. Mladi čovek, razdražen i zaljubljen, još ne shvatajući ništa, nasmeši se, naglo je dočepa i posadi na svoja kolena, pa žedan njenih usana zagnjuri svoje vrele usne u njene.

Ona oseti vreo dah, vrele ruke. Užasnu se što taj tuđin hoće da ovlada njome, učini joj se kao napasnik. Trže se ponovo, kriknu, nemajući više snage da se otme.

— Idi, idi od mene! Zašto sam se udala? Neću! Ne mogu! Ne mogu! Ne volim te!

On oseti kao da se neka ogromna ledena santa sruči na njega. Poblede, ruke mu klonuše, pusti je i ostade nagnut nad njom, široko otvorenih očiju. Gledao je te očajne, plave uplašene oči ne razumevajući ništa.

— Ti me ne voliš? — prošaputa kao u snu.

Ona se otrže, pobeže u ugao sobe i nasloni se na zid. Gledala ga je kao nekog ko se sprema da je ubije.

On ustade, polako pođe k njoj, želeći da zaviri u te oči, da ispita šta se u njima krije. Oseti da ga šiba nešto ledeno, steže mu mozak, srce. Opet se pribra, stade ispred nje, uhvati je za mišice.

— Je li istina to što si kazala? Ti me ne voliš?

— Istina je! Ne mogu da lažem, jutros sam u crkvi slagala, pristala, ali ne mogu!

Gnev koji se bio pokrenuo u njemu naglo splasnu, on uguši krik. Hteo je da bude srećan. Ta oni se nisu poznavali, nisu se često viđali. Mogao je pretpostaviti da ona njega ne voli kao on nju. Luda, mala devojčica! Ona će ga zavoleti! On je dobar. Voli je. Nežno joj steže mišice:

— Ljiljo, ti ćeš me zavoleti! Videćeš kako ću biti dobar i nežan... Nemoj tako da me gledaš! Šta si se uplašila? Zar je tebe strah od mene? Hodi da sednemo na divan. Razgovaraćemo.

Ona se još više pribi uza zid — nemoćna, ukočena, sva prožeta strahom od onoga što će se dogoditi.

Njegove ruke joj pomilovaše kosu. Dodirnuše i obraze, nežne, tople. Taj dodir njegove ruke je opet užasnu. Videla je pred sobom ono isto lice, one vrele crne oči. Tako je pekao taj pogled. Kad bi samo hteo da je ostavi, da je ne dodiruje. Ali plima osećanja u njemu ponovo izbi. On nije više bio u stanju da vlada sobom. Pred njim je bila lepa, nežna devojka za kojom je toliko čeznuo. U ovom trenutku nije mogao da shvati kako je zagonetna ženska psiha. On je voli. Njegova osećanja probudiće i njena. Ruke mu zadrhtaše, privuče je sebi, podiže je u naručje, ponese na divan.

Ljiljana vrisnu, otrže se i pade na pod. Nemoćna fizički, a osećajući snagu muškarca koji se spremao da ovlada njome, ona je tražila spas u rečima, nije htela da ga uvredi i ponizi, samo da sebe odbrani.

— Idi! Idi! Zašto me ne ostaviš? Mrzim te! Odvratan si mi! Ti nisi bio muž za mene! Drugog sam volela! Volim ga i sad! — pobeže, sruši se u ugao sobe kao neka mala nemoćna zver koju gone, i zajeca.

Radmilo poblede, oseti kako ga svaka reč bode kao oštra kama. Nasloni se na orman. Hladan znoj mu orosi čelo. Oči su mu ukočeno gledale plavo malo čudovište zgrčeno na podu. Disao je teško. Nije mogao da govori. Onda u njemu nešto planu i on lagano, korak po korak, priđe devojci. Ona savi glavu u ruke, kao da očekuje udarac. On se saže, trže joj ruke s očiju.

— Kad si me mrzela, zašto si se udala za mene? Zašto si to uradila? Da li si znala kakve sve posledice mogu biti?

Naglo je podiže s poda. Držao ju je za mišicu i gledao te plave oči malog čudovišta.

— Zašto si igrala komediju? Jesam li te prisilio? Zaprosio sam te kao častan mladić, verujući da bar imaš simpatija za mene. Odgovori, zašto si to učinila?

— Prisilili su me moji. Gotovo naterali! Idem, ja idem. Neću ni časa da ostanem u tvojoj kući. Ti si mi tuđ, nepoznat čovek, ne volim te i neću te nikad voleti!

Poletela je u predsoblje, ali brz kao tigar, Radmilo se nađe pokraj nje, ščepa je za ruku, uvuče u sobu, pusti je i ona se sruši na pod.

Njegove oči, do maločas tako sjajne, nežne i pune ljubavi, zamračiše se, a mukli glasovi su mu se otkidali iz grla kao ropac:

— Zadala si mi udarac, a sad hoćeš još i da me poniziš, da bežiš od kuće.

Ona jauknu na podu:

— Ubij me! Ubij me! Volela bih da umrem! Ja ne mogu s tobom. Pusti me da idem!

Opet je ustala, pošla vratima, ali se on razgnevi, dohvati je i kao stvar baci na postelju, preko svilenog pokrivača.

Ona zajeca, zari lice u svileni pokrivač, a on pritisnu čelo rukama, kao da hoće da se osvesti. Mislio je da sanja nešto strašno. Lagano uzmače iz sobe, uđe u predsoblje, izvadi ključ iz brave, vrati se u trpezariju i sruši se na divan kao ranjen.

Imao je osećanje kao da mu je nož zariven u grudi, rana je još vruća. A sad, kao da mu neko istrže nož, šiknu krv i on oseti strahovit bol i očajanje.

„Zar sam ja o ovoj devojci snivao tolike godine! Zar je ovo čudovište onaj anđeo?” Padoše mu na pamet reči njegovog druga inženjera Voje: „Znaš li ti kakve tajne skrivaju beogradske devojke?” Nije znao, bio je glup i naivan. A sad je osetio kako se pred njim otkriva tajanstveni život ove devojke, njemu nepoznat. Ona je volela, voli i sad drugoga, a udala se za njega. Zašto se udala? Zašto su je prisilili? Je li trebalo on da sakrije neki njen greh, da ona muževljevim plaštom pokrije svoju devojačku prošlost? Ustao je naglo, hteo je sve da dozna, da je ispita i natera da mu prizna svoj život. Pošao je u sobu, ali je zastao, vratio se i srušio ponovo na divan.

„Zašto? Zašto da je ispitujem? Sve mi je kazala. Ja nisam muž za nju! Da, abadžijin sin je hteo otmenu devojku! Bedno malo stvorenje! Demon s plavim, detinjastim očima! Ah, neće ni ona biti žena za mene! Svršeno je, sve je svršeno!” Ali, osećao je da nije svršeno. Trebalo je iščupati ljubav, isisati je iz svakog nerva, iz mozga, srca, a ona je prožela celo njegovo biće, njegov rad, karijeru, uspeh.

Kako nije poznavao žene, kako im je verovao! Osuđivao je uvek mladiće koji izigravaju devojke, varaju ih, ostavljaju. Sada je video da je to bolje, da su oni srećniji, ne znaju za dublja osećanja, ne stvaraju od žene idola, lako im je oženiti se a lako i razvesti. A on se korak po korak probijao kroz život i stvarao da bi jednoga dana u svoju kuću mogao uvesti ovu malu plavu devojčicu. Stisnuo je zube. Obuzimala ga je želja da lomi, kida, preti, muči. Ali on je bio gospodar svoje volje, nije želeo nasilje. Razočaranje će podneti kao muškarac. Ali, poniženje u varoši pred ovim palanačkim svetom! Šta će palanka reći? Svi će ga ismejati. Nije hteo zbog toga palančankom da se ženi. Nije voleo palanački život. Hteo je devojku iz drugog sveta — nežnu, osećajnu, plemenitu.

Nasmejao se gorko u sebi. Koliko su ove palanačke devojke bolje od nje, nežnije, osećajnije. Svaka bi mu se bacila u zagrljaj, a ona, to malo čudovište, pružila je nokte na njega kao zverka. I to je njegova žena! A ovo prva bračna noć! Došlo mu je da zaplače... Ceo život mu je izlazio pred oči.

Siroče ostavljeno samo sebi. U drugom razredu gimnazije izgubio je i oca i majku. Služio je po tuđim kućama. Učio i prao sudove, bio je i đak i sluga. Rastao je bez ljubavi roditelja, braće, sestara. Svijao se oko tuđih porodica za hranu i stan i tako prelazio iz razreda u razred. Profesori su ga sažaljevali. Nosio je stara odela bogatijih drugova, njihove cipele, rublje. Dok su njegovi drugovi flertovali, on je mislio kako što pre da završi.

Sirotinja ga je pratila sve do pred kraj studija. Tada je stupio kao pisar kod advokata, brata gospođe Janković, generalice. Otada je počeo da živi i oseća radost života. Trudio se da uspe, da stvori karijeru. Na zabavljanje i avanture nije mislio. Nije ni znao da se dopada devojkama. Osetio je to tek kao mlad advokat... Mogao je tada da se upusti u vrtlog života kao drugi, ali on je tražio nešto lepše. Hteo je svoju porodicu, nežnu ženu, decu. Bio je željan domaćeg ognjišta, svoje kuće. Želeo je da u ženi nađe sve ljubavi kojih je bio lišen: ljubav majke, oca, sestre, braće... Nosio je kroz život usamljenost mladića koji je ostao bez porodice. Ovaj brak je očekivao kao nešto najlepše u svom životu, ostvarenje onoga što je tinjalo u njemu tolike godine. A jedan dan je bio dovoljan da sve to sruši. On, abadžijin sin, hteo je otmenu devojku! I ona mu je odgovorila da je nije dostojan: „Ti nisi bio muž za mene!"

Pogodila ga je u srce. Koliko svireposti u jednoj maloj ženskoj duši. Koliko neosetljivosti! Ubila je u njemu sve lepo jednim udarcem. A čekala je da se venčaju pa da mu to kaže. Valjda je htela da se nazove gospođom, pa da nastavi život kao raspuštenica. Gnev se digao. Imao je želju da je smrvi. Trgao se i seo. Drugi jedan događaj izađe mu pred oči. Onaj muž što je ubio svoju nevernu ženu i koga on sad treba da brani. Tražio je vezu između tog događaja i svoga, počeo je čak da razjašnjava mnoge činjenice. Analizirajući to ubistvo, zaboravio se, zaneo i, kao iz teškog sna da se prenuo, setio se da je ovo njegov život, početak njegovog braka; onde gde ga je započeo tu će se odmah i završiti.

Glava mu je malaksalo klonula na jastuče. Sati su odmicali. Peći su se pogasile. Spolja se čuo vetar, a kišne kapi su udarale u prozore. Ležao je dugo. Najzad ga je uhvatio san, nemiran, težak san.

Kad je otvorio oči bilo je već svanulo. Prva misao mu je bila: „Šta je s njom?" Ustao je brzo i prišao vratima. Ona je još uvek ležala u onom istom položaju na svilenom pokrivaču. Snivala je, s tragovima suza na licu kao u deteta. Cipelice su joj bile spale s nogu. Čula je njegove korake, trgla se i naglo sela na postelju, uplašena. Unezvereno ga je pogledala, kao da se priseća svega što je bilo.

On joj se obrati nekim tuđim glasom, govoreći joj „vi":

— Lezite u postelju! Pozvaću Juliju da naloži peć.

Zatvorio je vrata i otišao u kupatilo da se umije.

Ljiljana se diže s postelje. Udovi su joj bili ukočeni od hladnoće. Cvokotala je. Počela je da svlači haljinu, pa malaksalo sela na postelju. Nije bila svesna svega što se dogodilo. Brzo je ustala, zbacila haljinu i čarape, i onako u kombinezonu podvukla se pod pokrivač. Naježila se od dodira hladnih čaršava. Sva je drhtala od zime. Noge su joj bile kao led. Prislanjala je prste nogu uz listove, da bi ih zagrejala, i naglo ih odmicala. Sve je bilo hladno: pokrivač, soba. Navukla je jorgan preko glave. Osećala je miris novog nameštaja i pokrivača.

Čula je razgovor u trpezariji.

— Vi ste već ustali, gospodine? — zacvrkuta Julija veselo. — Dobro jutro!

— Naložite sobu. Ljiljana će još spavati.

— A hoćete li da vama donesem kafu i slatko?

— Donesite! Pa posle dođite kad vas budem pozvao — Ljiljanu začudi miran ton njenog muža.

Julija je pogledala mladog gospodina. Osmehnula se u sebi. „Vidi se da cele noći nije spavao. A ko bi i spavao pokraj one moje mile, lepe Ljilje?"

Na prstima je ušla i založila peć. Ljiljana se pravila da spava.

„Neka je, neka spava! To će joj prijati. Nije joj sigurno dao mira cele noći! E, tako je to kad devojka hoće mlada da se uda! Ne znaju one šta je brak. A gospodin je baš lep! Mora ga voleti moja Ljilja. Vidi se da je on mnogo zaljubljen u nju. Srećna će biti moja mala lepotica. Kakav je on samo domaćin! Lepše će živeti kod njega nego kod oca. Oni su uvek bili dužni, petljali i pozajmljivali od gospođe Drage."

Izašla je na prstima da ne probudi nevestu. Brzo je donela slatko i kafu i ostavila na stolu u trpezariji.

— Hoćete li i trpezariju da naložim?

— Naložite.

— Tako je jutros zahladnelo! April, a kao da je januar. Samo da ne bude noćas slane. Zbog voća! Ja sam već bila na pijaci. Neću da kažem šta spremam. Hoću da vas iznenadim ručkom... Ako vam šta zatreba, vi mi zvonite.

Kao lepo vaspitan čovek, Radmilo joj je ljubazno zahvalio, trudeći se da sve prikrije.

Ljiljana je osluškivala razgovor i korake svoga muža. Da li će ući? Hoće li je napasti? Da li je toliko grub da uradi tako što posle svega što mu je kazala. Nije se kajala. Bolje je! Zar bi ga mogla lažno grliti i ljubiti? Rastaviće se. Učinila je pogrešku što je dopustila da je roditelji ubede. Kao da su osećanja žene nešto što za jedan dan niče. Hladno joj je još, ali čuje kako već bukti. Postepeno i ona poče da se zagreva; oseti topliji vazduh u sobi. Obrazi joj se zažariše. Smirivala se. Iz druge sobe se ništa nije čulo. Njoj se oči sklapaju, noge su joj tople, stopala zagrejana, pokrivač je tako ututkan oko nje. San je lagano savlada i ona zaspi čvrstim snom.

***

Bilo je dva sata te iste noći. Mati Tatjanina, u sobi do njene, čula je kako joj kći ustade. Osluškivala je. Tatjana je koračala po sobi. Zastala je, pa opet pošla. „Ah, taj francuski, opet je dobila jedinicu na zadatku! Pašće iz tog predmeta", grdila ju je mati u sebi. „Ne uči! Neće da uči. Što li sad tumara po sobi?" Osluškivala je. Ništa se nije čulo. „Valjda je pila vode." Odjednom začu kao da nešto lupi. Ustala je brzo. „Šta joj je?" Otvorila je vrata.

— Tatjana, što ne spavaš? Šta radiš?

Iz sobe se niko nije odazivao.

Mati kroči u sobu i kriknu.

— Mito, brže! Tatjana se obesila! Ustaj brže! Tatjana!...

Otac skoči iz postelje.

— Gde je? — kriknu i on kad je vide. — Šta uradi, pobogu! Nož, da presečem! Još je vruća. Daj nož!

Kao luda, mati joj izdiže telo, da ne visi. Otac je jaukao. Dohvati nož, preseče maramu. Majka se zanese, otac ih obe pridrža i s jaukom spusti Tatjanu na postelju. Lice joj je bilo užasno crveno, nabreklo, oči već iskolačene. Jaukali su oboje, dohvatili vodu, trljali je, davali joj da pije. Ona se povrati, mati pade preko nje i zajauka:

— Tatjana, dušo, šta to radiš? Zar zbog francuskog! Prokleta da sam što sam te grdila. Zar da ubiješ svoje roditelje. Moje lepo dete, kako si mogla to da učiniš?

Jecala je, ljubila ćerku; bilo joj je teško. Otac je bio kao lud, plakao je i on. Tatjana poče da diše, gledala je nepomično svoju jadnu majku.

— Neću ti nikad više ništa reći. Proklet da je taj francuski! Pa i da padneš na maturi, ništa to nije! Zar da svoju majku ovako ucveliš i unesrećiš! Zar ti nije bilo žao tate? Naše milo jedinče! Šta će meni tvoja matura kad tebe nema?

Tatjana ništa nije govorila. I nju obuze bol. Poče da plače. Mati je plakala zbog nje, a ona je plakala zbog svojih izgubljenih snova: „On je voli, oni su srećni! On nju grli i ljubi, a ja sam ga toliko volela; bila bi mu najvernija, najbolja žena!” Htela je da vrisne, da sve prizna mami, da je pita zašto je nisu udali za Radmila, zar nisu videli da ona njega voli! Bi je stid, zagrli mamu i kroz suze progrca:

— Htela sam da se obesim što sam dobila jedinicu iz francuskog. Nemoj, mama, nikome da pričaš da sam htela da se ubijem.

— Kako da pričam, da sutra cela varoš bruji. Ali onoj tvojoj nastavnici nasamo ću očitati. Reći ću joj: „Vi dovodite učenice do samoubistva! Ne mislite na to da su one osetljive, nego im samo ređate jedinice!” Prokleta da je i ona i ta škola! Umiri se, Tatjanice! Danas ću napisati da si bolesna. Preklinjem te, nemoj više ovo da pokušaš. Bolje mene da ubiješ nego sebe.

— Napiši, mama, ali nemoj da grdiš gospođicu Milošević. Nije ona kriva, ja nisam znala prevod... — odvraćala je majku dobrotom devojčice koja dobro zna da nastavnica nije bila uzrok njenom jadu.

— Što da ne kažem? More, da je tebi nešto bilo, ministru bih je tužila, u novine bih je metnula! Neka svi znaju šta rade nastavnici s učenicima. To su ubice đaka!

— Nemoj, nemoj, mama, molim te. Ostavi je! Nije ona kriva! — briznu Tatjana ponovo u plač da bi kroz suze izlila tugu za svojim lepim izgubljenim „Abisincem”.

„Od danas me smatrajte samcem u ovoj kući"

Ljiljana otvori oči. Pogleda najpre tavanicu. Sa tavanice skliznu pogled na zidove. Neki čudan moleraj, nije kao u njenoj devojačkoj sobici. Gde je to ona? Bunovna nekoliko časaka nije mogla da se orijentiše u prostoru. Bunila ju je svetlost na sve strane. Dva velika prozora na jednoj strani i jedan na suprotnoj. Začu kako negde kuca sat. Pridiže se i rasani. Blesnu joj sve u svesti. Protrlja rukom čelo, kao da hoće da odagna košmar. Steže slepoočnice rukom i uzdahnu. Seti se svih onih sinoćnjih scena. Koliko je to sati? Spazi okrugao satić na stočiću ispred ovalnog ogledala. Jedanaest. Toliko je spavala! Soba je još topla. Pokraj njene postelje druga — niska, s jastukom i muškom pidžamom. Sve nedirnuto kao i sinoć. Ona sede i spusti noge na pod.

„Ja sam udata. U kući sam svoga muža!" Trže se i uplaši te misli. „Šta sam učinila? Zar je moguće da sam udata? Sutra se vraćam ocu! Vraćam se, pa makar me ubili!" Iz trpezarije se začu zveket tanjira, noževa i viljušaka. „To Julija postavlja. Treba da se obučem." Razgledala je sobu. Dva politirana kreveta, blede boje kao lipov med. Ispred prozora dve fotelje. Okruglo ogledalo. Flašice parfema ispred ogledala, jedna pudrijera, prskalica za parfem. „Ko je sve to tu stavio? Možda mama?"

Lupnuše vrata. To je Julija izašla. Ustade. U uglu je bio umivaonik. Bilo je i vode u bokalu. Umivala se, češljala. Htede da se napuderiše, pa odmahnu glavom. Za koga? Zašto? Šta ima da se udešava? Bila je, ipak, sveža od sna, rumenih obraza. Usne su joj imale prirodnu boju. Julija se opet vraća. Kuca na vrata:

— Gospodine! — ču kako zove Radmila. — Je li gospođa Ljiljana ustala? Uskoro će podne...

— Nije još! — odgovori Radmilo. — Pričekaćemo je.

— Mogu ja da čekam. Neka se ona lepo ispava. Idem u kuhinju, a vi me zovnite kad treba da donesem ručak.

Udalji se, a Ljiljana otvori orman da izabere haljinu. Čitav dugin spektar boja blesnu iz ormana. Nove haljine, i njene devojačke. Jedan penjoar od svile, boje kajsije. Po njemu izvezeni ogromni plavi cvetovi s dugim grančicama, koje su se protezale niz celu haljinu. Pogleda i uzdahnu. Poklon od tetka-Drage.

Zagleda svoju pidžamu od plavog krep-satena. Blistala je kao morski talasi. Kako bi rado obukla ovu pidžamu za čoveka koga voli? A za ovoga tuđina, ima li smisla oblačiti se? Izabra jednu skromnu domaću haljinu od kaše, zelenu kao mlado lišće, s kragnom od ružičaste svile i širokim rukavima postavljenim istom svilom. Dve izvezene ruže, kao bačene, na grudima i pri dnu haljine. Obuče je brzo, pritegnu pojas, navuče zelene cipelice. Neka vrata su se otvorila, valjda na radnoj sobi njenog muža. Čula je i njegove korake. Ona lagano odškrinu vrata. Uđe u sobu, kao neki neželjeni gost u tuđoj kući, gde nikome nije milo što je došla. Zastala je kraj vrata i u okviru prozora videla snažnu visoku siluetu čoveka. On je kroz zavesu gledao na ulicu, s rukama u džepovima. Čuo je njene korake, okrenuo se... Oči su mu bile mračne, bez sjaja, kao prevučene maglom. Uokvirene tamnim kolutovima, bile su još veće i crnje. Lice je izražavalo nešto hladno i tamno.

Ona se zagleda u beli buket ruža na ormanu, da bi izbegla njegov pogled.

— Julija je spremila ručak. Jeste li gladni? Hoćete li da ručamo?

— Kako hoćete...

— Ja ću joj zazvoniti. Izvolite, sednite! — pokaza joj rukom mesto, zazvoni i zauze drugo mesto, s njene desne strane. Ljilja je nečujno sela, kao da se boji da će se stolica slomiti. Posmatrala je stolnjak, servijete, tanjire. Sve je bilo tako elegantno. Ovaj servis joj je mama kupila.

— Jeste li dobro spavali? — upita je muž mirnim, učtivim glasom.

— Jesam. Bilo je hladno dok Julija nije naložila — čudila je mirnoća i taktičnost ovog čoveka. Nešto sigurno smišlja. On je advokat. Poznaje zakone. Ali i ona je donela odluku...

Julija donese poslužavnik s činijama.

— Dobar dan, gospođo Ljiljo. Tako ste lepi! Je li vam bilo toplo? Ušla sam lagano, da ne osetite. Niste me čuli?

— Nisam, Julija   slaga Ljiljana. — Vi ste zaista vrlo vredni.

Julija je donosila i odnosila jela i sve vreme veselo pričala.

— Što ćete imati voća, gospođo Ljiljo! Kajsija je tako zametnula. Imaćemo za slatko i kompot. Pa jabuke što su cvetale! Ima i šljiva, višanja, marela, ribizli. Posle da vidite. Nigde čovek da ne ide, samo u bašti da sedi i uživa.

Odnosila je tanjir i činije, ali čim bi izašla druga misao bi je počela mučiti: „Šta li je ovo s njima? Što su se promenili? Da moja mala Ljilja nije imala s nekim posla pre braka? Ah, ove današnje devojke! Ne vode računa o sebi, a posle, kad se udaju, muž neće to da trpi. Žensko mora da bude pošteno. Ne može da skita kao muškarac. Ako je to, onda je bogami zlo! A ko bi verovao? Ovakvo dete. Kao anđeo! Nešto nije u redu. Nešto se dogodilo.“

Julija je ljuta: nosi, vraća sudove i grdi u sebi, grdi malu Ljiljanu, a opet je voli kao svoje dete. Svakojake misli joj se vrzmaju po glavi. Ona je bila vrlo srećna kad se udala za njenog Mihu. Bio je bakalin, a sobica uz dućan. Drugog dana po venčanju samo utrčava u kuću da je poljubi. Punu kutiju žutog šećera ukrao je neko toga dana iz dućana, jer je pola sata ostavio prazan dućan. „Neka, ženice, neka se drugi sladi šećerom, a ja ću tobom!" Drukčije su devojke tada bile!

— Gospođo Ljiljo, hoćete li da vidite kuhinju i sobu dole?

— Hoću! — prihvati nevesta.

— Ogrni se, Ljiljana, hladno je napolju — primeti muž, govoreći joj pred Julijom „ti".

Nju začudiše te reči.

Izašla je s Julijom. Radmilo uđe u predsoblje. Oči su mu bile tužne. Zapali cigaretu. Pušio je i čekao. Julija je nešto govorila Ljilji, pokazivala joj baštu. Ona je bila zamišljena, kao da nije slušala šta joj Julija priča. U susednom dvorištu pojaviše se dve-tri žene. Radoznalo su posmatrale lepu Beograđanku. „Kako je lepa!" Na prozoru u susednom dvorištu ukazaše se jedan oficir i neki mladić u civilu. To su bili poručnik i pravnik, sinovi sudije koji je stanovao do Radmilove kuće. Ljiljana im je bila okrenuta profilom i nije ih mogla videti. Radmilo je motrio na mladiće. Spazi kako plavi poručnik uze dvogled, da što bolje vidi. Čekao je da vidi hoće li ona njih spaziti. Zamišljena i rasejana, Ljiljana je gledala rascvetanu jabuku. Radmilo oseti bol, kao kad rana tišti: „Koga li je volela?" Cigareta mu se pušila u ruci.

Poručnik dade dvogled bratu. Ljiljana ih spazi, trže se, okrete im leđa i pođe u kuću. Žene su još stajale u dvorištu. Priđoše bliže ogradi da bolje vide. „Šta bi ova palanka kazala da dozna kako sam ja srećan muž?", mislio je Radmilo.

Ušao je brzo u trpezariju i stao kraj prozora. Ljiljana uđe. Nije hteo ništa da je pita. Čekao je hoće li ona šta reći.

— Bašta je vrlo lepa! Ima dosta voća. I ona kućica u avliji, kao paviljon. Julija je sve lepo uredila — poćuta i dodade — žalim što niste srećni, ja nisam kriva...

— A jesam li ja kriv?

— Niste... Ali, možda i jeste. Niste se uopšte zainteresovali da li vas volim.

— Kad devojka pristane na brak, mislio sam da mora toliko poznavati sebe da oseti može li živeti s čovekom, ako ga i ne voli mnogo. To je bar logično. Ali, uverio sam se koliko su žene u stvari nelogične.

— Možda više romantične, nego nelogične. Ja vas ne poznajem i vi ste mi tuđi.

— Nije to romantizam. Romantične žene su dosledne sebi: kad vole — one vole; kad mrze — ne udaju se. Iako sam vam tuđ, ne morate me mrzeti, ne moram vam biti gnusan.

— Možda sam se suviše grubo izrazila. Mogla sam vam sve to reći blaže.

— Zar se te reči mogu izgovoriti blaže? Ljubav je vrlo osetljiva... Ja sam noćas o svemu razmislio. Vi ste mi jasno rekli šta mislite i šta osećate. Nadam se da nećete sad protivurečiti sebi samoj. Bilo bi glupo. Kod vas je simpatično to što ste vrlo iskreni. Prvog dana ste izrekli odvratnost prema meni. Time ste me poštedeli svih laži sa svoje strane i samoobmane s moje. Situacija je sasvim jasna. Ja ne tražim milostinju od vas. Toliko sam gord da to ne bih nikad primio i jak da podnesem sva razočaranja. Moja krivica je u tome što vas nisam bolje upoznao pre venčanja. Sinoć sam se uverio da ste i vi meni potpuno nepoznati. Moja greška je u tome što sam zamišljao da ste vi devojka koja neće doneti u brak tragove prošlosti.

— Ja nemam loše prošlosti!

— Sinoć ste priznali... Voleli ste, volite i sada jednog čoveka. Znači, taj čovek je bio u vašem životu. Koliko i kako, ja ne znam. Ali, on ostaje vaša prošlost, koju ste uvukli u brak, i ta prošlost nije dala da ja potisnem toga čoveka. On je jači od mene. On je, prema tome, između nas, on nas rastavlja.

— Ja sam se s njim rastala...

— Ali ga još volite. Treba li muž da igra ulogu lekara svojoj ženi, da bi je izlečio od ljubavnih patnji iz devojačkog života? Koliko sam vas ja drukčije zamišljao! Koliko su moja maštanja o vama daleko od onoga što sam sinoć doživeo. Nas dvoje smo se sukobili s ljubavlju i mržnjom. To nikad nisam mogao zamisliti. Koliko vi mene mrzite! Neverovatno...

— Ne! Zašto bih vas mrzela? Ali vi ste mi tuđi, nepoznati, morala sam se braniti od vas i baciti vam u lice one reči — da bih se zaštitila. Sinoć sam se osećala kao žena kojoj prilazi čovek s ulice. Oprostite što tako govorim, ali tako je... Žena sa osećajnom dušom nikad ne može da se daje bez ljubavi. A ja vas ne volim, nisam se udala iz ljubavi, i ne mogu da budem vaša.

— Jeste li vi znali šta je brak kad ste pristali da se udate?

— Znala sam... Ali, moji su me saletali da se udam za vas. Kajem se i molim vas da mi oprostite što sam vas vređala. Neću ostati u vašoj kući. Posle svega, naš zajednički život bio bi mučenje i za mene i za vas. Ja sam uništila sve vaše iluzije... Najzad, bolje je da još danas spakujem svoje stvari, a sutra da otputujem.

— I moje je mišljenje da mi nismo jedno za drugo. Ja takođe želim razvod s vama. A biću kavaljer i primiću krivicu na sebe, da biste se vi mogli udati za onog koga volite... Ali, imam jedan uslov: ostaćete tri meseca u ovoj kući kao moja žena.

— Kao vaša žena!

— Ne bojte se! Samo za svet...

— A zašto vam je to potrebno?

— Zbog vaše porodice, a i zbog mene. Ako biste otputovali odmah sutra, svi bi pomislili da sam vas oterao. A ja cenim vaše roditelje, posebno vašeg brata od tetke, Dragišu, koji je moj dobar drug i koji vas je isto tako malo poznavao kao i ja. Ne želim da ih izlažem kompromitovanju zbog vas, niti da predstavim sebe u njihovim očima grubim i nevaspitanim.

— Mene se ne tiče mnogo šta će oni misliti. Oni su svemu i krivi. Ja sam želela da budem činovnica.

— Ali mene se tiče, jer ja imam ugled u ovoj varoši i neću da izgubim taj ugled. Pošto ste mi ovako razočaranje priredili, verujem da ne želite još i da me izložite podsmehu i ogovaranju palanke. Zaista, to bi za njih bila prvoklasna senzacija! Svu krivicu bi svalili na vas, jer mene vrlo dobro poznaju. Ali, time bih i ja bio izigran. Ozbiljan mladić ženi se tako glupo i uvodi u kuću devojku kao mačku u džaku. Želite li vi sve to?

— Ništa ne razumem. Tri meseca takav život... Zašto?

— Budite spokojni! Umem da budem vrlo korektan. Vi ćete spavati u spavaćoj sobi, a ja u sobi za rad. Smatrajte me od danas samcem. Kuća vam cela stoji na raspolaganju i vi ste u njoj potpuno slobodni. Taj rok od tri meseca je potreban, jer je moguće da se za to vreme ublaže netrpeljivosti i nepodudarnost temperamenata. Ne bih želeo raskid naprečac nego logičniji put — da bih pripremio i vašu porodicu i vašeg brata. Dakle, pristajete li?

— Ako vi želite... pristajem.

— Zamislite da ste došli nekom u goste na tri meseca. Iako ste otmena devojka iz Beograda — nastavio je s ironijom u glasu — ipak, tri meseca ćete podneti ovaj glupi palanački život i dosadnu rodbinu, u ovom slučaju to sam ja, koji ne odgovara društvenom rangu i svetu u kome ste živeli.

— Molim vas, poštedite me ironije. Priznajem, bila sam gruba. Ostanimo časni neprijatelji.

— To je i moja želja. Ali, dopustite, onaj ko je uvređen ima bar toliko pravo da vam uzvrati ironijom, kad neće grubošću.

— Dobro... Dajem vam reč da ću ostati. Ali, tako kako ste kazali: ono je moja soba, a tamo je vaša. Ja vas se ipak plašim! Priznajem da ste mi tuđi.

On se ironično nasmeja:

— Vi ste zaista izuzetak. Koliko mi je poznato, današnje devojke se ne plaše muškaraca... One se boje samo svoje prošlosti!

— Ja nemam rđavu prošlost, opet vam ponavljam! Ako to budete još jednom rekli, odmah ću otići.

On steže zube i mračno je pogleda. Njegovo strpljenje je bilo pri kraju:

— Idite! Idite odmah! Spakujte svoje stvari i putujte. Neću vas zadržavati, jer se bojim da ću na vaš prkos odgovoriti jačim. Toliko sam jak da ću izdržati sva palanačka ismevanja. Imao sam ja i većih nedaća u životu, pa sam ih savladao. Jedna žena je najmanje u stanju da me slomi i sruši.

Ona je ćutala i kroz prozor pratila pogledom jedan beličasti oblak na plavom nebu.

— Šta ste rešili? Moram da znam. Hoćete li ići?

— Ne! Ostaću tri meseca. Neka bude kako smo se dogovorili.

Pogledala ga je pravo u oči. On se trže. Kako su joj oči sada zelene. Ne, plave su kao juče, kao uvek... Čudnovato kako se boja njenih očiju menja. Izgledala mu je u tom času lukava, zatvorena, prava mačka.

Nekoliko trenutaka proučavao je zelenkasti sjaj njenih očiju. Priđe joj:

— Recite mi nešto. To valjda imam pravo da znam. Te stvari se kriju do venčanja, a posle venčanja se priznaju... Jeste li bili prijateljica čoveka koga ste voleli?

Ljiljanu uvredi to neočekivano pitanje. Njene fine obrve se skupiše i natuštiše čelo. Poćuta malo, osmehnu se i prkosno mu odgovori:

— Pošto ćemo se razvesti za tri meseca, mislim da je sasvim izlišno postavljati takvo pitanje. Neka to ostane moja tajna, koja za vas nema važnosti.

On oseti kako mu se grudi nadimaju, a prsti u džepu sakoa grčevito se stegnuše. Gnev ispuni mladića; sav zadrhta. Bio je kao zver, spreman da kidiše na to nežno stvorenje, da je zdrobi ili natera da govori. Ali, volja koja je uvek bila gospodar u njegovom životu, savlada ga, ućutka, i on izgovori kroz stisnute zube:

— Zaista, to je tako beznačajno pitanje u životu modernih devojaka da o tome ne vredi ni govoriti — smiri se i napravi nekoliko koraka po sobi.

Ona je pratila njegovo kretanje. Posmatrala ga je dok je gledao kroz prozor. Preko puta, na onoj kući s više prozora, stajala je neka crnomanjasta devojka, vrlo crnih očiju i crne razdeljene kose. Svu pažnju bila je koncentrisala na njihovu kuću.

Začu se udaranje konjskih potkovica, kao kad konji čekaju napolju i nervozno udaraju kopitima o kamenje. Malo posle začu se razgovor i konji pokasaše. Artiljerijski poručnik — onaj što je gledao Ljiljanu kroz dvogled — jahao je, držeći se pravo i elegantno u sedlu. Okrete se prema njihovoj kući i zaviri redom u sve prozore. Radmilo pogleda Ljiljanu. Bila se zagledala kroz jedan prozor u veliki bokor ruža, čije su grane mladim lišćem dodirivale okno. Tako zagledana u jednu tačku imala je opet detinjast izraz, široko otvorene, male tužne oči. On se seti njenog sinoćnjeg izraza, na podu u uglu sobe, i opet poče da ga obuzima bes.

Dođoše mu na pamet reči njenog brata od tetke, Dragiše: „Ljiljana je divna devojka. Vrlo inteligentna, umiljata, nežna, osetljiva... Voli kuću i ima ukusa. I što se meni najviše sviđa kod nje, nikad nije pokazivala želju za luksuzom. Skromna je u svakom pogledu."

Koliko su samo njega oduševile te reči, koje je govorio brat o sestri. Bio je uveren da je Dragiša poznaje, a sinoć, sve ono: onolika mržnja, surovost, uvredljive reči, onaj izraz lica kao u kakve mlade zverke. Mrzela ga je, to je očigledno. A on je nju bezumno voleo. Patio je duhovno i fizički, a sakrivao je to od nje. Dolazilo mu je da joj se baci pred noge, da sakrije glavu u njeno krilo, da plače, da je razneži, da je pita zašto joj je mrzak. Ali se sećao neosetljivosti ženskog srca na sudskim procesima i povlačio se u sebe, da ne bi bio ismejan. Žena je vrlo osećajna kad voli; kad mrzi — svirepa je. Koliko puta su nesrećni zaljubljenici i iznevereni muškarci plakali na sudu zbog neosetljivosti žene. Znao je da čovek koji pati izaziva kod nekih žena prezrenje. Žena voli muškarčevu patnju samo kad joj je ta patnja dokaz ljubavi. A Ljiljana ne traži ništa od njega. Štaviše, odgurnula ga je s odvratnošću. I da sad padne pred njom na kolena, ona bi ustuknula s užasom. „Ne, malo bedno stvorenje, nećeš ti videti moj bol! Ako si me i ponizila, ja sebe neću poniziti, ali ću ti se osvetiti. Osvetiti svirepo!"

Zapalio je cigaretu, prišao radiju i pustio neku melodiju. Pušio je i slušao muziku. Ljiljana ga je pogledala. Neprekidno se čudila kako je miran. „Kako oholo pati!", mislila je u sebi.

Muzika je prosula svoje lepršave tonove među ćutljive mladence. Slušali su i nisu morali da razgovaraju. Njoj je prijala ova muzika, njega je mučila. Sve mu je u ovom času izazivalo bol: kuća, bašta, svaka stvarčica u kući, ovaj radio... Za sve je bila vezana misao o njoj, svaku stvar je unosio u kuću misleći da će ona to gledati, njoj će se to dopasti, ona će uživati u tome. A ona je prezrela njegovu ljubav; činilo mu se kao da je neko umro, pa ga stvari podsećaju na pokojnika i rastužuju.

Kroz staklena vrata trpezarije videlo se predsoblje ispunjeno zracima sunca, koje je osvetljavalo drugu stranu kuće... Sunce ga je mamilo, zažele da oseti malo toplote. Otvori vrata trpezarije i vrata predsoblja. Zlatni snopovi ispuniše celo predsoblje: crvena i žuta boja buknuše s ćilima, refleks skliznu čak preko praga u trpezariju. Ljiljana ustade, izađe na terasu i poče da posmatra baštu. Sva je treperila od zelenila, od žutih, belih i ružičastih boja. Kroz cvetove i mlado lišće mrsili su se zraci, a beli i žuti cvetovi u travi dizali su svoje krunice, njišući se nežno kad bi pirnuo vetrić. Radmilo ustade, zapali drugu cigaretu, izađe na terasu pa se i sam zagleda u baštu. Ljiljanine dečje oči gledale su visoka tamna brda divnih oblika s jednim kupastim vrhom. Bašta se protezala daleko! Tamo negde sigurno se spaja s drugom baštom, jer je svuda bilo zelenilo, kao neki veliki voćnjak... Sela je na jednu stoličicu od trske. Sunce obasja njenu plavu kosu, svilene trepavice i zelenu haljinu. Sve zablista na njoj kao i na mladom cveću i biljkama. Radmilo opet oseti bol... Gledao ju je mračno.

Ona shvati njegov pogled i jedna misao je štrecnu: „Ovaj čovek bi me mogao ubiti!"

Kako je bilo sumorno ovo njihovo ćutanje. Zaželela je da ga prekine. „Zašto ćuti? Ako smo napravili ugovor da se razvedemo posle tri meseca, to nas ne sprečava da razgovaramo." Ali, među njima kao da nije bilo nikakvog duhovnog dodira. Činilo joj se beznačajnim sve što bi ga mogla zapitati. Dok su u ljubavi svaka sitnica i detinjarije značajne, sad je trebalo govoriti samo pametno, kao s poznanikom koji ne treba da stekne utisak da si glupa. Ona nije imala ni toliko sujete da se pokaže pred njim pametnom. Pokazala mu je šta misli o njemu i sad joj je svejedno šta će taj tuđin misliti o njoj. Osećala je njegov miris duvana i znala da puši i da je tu, u njenoj blizini.

Nešto malo, šareno poče da skakuće po travi... Mače! Ljiljana mu je pratila pokrete. Oči joj se nasmešiše i njene rumene usnice razvukoše se u osmeh. Radmila iznenadi promena na njenom licu. Čemu se smeje? Pođe za njenim pogledom i dođe do mačeta. Njeno raspoloženje još ga više rastuži: „Mačetu se smeši, a mene gleda s mržnjom i odvratnošću." Kako je čudnovata ta žena! Ništa što ga je sinoć dovelo do afekta u kakvom je čovek stanju i zločin da učini. Vriskala je, plakala, potom zaspala, a jutros se smeje jednom mačetu!

— Mac! — začu se s njenih usnica. U njemu nešto uskipe, htede da joj kaže: „Pogledajte, i vi ste kao ta mačka sa zelenim očima!” Uzdrža reči, jer je želeo da prouči svaki detalj njene psihe. Pred njim je bilo jedno sasvim novo biće...

Mače zastade na travi i pogleda u pravcu odakle je dolazio glas. Ona ga ponovo zovnu, ono potrča i dođe na terasu. Njene detinjaste oči umiljato su ga gledale.

— Mačence, dođi! — ona pruži ruke. Mače se oprezno približi i skoči joj u krilo.

— Kako je lepo! — tepala mu je. — Je li ovo vaše mače?

— Nije, sigurno je došlo iz komšiluka.

— Slatko je! Volite li vi mačke?

— Ne volim... Lukave su i neiskrene. Nikad ne znate da li vas vole.

Ton mu je bio suv. Ona oseti neki nejasan prekor... Preko glavice šarenog mačeta vide kako je Radmilo posmatra oštrim, hladnim pogledom, natuštenih obrva. Ona spusti mače, znajući zašto, ali ono joj ponovo skoči u krilo.

— Jaoj! Ogrebalo me je! — pritisnu rukom butinu, jer su se noktići zarili kroz haljinu. — Idi, neću te. Grebeš!

Radmilo se gorko osmehnu i ništa ne reče.

— Lep je ovaj jorgovan! Tako je obilno cvetao. Mogu li da otkinem koju grančicu? — upitala je.

— Zašto da ne? Bašta vam stoji na raspolaganju kao i kuća.

Ona siđe u baštu. Stajala je kraj jorgovana i brala cvetove. On zapazi kako komšiluk opet izviruje, pa i on priđe jorgovanu. Bio je odviše častoljubiv da bi mogao dopustiti da ga ismeju.

— Hoćete li perorez?

— Dajte... Što lepo miriše!

Njega je čudilo kako je ona lako prelazila s predmeta na predmet; sasvim obično, kao da je sve normalno u njihovom odnosu... A on ni na šta drugo nije mogao da misli, čitav haos osećanja kovitlao se u njemu.

Jedna starija žena prođe tužno kroz dvorište s leve strane njihove bašte. Nije videla njih dvoje iza jorgovana i ograde, ali su oni nju videli.

— Živka! Živka! — vikala je kroz plač.

Druga, mlađa žena, žurno otvori vrata, ona što je došla zakuka.

— Ćuti! Ćuti, mama, nije ništa. Sad je dobro! — tešila ju je mlada žena, uvodeći je u kuću.

— Šta li se to desilo? — začudi se Ljiljana.

— Ne znam...

— Da im nije neko bolestan? Ko tu stanuje?

— Šef finansijske uprave.

— Ja bih ovo cveće stavila u vazu...

Uđoše u kuću. Ona nađe vazu, nasu vode, namesti je u predsoblje. On oseti kako ga strašno zabole glava. Zažele da legne, da se odmori, da razmišlja, da prikupi hrabrost i priguši gnev koji je svaki čas mogao da izbije. Trebalo mu je mnogo snage da se savlada.

— Hoćete li novine?

— Dajte. Nisam ih čitao već dva dana.

On uze jedne novine i uđe u svoju radnu sobu, a ona ode u spavaću. Sela je kraj prozora i posmatrala ulicu. Njena predivna detinjasta bezbrižnost odlete kao maslačak i s dna njenog devojačkog srca počeše da izviru uspomene. Sama sa sobom, ona se tek sad mogla ozbiljno zapitati zašto je to uradila. Tek sad je osetila svu ozbiljnost svog položaja. Pogledom je prelazila s predmeta na predmet. Sve ju je rastuživalo. Zar ovde da provede ceo život, u ovoj kući, ovoj sobi, varoši? Da gleda ceo život ovu istu ulicu, kuće, ljude?

Ona devojka crne kose s razdeljkom opet je bila na prozoru. Jedan stariji čovek sedeo je s naočarima na nosu i novinama u ruci kraj prozora belog kućerka sa izvučenom strehom. Pred bakalskom radnjom sedela je žena u fesiću i radila neku čipku. Grupa učenica prođe žagoreći. Prođoše i gimnazijalci.

— Tatjana! Tatjana! — dozivali su nekoga iz susedne kuće. Neki glas s prozora odgovori:

— Neće Tatjana u školu... Bolesna je!

— Šta joj je? — pitale su učenice.

— Ima groznicu.

„Zašto li je ona starica kukala? Valjda je ta Tatjana bolesna. Učenica. Kako joj je lepo ime!"

Ljiljana uze novine, ali ono što je bilo u njoj potiskivalo je sve spoljne utiske. „Kako ću izdržati tri meseca u ovoj kući? Pogrešila sam. Nije trebalo da se udajem. Zašto sam popustila! On pati. Ali, šta? Zar i ja ne patim zbog Momčila? Dve godine voleti jednog čoveka i baciti se u naručje nepoznatom."

Uzela je novine i opet ih spustila. Neka nova misao, koja se sad prvi put javila, kao da joj je šaputala: „Pogrešila si. Ovaj čovek nije ništa kriv! Mogla sam biti taktičnija!", šapnu sama sebi. „Mora da sam strašno izgledala. On je tako bled danas. Dobro me sinoć nije ubio! Pa šta i da me ubije! Šta će mi ovakav život? Jednom sam volela i više nikad u životu neću voleti... A da li će se on zadovoljiti mojom ravnodušnošću. Šta ako zatraži svoja prava?"

Digla se sa stolice čisto uplašena. Setila se da se približava veče. Noć. Noć koja pripada mužu. Ako on lupi u vrata. Možda se samo prividno umirio. Onda će sutra odmah otputovati! Otići će ma gde. „Ne moram u Beograd. Imam novca. Gde mi je novac."

Potraži tašnu. Nađe je kraj ogledala. Otvori je i prebroja novac. Pet hiljada. Njena devojačka ušteđevina od tri hiljade i dve hiljade poklon od Dragiše. S pet hiljada može živeti bar tri meseca. Otići će u selo. Sakriti se. Videće šta će biti doveče. Ostavi novac u orman, uze opet novine.

Sunce zađe. Oblak natkrili kuću i zamrači ulicu. Dunu vetar. Krupne kapi kiše udariše o prozor. Razmišljala je kako će ovako ceo dan. Setila se da ima započete ručne radove. Sutra će ih uzeti.

Veče se spuštalo. Julija donese večeru. Posle večere Ljiljana opet oseti strah. Radmilo ćuti i puši. Kako je sumoran njihov brak, iako sve blista u kući.

— Hoćete li da spavate? — iznenada je zapita. Gledao ju je pravo u oči. Opet onaj isti sjajni pogled.

— Ako želite neku knjigu, možete je uzeti iz biblioteke. Ima i beletristike.

— Rado bih čitala. Izaberite mi vi, molim vas.

On joj donese jednu knjigu.

— Oh, ovo nisam čitala... Hvala!

Ustala je ne gledajući ga. Pošla je u spavaću sobu. Kraj vrata se setila i zastala:

— Hoćete li jastuk ili pokrivač?

— Ne treba! Imam u radnoj sobi momačke posteljne stvari. Sam ću namestiti...

— Laku noć! — prošaputa ona, ne gledajući ga.

Nije odgovorio. Uplašila se što ćuti. Ušla je u spavaću sobu, okrenula se da zatvori vrata i videla ga kako stoji na istom mestu i gleda za njom. Oči su mu bile još veće, mračne, a onaj sjaj goreo je i dalje u njima.

Zatvorila je vrata i naslonila se na njih, kao da hoće da se odbrani. Osluškivala je njegove korake. Ništa se nije čulo... Kao da je i dalje stajao na istom mestu. Posle je čula težak korak. Srce joj je zalupalo od straha, ali koraci se izgubiše; čula je kako se otvaraju i zatvaraju njegova vrata. Zatim je sasvim polako, da se ne čuje, okrenula ključ u bravi.

Za sreću u braku potrebno je...

Ljiljana je osluškivala, umivajući se u kupatilu, drugog jutra u muževljevoj kući. Ništa se nije čulo. Na časovniku je bilo osam. Kako je slatko spavala!

Sasvim sama u sobi. Nije se ni približio njenim vratima. Spuštena zavesa na prozoru ujutru je bila sva zlatna od sunca. Digla je zavesu najpre na prozoru što gleda u baštu. Sve je treperilo od svežine. Nasmešila se suncu, lišću, travi, cvetovima. Obukla je jutarnju haljinu od mekog flanela, boje zrele lubenice. Lagano je ušla u trpezariju. Opet je osluškivala. Nigde nije čula korake. Sela je na divan i očekivala da njen muž izađe iz radne sobe. Nekoliko minuta je prošlo. Ustala je ponovo, otvorila orman i zalupila vratancima da bi je on čuo. Iz sobe se nije niko javljao. Nije znala šta da radi. Da li da izađe u baštu ili da čeka da se on probudi? A ako je otišao? Bilo joj je vrlo neugodno. Šta će reći Juliji? Rešila se, prišla odlučno njegovim vratima i kucnula. Ništa. Kucnula je jače. Opet tišina. Zovnula je tiho:

— Radmilo, jeste li ustali? — nije bilo odziva. Ona pritisnu kvaku, lagano otvori vrata i proviri. Nije ga bilo u sobi. Iznenadila se. Sofa je bila bez posteljnih stvari, kao preko dana; jastuče s perunikama stajalo je kao juče. Kao da nije tu ni spavao.

Razgledala je sobu zbunjeno.

„Ovo nema smisla! Gde je? Šta da kažem? Zašto me nije pričekao? A možda nije ovde ni spavao. Zbilja, divan muž! Od mene traži da tri meseca sedim u ovoj kući da ga palanka ne bi ogovarala, a on druge noći otišao iz kuće...”

Bila je ljuta. Ušla je u predsoblje. Vrata su bila otključana. Ona je, dakle, spavala sama u otključanoj kući.

Izašla je na terasu. Zapahnu je mirisno prolećno jutro. Udisala je svež vazduh kao u polju. Nebo je bilo čisto i sjajno. Kroz njenu duševnu potištenost prolećno jutro se provlačilo kao svetlosni zrak kroz pomračinu... Pošla je u kuhinju. Julija je ugleda, pa istrča:

— Gospodin je otišao! Nije hteo da vas budi. Meni je kazao da vas ostavim da spavate. Ustao je u pola sedam, popio ovde kafu, dao mi novac za ručak i zamolio me da vam kažem da je otišao u kancelariju. Danas ima neko suđenje. Kazao je da će do jedan sat doći na ručak.

Ljiljani laknu.

„Ipak je lepo vaspitan. Nije dao ništa da se nasluti.”

— Jeste, ja sam tako slatko spavala i nisam ni osetila kad je otišao — lagala je ne znajući ni sama zašto laže. — Oh, što je lepo u bašti!

Odsustvo tog sumornog, ozbiljnog čoveka kao da odnese i njeno neraspoloženje. Zaželela je da razgleda baštu i osetila se slobodnijom, vedrijom. Ona pođe od voćke do voćke, od bokora ruža do bokora jorgovana; sve je razgledala, mirisala, saginjala se da vidi jagode, tražila ribizle, uživala u zelenilu bašte. Činilo joj se da će joj ova tri meseca ipak biti snošljiva u ovoj bašti, jer on često neće biti kod kuće. „Neka ga, neka ide! Bolje je da se ne vidimo izjutra. Šta bismo pričali?”

S jednog belog žbuna ubra nekoliko belih grančica. Bilo je hiljade cvetića na žbunu. Otkide dve-tri grančice rascvetane breskve. Osećala je žive mirišljave cvetiće, vlažne od kišnih kapi kao detinji obraz posle kupanja. Zastala je pred jabukom punom rascvetalih buketića i prinela lice cveću da ga miriše. Glava joj je bila kao u nekom cvetnom ramu. Pogledala je ono kupasto brdo i odjednom se trgla, videći u drugom dvorištu jednog mladića koji ju je gledao zagasito plavim očima. Bio je to onaj isti mladić što ga je juče videla na prozoru, s onim oficirom. Mladićeve oči su se smešile na nju s jasnim divljenjem. Ona se brzo okrete, uđe u kuću i zapita Juliju ima li pri ruci neku vazu. Ona joj nađe jednu i reče da ima u ormanu još jedna vaza od kristala, kao i duboka činija u koju može da aranžira cveće. Ljiljana nabra još cveća, unese ga u kuću i poče da ga raspoređuje po vazama.

— Vi idite u kuhinju, a ja ću namestiti postelje.

— Zar vi to radite? Ne dam ja vama ništa. Ostavite, gospođo Ljiljana, to ću ja začas svršiti.

— Zašto da ne radim? Zar sam kod kuće sedela skrštenih ruku? Moje su bile sobe. Ja se, Julija, ne stidim domaćeg posla. I moja mama je uvek radila, a ja sam joj pomagala. Idite vi samo u kuhinju — otprati je, a ona ostade sama u kući.

Tek sad je mogla sve da razgleda. Gde li je on spavao? Zaključala je predsoblje da bi mogla slobodnije sve da pregleda. Brzo je izvukla fioku od sofe. Ugleda posteljne stvari: plavi jorgan, jastuk, čaršav. Bili su još topli. „On je ovo sklonio da Julija ne vidi... Sve moram raširiti da se vetri, pa ću sve opet lepo složiti i ostaviti.”

Okretala se po radnoj sobi. Veliki dvokrilni orman u uglu. Lagano je povukla ključić... otvorilo se krilo s odelom. Iznenađeno je pogledala garderobu muškarca. „Šta je odela!” Frak, smoking, svadbeni žaket: neka zagasita, jesenja i zimska, druga svetla i letnja... Ta odela kao da su joj otkrivala deo intimnog života mladog čoveka: njegov ukus, čistoću, društveni život. Nekoliko pari cipela, uredno poređanih, raznih boja i kombinacija.

„Nikad ne bih pomislila da je ovakav kicoš! A kako je samo bio jadan i pohaban kao student!”

Otvorila je i drugo krilo. Fino muško rublje nežnih boja, mnogo mašni, džepnih maramica. Sve je bilo sređeno, kao da ga je slagala ruka uredne domaćice. Osećao se prijatan miris. U uglu spazi veliku flašicu sa zelenkastom tečnošću. *Šipr*, pročita... „Gle, on zna da izabere i muški parfem.”

U jednoj pregradi su bili čaršavi, navlake, ubrusi... „Vidi se da je čistunac!” Setila se da rublje njenog tate nije bilo ovako fino. Nije imao ni ovoliko odela...

Rasejano je zatvorila orman. Razgledala je pisaći sto. Velika mastionica od nikla. Jedno stilo. Pepeljara od stakla. Bila je puna pikavaca... „Kad li je ovoliko popušio!”

Uzela je pepeljaru i prosula pikavce u peć. Velika biblioteka imala je puno knjiga u povezu i mekim koricama. Većinom su to bile naučne i pravničke knjige, ali je bilo i beletristike. Na stolu su stajale i korice za hartiju i pisaća mašina. „Ah, bar ću moći kucati! Treba mami i tati da napišem pismo. Iskucaću ga na mašini.”

Učini joj se da se kapija otvara i ona žurno istrča u trpezariju. Neka seljanka je vikala:

— Gospođo, imam mlad kajmak i piliće!

Vratila se u spavaću sobu i počela da namešta krevet. Kroz prozor je čula kako se Julija cenka sa seljankom. Ona izviri.

— Gospođo Ljiljo, volite li kajmak? Mlad je... Hoćete li da kupim?

— Uzmite. Volim kajmak!

Namestila je sobu, izbrisala prašinu i obukla svoj zeleni penjoar s ružama... Bilo joj je mnogo prijatnije danas nego juče. Samo, osećala je tugu i samoću... Pomislila je kako je mami i tati bez nje. Rastužila se i zaplakala. Mnogo je volela roditelje. Mazili su je kao pravu mezimicu i jedinicu, jer joj je starija sestra umrla. Čudila se kako su se oni mogli rastati s njom i udati je čak u unutrašnjost. Nije tome bio razlog samo to što je on advokat, što ima svoju kuću, već drugi, jači razlog. Tragedija njene sestre, iako joj o njoj nisu pričali, bila joj je jasna. Kao dete nije mogla ništa da shvati, ali je naslućivala i kasnije sebi objasnila čitajući medicinske knjige. Sad je znala otkud one njene česte bolesti u braku, operacije, nedonošenje dece na svet... Mama je često plakala. Vesela, zdrava devojka, najednom uvela u braku. Sećala se kako je jednom čula sestrinu vrisku: „On me je upropastio! Moj rođeni muž!" A udala se iz ljubavi. Ludovala je za mužem, a završila je tragično. Popila je morfijum. Ostavila je pismo: *Ne mogu više bolest da podnesem!*

Mnogo kasnije Ljiljana je shvatila sestrinu tragediju. Sad zna zašto je njoj tata, uoči venčanja, govorio onako ubedljivo, razložno: „Ljiljo, ti si pametna devojka, načitana, i treba da znaš da je za sreću u braku potrebno imati zdravog, karakternog i inteligentnog muža. A ti ćeš sve to naći u Radmilu."

Uzdahnula je. „Ipak, bez ljubavi nema braka... Šta vredi kad ga ja ne volim!"

Potraži tabak hartije za pisma, da piše roditeljima. Sede za pisaći sto i namesti list u mašinu. Kod prvih reči: *Najmilija moja mamice i tato...*, zagrcnu se. Pisala je, a suze su joj mutile pogled. Brisala ih je rukom kao dete pišući i jecajući. Pisala je o bašti, cveću, kući, Julijinom dočeku, ne pominjući ništa o prvoj večeri, o svom očajanju... Reči su joj u pismu bile vedre, nasmejane, a oči pune suza i duša rasplakana. Zanesena kucanjem, nije čula kad su se vrata otvorila i na pragu se pojavio Radmilo. Sva se stresla.

Radmilo ju je video kako piše i plače. Zastao je, ne govoreći ništa. Ona se zbunila kao krivac uhvaćen na delu, pocrvenela i skočila sa stolice:

— Izvinite, sela sam za vašu pisaću mašinu! Ne ljutite se? Pisala sam mami i tati, pa sam se ražalostila...

— Zašto da se ljutim? — muklo je odgovorio. — Možete uvek pisati na njoj. Ako niste dovršili, dovršite... Ja sam nešto ranije došao. Suđenje je odloženo, nisu svi došli — pogleda u sat: dvanaest i pet minuta.

— Samo još nekoliko redova...

On ode u trpezariju, izvadi novine iz džepa i sede na divan. Prevuče rukom preko čela, steže slepoočnice i ostade tako nekoliko trenutaka. Potom odmahnu glavom, namršti se, razvi novine i poče da čita. Bio je sasvim miran kad je Ljilja izašla iz sobe.

— Da li imate jedan koverat?

— Imam. Čekajte da vidim. Znam da su mi koverti u jednoj fioci. Evo! Samo, malo je veći.

— Ne mari. Neću zatvoriti pismo. Hoćete li da im vi napišete nekoliko reči?

On je začuđeno pogleda, kao da htede reći: „Šta to ima da znači?"

— Dobro. Napisaću! — reče.

Ona ispisa adresu i ostavi otvoreno pismo na stolu. Htela je da on vidi da o njemu nije ništa rđavo napisala. A i zašto bi ih žalostila. Njeni roditelji su tako divni. Ona ih voli, mora ih pripremiti. Tata je kulturan čovek. Ona u njemu nije cenila pomoćnika ministrovog kabineta, već čoveka koji je napisao nekoliko naučnih knjiga. To je podseti da kaže mužu:

— Ja sam uvek tatine rukopise kucala na mašini. Od petog razreda gimnazije kucam.

— Da, lakše i brže se misli s mašinom. Ja sam je kupio za ličnu upotrebu. Često se služim njome.

— Kakvo ste to suđenje imali?

— Sude se dva ortaka. Jedan je utajio novac, drugi ga tuži da ga je potkradao. Iznosio je robu krišom i prodavao. Oštetio ga je za nekih sto pedeset hiljada.

— A koga vi branite?

— Tužioca. Onaj drugi je priznao. Ja utičem na njih da se izmire i izravnaju.

— A hoće li i dalje ostati ortaci?

— Neće. Ovaj drugi je već otvorio radnju manufakturnom robom.

Razgovarali su, ali ozbiljno. Nijedan tračak veselosti nije prešao preko lica mladog čoveka. „Opet su joj oči zelene", pomislio je. Bila je u istoj haljini.

Posle ručka joj pruži novine.

— Ja sam ih pročitao. Možete ih uzeti... Imam nešto da pišem. Hteo sam da vas pitam hoćete li da danas posle podne odemo u posetu mojoj tetki i gospođi Janković? Ja sam im javio...

— Zašto da ne? U koliko sati?

— Budite spremni u tri. Lepo je vreme. Do tetke ćemo stići ranije. Ona je patrijarhalna žena. Sirota, stanuje u oronuloj kućici. Nadam se da za vas to neće biti poniženje da je posetite?

— Zašto podvlačite te reči? Mislite da ja prezirem sirotinju? Ni mi nismo bili bogati i ja sam više puta znala za oskudicu u kući. Možete mi pripisati druge mane, ali što se tiče sirotinje, nikad je nisam prezirala. Moja najbolja drugarica u školi bila je veoma siromašna devojka, ja je i danas volim.

On uđe u sobu, taktičan i hladan, a ona uze novine. Čudila se zašto se on toliko neprijateljski ponaša. Ona bi sada mogla s njim malo razgovarati. Ako ga ne voli, ne moraju biti neprijatelji. Zar se muž i žena uvek vole, pa opet pričaju, nasmeju se. Ponaša se, zbilja, kao pravi samac. On samac, a ona gazdarica! Pa i s gazdaricom se razgovara... Osećala je da on sada čita pismo. Bolje što ga nije zatvorila. Neće valjda ni on ništa rđavo o njoj napisati. Ali koliko je samo gord... Nije ni gord, nego ohol... Čitala je novine kraj prozora u spavaćoj sobi. Čitala je rasejano... „Ruke su mu lepe... odnegovani prsti i vrlo čisti nokti", promače joj neočekivano misao kroz rasejano čitanje... Iz drugog dvorišta čuo se smeh. Videla je oficira i onog mladića u civilu. Sigurno su braća. Ličili su jedan na drugog. Samo je oficir bio viši rastom. Obojica su imali plave oči i kestenjastu kosu. Gimnastički razboj su imali u dvorištu i mladić u civilu je izvodio neke vežbe. Sad je na razboju bio oficir... S vremena na vreme mladići su bacali pogled na Radmilovu kuću.

„Gle, i ovi palanački mladići umeju da kibicuju!", pomisli ona. Braća su bila vrlo nestašna, naročito civil. Dohvati oko pojasa oficira i podiže ga. Ogledali su snagu. Ljilja se smešila gledajući ih... Zagnjurila je opet lice u novine. Najednom joj dođe nešto teško: zar će ovako stalno sedeti u kući, kao u nekom zatočeništvu? Zašto se ovako uzjogunio ovaj Radmilo? Ustade, pođe da ga nađe, da popriča s njim.

Htela mu je reći: „Gospodine, ako sam pristala da ostanem tri meseca u zatvoru zbog vas, bar mi pričajte štogod!"

Bila je vesela mlada devojka, zdrava i umiljata. Posle ručka uvek je razgovarala s tatom. Bili su to razgovori o svemu i svačemu. Nju nije zanimala samo četvrta strana novina već ih je čitala od prve, a završavala romanom i feljtonom... Pošla je pa zastala.

„Nema smisla! Ispala bih neozbiljna i smešna. Treba ostati dosledan sebi." Legla je na postelju i zatvorila oči.

Svež vazduh dolazio je kroz otvoren prozor, zavesa se njihala... Bilo joj je tako prijatno. Osećala je miris bašte i čula smeh ona dva mladića. Dremež je savlada. Kad se trgla bilo je pola tri. Brzo je počela da se sprema. Obukla je plavu haljinu, stavila plavi šeširić i obula crne cipele od jelenske kože. Čula je kako on otvara vrata pa je i ona izašla. Na svetlom prolećnom suncu prosto blesnu njena plava lepota. Oči su joj bile opet plave, nežne i detinjaste. Radmilo je iznenađeno pogleda, začudiše ga njene plave oči... Maločas su bile zelene! „Oči joj se menjaju kao i osećanja. Tako je sve promenljivo i nestalno u ženi!", pomisli on. Bio je u svetlijem sivom odelu od punijeg engleskog štofa. Ljiljana ga pogleda. „Kako se samo udesio... Ja u plavom, a on u sivom. Kao neki srećan par, koji podešava i ton odela!"

Izađoše na ulicu. Pred susednom kućom stajao je onaj mladić u civilu i njegov brat, artiljerijski oficir.

Radmilo se javi. Mladići se zagledaše u lepu ženu.

— Senzacija! — prošaputa civil. — Gledaj ti Radmila. Gde li on pronađe ovakvo devojče? — poručnik ne odgovori ništa, ali mu se oči prikovaše na stas lepe plavuše.

Iz dvorišta su izvirivali i dovikivali se da vide Beograđanku. Mlade devojke su se pregibale preko prozora. Ljiljana primeti kako su sve te devojke lepo frizirane. Bilo je među njima i vrlo lepih... Gledala je kuće, dućančiće s natrpanom prašnjavom robom po izlozima, koja je tu stajala bogzna otkad. Pred jednom radnjom su visile kanure vune raznih boja. Bila je to bojadžijska radnja. Iznenadi je jedan veliki izlog sa staklarijom i porcelanom. Bilo je posuđa i od kristala. Sa ćepenka pekare osećao se miris vrućeg hleba. U daljini se video park i u njemu visoki kupasti četinari.

— Ono je kuća moje tetke!

Beli kućerak s dva prozora, malo nakrivljen. U prozoru nekoliko saksija s muškatlama, begonijama i karanfilom.

— Tetka čeka! — reče Radmilo.

Ljiljana u dvorištu spazi postariju ženu u fesu, odevenu u smeđu haljinu i s velikom crnom keceljom od satena. Njeno prostosrdačno lice, s puno žilica na obrazima i s crnim blagim očima, smešilo se na bratanca i snahu. Pođe im žurno u susret, zbunjena zbog te otmene devojke iz gospodske kuće, koja joj dolazi u posetu.

— Moja snajka! Moja snajka! — uzbuđeno je govorila. — Blago meni! Ne žalim sad da umrem, samo kad sam videla mog Radu srećnog.

Te njene iskrene reči kosnuše se oštro Ljiljane. Ona se seti svega, pognu glavu smežuranoj ruci stare tetke i spusti svoje nežne usnice na suvu kožu staričine ruke.

Tetka trže ruku postiđena što joj ovo gospodsko devojče ljubi ruku i tronuta do suza poljubi Ljiljanu u oba obraza.

Ljiljana se pribra, pogleda baštu bez plota, s lejama luka uveliko izdžikljalim, sa zeljem, drvećem, suncokretima. Na tri stepenice preko kojih je bila prostrta čista krpara od paranih čarapa, s obe strane su poređane saksije s cvećem, a u kuhinji su se crvenele cigle od firnajsa... Ljilju je sve zanimalo i nije se mogla uzdržati da ne kaže:

— Kako je sve lepo kod vas! Ova bašta, cveće, krpare!...

— Prosto, snajka... sve starinski! Samo je čisto. Izvoli, snajka, u kuću! — pozove je tetka držeći je oko pojasa, raznežena ovim susretom koji je očekivala s tolikim uzbuđenjem.

Uđoše u kuhinju, koja je blistala od čistoće, belih okrečenih zidova, s usjajenim šparherdom i punim sandučetom cepanica.

— Izvoli, snajka! Izvini što je kod mene sve starinsko.

— Zašto se izvinjavate, tetka? Šta vredi elegantan nameštaj, ako je nečistoća. A kod vas se odmah vidi da sve blista.

— Jeste, snajka, bogami! Ovako stara, a ne mogu da trpim nečistoću. Vučem se nekako po kući, ali sve mora da mi je u redu. Sedi na krevet, na ćanilu! I ja tu sedim. Popnem se čak gore, naslonim se na jastuke i gledam kako svet ide u park. Popni se i ti!

— Neka, hvala! Meni je i ovde lepo — Ljiljana je pomalo razgledala tu starinsku sobicu: krevet s crvenim prekrivačem i mnogo jastuka. Okrugao, starinski orahov sto, hrastovo ormanče s nekoliko fioka, a odozgo šoljice, tacne, čaše, slavski čirak od nikla u kome je još stajalo pola voštane sveće. Izbledele fotografije u ramovima visile su na zidu, i dve veće, sigurno tetka iz mlađih dana i njen muž s kapom policijskog pisara.

— To je moj pokojni Vlajko — objašnjavala je starica primetivši da Ljiljana gleda sliku. — Bio je policijski pisar. Od njega mi je ostala penzija. Da je pokojnik duže poživeo, sad bi bio sreski kapetan ili, kako se ovo sad zove, poglavar. Ali, pogibe u ratu. Šta ćeš? Mnogi su izginuli...

— Pa, možete li da živite od te penzije?

— Mogu, snajka! Ono, i Rade mi pomaže. Ja nikog nemam, a i on samo mene ima.

— I treba da vas pomaže — prihvati Ljiljana.

Radmilo je ćutke slušao razgovor. Trudio se da mu ne promakne nijedna Ljiljanina reč.

— A imam i dva đaka sa sela — nastavi tetka. — Držim ih u stanu i hranim, da nisam sama.

— Zbilja, gde su Miki i Dušan? — upita Radmilo.

— Uče u sobi. Stide se da izađu, a jedva čekaju da vide snajku. Bogami, ima šta i da se vidi! Znaš, Rade, na koga mi liči snajka? Na onu glumicu što sam je videla u bioskopu kad si me vodio.

Radmilo i Ljiljana se nasmejaše. „Gle kako mu lepo stoji kad se smeje!", pomisli Ljiljana.

— Vidiš, Ljiljana, kako je tetka pogodila!

— A idete li u bioskop, tetka?

— More, nisam išla, snajka, ali Rade me zaokupi da idem, da idem, pa se ja navikoh. Tako, on me nekad pozove.

— Je li dobar bioskop? — okrete se ona mužu.

— Vrlo dobar. Sve što gleda Beograd, gledamo i mi.

— I ja, tetka, volim bioskop. Onda ćete vi lepo s nama da idete.

„Kako je čudna!", mislio je Radmilo. „Tako je ljubazna i prirodna s tetkom, a prema meni je bila onako strašna!"

— Gde ću ja s tobom, snajka, u fesu i libadetu?

— Zašto, tetka? Ja mnogo volim da vidim ženu u starinskoj nošnji. Ima otmenosti u njoj.

Polaskana i oslobođena zbunjenosti, starica se raspriča, s onom tipičnom detinjom iskrenošću patrijarhalnih žena.

— E, da vidiš, snajka, kad ja obučem novu haljinu i atlasno libade! To mi je moj Rade kupio. Samo, libade čuvam za veći praznik. Pa se i namirišem! Metnem stručić bosioka u džep od libadeta. Tako me se ne bi zastidela.

— I ovako se ja, tetka, ne bih zastidela.

— E, Rade, sine, odmah mi je snajka ušla u volju. Razgovara sa mnom kao da se odavno poznajemo. A ovde do naše kuće ima jedan što se oženio Beograđankom... Kad prođe nikog neće da pogleda, digne nos! A zašto, snajka? Ako i nisam obrazovana, ja sam poštena žena.

— Dabome, tetka. Samo glupaci se gorde.

— Znala sam ja da će moj Rade ovako nešto da nađe. Čekaj da zovnem Miku i Dušana.

Dva gimnazijalca se pojaviše na vratima. U seljačkom odelu, vitki, svetla čela i lepih, začuđenih očiju, priđoše zbunjeno Ljiljani i poljubiše joj ruku. Stariji sede na stolicu, a mlađi osta stojeći, naslonjen na vrata.

— Koji razred učite? — upita Ljiljana.

— Ja sam u sedmom, a Mika u petom — odgovori stariji gimnazist Dušan.

— Jeste li dobri đaci?

— Iz nekih predmeta smo dobri, ali nismo odlični.

— Četvorkaši! — dodade Radmilo.

— Ima i poneka trojka. Glavno da nemamo slabih.

— Ja sam rekao da ću te uzeti za pisara kad završiš maturu, ali da budeš oslobođen mature.

— E, vi mnogo tražite, gosn Radmilo. Ja se nadam da ćete biti zadovoljni ako prođem načisto i ne padnem. Danas je teško biti odličan đak.

— To je tačno! — odobri mu Ljiljana. — Program je vrlo obiman. Uči se i ono što ti nikad u životu neće biti potrebno. S kakvim si ti uspehom, Radmilo, položio maturu? — okrete se mužu, govoreći mu „ti".

— Bio sam oslobođen. Još u kakvim sam materijalnim prilikama živeo... izdržavao sam se sâm.

— Jeste, namučio se moj Rade! — doviknu iz kuhinje tetka kuvajući kafu. Priđe vratima sa kašičicom u ruci: — Pa da sam bar ja, snajka, bila ovde da ga prihvatim, nego bestraga, u Knjaževcu. Znaš kako se policijski činovnici seljakaju. Kô čergari. Premeštali su mog čoveka iz Milanovca u Knjaževac, a iz Knjaževca u Užice! Još to beše predratna Srbija, a sad je još gore. Iz Šumadije, pa u Štip ili Tetovo. Tako, odavde jednog premestiše čak u Tetovo. A ima troje sitne dece... Da sam ja ovde bila, ne bi se moj Rade mučio.

— A zaboravljaš, tetka, kako si mi uvek u pismo stavljala poneku banku. Koliko je to meni značilo.

— Zato se ti, sine, meni sad odužuješ. Dobar mi je, snajka, Rade kao dobar dan! Zima čiči, a ja vidim njegov pisar ide pokraj kola s vrljikama i seljak istovaruje meni pred kuću.

— Lepo je to što je pažljiv! — hvalila je Ljiljana muža.

— A neće, snajka, svaki. Tu, u komšiluku, rođeni sin pa tuče majku! Sve prokocka, svu platu, i ona još mora da mu daje. Uh, lonče mi pokipe! Kad stojim pored šporeta ono neće da provri, a čim se maknem pokipi. Voliš li ti, snajka, kafu?

— Volim.

— A, sad ću da načnem slatko od lubenica. Čuvala sam za sna-jku... Dušane, sinko, dohvati onu treću teglu sa šifonjera. Onu od bresaka ću da ti donesem kući, snajka.

— Hvala, tetka! Ali, nemojte. Treba i vama.

— Šta će meni? Ja to čuvam za goste, a ti i Rade ste mi najmiliji gosti.

— Daj, tetka Stano, ja ću da poslužim — ponudi se mlađi gimnazist Mika.

— Evo, sve sam spremila, i kafu i slatko. Uzmi, snajka, to veliko parče!

— Kako vas slušaju, tetka, ovi dečaci?

— Moram da ih pohvalim. Obojica su vredni. Iscepaju mi drva, iseckaju i za potpalu, trknu do bakalina, do furundžije, a ponekad i na pijac. Mlađe noge imaju, pa im je lakše potrčati.

— A ima li dosta đaka sa sela?

— Više nego iz varoši.

— Otkud to? — začudi se Ljilja.

— Vidite, gospođo — govorio je stariji — moj primer. Mi smo još zadružna kuća, ali novca slabo imamo. Danas se poljoprivredni proizvodi prodaju u bescenje. Da proda sve što proizvede, seljak jedva da podmiri porez i kućne potrebe.

— Kako onda plaćaju za vas koji se školujete?

— Ne plaćaju oni meni, snajka, nego donose: džak brašna, pasulja, krompira. Zimi mi doteraju ugojenu svinju... Sve je to para. A ja od moje penzije kupujem bakaluk. Više ih držim da nisam sama. Šalim se s njima, oni mene zadirkuju, a Mika mi uveče čita priče.

— Vi ne znate novosti, gosn Radmilo? — ubaci Mika. — Tetka Stana uči francuski.

— Đavoli jedni! Vidiš, snajka, kako me ismevaju! To oni hoće mene da uče, pa mi ispisali kako se kaže: dobar dan, izvolite, dajte mi hleba, dajte mi tanjir... Ja, stara žena i francuski!

— O, tetka, pa ti onda možeš da razgovaraš francuski s Ljiljanom, ona vrlo dobro govori — dodade Radmilo.

— Vidi, snajka, i on me ismeva!

— Bogami, tetka Stana je sasvim ozbiljno shvatila učenje — dirao je sad i Dušan.

— Čekaj, čekaj! Nemoj ti da ja kažem Radmilu i snajki za tebe i za ono. Samo se licka pred ogledalom, a u komšiluk došlo jedno devojče... Ama, ja ću njoj da podviknem. Svaki čas ga zivka.

— Bože, tetka Stano, pa svi đaci vode ljubav! Zar nije i gospodin Radmilo vodio ljubav kao đak! — branio se Dušan.

— A, moj Rade nije ni s kim vodio ljubav, ni kao đak ni kao advokat, iako sve u varoši pocrkaše za njim. Šta će njemu to, kad je imao ovakvo devojče!

— Vidim, dopada ti se Ljiljana? — reče Radmilo.

— Pravo da ti kažem nisam mislila da je ovako lepa i dobra — tetka Stana ustade, pa zagrli i poljubi Ljiljanu. Radmilo uguši u sebi dubok uzdah, dok su gimnazisti kao opčinjeni gutali očima lepu Beograđanku.

— Znači, govorite dobro francuski? — usudi se da pita Mika.

— Mislim — nasmeši se Ljiljana.

— A što ti to pitaš gospođu? — dirnu ga Dušan. — Je l' zbog one tvoje lektire?

— Šta, nešto teško prevodite?

— To je, gospođo, budi bog s nama što prevodim. Zapeli smo na jednom štivu, pa niko da makne. Toliko je teško da sumnjamo da i profesor zna da ga prevede.

— Dajte baš da vidim tu vašu „budi bog s nama" lektiru.

— To je on i hteo! Ali, ostavi, Miko! Zar gospođa prvi put došla, pa da je gnjavimo — reče Dušan.

Mika zastade kod vrata, gledajući molećivo u Ljiljanu.

— Donesite, donesite, Miko! Možda ću umeti to da vam prevedem...

Dečak ulete u sobu i odmah istrča s knjigom. Ljiljana letimično pročita tekst u sebi.

— Mogu sve da vam prevedem — reče, pa otpoče da prevodi rečenicu po rečenicu... Oči dečaka sijale su od radosti.

— Kad bih ja stigao da to zabeležim?

— Što si ti, Miko? Još ćeš naljutiti gospodina Radmila! — obrecnu se Dušan na druga.

— Što bih se ljutio?

— Dajte, Miko, olovku i pisanku, ja ću da prevodim, a vi pišite — Mika sve brzo ispisa. Bio je sav ozaren.

— Veliko vam hvala, gospođo. Sutra sigurno odgovaram. Ovo će me spasti!

— Kad god imate nešto što ne možete da razumete, dođite da vam pokažem.

— A što ti, Dušane, mene grdiš, kad ni ti nisi znao da mi prevedeš? — slobodnije reče Mika.

— Zbilja je težak tekst — reče Ljiljana. — Iz lakih lektira se bolje uči jezik. Kako ti, Radmilo, stojiš s jezicima?

— Nemački sam prilično savladao. Iskoristio sam to iako đak. Posluživao sam u jednoj kući gde je gospođa bila Nemica. Ja sam poučavao njihovog sina iz drugih predmeta, stanovao kod njih i posluživao ih, a oni su u kući govorili samo nemački... Ljiljana, mi bismo mogli poći?

— Zašto još ne posedite? Još malo pa će svet u park. Samo to da vidiš, snajka: muško-žensko, muško-žensko! Sve po dvoje! Sednem ovde na minderluk, pa gledam čuda. Nije ni u palanci kao što je bilo pre... Tek vidiš dvoje šmugnu u mrak sami. „Crna majka”, mislim u sebi. „Ne zna gde joj je ćerka.” Da dođeš opet, snajka, pa da sedneš ovde na minderluk kao kod svoje kuće...

— Hoću, tetka, ali i vi da dođete k nama.

— Kad pođem na pijac onda ti ja najviše volim da svratim na kafu. Ili nedeljom, kad se vraćam iz crkve. Ajde da ti naberem cveća!

— Nemoj sada, tetka! Idemo u posetu kod gospođe Janković — odvrati joj Radmilo.

— Dobro, dobro, Rade! Onda ću sutra poslati po Miki i Dušanu, kad pođu u školu. ’Oćeš, snajka, i neku saksiju muškatli? Kad počnu da cvetaju, teraju celo leto.

— Ali, nemojte sebe da umanjujete.

— Šta da umanjujem! Pelcujem ja to svake godine. Pošalji mi saksije, pa sve da ti ispelcujem. Da znaš što je ovaj karanfil kad se rascveta! Ovoliki! Miriše mi sva kuća.

— Dobro, onda ćemo poslati saksije.

Tetka Stana i gimnazisti ispratiše ih do ispred kapije. Stajali su svi troje i gledali za njima. Sa susednih prozora izvirivale su ženske glave.

— Je l' to ta Beograđanka, žena gospodina Tomića? — pitale su ljubopitivo.

— Jeste, to je moja snaha — odgovarala je tetka ponosno.

— Kako je lepa!

— Nije samo lepa, nego i dobra! Vidi se, devojka iz dobre kuće! Prvo došla meni, pa cmok mene u ruku... Nije kao ona tamo što se napela kô žaba! Nego me zove u bioskop, na kafu... Mom Miki prevede francuski. Priča sa mnom kao ja s vama... I nije da se stidi što je moja kuća starinska, nego joj se sve dopada... Moj Rade je zaslužio takvu ženu. Ajde, Miko, uči sad francuski! Obešenjaci jedni, ismevate me!

***

Radmilo je išao pokraj Ljiljane i sumorno ćutao. Beše ga obuzela neka tuga... Jedna četvorogodišnja devojčica trčala je ulicom u susret njima; spotače se, pade i poče da plače. Ljiljana pojuri, diže devojčicu s kaldrme i poče da je miluje i teši:

— Ćuti, dušice! Ništa, ništa. To će proći! Kako imaš lepu crnu kosicu! Evo da ti kupim alve.

Devojčica ućuta. Treptala je da bi rasterala suze. Već su joj se obraščići razvlačili u osmeh kad ugleda šarene šećerleme.

— Uzmi ovu žutu lušu! Idi sad kući! Nemoj da trčiš — devojčica je stavila lušu u usta i sisala. Iz jednog dvorišta s puno stanova i niskih malih prozora istrča žena u izbledelom džemperu i patofnama vičući:

— Nado! Nadice!

Vide devojčicu s lušom i pritrča joj. Dete je pokazalo gospođu što joj je kupila lušu. Mati se osmehnu ovoj lepoj ženi, poznade advokata. Ljiljana klimnu glavom i produži s mužem. Nadina mama je već pozivala žene iz dvorišta. Nekoliko ih istrča, kloparajući papučama.

— To je žena advokata Tomića. Što je lepa! Mojoj Nadi kupila je lušu — palančanke su radoznalo gledale Ljiljanu.

Mladi advokat je bio još sumorniji. Ona za sve ima lepu reč, počev od njihove Julije do ovog deteta na ulici. Samo njega mrzi, on joj je odvratan. „Vi niste bili muž za mene!" Te reči su otrov koji deluje lagano, ali ubistveno. Osetio je neku beskrajnu samoću oko sebe, a u isto vreme i gnev. Bol muškarca se obično pretvara u gnev... Prolazili su pokraj grnčara. Ispred radnje su bile poređane saksije, vaze, testije, tanjirići — prevučeni smeđim i zelenim emajlom.

— Hoćete li, Ljiljana, da pošaljete saksije tetki da vam rasadi cveće?

— Ne znam — prošaputa ona, misleći na rastanak posle tri meseca. — Kako vi hoćete?

— Izaberite, pa ćemo reći da ih odnesu našoj kući, a sutra ih možemo poslati tetki po Juliji. I ja volim cveće.

Ona se saže i poče da bira.

— Hoćete li i ove vaze? — pitao je muž.

— Gle, kako su lepe! Slagale bi se s politirom onog ormana. Samo da uzmem tanjiriće za saksije, da ne prolazi voda.

Grnčar ih je usrdno uslaživao, radujući se dobrom pazaru. Odmah je sve poslagao u korpu da momak odnese njihovoj kući.

„Ništa, kad se rastanemo, to će ostati njemu u kući, reče da voli cveće", mislila je Ljiljana, idući ćutke pokraj Radmila.

Gospođa Janković, stara dama sede kose i lepih crnih očiju, gledala je Ljiljanu s materinskom nežnošću.

— Divnu ste ženicu našli, Radmilo! Tako je dražesna. Sad znam zašto ste mi toliko pričali o njoj. Da znate, dušo moja, neprestano je mislio na vas: „Moja Ljiljana! Moja Ljiljana...” Ali vi ste u njemu našli dobrog muža. Nema ništa lepše u životu nego kad se nađu dvoje koji se vole i razumeju... Imate još i sve uslove: lep prihod, onako lepu kuću, baštu! Kako vam se sviđa kuća?

— Vrlo je lepa... Lep je i nameštaj — odgovorila je Ljiljana zbunjeno. — I bašta mi se osobito sviđa.

— Ja sam dala Radmilu kaleme mojih ruža. Kad se rascvetaju, mirisaće vam cela bašta. Obešenjače jedan — okrete se Radmilu — umeli ste da pronađete pravi biser! Sama nežnost!

Ljiljana obori pogled s grižom savesti...

Da bi izbegao te izlive pohvale, od kojih mu je krvarilo srce prepuno patnji, Radmilo ustade:

— Gospođo, vi ćete me izviniti! Moram da skoknem do banke i do kancelarije. Ljiljana, ti ostani! Vraćam se ja brzo. Znam da će ti biti vrlo prijatno u društvu gospođe Janković.

— Ne znam da li će moje društvo biti prijatno ovako ljupkoj ženici, ali mi, stare dame, volimo mladi svet. To nas podmlađuje.

Radmilo ode. Laknu mu kad izađe iz komedije u kojoj je igrao ulogu srećnog muža.

Stara dama se raspričala, govoreći o svemu, ali najviše je hvalila Radmila.

— Krasnog ste muža dobili. Retkost je danas naći takvog mladića. Uvek sam govorila: „Da su moje unuke starije, jednu bih udala za njega!” Ali, toliko je zaljubljen u vas! Jednog dana mi je sve ispričao: kako vas je video još kao devojčicu i od toga dana vas je zavoleo... Trebalo je da ga vidite kad je namestio kuću! Bio je oduševljen. Pozvao me je da vidim i svaka druga reč mu je bila: „Moja Ljiljana! Je l'te, gospođo, šta mislite hoće li se ovo dopasti Ljiljani? Kako ovo da se namesti? Je li lepa trpezarija?..." Ja ga razumem, a znam da ste ga i vi razumeli. Bio je siroče, bez roditelja, gotovo bez ikoga svoga. Brak je za njega sve... Želi da ima nežnu ženu, decu, svoju kuću. Teško je biti bez ikoga... Ja sam to osetila kod njega i držala sam ga kao sina. Od sedmog razreda gimnazije ga poznajem. Uvek je bio pored moga sina. Zajedno su i maturirali. Moj sin je kapetan. Želela sam da i on uči prava, da bude advokat i da radi s mojim bratom. Ali, on je hteo da bude oficir... Oficir i ništa drugo! Valjda je vojnički duh nasledio od oca. Moj pokojni muž bio je general. Odlikovao se hrabrošću, a sina mi je očevo herojstvo, eto, oduševilo za vojsku. I posle mature ode na akademiju. Onda moj brat uzme Radmila. I nije se pokajao. Radmilo je odličan advokat. Treba samo da ga čujete kad nekog brani na sudu! Kakav je to govornik! Svi mu zavide ovde... Ima i konkurenciju među advokatima. A on je srećan i što je zastupnik banke. Bio je to najpre moj brat, a posle njegove smrti uzeli su Radmila, a to mnogo znači za jednog advokata — stalni mesečni prihod. Verujem da ćete s njim imati lep život. Samo se volite... On mi je pričao o vama kako ste vaspitana i inteligentna devojka iz dobre porodice. A i on je tako karakteran i vaspitan! Eto, on je dete iz sirotinjske porodice, a vidite koliko je otmen mladić! Viđamo sinove dobrih prijatelja, na još kakvim položajima, pa mangupi, propalice. Vaši roditelji mogu biti srećni što su vam našli ovakvog muža. A za roditelje je danas najveća briga udaja kćeri... Svuda je to: u Beogradu, u palanci... Čuvate žensko dete, vaspitavate ga, najlepše mislite da ga udomite, a nikad ne znate kakvom ćete ga čoveku dati u ruke...

Stara dama uzdahnu i rastuženo se zagleda u jednu sliku na zidu... bila je to nečija venčana slika.

— Imati li vi kćeri, gospođo?

— Imam dve. Obe su udate. Jedna za pukovnika, a druga za doktora.

— A jesu li srećne?

— Ne mogu da kažem da nisu srećne... Ova za pukovnikom ima vrlo dobrog muža. Ova za doktorom našla je vrlo dobrog lekara: odlično radi, lepo se ponaša u kući, ali ima jednu manu — veliki je ženskaroš. Osam godina su se voleli. Njihova ljubav je bila čitav roman. A sad kad se udala — vara je. To je za nju strašno razočaranje i bol. Ja je razumem. Jednom ga je ostavljala: „Neću, mama, ne mogu s njim, ponižava me! Zar da me vara s kojekakvim nevaljalicama?" Ali, imaju tri zlatna deteta: dva muškarca i jednu devojčicu. On joj ne da decu, a ona hoće da presvisne bez dece. I zbog toga se morala vratiti. „Šta ćeš", kažem joj ja, „nigde nije u braku sve glatko... moraš nešto da trpiš. Neko se kocka, neko sve popije, neko je grubijan, a on ženskaroš! I pusti ga. Neće terati tako doveka. Žena mora da trpi zbog dece. Udala si se, imaš sve u kući, imaš zlatnu dečicu, ti si njegova žena, ne može te ostaviti, pa progledaj mu nešto kroz prste..." I mi starinske žene, znate, mnogo šta smo progledale kroz prste našim muževima... Nisu ni oni bili besprekorni. Moj pokojni Sima bio je krasan čovek. Ali, takav sekant u kući! Sve sam morala da mu ugađam i činim po volji. Vreo ručak nisam smela izneti na sto... Pa, opet smo lepo živeli. Kažem ja to mojoj kćeri, a ona mi odgovara: „Drugo je to, mama, a drugo je ovo moje! Šta bi ti radila da ti neka devojka prkosi kako je voli tvoj muž, pa se još hvali kako joj je kupio bundu, kako s njom ide na izlete..." Ah, te devojke! — uzdahnu gospođa Janković. — Devojčice, takoreći deca, a trče za oženjenima!

— A vi ste, gospođo, sami u kući? — upita Ljiljana.

— Sama... Ne dam ja moj mir. Zovu me i kćeri i zetovi. Zetovi me vole i poštuju. Odem, posedim kod jedne ćerke, kod druge. I sin mi se oženio, bila sam i kod njih. Ali, kad se zadovoljim, vratim se svojoj kući. Tu sam najspokojnija. Ljute se oni na mene što ne prodam stvari i ne izdam kuću pod kiriju, pa se preselim kod njih. „Neću, deco", kažem ja njima. „Ovo sam ja stekla s vašim ocem i svaka mi je stvarčica mila uspomena... Hoću da imate i vi gde da dođete i da kažete: 'Blago nama dok imamo našu mamu!' Jer, niko vam se neće obradovati niti vas dočekati kao vaša mama..."

— Da, roditeljska ljubav je najveća! — uzdahnu Ljiljana.

— A imam i vinograd, pa s jeseni svi dođu. I vi ćete mi, dušo moja, doći s vašim Radmilom. Izvan varoši je brdo, tu imam i jednu malu vilu. Ponekad sedim po nedelju dana u vili, s proleća, kad počne loza da se prska. A leti više volim vinograd nego banju. Jednog dana da došetate s vašim mužem. Tako ste oboje zlatni! On crnomanjast, vi plavi. On je ovde bio najbolja partija... A kako vam se svidela varoš?

— Nisam je još dobro videla... Uživala sam posmatrajući jedno brdo iz bašte. Ne znam kakav je svet...

— Ima dosta inteligentnog sveta. Vidim da se mladež vrlo lepo zabavlja: dansing, balovi, pozorište, bioskop... A mi, stare dame, imamo naša udruženja. Ja sam predsednica Kola sestara. Žene su vrlo oduševljene humanim ustanovama i kad prionu na posao sve učine da udruženje uspe... Ja ne bih mogla, čini mi se, bez Kola sestara. Diraju me kćeri: „Ti, mama, više voliš Kolo sestara nego nas." A ja im dokazujem da je to druga vrsta ljubavi: ljubav prema radu, napretku, zbrinjavanju sirotih devojaka... Ima dosta humanog u radu Kola sestara. I to humano i socijalno nose u sebi naše žene. Moram priznati, žene su vrlo vredne! I svi slojevi su izmešani: ima zanatlijskih žena, trgovačkih, činovničkih, ima i intelektualki. Svake srede imamo sastanak i mobu. Jednom da nam i vi dođete. Vrlo je prijatno. Radimo ručne radove za lutriju ili prodaju.

— Hoću, vrlo rado. I moja mama je radila u jednom dečjem obdaništu.

— Mi upravo spremamo zabavu s lutrijom, da bismo osnovale dečje obdanište. Svaka članica sprema po neki ručni rad, a dobile smo priloge i od trgovaca. Devojke već prodaju srećke i prilično su prodale.

— A kad je zabava?

— Idućeg meseca. Poslaćemo vam pozivnicu. Nadam se da ćete doći?

— Sa zadovoljstvom! I, ako biste primili od mene, i ja bih spremila jedan ručni rad za lutriju. Radim jedan vrlo lep goblen: *Piknik u osamnaestom veku.*

— Kako da ne primimo! Svaki poklon nam je dobro došao. Odmah sam ja videla da ste vi zlatna ženica...

— Vidim da ste oduševljeni radom u Kolu, a to je pohvalno. Jednom ću doći na vašu mobu. Doneću ručni rad... Vi me podsećate na moju tetku. I odmah ste mi se dopali.

Gospođa Janković je bila polaskana tim rečima. Kao svakoj starijoj osobi, bilo joj je milo što je naišla na razumevanje ove mlade žene. U njenim svetlim očima videla se iskrena radost:

— Hvala vam što umete da volite i stariji svet. Videćete, ima u Kolu vrlo simpatičnih žena. Ima i divnih devojaka. Svet je u manjim mestima prisniji. Kaže se da se ogovara po palankama. Svud je to. Ogovara se i u Beogradu. Samo, tamo to zna uže društvo, a ovde se pronese kroz sve ulice jer je manja varoš. Ali, ovde je teže naći iskreno prijateljstvo. Više se familijarno živi. U Beogradu, gledala sam, radni dan, praznik — uvek puno žena pred kafanama. U unutrašnjosti toga nema. Po kafanama je radnim danom samo muški svet. A žene su kod kuće, ili u kancelariji, u šetnji. To je lepše. Istina, svaka kuća ima baštu kao park. Šta će žena na ulicama kad svaka oko kuće ima cveće.

— Da ne zaboravim da vam zahvalim za one dve tegle slatkog! — seti se Ljiljana.

— Ah, nemate na čemu. Setila sam se da to pošaljem povodom servisa za slatko koji je Radmilo kupio. Hvalio mi se kako ga je video u izlogu i kupio. Svašta se on seti. Takav domaćin... A imati muža koji voli kuću, to je već pola sreće u braku.

— Nadam se da ćete nas posetiti?

— Kako da neću! Ja vas i Radmila smatram svojom decom.

U svojoj duševnoj potištenosti, Ljiljana oseti kako blagotvorno deluju na nju reči ove nežne stare gospođe... Nagonski, kao dete željno ljubavi a odvojeno od majke, ona se diže naglo sa stolice, zagrli staru damu i poljubi je. Gospođa Janković je bila potresena do suza.

Začuše Radmilove korake i Ljiljana sede u fotelju.

— Nisam se dugo zadržao?

— Mogli ste i duže ostati. Meni je tako prijatno s vašom ženicom! Volela bih da mi češće dođe. Obećala mi je da će doći na mobu mog Kola sestara i još dati jedan ručni rad za lutriju koja će biti o zabavi.

— Jeste, daću! — potvrdi Ljiljana.

„Kakva je ovo komedija?", pomisli Radmilo. „Svakog začas opčini."

Njena umiljatost zadavala mu je još veći bol... Svaka lepa reč upućena drugima bila je grebanje po njegovim živim ranama.

— A kakav ćeš poklon dati? — pitao je muž, govoreći joj opet „ti".

— Imam jedan goblen. Pokazaću ti. Treba još samo malo da ga završim.

Stara dama ih je ispratila gledajući ih nežno i uživajući u njihovoj ljubavi. Nije ni slutila šta se sve skriva u ovom braku...

— Divna, divna ženica! — šaputala je kad su otišli. — On je zaslužio ovakvu sreću.

Na ulici se osećala predvečernja živost. Činovnici, đaci, šetači. Već su se skupljale i grupe po ćoškovima, kao u velikom gradu.

— Hoćete li da prošetamo, da vidite varoš?

— Ako vam čini zadovoljstvo...

— A vama ne čini?

— Nisam to mislila, nego možda vam nije prijatno da idete sa mnom.

— Vi ste zaboravili šta sam vam kazao! Za svet ćemo biti muž i žena. U društvu ćemo se ponašati kao svi srećni mladenci... Vi ste danas vrlo lepo odigrali svoju ulogu i pred mojom tetkom i pred gospođom Janković. Obe su očarane vama...

— Nisam igrala nikakvu ulogu. Obe su mi, zbilja, vrlo simpatične. I mislim, one nemaju nikakve veze s našim doživljajima i ne treba im to davati do znanja.

— Da.

Pokraj njih prođe grupa učenica u crnim keceljama. Pogurkaše se međusobno i sve radoznale oči upraviše se na advokatovu suprugu. Gledale su je s onim neskrivenim mladalačkim ljubopitstvom. Kad prođoše, one još zastadoše da ih otprate pogledom.

— Što je slatka! — oduševljeno su govorile. Stojeći tako sačekaše drugu grupu učenica.

— Što je bajna! — pesnički su se oduševljavale ove druge.

Opet su ih svi gledali. Tri elegantne gospođice okretoše se za njima. U očima im je bilo ljubomore i srdžbe na ovog mladog advokata, koji je smatrao da među njima nema ni jedne kojom bi se oženio, pa je uzeo devojku iz Beograda. Posmatrajući Ljiljanu, došle su do zaključka da nije elegantnija od njih.

Pred kafanom je bila grupa mladih oficira. Ljiljana spazi onog poručnika. Oni se javiše Radmilu, a jedan dobaci plavom poručniku:

— More, što ti imaš lep komšiluk!

Nova ličnost uvek izaziva pažnju u palanci. A kad je to još lepa, elegantna i mlada žena, svi žele da je vide i da donesu svoj sud... Studenti na korzou smešili su se svojim nestašnim, mladićkim očima. Trgovci su se naginjali preko tezgi da je bolje vide. Zastajkivale su za njima i stare gospođe.

Ljiljana opazi kako ima dosta mladića i devojaka... Sigurno studenti i studentkinje, ili udavače.

I Radmilo je opazio radoznalost i divljenje s kojim su posmatrali njegovu ženu. On je nije poznavao iz društva, nije s njom ranije prolazio ulicama i ova opšta pažnja kao da mu je podizala zavesu sa njenog života. Ona se svima dopadala, nju su svi voleli i ona nije mogla ostati ravnodušna. Volela je i ona. „Koga je volela?", opet se podiže gnev u njemu. Zaboravljajući gde je, sav u nervnom razdraženju koje je jedva prikrivao i stišavao, htede da je zapita: „Koga ste, Ljiljana, voleli?"

— Vaša tetka je tako simpatična — preseče Ljiljana njegovu misao. — Malopre sam se setila da joj ništa nismo doneli kao poklon, a ona je vama dala onaj ćilim... Trebalo bi da joj kupimo za haljinu. Vidim, u izlozima ima lepih štofova. Ja ću joj kupiti...

— Zašto vi? Kupiću joj ja, ako želite da joj ukažete pažnju.

— Ne, to ću joj ja kupiti.

— Vidim da želite da vas svi vole... Svima ukazujete pažnju. Danas je i mače bilo srećno u vašem naručju!

Ona je osetila ironiju njegovih reči, pa prošaputa:

— Možda ćete vi jednoga dana promeniti mišljenje o meni... Sada svaki moj gest tumačite kao glumu... A ja nisam glumica u životu. Sve što radim, radim spontano, neposredno...

— Tu neposrednost sam osetio i ja. One večeri niste bili glumica... Hajdemo levo, da prošetamo pokraj reke.

— Hoćete li vi uvek tako sa mnom razgovarati? Stalno ste natmureni. Danas ste kod tetke bili raspoloženi. Nalazim da vam vrlo lepo stoji kad se smejete...

— Je l' to vaša želja, da se uvek smejem kad sam s vama? Kad bi čovek imao u sebi neki aparat, kao ona lutka u Hofmanovim pričama, pa ga navije kad hoće da se smeje.

— Taj aparat ne valja. A vi ste u životu uvek imali jaku volju. Valjda možete zapovedati sebi da budete malo veseliji? Teško mi je da vas gledam natmurenog. Vaše oči su mi stalno kao neki prekor. Budite veseliji! — nesvesno, ona ga uhvati ispod ruke. Išli su tako nekoliko koraka, mladi čovek izvuče njenu ruku, spusti je, i opet pođoše jedno pokraj drugog kao poznanici.

Taj Ljiljanin gest uzburka njegov potmuli gnev. Hoće da mu pruži malo milostinje, kao bezdušni bogataš koji se pokatkad smiluje na siromaha, ali ne zato što ga sažaljeva i saoseća s njim, nego zato što hoće da se pokaže dobar, iako to nije... Znao je da je gospođa Janković mogla samo lepo da govori o njemu. Možda su njene reči zbunile i tronule Ljiljanu. Skinuo je šešir s glave. Njegova lepa crna kosa prelivala se na poslednjim sunčevim zracima.

Išli su alejom pokraj reke. Visoke topole dizale su se kao kiparisi. Njihove senke presecale su vodu, koja je tiho žuborila, zlatna i zelenkasta. Naiđoše na vrbe, čije su opuštene grane milovale rečne talasiće. Mirisale su nekim melanholičnim mirisom. Reka je vijugala izvan varoši, a vrbe su rasle duž cele obale. Iza onog kupastog brda zalazilo je sunce.

Poslednji zraci su treperili na srebrnom lišću vrba.

— Kako je ovde lepo! — progovori Ljiljana. — Željna sam prirode... Šetate li ovuda često? Hoćete li da mi otkinete grančicu vrbe? Sme li se to?

— Zašto da se ne sme?

— U Beogradu sam samo o Vrbici videla vrbe...

On joj otkide nekoliko grančica.

— Osećate li kako lepo mirišu? — prinese mu grančicu licu. — Imate prijatan parfem. Je l' to Šipr?

— Jeste.

— Opet ćutite. Pričajte mi nešto.

— Postavljajte mi pitanja, pa da vam odgovorim.

— Dobro. Hoćete li da razgovaramo o pravničkim stvarima?

— Zar vas to zanima?

— Moj tata je pravnik, to znate. Rekla sam vam da sam sve njegove rukopise prekucavala na mašini. Imate li i vi nešto za prekucavanje?

— Naravno da imam.

— Eto, mogu da vam budem sekretarica. Besplatno ću vam raditi.

— Zašto? Mogu vam i platiti. Mi smo i inače u braku pod ugovorom. Posle tri meseca se razdvajamo.

— Za to vreme ćete imati prilike da me omrznete.

— Kao vi mene.

— Opet se vraćamo na istu temu. Zašto da ne budemo prijatelji? Kako ste čudnovati vi muškarci. Kad ne osvojite ženu, mrzite je i ne možete s njom čestito ni da progovorite.

— A taj koga ste vi voleli, i koga i sad volite, kako biste se vi ponašali prema njemu da vam je kazao da ste mu odvratni?

Ona preblede, pogleda ga i iskreno prošaputa:

— Ja bih ga ostavila... i udala se za drugog.

— Dakle, iz osvete biste se udali. Sad smo tu!

— Vi me ispitujete kao advokat?

— Zašto ne bih iskorišćavao profesionalno znanje i u sopstvenom slučaju?

Umesto odgovora ona zagnjuri lice u listove vrba. Mirisala ih je. Bila je tužna. Pogledala ga je bojažljivo. Bilo je bola u njenim očima.

— Verujte, Radmilo, meni je tako žao što ste vi nesrećni! Ali nisam ni ja srećna.

Njen bolećivi ton pade kao vrelo ulje na njegovo ranjeno samoljublje. Pribojavao se sažaljenja... Na njen melanholični ton on odgovori gordo i veselo:

— O, pa ja ću biti opet srećan! Nemojte me žaliti. Sreća je kao klasna lutrija ili rulet. Na vašem broju sam izgubio, ali na drugom ću sigurno dobiti.

— Želim vam da dobijete premiju kad se drugi put oženite! — odgovori ona malo hladno i uvređeno.

Kad su se vratili kući, Ljiljana zateče jedno pismo. Bilo je otkucano na mašini... U spavaćoj sobi ga je pročitala:

Čestitam vam, gospođo, udaju! Nadam se da ste srećni. Zaista, divno ste pokazali koliko je plitkosti u osećanjima jedne devojke. Čim se pojavio muž na vašem horizontu, pojurili ste da ga uhvatite... Glavno je da ste se nazvali gospođom. Ali, ne zaboravite, gospođo, da se mi moramo još jednom videti. Nadajte mi se! Ja moram doći da se s vama objasnim.

Potpisa nije bilo, ali preko njenih prebledelih usnica pređe šapat:
— Ovo je od Momčila!

Ljiljana doznaje jednu tajnu

U mirisnoj, rascvetaloj bašti Ljiljana je skakutala kao koza, sva srećna što može da brsti sveže mladice. I ona je sa zadovoljstvom kidala grančice cveća i reðala ih po vazama, s ukusom kakve Japanke. Poreðala je sve vazice po ormanu, otvorila vrata, sela na sofu i sa zadovoljstvom posmatrala sobe ispunjene plavom, ružičastom i crvenom svetlošću.

Za trenutak je zaboravila da nije srećna žena, da pokraj sebe ima samo jednog samca, i unosila bi se u svaki kutić kuće.

Pogleda koverat na stolu i uze ga u ruke. Bilo je unutra više stotinarki. Jutros joj je to ostavio muž, da bi ona vodila kuću.

„Ne, ja ovo neću da trošim", pomisli ona. „Usitniću moju hiljadarku. On daje stan, a ja ću hranu. Ovaj novac ću mu ćušnuti u fioku njegovog pisaćeg stola." Ona je odavno imala osećanje samostalnosti, uvek je žalila što nije činovnica. Karakter joj nije dopuštao da sve primi od čoveka kome ništa ne daje. Razmišljala je o tome kako je taj čovek stekao rðav utisak o njoj, njenim osećanjima i karakteru. Ona je za njega, sigurno, lakomislena devojka, koja je provodila avanturistički život pa i od braka napravila avanturu. Uzdahnula je i osetila kako je svu prožima i pritiska bol kome ne zna leka.

— Znate li, Julija, gde su moje knjige?

— Ima jedan veliki kofer u špajzu. U njemu su neke knjige.

— Dobro, sad ću da ih poreðam.

Otvorila je kofer i povadila knjige. Ta mala biblioteka jasno je govorila o njenom duhovnom životu. Bilo je tu naučnih knjiga iz psihologije, sociologije. Bilo je i beletristike, dosta i na francuskom. Razgledala je gde da poređa knjige. Stavila ih je nekoliko na stočić ispred ogledala, a neke na orman. Ugleda i jedan etažer s lampom, pa i tu poređa nekoliko. Otvarala ih je redom, čitala i zastajkivala na mestima podvučenim olovkom... Knjige joj je obično birao tata. On je za nju bio živa biblioteka, svestrano obrazovan, istančane kulture. Pokraj tate je razvijala svoj duhovni život, čitajući ozbiljne stvari, diskutujući s njime o mnogim problemima. Na svako njeno pitanje on je nalazio odgovor. Zbog toga je on i bio ljut kad bi mu ona govorila da voli Momčila. On je nalazio da njoj odgovara ozbiljan čovek veće kulture. Seća se kako ju je tata prekorevao: „Ne razumem današnju devojku. Upozna se u dansingu i zaljubi u nekog lepotana koji ume samo da nosi brčiće i da lepo igra tango.“

Da, i njoj samoj je bilo čudno zašto je volela Momčila? Bio je tipičan Beograđanin: elegantan, slatkorečiv, ciničan. Znao je da priča o pozorištu, trkama, sportu. Voleo je sve da kritikuje. Uobraženi lepotan koji je umeo samo da vodi salonske razgovore; otmeno je intiman s damama, razmažen njihovim laskanjem, a u isto vreme je prezrivo grub prema njima i pikantno duhovit.

Nije mogla sebi da objasni kako je mogla tako ludo da ga voli. Intelektualcima se obično dopadaju glupe žene, a inteligentne devojke zalude ponekad površni muškarci...

A Ljiljana je bila devojka fine, osećajne duše. Društvo u kome je odrasla pripadalo je duhovnoj aristokratiji. Ona se nije mogla ubrajati u beogradske mondenke, već u devojke iz boljeg društva. U tim porodicama su prevladali naučnici, lekari, umetnici, arhitekte, viši činovnici...

A Momčilo je pripadao svetu finansijera, bankara, industrijalaca i rentijera.

Poređala je sve knjige. Uzimala je nežno svaku u ruke, sećajući se onih sretnih dana i meseci kada ih je čitala i uživala... Uzdahnula je. U sve te redove bila je utkana jedna nevidljiva reč, koju nije mogla da izbriše: Momčilo!

Najednom se trgla. Šta je hteo s onim pismom? Kakva prava ima on da joj preti i kakvo još objašnjenje hoće od nje? Bio je drzak. Rekao joj je sve i nikakva više prava nema. Razmišljala je da li isto tako drsko da mu odgovori. Zaključila je da to nema smisla. On je kukavica! Njegove pretnje su samo kukavičluk čoveka koji beži i preti. Pobegao je od nje i sad preti. Setila se da nekoliko dana nije radila gimnastiku. Ustala je i počela da vežba. Kovrdže su joj padale na čelo pri svakom pokretu. Lice joj se još više zarumene, a oči dobiše plavi sjaj. Posle tih vežbi bila je raspoložena i vedrija.

„Tako! Šta ću sad da radim? Goblen.”

Uvek je imala svoj raspored rada. Rano je ustajala, a rano je i legala. To je najvažniji uslov svežine i mladosti. Jutros je ustala pre muža. Kao neki srećan par, doručkovali su zajedno. Kosa joj je bila puna mirisne vlage iz bašte, a ruke pune cveća vlažnog od rose, kad je ušla u trpezariju i srela se s njim. Njegova mirnoća i taktičnost razagnali su joj strah od njega. Mogla je sada sama da pravi raspored svoga života u ovoj kući, za ova tri meseca.

Pronašla je goblen. Plave i crnomanjaste dame iz osamnaestog veka, sa zlatnom kosom i dugim kovrdžama, u širokim krinolinama, igrale su žmurke. Hvatao ih je jedan lep mladić vezanih očiju.

Dama i kavaljer bili su završeni, ostalo je samo još nebo. Sitni bodovi su njenim prstićima brzo popunjavali nebo.

— Snajka! Snajka! Jesi li kod kuće? — začuo se glas i malo teži koraci.

Ona istrča na verandu.

— O, to ste vi, tetka! Baš mi je milo što ste došli! Čekajte, da vam pomognem.

— Hodi da te prvo poljubim... kako si mi lepa? Kao lutkica! Jesam li te uznemirila?

— Niste, tetka. Sedim i vezem...

— A ja rekô ručak mi je gotov, ajde da odem malo do moje snajke.

— Kako ste se lepo obukli. Je l' to vaše novo libade?

— Prvi put ti dolazim u kuću, pa sam sve novo obukla. Ali zašto, snajka, da ti prljam kuću? Mogle smo i dole, u onu sobicu. Čekaj, da skinem cipele.

— Neću, tetka, da skidate. Ama neće ništa da se isprlja. Uđite, molim vas! Ovamo, ovamo u trpezariju. Sedite ovamo na sofu. Znam da volite na žanilu da sednete.

— E, jes' ovde baš lepo. Nisko. Ne volim kada mi vise noge. Odavde sve lepo vidim i na sokaku. Šta ti to vezeš?

— Jedan goblen.

— Gle, kako moja snajka lepo veze! I ovde devojke mnogo rade ručne radove.

— I mi u Beogradu isto tako.

— Rade nije kod kuće?

— Otišao je jutros rano u kancelariju. Ima dosta posla.

— Ima, ima... Mnogo radi. Ako, hvala bogu! Što više radi, više ćete imati. Ali čekaj, snajka, nešto sam ti donela. Ovo sam čuvala i uvek govorila: „Kada se moj Rade oženi, pa prvi put dođem u njegovu kuću, snajki ću ovo da odnesem" — iz velike tašne izvadi maramu, a iz marame jednu hartijicu, razvije i izvadi prsten.

— Ovo je, snajka, moj prsten, u mladosti sam ga nosila. Sad sam ostarila, više ne nosim nakit, i ovaj prsten sam tebi donela. Ima deset dijamanata, i kad god ga pogledaš, da kažeš: „Ovo je od moje tetka-Stane."

— Bože, tetka, pa to je dijamant! Zašto tako skup poklon da mi dajete? Ja vama ništa nisam donela. Ali, odužiću se ja vama.

— Nemaš ti meni šta da se odužuješ. Ja sam srećna kad vidim kako ti voliš moga Radu i kako on tebe voli!

Senka bola pređe preko Ljiljaninog čela, ona se saže da poljubi tetki ruku.

— Hvala vam, tetka — u sebi je pomislila da će ovaj prsten ostaviti, da ga Radmilo vrati tetki kada se rastave. — Kako lep prsten! — govorila je razgledajući ga.

— Pet dukata ga je moj pokojni Vlajko platio pre rata. Kad sam bila mlada volela sam da ga nosim. Sad je sve to prošlo... Bože, snajka, kako vam je lepa kuća! Sve čisto, sve blista! I ja ti volim čistoću i cveće... A vidim, sve moja snajka okitila cvećem. Jesi li dobila one saksije?

— Jesam. Eno ih na verandi. Mnogo vam hvala.

— Samo za karanfil da pričekaš dok se primi. Pokrila sam ga teglom da pelcer ne nazebe. Čim se primi, poslaću ti i njega.

— Tetka, znam da ste za kafu?

— Za kafu sam ti uvek!

— Sad ću da kažem Juliji da skuva. A imamo i mi slatko. Što je divno ono vaše slatko od bresaka!

— I od ruža ću ja tebi da skuvam. Samo dok mi se rascvetaju.

Ljiljana otrča do kuhinje i brzo se vrati. Stara tetka je s ljubavlju gledala po sobi.

— A znaš, snajka, moj Mika skače od radosti! Odgovarao je francuski, ono što si mu ti pokazala, i dobio peticu i još ga profesor pohvalio: „Vidiš, kad se zasedne, može da se nauči!” A ja se smejem: da ne bi tebe, moje snajke, dobio bi slabu ocenu.

— Neka samo dođe, ja ću da mu pokažem.

— On mene pita: „Tetka Stano, smem li opet da odem?” A ja ne smedo’ ništa da mu kažem. Gde ćeš ti, nevesta, da pokazuješ đacima francuski.

— Recite mu slobodno neka dođe kad god ima nešto da prevodi. To je meni začas.

— Ih, što će mu biti milo! A, vala, i meni je milo da te vidim, snajka. Svima si se dopala. Kad ste ono odlazili, ceo komšiluk istrčao da te vidi! Eno, i ona Dara preko puta sigurno zviri po ceo dan kroz prozor i gleda te... A htela je da presvisne kad je čula da se Rade ženi.

— A zašto? Da je nije Radmilo voleo?

— Nije on nju voleo, nego ona njega. Njeni su gledali da se ona uda za Radu i poručivali mu.

— A čija je ona?

— Otac joj je kafedžija. Ima kafanu, a izdaje i dućane pod kiriju. I kuća je njihova. Gazde! Ali moj Rade nije hteo ni da čuje za nju. A ona onda mene skovitla. Zove me jednog dana njena majka: „Znaš, gospa-Stano", poče ona meni, „imam ćerku, a ti bratanca, pa da ti tu svršiš provodadžiluk. Od moje Dare neće bolju devojku naći. Vredna, lepa, dobra domaćica, ume da skuva, da umesi, da te dočeka! A i tvoj Rade je mladić kakav se samo poželeti može! Ako to svršiš, atlasnu bundu i dve hiljade dinara, a tvoj Rade će u gotovu dobiti pedeset hiljada i posle naše smrti ovu kuću!" To je, snajka, ta kuća što vidiš.

— Pa šta ste vi uradili? — zainteresova se Ljiljana.

— Ispričala sam sve tako Radi. Ne znado' tada da on tebe voli... A moj Rade se nasmeja i zagrli me: „Tetka, da ti samo znaš kakvu ću ja tebi snajku iz Beograda da dovedem! Kao kita cveća! Imam ja moje devojče koje volim! Pa kad prođem ulicom, svi će da se okreću za njom..." Kad on meni to reče, ja odmah kafedžiki pa joj sve ispričam. Tada moja gospa Lenka osu na beogradske devojke: „Neka, neka se ženi Beograđankom! Ali će dobro da nagraiše! Maniše mojoj Dari i našim palanačkim devojkama. Nema ovde za Rajka kapa i za njega devojka, nego traži čak po Beogradu. Videće on kakve su Beograđanke i kako će s njom da se provede. A i tebe ću, gospa-Stano, da pitam hoće li te snaha primiti u kuću. Ni na vrata nećeš smeti da joj priviriš." Tako ti ona izgrdi i mog Radu i mene i Beograđanke. Kad onomad se sretosmo na pijaci... A ona meni: „O gospa-Stano, pa kako si sad? Došla ti snaha iz Beograda. Jesi li je videla?" A ja joj kresnem: „E, nije gospa-Lenka, nako kako ti reče. Ti mi prorica da u kuću neće da me primi. A moja snajka prva došla meni u kuću, kao tetki, da mi poljubi ruku." Videše me obe i maločas, pa mi se jedva javljaju. A baš me briga! I ja se njima 'ladno javim.

— Zar ja vas da ne primim u kuću, tetka?! Svakog dana dođite! Znam da idete na pijac, pa svratite na kafu... Ali, ona gospođica je lepa devojka!

— Lepa, ali po ceo dan visi na prozoru. Ama, kad god prođem pored njihove kuće vidim je — presamitila se i gleda desno, levo. Ne može devojka da bude vredna kad su joj ceo dan oči na sokaku...

— A Radmila su volele devojke? — ispitivala je Ljiljana.

— More, puno ih je pošašavilo za njim... Pa kako me vide: „Dobar dan, gospa-Stano! Ljubim ruke, gospa-Stano!" A ja znam: nije njih briga za mene, staru ženu, nego što sam Radina tetka. I ovde, do vaše kuće, jedno devojče... Tu bruku da ti pričam, snajka! Ali, živ ti ko ti je najmiliji, nemoj Radi da kažeš da sam ti to ja ispričala.

— Neću, tetka.

— Znaš, to devojče, Tatjana se zove, vešala se u nedelju prekonoć zbog Rade.

Ljiljanine lepe plave oči raširiše se kao krunica krupnog planinskog spomenka.

— A zašto da se veše? — upita uplašeno.

— I ono pošašavilo za Radom.

— Je li Rade nju voleo? — Ljilja se, iznenađena, sva naježi pri pomisli da se tu, pokraj njihove kuće, mogla odigrati tragedija...

— Pa zato ti i pričam što je Rade nije voleo, niti gledao. Učenica! Uči gimnaziju, osmi razred. Balavica! Zar je to za ljubav? Ali to ti je ono, snajka, što i ja gledam s mojih prozora kad idu u park: muško-žensko, muško-žensko! Sve po dvoje. Vode ljubav. 'Oće devojčići da se udaju.

— A je l' ta učenica htela da se uda za Radmila?

— Ona je htela, ali Rade nije ni hteo ni znao. Tako mi ispriča tetka njihove služavke. U nedelju prekonoć ta Tatjana se vešala.

— Tatjana! A ja sam, tetka, čula u ponedeljak kako je jedna stara gospođa naišla, zakukala i zvala nekog: „Živka! Živka!"

— To je bila baba te Tatjane, a Živka joj je majka...

— Jesu li je spasli?

— Za malo je spasli. Sreća što joj majka nije te noći spavala. Roditelji udare u kuknjavu, počnu da ispituju devojku što se vešala. Ona se prvo izgovarala da je htela da se obesi što je dobila slabu ocenu iz francuskog. Njen otac se tada razbesni, pa poleti u školu da izbije nastavnicu. Hteo džumbus da napravi. A ona ti onda vrisne i prizna da se vešala zbog toga što se Rade oženio.

— Možda je, tetka, on ipak nju voleo?

— Nije, očiju mi, snajka! Nego ono htelo da se uda za njega. „Što me niste udali za njega!", vriskala je. „Pa, kako da te udamo, kad te nije prosio?", govorili su joj otac i mati. „Mogli ste bar da ga pitate." Čudo jedno, snajka! Čim se ispili, 'oće da se udaje! Ali, kriju oni to kô zmija noge... Mnogima je krivo što je on tebe uzeo. Ali ja sam srećna, samo nek je moj Rade srećan s tobom. Setim se, snajka, kako se mučio i zlopatio. Ni odela, ni obuće. A kad je kupio kuću i namestio je, pa se spremao u Beograd da se venča s tobom, zovnuo me je sve da vidim. „Pogledaj, tetka, ovo je moja kuća, moj nameštaj! Sad samo da dovedem svoju ženicu, pa da uživam. Posle nekoliko godina naša dečica će da trče po bašti. A sad će moja Ljiljana da trči i bere cveće." Pa mi je pričao kako si lepa, kako si dobra.

Raznežena tim pričama, tetka je plakala i brisala oči, ušmrkavala se i kroz suze nežno gledala svoju snajku.

Ljiljana je sedela na stolici oborenih očiju; nešto ju je gušilo u grudima, neka čudna osećanja su je prožimala, je li bila razočarana, rastužena, ljuta — nije umela sebi da objasni... Osećala je da je i taj Radmilo imao svoj život i zadavao drugima bol.

— Ala sam se ja raspričala, snajka, a najvažnije nisam kazala...

— Sedite, tetka. Ja nemam posla. Samo vezem. Hoćete li još jednu kafu?

— To me ne pitaj, snajka. Rekoh, za kafu sam uvek orna. Nego, ovo da ti kažem, snajka. Nešto da mi učinite ti i Rade. Ali, svakako da mi učinite! Mnogo ćete me ražalostiti ako me odbijete.

— A šta to, tetka?

— U nedelju da mi dođete na ručak.

— Hvala, tetka, doći ćemo. Ali zašto da se vi mučite i kuvate?

— Nije to za mene nikakva muka. Začas ja skuvam ručak. Ne znam neka gospodska jela, ali srpski starinski ručak, za to se ne bojim. Doneo mi Dušanov otac i čabricu kajmaka. Očima da ga jedeš. Moj Rade voli gibanicu. I vruću pogaču ću da umesim, i to voli.

— Hvala, tetka! Doći ćemo sigurno. Ali druge nedelje vi k nama da dođete.

— Gde ću ja, snajka, da dolazim. Imam one moje jolpaze.

— I oni da dođu. Svi troje da dođete... A za francuski Mika neka ne brine kad sam ja tu.

— Kad mu to kažem, skakaće od radosti. Zbogom, snajka! Da te tetka poljubi.

— Čekajte da vas uhvatim ispod ruke.

— Ova leva noga mi malo poboleva. Reumatizam! Ali opet taljigam, ne dam se. Nikad u postelji nisam bolovala.

Ljiljana je ispratila tetku do kapije, držeći je ispod ruke. Preko puta, s prozora, gledala ih je gospođica Dara, a preko nje izvirivala njena majka i još jedna devojčica. Sva srećna što vide kako nju snajka iz Beograda drži ispod ruke i isprаća, stara žena je išla ponosno. Kod kapije po drugi put poljubi snajku u obraz, a Ljiljana se naže njenoj ruci. „Neka vidi ovo gospa-Lenka", mislila je. Izađe na ulicu, javi im se hladno i dostojanstveno i doviknu snahi, ali da i oni preko puta čuju:

— U nedelju, snajka, čekam vas u dvanaest na ručku! Nemoj da se Rade negde zadrži.

— Doći ćemo, tetka, još pre dvanaest.

„Sad će da puknu od muke!", zadovoljno pomisli gospa-Stana. „Neka čuju! Ne stidi se snajka ni mene ni moje sirotinjske kuće."

Udaljavala se lagano, njišući kukovima ispod široke nabrane suknje i oslanjajući se više na pete. U njenoj dobroj i blagoj duši starinske žene bilo je lepo kao da je hodila kroz baštu punu mirisa bosiljka i ruzmarina.

Ljiljana brzo uđe u sobu. Stade iza zavese da bi dobro osmotrila devojku preko puta. Ona ga je morala voleti. Devojka se skloni s prozora i malo posle izađe pred kapiju. Ljiljana je mogla da vidi njen stas, nogu, profil. Došla je do zaključka da je to lepa devojka. Sasvim razumljivo! Volela ga je, viđala ga je svakoga dana, on je bio dobra partija. I sada pati... Kako je čudnovata sudbina devojaka. Sve pate! Ona pati zbog Momčila, ova pati zbog njenog muža. Ljiljana nije bila zlurada, osvetoljubiva i prkosna kao udata žena kad preotme mladića od devojke i prkosi joj. Naprotiv, osećala je sažaljenje prema ovoj devojci, kao i prema sebi. Ali ona druga, ona učenica što se vešala, što je htela da izvrši samoubistvo! To je mučilo Ljiljanu. Zažele da dozna pravi uzrok... takav pokušaj se ne vrši bez stvarnog razloga i bez velikog očajanja. Da on nije upropastio tu devojčicu i napustio je?... Strašno! Bilo bi to vrlo nekorektno. Ali, njega svi hvale! Zar je muškarac častan, ako samo stiče karijeru? Njegov odnos prema devojci, znači, nema nikakve važnosti pri ocenjivanju njegovog karaktera. On je mogao napustiti tu devojčicu!

Htela je da nastavi goblen, ali ta misao ju je saletala kao dosadna mušica. Izašla je na terasu i pogledala u susedno dvorište. Jedna devojka je prostirala rublje. Spazila je male kombinezone u boji. Sigurno su svojina te devojčice... Jedna gospođa doviknu s prozora:

— Kato, čaršave prostri na onaj konopac!

„Sigurno majka te devojčice", pomisli Ljiljana. Gledala je plot. Može se preskočiti, samo stolica da se stavi. Kuća do kuće. On sam u kući, svi poležu. Zar ta devojčica nije mogla da mu dolazi noću?... Koliko bi devojaka u Beogradu preskakalo preko plotova da je onaj koga vole sam u kući do njihove. Ali, to je nečasno! Devojčice vole zrelije mladiće. Jadno dete! Ona joj je otela sreću, a njemu nije donela ljubav. „Pa ništa! Kad ja odem, neka se oženi jednom od njih dveju. Videće koja mu više odgovara..."

Vrati se da nastavi rad, ali nije mogla. „Kako se on samo pretvara i predstavlja." Opet je izašla u baštu. Iz kuhinje je dopirao miris prženog testa.

— Vi već pržite palačinke, Julija? U mleko ih metnite. Radmilo tako voli.

— Hoću, gospođo Ljiljo. Kupila sam više mleka.

Sva rumena od vatre, izbacivala je testo, ono se okretalo u vazduhu i padalo u tiganj.

— Ovde ćemo ručati, Julija. Ova sobica je tako prijatna. Ja ću da postavim. Zašto da nosite jelo uza stepenice!

— Ništa meni nije teško kod vas. Zar je mnogo posla?

— Bolje je ovde. Nezgodno je nositi. A te pomorandže i banane staviću u činiju i odneti gore.

Ostavi Juliju da prži palačinke, a ona pođe kroz baštu. Zagledala je ogradu... Obe bašte su bile podjednako duge. Puno voća, šiblja, bokora ruža... Na jednom mestu se lako moglo provući. Dve daske su bile razmaknute. Ona bi se mogla provući. Zašto su baš ove dve daske ovako razmaknute? Možda ih je tako prikucao da bi joj ostavio prolaz... Odvratno! Nije osećala ljubomoru, već srdžbu. Što bi bila ljubomorna kad ga ne voli? Ali, osećala je da je i u njemu onaj isti muškarac kakav je i u Momčilu, koji je i njoj zadao bol. Možda je zaslužio da ona ovako postupa prema njemu. Ova devojčica bi bila srećna da sve dozna. A i ona bi bila srećna da čuje kako Momčilo pati.

Šareno mačence je skakutalo po travi.

— Opet si došlo? Čekaj, čekaj, sad ću da te uhvatim! — pojuri ga, ali ono je bilo brže. Strugnu preko trave, dođe do ograde i provuče se kroz tarabu.

— Nevaljalo si! Zašto bežiš? Uhvatiću ja tebe!

Nešto šušnu iz bokora ruža. Jedan mladić se pridiže sa šezlonga, dohvati mače i ustade. Ljiljana spazi mladića u civilu. Odmače se, zbunjena što je prišla tako blizu, a mladić se nasmeja držeći mače u ruci.

— Hoćete li da vam ga dam?

— Neće k meni. Pobeglo je! Je li to vaše mače?

— Naše — odgovori on, gledajući zažarenim očima lepu ženu... Pruži joj mače preko plota. Ona ga uze, pritisnu ga na obraz i udalji se, mladić se vrati svojim knjigama. Spremao je ispit... Ali, sad više nije mogao da nastavi učenje. Mala rumena usta, plave velike oči i nežni vrat neprestano su mu bili pred očima. Gledao je kroz tarabu. Video ju je kako ulazi u kuhinju, pa opet izlazi, noseći u činiji pomorandže i banane, i penje se uza stepenice. Student je zažalio što ne može da se pretvori u mačence.

Ljiljana poređa pomorandže i banane...

Kao slika mrtve prirode.

„Sad kad dođe, pružiće mi samo novine i zatvoriti se u svoju sobu. Ali, neću mu dati! Zadržaću ga da razgovaramo. Nisam ja, valjda, ovde u zatočeništvu.”

***

Posle ručka Ljiljana reče mužu:

— Hoćete li da pijemo kafu gore u trpezariji?

— Kako vi hoćete.

— Idite vi gore, a ja ću doneti kafu — malo posle dođe, noseći dve šoljice i džezvu. On je stajao kraj ormana i pregledao knjige.

— Jesu li ovo vaše knjige?

— Jesu.

— Pametne stvari ste čitali...

— Zar ste mislili da sam čitala glupe knjige?

— Nisam to mislio, ali poznavao sam devojke koje su vrlo retko čitale ozbiljnije stvari... Zar je vas interesovala i istorija i nauka?

— Naravno. Naročito kad se istorija posmatra s državničkog gledišta. Da sam muškarac, bila bih diplomata.

— Znači, volite politiku?

— Samo spoljnu. Unutrašnja me ne zanima baš mnogo.

— Čisto ženski: volim više ono što se radi u tuđoj kući nego u svojoj.

— Tako mi se i tata smejao, ali ja nalazim da je spoljna politika interesantnija. Međunarodni odnosi su tako izukrštani da i najmanji incident može da prouzrokuje opšti sukob. A vas interesuje unutrašnja politika?

— Interesuje me, utoliko više što pripadam slobodnoj profesiji i ne bojim se da će me zbog političkog načela premestiti ili otpustiti.

— Hoćete li pomorandžu ili bananu? — ona pređe na drugu temu.

— Mogu. Ko je kupio?

— Ja sam jutros išla s Julijom na pijac.

Uzela je tanjiriće i počela da ljušti. Kora prsnu i ona se uhvati za oko. Nasmeja se:

— Ala me pecnu! Ova je dobra! Sad su pomorandže najukusnije. Čekajte, i jednu bananu ću vam oljuštiti — stavila mu je u tanjir kriške pomorandže i jednu bananu. On je jeo i mislio kako sad liče na srećan par. Ko bi ih video morao bi pomisliti da su najsrećniji. Ženica mu ljušti pomorandže i sipa kafu, po sobama cveće... Pritajeni bol, koji je neprekidno tinjao u njemu, srdžba na nju i na samog sebe poče da ključa. Učini mu se glupo da tako sedi i razgovara s njom posle onakvih uvreda i ove ravnodušnosti. Pravi se kao da je tek izašla iz pansiona, kao da ne zna šta je srce i strast jednog muškarca. Hoće da on sedi mirno pokraj nje, da oseća miris njenog tela i kose, da mu se ona smeši i da on sve to prima pokorno.

— Hoćete li novine? — zapita je, želeći da ode u svoju sobu. Diže se i donese ih s pisaćeg stola iz svoje sobe. — Ja sam ih pročitao — ona je ćutala. Uze drugu bananu i poče da je ljušti. Potom reče ne gledajući ga:

— Opet kao i prethodnih dana. Pružite mi novine, zatvorite se u svoju sobu, a ja moram da sedim sama. Zašto ne volite da razgovarate sa mnom? — pogleda ga pravo u oči.

— Ne volim, jer vi to ne želite. Čovek je dosadan i mrzak tim više ako se nameće.

— Vi se varate! Prvo, vi niste meni mrski! Ja sam ono sve rekla u trenutku odbrane. Sad uviđam koliko ste taktični, i to mi se sviđa.

— Sviđa vam se ono za šta bi me svaki muškarac ismejao.

— Onda bi trebalo pohvaliti nasilje...

— Muškarac ima pravo da bude nasilnik kada se s nečim saglase i žena i zakon.

Ona spusti bananu na tanjirić, podlakti dlanom čelo, zatvori oči i uzdahnu:

— Znam šta ste hteli da kažete. Dobro, uzmimo da ste u pravu. Ali kad je naš odnos ovakav kakav je — treba li da ćutim? Čovek uvek treba da se trudi da ublaži neugodnu situaciju. Zamislite da sam ja devojka, a vi mladić i da smo se sreli u nekom letovalištu. Da li bi vam tada bilo prijatno da razgovarate sa mnom?

— Neosporno. Mladiću je uvek prijatno da razgovara s devojkom, dok se u nju ne razočara.

— Dobro, ostavimo to razočaranje na stranu! Ako ja nisam glupa i umem da vas zabavljam, hoćete li da razgovarate sa mnom?

— Ako želite, pokoriću se vašoj želji.

— Ostavite te novine! Neću da ih čitam. Čitaću ih kad vi odete. Navikla sam da posle ručka uvek s tatom razgovaram.

— I ja sad treba da vam zamenim tatu! — odgovori on ironično.

— To neka vas ne vređa. Moj tata je vrlo kulturan i obrazovan čovek.

— Znam... I ja ga cenim.

— On je bio, takoreći, moj učitelj i moja škola.

— Ali vi niste poslušali sve njegove savete. Čak verujem da vas ni on nije dobro poznavao.

— Moguće... Zar ženu može iko potpuno upoznati? Možda ni ona sama sebe dobro ne poznaje. Pa ni vi muškarci ne poznajete uvek sebe.

— Kad se razočaramo, upoznamo i svoje slabosti i gluposti.

— A jeste li vi bili uzrok nečijeg razočaranja?

— Mislim da nisam.

— Zbog vas niko nije patio?

— Nevažno je da li uzrok patnje dolazi od čoveka ili od same žene. Ako žena nešto uobražava, što je nemoguće ostvariti, ona pati. Muškarac nije kriv za to.

„Kako krije!...", pomisli Ljiljana. „Ona jadna devojčica se vešala zbog njega, a on kaže da ona nešto uobražava."

Radmilo ustade i uze jednu knjigu. Želeći da ga još zadrži, Ljiljana je postavljala pitanja:

— Kako rade advokati u unutrašnjosti? Je li za advokate bolje ovde ili u Beogradu?

— U unutrašnjosti advokati rade sudske poslove, a u Beogradu se zarađuje na vezama. Imali ste više puta prilike da čitate o tome. Advokat koji ima najviše veza s uticajnim ličnostima najviše zarađuje.

— A na čemu najviše zarađuje?

— Na stečajevima. Posle ima i drugih stvari.

— A šta vi radite kao advokat u banci?

— Radim trgovačke, menične poslove, razne prenose imanja, pozajmice...

— Ja bih mogla biti činovnik u banci. Da li biste vi, kao advokat banke, mogli da mi izradite da dobijem mesto činovnice u vašoj banci?

— Ne bih to nikad učinio. Zašto će vam? Dok ste u ovoj kući, mogu da vas izdržavam. Da uzimate mesto nekoj sirotoj devojci?

— Vi govorite kao moja mati i otac. I on nije hteo da mu se prebaci kako uzimam mesto sirotinji. Uvek mi je govorio: „Imaš stan, hranu, odelo!" Jeste, sve imam, ali nemam samostalnost. Uvek sam zavidela činovnicama koje idu na dužnost.

— Zato što niste iskusili njihov život. A svaka od njih pozavidela bi vama.

— Nije sva sreća u tome — biti obučen i sit. Ima mnogo sitnica koje uslovljavaju sreću.

— Ali sve te sitnice, ako nemaju ono što osigurava opstanak, ne predstavljaju sreću. Kod žena se u želji za samostalnošću skriva i želja za slobodnijim životom.

— Kod mene nije taj slučaj. Ja volim rad. Izgleda mi besciljno samo sedeti kod kuće, udešavati kuću, oblačiti se, svlačiti...

— Štaviše, vaše je mesto u kući. Vi ostajete žena i kad ste na dužnosti, samo s dodatkom briga i umora. A vi ste bili uvek neumorni. Možda ste zbog toga stekli nerealno mišljenje o muškarcima, jer ih niste upoznali kroz borbu i zajednički rad, već samo kroz igru i flert...

— Kako vam se sviđa moj goblen? — prekide ga ona, ne želeći da nastavi ovu diskusiju.

— Lep je. Šta predstavlja?

— Piknik iz osamnaestog veka... Igraju žmurke.

— Muškarac ima vezane oči! Da, to se nama često događa.

„Uvek iste čarke", osmehnu se ona u sebi.

— Ali, iako su mu vezane oči, izgleda da će uhvatiti ovu najlepšu. Pogledajte! — on se naže preko njene glave, oseti miris njene kose, nasluti njene snežne grudi, kao dve ruže, i trže se...

— Tatjana! Tatjana! — začu se u tom času neki glas s ulice.

„Tačno je! Sve je istina. On je tu malu upropastio! To je strašno!"

— Tatjana! Kako je to lepo ime. Je l' to Ruskinja?

On se okrete, priđe ormanu, nasloni se i pogleda je mutnim očima.

— Ne, Srpkinja je... Ćerka šefa finansijske uprave — odgovori ravnodušno.

Ona ga je gledala pravo u oči. „Što se ovako promenio? Tu je neka velika tajna. Strašno! Upropasti devojčicu!" Sagla se i nastavila vez ne govoreći ništa više. On je uzeo jedno parče pomorandžine kore i grickao. Stišavao je s mukom zver u sebi. Osećao je da ne može više da vlada sobom. Čudila ga je ova njena beskrajna hladnoća. Žena može da mrzi čoveka, ali treba da bude sasvim bez temperamenta, pa da ne oseti blizinu muškarca. A ona je još prve večeri pokazala da ima suviše temperamenta.

— Čekajte me! I ja ću s vama u školu! — odgovorio je drugi glas s prozora.

„To Tatjana govori", pomisli Ljiljana.

— Ljiljana, hteo bih nešto da vam predložim — javi se Radmilo umornim glasom. — Hoćete li večeras da se izvezemo kolima u okolicu? Ovde je vrlo lepa okolica. Volite li autom ili fijakerom?

— Više volim fijaker — obradova se ona. — Ja volim prirodu — začudi je njegov umorni glas. Pogleda ga. On pođe u svoju sobu.

— Ja moram da idem, imam posla.

Ona obori glavu prema goblenu da on ne bi video tugu u njenim očima.

„Hoće da izađe da bi video Tatjanu! Posle razočaranja sa svojom ženom, ljubav te devojčice doneće mu leka i utehe.”

— Posle šest sati doći ću po vas. Budite spremni!

— Dobro.

Uđe u svoju sobu i uze torbu.

— Zbogom! — pozdravi je s vrata.

Ona je sedela s goblenom na krilu dok nije izašao, a kad je čula da se kapija otvara i zatvara, poletela je prozoru... Čula je mlade ženske glasove do njihove kuće. To su sigurno učenice razgovarale. „Sad je video Tatjanu! Da on zna kako ja sve znam! Vešala se zbog njega, a on sad trči za njom.” Skupila je nervozno sve kanurice svile i uvila ih u goblen. Dohvatila je novine. Vide kako ona devojka preko puta otvara prozor i kako gleda u pravcu kuda je Radmilo otišao. „Njegova verna ljubav... Utešiće se on brzo. Posle tri meseca može da bira koju hoće.” Sela je na divan i počela da čita novine. Bacila ih je, jer joj se nije čitalo. Otvorila je radio. Violina je svirala uz pratnju klavira... Njoj dođe tako tužno, zagnjuri glavu u jastuke. „To nema smisla, ni najmanje nema smisla. Odmah trči za njom. On nju izlaže poniženju. Zar ta devojčica neće sad pomisliti da je on potrčao za njom... To je nekorektno s njegove strane. Sutra moram videti kako izgleda ta učenica. Kad je budem videla, znaću da li je sve to istina.”

***

Tačno u šest i deset stiže prelakirani fijaker, postavljen zagasito-plavom čohom, zaustavi se pred kućom. Ljiljana je već bila spremna. Kostim srebrnaste boje od engleskog štofa, bela bluza i beli bere, isticali su njenu finu plavoću, a kratki žaketić joj je stezao stas ističući linije. Crne, kožne rukavice dopunjavale su njenu jednostavnu eleganciju.

— Da vam ne bude hladno? — primeti Radmilo. — U polju je sveže.

— Ovo je topao kostim. Neću nazepsti — čudila se kako brine za nju. „On ipak ima dobru dušu.”

Julija ih isprati do kapije, srećna što ih vidi tako lepe i pažljive jedno prema drugom. Mislila je da se njoj ono jutro samo učinilo da se nešto dogodilo među njima.

Konji zakasaše. Sedište je odskakalo dok ne izađoše na drum. Onda konji pođoše brže, osećajući ravan put.

Bagremovi pokraj druma lepršali su svojim mladim prozračnim lišćem, a sočna trava se prelivala kao svileni velur.

— Što ja volim izlete! — uzviknu ushićeno Ljiljana. — Najviše sam volela da idem s tatom. Onda mi on sve objašnjava. Je l'te, šta je ono?

— Pšenica.

— Kako je već velika!

— Još jesenas je posejana. Ozimica.

Setila se kako je gledala polja i rascvetane voćnjake kad je posle venčanja putovala s mužem vozom. Tada nije umela ni da im se divi, a sada je s uživanjem posmatrala te rascvetale voćnjake.

— Osećate li miris cveća? Čini mi se da preovlađuje miris krina.

— Mene pomalo opija taj miris.

Automobili su jurili pored njih.

— Oh, što mrzim ove automobile! — reče Ljiljana.

— A ja volim brzu vožnju. Čak se rešavam da kupim auto.

— Za duža putovanja automobil je zaista prijatan, ali je manje izlete lepše praviti običnim kolima. Pogledajte onaj voćnjak! Drveće sve pod konac! A ono drvo na livadi, liči mi na neki šareni suncobran.

On se okrete da vidi drvo, ali ugleda njen profil, velike povijene trepavice i meke svilene kovrdžice, koje je vetar nosio, otkrivajući njeno ružičasto uvo i liniju vrata. Ta slika zamagli svu prirodu i njegove oči... Utonu u sebe i zaćuta.

Ženskim instinktom Ljiljana je osetila sumornost u njegovoj duši; htela je da ga uvuče u razgovor.

— Kakva je ovo šuma?

— Bukova... Ima i hrastova i cera.

— Osećam miris suvog lišća. Ovaj miris me podseća na venjake. A kakvi su ovo rascvetani žbunovi?

— Kupine.

— Ah, tako volim slatko od kupina! Volite li ga vi?

— To je moje omiljeno slatko.

— Onda ćemo ga kuvati.

— Kupine stižu tek u avgustu... Vi zaboravljate da ćemo se mi dotle razdvojiti — osmehnu se i pogleda je.

— Jeste, zaboravila sam! — poćuta i dodade: — Tetki ćete vratiti onaj prsten kad ja odem.

— Zašto ga vraćate? Ona vas voli i poklonila vam ga je. Vi ste očarali i gospođu Janković i moju tetku.

Ona se skupi u desni ugao kola i ućuta. Oči joj se rastužiše. Mladić je gledao na drugu stranu.

— Šta ste se ućutali? — upita posle kraće pauze.

— I vi ćutite. Ne volite brbljive žene?

— Vi ne brbljate. Dosad niste rekli ništa glupo.

— Zbilja, ja uopšte ne poznajem vaš temperament. Recite mi, jeste li vesele prirode?

— Jesam. Volim društvo i nikad nisam sumoran u društvu. Volim da pravim izlete, volim pozorište, bioskop... Nalazim da čovek koji mnogo radi treba da unese razonode u svoj život.

— Ni vaš poziv vam ne dopušta da budete ćutljivi.

— Naprotiv, moram biti vrlo govorljiv.

— Onda zamislite da smo na sudu i da morate govoriti.

— A koga treba da branim. Tužioca ili krivca?

— Krivca — osmehnu se ona.

Sretoše volovska kola sa senom. Na njima su sedele četiri seljanke — rumene i povezane raznobojnim maramama. Osetiše miris suve trave. Snaše su se smejale i gledale dvoje mladih u kolima. Jedna je zubima grizla glavicu crnog luka i komad proje.

— Zašto ove žene voze seno?

— Seljanke rade kao i muškarci. Ako bi žene trebalo da dobiju pravo glasa, seljanke su ga zaista stekle.

— Vi ih poznajete kao advokat?

— S njima sudovi često imaju posla, jer za njih ništa lakše nego zamahnuti sekirom ili proščem. Krvave ljubavne drame su dosta česte po našim selima...

Kola su cilikala za njima, snaše su se smejale. Jedna zapeva, ostale prihvatiše.

Stado ovaca zatutnja ispred njih i pođe desno. Runa su se slivala u masi kao beli talasi. Zlatna prašina se dizala nad stadom. Zamirisa sirova vuna.

— Seljanka je samostalna, a ja nikad nisam imala samostalnost. Verujte, mene su uvek u kući smatrali detetom koje treba čuvati. To me je ljutilo. Uvek je nečija volja gospodarila mojom.

— O, imate vi dosta svoje volje. Još kako umete da se suprotstavite tuđoj.

— Samo pokatkad — priznade ona smešeći se.

Osećala je da se sve njegove misli okreću oko njihovog odnosa. Svesna da je kriva, nije mu protivurečila, već je brzo prelazila preko toga…

Sunce se izgubi iza dalekih plavičastih planinskih ogranaka. Zelenilo i cveće još više zamirisaše. Jedna seoska mehana ukaza se na drumu, s tremom, ovalnih lukova, koje su držali drveni direci plavo i žuto obojeni. Crvene cigle trema bile su čiste, a nekoliko stolova, sa šarenim čaršavima, izgledali su tako lepo u prirodi. Za jednim stolom sedela su tri seljaka. Za drugim su se dvojica kartala. Njihov fijaker se zaustavi. Debeli kafedžija pritrča da ih dočeka.

— Dobar dan, gospodine Tomiću! 'Oćete l' malo da posedite?

— Hoćemo, gazda Marko. Kod tebe je vrlo lepo.

Kafedžija se užurba oko varoških gostiju, donese čist čaršav od seljačkog platna s crvenim šarama. Mahnu ubrusom preko stola.

— Je l' po volji da nešto popijete ili da mezetite?

— Ljiljana, hoćete li pivo?

— Pa, mogu…

— A imate li kajmaka i sira?

— Imam odličan kajmak.

— Donesite!

— Što je ovde lepo! Pogledajte reku i onaj most! Rado bih ovamo češće dolazila.

— Ako vam se dopada, dolazićemo…

— Kakvo je ono drvo što mu treperi list?

— Jasika.

— Ah, da! To mi je tata jednom objašnjavao… Gle, kolika je ona bukva!

— Ne, to je hrast. Tu obnašaju litiju.

— Jednom da me vodite u selo kad bude litija… Volim te starinske seoske običaje.

Preko mosta zatutnjaše kočije. Reka je žuborila, a zapenušani talasići su preskakali kamenje. Odnekud se čula i frula. Dojuri i petao, podiže glavu, zakukurika i ostade tako izdužene šije. Za njim dotrčaše i dve kokoške. Ljiljana se nasmeja...

Jedno pitomo jagnje sa zvoncetom priđe njihovom stolu.

— Što je slatko! — reče Ljiljana, pa ga pomilova. Ono joj metnu glavu u krilo i podiže svoje meke oči prema njoj.

— Gledaj ti Belog! — nasmeja se kafedžija noseći pivo i kajmak. — Ume ono oko svakoga, kao kuče!

— Zovete ga Beli? Hodi, Beli, hodi. Hoćeš li malo hleba?

— Bee! — odgovori jagnje veselo.

— Šteta što će omatoreti. Ovca nije lepa, a ono je tako slatko, gleda kao dete. Užasavam se pomisli da čovek može da zakolje jagnje. Bolje bi bilo da smo vegeterijanci.

— A sutra ćete ipak jesti jagnjetine! — nasmeja se muž.

— Sigurno. Što je ukusan ovaj kajmak! Je li ovo domaći hleb?

— Jeste.

— Crn, ali vrlo sladak.

Drumom pojuri auto s nekim damama. One se okretoše da pogledaju ovaj par. Jedan seljak se zaustavi na konju. Spazi advokata, sjaha s konja i priđe mu.

— Baš dobro, gosn Tomiću, što te sretoh. ’Teo sam da navratim do tebe, da mi pomogneš u banci za malo zajma. Ti si nji’ov advokat.

— A šta će ti zajam?

— Ama, jedna mi se livada užlebila u moje njive, pa mi tuđa stoka upropasti useve. Svake godine se sudimo oko štete. Pa mu reko’: „Komšija, bolje da ostanemo prijatelji! Prodaj mi livadu!” A on se nećka, al’ sad pristade... Pa, ’teo bih tu livadu da kupim. A ti znaš da sam pošten čovek.

— Dobro, dođi pa ćemo videti.

— Da ovo nije tvoja gospođa? Čuo sam, da prostiš, da si se oženio.

— Jeste, to je moja žena.

— E, neka je živa i zdrava! — obradova se seljak i pruži Ljiljani nažuljenu ruku, koju ona prihvati.

— Ako, ako! Bolje što si se oženio! I ja ću jesenas onog mog da ženim... Javiću ti pa da dođeš s tvojom gospojom. Pa pogledaj da i do moje kuće katkad navratiš. Imamo, 'vala bogu, i mrsa i smoka...

— Šta si to kupovao u varoši?

— Kupovao nešto za ženskadiju u kući. Seljak, vidiš, nosi sukno, a ženskadija 'oće svilu iz dućana. Prodado' jednu kravu u varoši pa kažem: to im je sad za celu godinu! U zdravlje, gospodine! U zdravlje, gospoja! Za onu stvar, molim te, vidi tamo u banci. Neće da ti bude rđavo od mene.

Seljak odjaha, a Radmilo zovnu kafedžiju.

— Gazda Marko, daj kočijašu neka pije i jede. Neka uzme šta hoće.

Suton se spuštao. Seoska tišina postajala je sve prisutnija. Ljiljana je ushićeno posmatrala daleke planine, brda, brežuljke. Voćnjaci su se svojim rascvetalim krošnjama slivali niz bregove kao roj belih leptira. Negde je sitno zvonilo zvonce i lajali su veliki seoski psi, zaglušujući blejanje ovaca.

— Da platim! — zovnu Radmilo kafedžiju.

— Pa došetajte opet, gospodine Tomiću! Za nedelju dana imaću mlade prasce. Krmača mi se oprasila. Javite pa izvoljevajte s gospođom...

— Hvala, gazda Marko!

— Vas svi poznaju! — reče mu Ljiljana u kolima.

— Seljacima je često potreban advokat, a ja sam odlazio i u sela. Ima ovde u blizini i jedan lep manastir. Ići ćemo.

— Dobro, samo nezgodno je da vi uvek plaćate. Dopustite i meni...

— Zašto? Je li vam odvratan moj novac?

— Šta govorite? — prekori ga ona. — Nikako nećete da zaboravite ono veče.

— I vi ga ne zaboravljate.

— Ja se kajem.

— Koliko vidim, ne kajete se.

Znala je dobro šta je hteo reći. Tačno je to da mu se ona nijednim gestom nije približila. Samo jednom ga je uhvatila ispod ruke, ali on je pustio ruku. Da li sada da ga uhvati, da mu se nasloni na rame? Oh ne, bilo ju je stid. A i on je gord, strahovito gord. Ona nije ni slutila da može biti toliko gordosti, a u isto vreme i toliko takta kod jednog muškarca. Koliko je moguće potisnuti onako žarku ljubav. Bio je kao plamen, a sad je hladan kao led. Gde je mogao da sakrije onolika osećanja? Kako ih savlađuje? Ona to ne bi mogla. Sva njena patnja je na površini: u očima, na čelu, na usnama. Kod njega — tek poneka ironična reč... Pogledala ga je. Pušio je i nije je posmatrao. Profil mu je bio kao od bronze. Bio je mračan kao sumrak i ćutljiv kao noć.

— Vi kao da se stalno sunčate, tako ste crnpurasti.

— Takva je boja moje kože. A onaj koga ste voleli, je li bio crnomanjast ili plav?

Ona se povuče u ugao i ostade nema...

— Povredio sam vas, izvinite — reče i naže se prema njoj. Bio se gotovo sasvim približio. Mišice su im se dodirivale. Videla je njegove oči, velike i crne, osetila miris duvana i miris Šipra...

— Kako je lep suton! Zašto mi kvarite raspoloženje?... Bila sam tako raspoložena! — uhvati ga za ruku i oseti njegove vrele prste... On trže ruku, vrati se u svoj levi ugao i ostade nepomičan, kao da ne oseća njeno prisustvo.

— Pogledajte: šuma je tamna, sasvim crna!... A voćnjaci kao magla.

Kako bi on ranije voleo svaku njenu reč. Kako bi ga radovalo što je tako inteligentna. Odgovarao bi joj na svako pitanje ljubeći joj meki beli obraz. Nije voleo glupe i prazne devojke. Želeo je da u ženi ima druga i ljubavnicu. A našao je samo devojku punu lepih fraza... Njena inteligencija ga je još više razdraživala. Da je bila glupa, i sve ono učinila, on bi joj pre oprostio. A ona je bila tako inteligentna da je mogla da shvati njegovo duševno stanje, ali se pravila da ništa ne razume. Ovu njenu ljubaznost i živost tumačio je kao milost. Činilo mu se da mu svakom rečju daje na znanje: „Ti si ludo zaljubljen u mene, zadovolji se time što ću blagonaklono razgovarati sa tobom." Sve što je dolazilo od nje uznemiravalo ga je. Taj vir osećanja i strasti kovitlao se neprekidno u njemu. Čuo je njene meke reči, gledao njenu kosu, velike plave oči, osećao miris mladog ženskog tela... Bila je tu, sasvim blizu, a tako daleko. Kao da ih je delio duboki jaz hladne vode.

— Da nas ne uhvati kiša? — primeti ona. — Vidite one oblake!

— Neće... Možda će tek noćas da padne.

Radmilo baci cigaretu. Pogleda svoju mladu ženu. Bila se skupila u uglu. Video je beli izrez njene bluze i beli bere. Ruke su mu nervozno drhtale. Neka magnetska sila ga je gonila k njoj. Strast ga je mučila do fizičkog bola. Ali, ona je tu — oseća je — tako je nežna i bela... Tako bi je divljački prigrlio, ugušio.

„Vi niste bili muž za mene!", osvesti ga sećanje.

Oseti onu istu ledenu santu kako ga drobi, okrete glavu od nje i ostade hladan, kao od bronze.

***

Sekla je sveže grančice jorgovana. Bile su tako divne, plavo-ljubičaste, njihov miris je opijao.

Nešto šušnu u drugom dvorištu, u bokoru jasmina. Ona pogleda kroz jorgovan i ostade nepomična, držeći savijenu grančicu koju je htela da odseče.

Ugleda visoku devojčicu, velikih crnih očiju, s dvema viticama prebačenim preko ramena. I devojčica je nju gledala. Oči su joj bile širom otvorene, kao kad se gleda nešto što iznenađuje, što se nije očekivalo. Što zadaje bol... U tom iznenađenom pogledu Ljiljana je osetila prikrivenu tugu. Devojčica ju je gledala kao da joj govori: „Hoću da vidim tebe, zbog koje sam htela da oduzmem sebi život!”

Bol male Tatjane dirnu Ljiljanu. Pred svežom lepotom ove devojčice njeno iznenađenje je bilo vrlo veliko. Ćutale su i gledale se.

— Hoćete li, gospođice, da i vama otkinem neki cvet?

— O, hvala! — uzbuđeno prošaputa Tatjana, ne znajući šta da odgovori. Strah splete i zbrka sve njene misli.

— Evo, ovu grančicu! Ima puno cvetova — nastavljala je Ljiljana, osećajući šta se odigrava u duši devojčice. „Kako je lepa! Kako su joj divne oči! Ona se morala njemu dopadati!” Ljuta na svog muža, koji je zadao tako strašnu bol ovoj lepoj devojčici, htela je da se pokaže boljom od njega.

— Izvolite! — pruži joj jorgovan.

— Veliko hvala, gospođo! — snishodljivim tonom odgovori učenica. Oči su joj bile pune vlažnog sjaja.

— Vi ste učenica? Vidim po kecelji.

— Jeste... Maturantkinja.

— O, pa vi ste pred maturom! Bojite li se?

— Prilično... Naročito matematike! Vrlo nam je stroga nastavnica, a ja nisam dobar matematičar.

— Devojčice obično ne vole matematiku. I ja je nisam volela. Jedva sam se izborila za četvorku.

— Ja bih se i trojki radovala.

— Koliko nepotrebnog straha zbog tog predmeta, a ponekom nikad ne zatreba u životu. Hoćete li na univerzitet posle mature?

— Mislim... Samo, ne slažem se s tatom. Ja bih htela prava, a on filozofiju.

— Filozofija je za devojke bolja — „Ona još misli na njega, jadna devojčica!"

— I moj tata to kaže. Kao nastavnica imala bih raspust i ne bih bila ceo dan na dužnosti...

— Bolje je. Žene pravnici još nisu dobile sva prava. Pa i kad ste advokat, uvek više trče advokatima muškarcima. Kao da nemaju poverenja u žene...

Tamno lice devojčice preli rumenilo kad Ljiljana izgovori reč „advokat". Tužne crne oči gledale su velike nežne plave, kao da govore: „Zašto ste mi oteli Radmila?"

— Ali studentima u unutrašnjosti lakše je studirati prava, jer mogu da sede kod kuće — reče Ljiljana.

Jedna žena se pojavi na vratima kuće. Uplašeno pogleda devojčicu i lepu Beograđanku. Imala je lepe Tatjanine oči. Ljiljana joj ljupko klimnu glavom. Ona prihvati još ljubaznije.

— A vi ste dali mojoj Tatjani cveće? Hvala!

— Vidite šta je cvetova! Gospođica mi je pričala šta će da studira kad završi maturu.

— Samo tu maturu da položi! Posle je lako.

— Ona voli prava.

— Ako moj muž dobije Beograd, a on već radi na tome, onda neka studira šta joj je volja! — nežno pomilova ćerku po kosi. — Nešto joj ne ide francuski i matematika. Pa kažem, neka i padne.

— Baš neću pasti! Sad sam zapela i učim...

— Mi ćemo se pomiriti s tim i ako padneš.

— Nije to ništa strašno! — tešila ih je Ljiljana. — Koliko je onih što po dva-tri puta polažu maturu, pa posle — odlični studenti...

Devojčica je netremice gledala lepu Beograđanku.

— Tatjana, sine, idi i naberi gospođi neku lalu! Imamo divnih, crvenih i žutih. Vidiš kako je gospođa ljubazna, dala ti je cveće!

Tatjana pruži majci jorgovan i otrča da nabere lale. Bila je zbunjena prirodnošću i ljupkošću ove Beograđanke. Vrati se i pruži cveće lepoj plavuši. Ljiljana zahvali, oprosti se s njima i uđe u kuću. Tatjana pobeže u svoju sobu. Mati uđe za njom.

— Kako je ljubazna i lepa! Je li ona prva tebe oslovila?

— Jeste. Pitala me je hoću li jorgovan...

Mati poljubi Tatjanu u teme i pogladi je po kosi:

— Evo ti ova vaza. Metni je u trpezariju! Ti jutros nisi imala prvi čas?

— Gospođa Milošević se razbolela. Posle podne idem do Nade. Došla je njena rođaka, studentkinja iz Beograda, pa će nam pokazivati matematiku.

— Ako, sine, idi! Ali nemoj ništa da se sekiraš.

Tatjana zagnjuri glavu mami u nedra i zaplaka.

— Neću da plačeš. Neću! Bilo pa prošlo. Ti si dete! Završi prvo školu, pa posle misli na udaju.

Tatjana obrisa oči i poljubi mamu.

— Je li, mamice, ti se ne ljutiš na mene?

— Ne ljutim se, sine. Sve smo mi to već zaboravili, i ja i tata. Ti si sad vesela.

— Jesam, mama. I učim! Bogami, učim. Neću da padnem. Videćeš da ću položiti maturu...

— Ja i tata se nećemo ljutiti i ako padneš! Hoćeš li da učiš?

— Hoću, mama.

— Pa, idi u baštu! Vidiš kako je lepo sunce. Sedi ispod lipe. Eno ti onaj šezlong.

Sirota mati je još uvek strepela. Noću je ostavljala odškrinuta vrata, prikradala se svaki čas, pogledala... Ko će znati današnje devojčice? Osetljive su i lude! Ništa lakše nego soda, lizol ili konopac. I ne misle na jadne roditelje! Ona je bila još bolesna od one noći. Strašan napad žuči je imala posle toga, srce joj se uznemirilo, glavobolja, povraćanje. Ni danas još ne može da jede. Tešila je dete i milovala, čuvala se da joj ni jednu oporu reč ne rekne, a kad ostane sama plakala je i žalila samu sebe zbog tog osetljivog deteta. I mrzela je tog advokata Tomića. Otkud, do đavola, da kupi kuću do njih? Zar njena Tatjana da misli na mladiće? Ona je za nju bila neiskusno i bezazleno dete. A to dete — sebi konopac oko vrata! Kuća uz kuću. Prosto nisu mogli da budu pametni ni otac ni mati. Ubiti se samo zato što ga voli. Kakvu filozofiju ona da studira? Da ide sama u Beograd! Više je nigde neće samu puštati kad je htela pred njihovim očima samoubistvo da izvrši. U Beograd je neće samu pustiti. Premeštaj će tražiti...

Sirota mati! Tumarala je po kući, a te misli su joj se neprekidno vrzmale po glavi. Tatjana je sedela u šezlongu i čitala. Gledala je kroz prozor iza zavese... Bila je njen budni čuvar. Motrila je svaki ćerkin gest. Videla je kako naglo podiže glavu i pogleda nekog na ulici. I mati je pogledala na ulicu. Gnev je obuze: išao je advokat Tomić. Sad je motrila da li će se on okrenuti, javiti, pogledati je. Ali on se nije nijednom osvrnuo. Prošao je pokraj njihove kuće ne gledajući ni levo ni desno. Ona je videla da Tatjana ne čita. Zagledala se u jedan cvet. Osećala je da još misli na njega. Njena soba je bila do dvorišta i mogla je da gleda advokatovu baštu. Odatle je ona njega uvek i gledala. Spazila je i sad kako je brzo ostavila knjigu i ušla u sobu... Mati se lagano prikrade. Videla je Tatjanu kako gleda iza zavese.

— Tatjana — nežno je pozva. — Znaš, sine, šta smo rešili ja i tata? Da ti kupimo sofu za spavanje. Ali ja bih je namestila u ovu sobu s ulice.

— To bi bilo lepo, mama — obradova se kći, misleći kako hoće sve da joj učine. Nije pogađala pravi uzrok — da hoće da je premeste iz ove sobe.

— Evo ide tata!

— Kažem, Tatjani, Mišo, da ćemo sofu da joj kupimo.

— Hoćemo. Neka tatin sin ima lepu sofu!

***

— Sad treba vas da pitam, Ljiljana, zašto ćutite? Nešto ste neraspoloženi — pitao ju je Radmilo posle ručka dok su pili kafu u predsoblju obasjanom suncem.

— Nešto me boli glava. Nisam raspoložena.

— Jeste li uzeli aspirin?

— Nisam. To traje po četiri-pet sati pa prođe.

Na stolu su stajale crvene i žute lale. Osećao je jak miris.

— Kako vam se sviđaju ove lale?

— Vrlo su lepe. Da ih nije tetka Stana poslala?

— Nije. Dobila sam ih od Tatjane, ove učenice do nas. Poznajete li je?

— Kći šefa finansijske uprave. Viđao sam je — odgovori on ravnodušno istim tonom kao kad je kazao: „Ono je kuća moje tetke!"

Ona ga pronicljivo pogleda. Nijedna crta lica mu se nije promenila. Nimalo zbunjenosti.

„Kako samo vlada sobom", mislila je Ljilja. „Pravi se kao da je ne poznaje." Jadne devojke. Možda će i Momčilo tako govoriti o njoj.

— To je lepa devojčica.

— Koja devojčica? — prenu se on kao da ne zna o kome je reč.

— Pa ta Tatjana, lepa devojčica!

Nije ništa odgovorio.

„Kako je pritvoran." Htela je da mu dobaci: „Šta se pravite tako ravnodušni kad ste tu devojčicu doveli do samoubistva?" Savlada se i mirno nastavi:

— Ovde u unutrašnjosti studenti više vole prava.

— Otkud znate? — iznenadi se on i pogleda je.

— Tatjana kaže da bi i ona prava studirala, ali tata joj ne da...

— Razume se. Roditelji gledaju na sve kad imaju žensko dete.

— Tatjana mi se žalila da joj ne ide dobro matematika.

Radmilo pogleda Ljiljanu i zadrža pogled na njenoj zelenoj haljini.

— Je l'te, Ljiljana, imate li vi drugih haljina osim te?

— Imam. Zašto pitate?

— Ne volim tu vašu zelenu haljinu. Obucite neku drugu.

— Dobro. Ako vam se ne sviđa, obući ću neku drugu. Ja volim zelenu boju. Zašto je vama neprijatna? „Kako izbegava odgovor o Tatjani!", pomisli u sebi.

— Ne volim zelenu boju.

— A da li volite žutu ili crvenu kao ove lale?

— Mislim da vam najbolje stoji plavo.

„Zar njega mogu zanimati i boje mojih haljina!" On joj uopšte postaje sve čudniji. Njegova hladnoća i uzdržanost čak su je pomalo nervirali. Danas je osećala neku nervozu. On je pritvoran. Ništa se od njega ne može dokučiti. Povila je jednu crvenu lalu i posmatrala njeno lišće. „Ta mala Tatjana pati kao što sam i ja patila zbog Momčila!"

Radmilo zaustavi pogled na njenom licu.

— Šta ste radili danas? — upita.

— Šta sam radila? Namestila sam sobe, obrisala prašinu, rasporedila vaze i cveće...

— Zar vi nameštate sobe?

— Da. Što vas to čudi?

— Pa, nisam znao da vi to radite. Mislio sam da je to Julijin posao.

— Mi smo podelile posao. Julija kuhinju, ja sobe.

— Šta ste posle radili?

— Šetala sam po bašti, umesila kolače...

— One što smo ih danas jeli? Niste se pohvalili.

— Što da se hvalim! Jesu li bili ukusni?

— Izvrsni.

— Primetila sam da volite testo i kazala sam to Juliji.

— Jeste, volim kolače. Kako ste to zapazili?...

— To i još puno kojekakvih sitnica sam zapazila...

— Na primer?

— Volite salatu.

— Pogodili ste.

— Ali ne volite preslana jela. Masnu govedinu iz supe rado uzimate, pa sam kazala Juliji da kupuje malo masnije. Sos od rena najviše volite...

— Zbilja ste pažljivi! Primetili ste sve te sitnice — reče on s finom ironijom u glasu.

— Ja mislim da su i sitnice važne u životu.

— Neosporno! To je isto kao kad čovek počne da kući kuću od čaša i šoljica, a zaboravi da kupi nameštaj.

— Vi imate ugodnu sofu za spavanje.

— Da, vrlo ugodnu i vrlo toplu — povukao je dim cigarete i poluzatvorenih očiju pratio kolutove. Najednom se okrete k njoj i pogleda je širokim sjajnim očima.

— Šta ste još radili? — bilo je malo nervoze u njegovom glasu.

— Pravila sam jedno jastuče... Čitala... Slušala radio... Vezla goblen...

— I nije vam bilo dosadno?

— Ni najmanje!

Nije mu bilo jasno zašto ona nikad nije izražavala nikakvu svoju želju. Ako bi je on pozivao da izađu, izlazili bi. Ako je ne bi pozvao, ona bi ceo dan presedela kod kuće. Kad se ženio njome, sa strepnjom je pomišljao kako će ona podnositi život u palanci. Pošto zna da će se za tri meseca rastati, verovatno zato mirno podnosi ovaj život. Neraspoloženje koje je sad čitao na njenom licu probudilo je u njemu sumnju da joj je možda ipak dosadno u kući... Zato ju je ispitivao šta je radila.

— Što koje jutro ne prošetate do parka, ili do moje tetke?

— Meni brzo prođe jutro u kući. I neću da idem bez vas. Ovo je palanka, a ja sam tek došla. Čovek mora voditi računa o sredini u kojoj živi.

— Lepo je to misliti na sredinu u kojoj ste, ali vi više vodite računa o toj široj sredini nego o užoj.

— Pa, jutros sam se upoznala s komšilukom, s Tatjanom i njenom majkom. To je uža okolina.

Njeno zaobilaženje teme ga iznervira i on ustade da pusti radio. Tako je bar mogao da ćuti. A ona je sasvim drukčije shvatila taj gest. „Neće da govori o Tatjani!"

Dok je on stajao kraj radija, podlaktila se na ruku i ćutala... Mučilo ju je pitanje kakav je ovaj Radmilo čovek. Njegova tetka je pričljiva: „Sve devojke pocrkaše za njim!" Pričala je i gospođa Janković: „On je bio najbolja partija!" Ova mala Tatjana se vešala, a ovi preko puta su mu nudili miraz i on je odbio. Čemu sve to? Zbog nje? Zar je on nju toliko voleo, nju koju uopšte nije poznavao! A da li je ona poznavala Momčila? Ljubav je katkad zaista neobjašnjiva i nelogična.

On je upravo izlazio iz sobe. Zastao je u predsoblju. Merila ga je od glave do pete. Visok, lepo razvijen, tamne talasaste kose. Pravi muškarac!

„Da, on je pravi muškarac!", šapnu Ljiljana u sebi. „Mnoge žene bi ga rado otele od mene. U Beogradu — sigurno. Žene vole crnpuraste i jake muškarce. Kako je samo tako miran. Da, razdvojićemo se, on je siguran u svojoj odluci. Oženiće se ovom devojkom preko puta ili malom Tatjanom. Zato i ne prihvata razgovor o toj učenici."

On se okrete i uhvati njen pogled. Opet je pocrvenela kao uhvaćena na delu.

— O čemu ste sad mislili, mala Ljiljo? — iznenada upita.

— Mislila sam... mislila... Zašto da vam kažem?

— Baš bih voleo da mi kažete.

— Hoćete? Dobro. Mislila sam o tome da treba da se oženite čim se razdvojimo.

— Toliko brinete o mojoj ličnoj sudbini?

— Brinem, jer ste zaslužili bolju ženu.

— Onda mi je nađite. Hoćete li da mi budete provodadžika? — upita malo veselije.

— Hoću! — odgovori ona setno.

— Što ste danas neraspoloženi? Nešto krijete. Recite mi.

— Ništa! To vam se samo čini. — „Reći ću da uzme Tatjanu...”

I nesvesno je zgnječila crvenu lalu koju je držala u ruci.

— Što ste taj cvet zgnječili? Nervozni ste!

— Ah, sasvim slučajno...

On ju je netremice gledao. Obuhvatio je pogledom celo njeno ljupko lice i uporno ga držao pod bleskom svojih velikih crnih očiju. Osećao je da je zbunjuje i da je muči taj pogled, a želeo je da je muči.

Radio ućuta. On pogleda na sat.

— Moram da idem. Možda ću se večeras zadržati do pola osam. Imam jednu sednicu u partijskom klubu. Doći će jedan bivši ministar iz Beograda. Ako vam bude dosadno, izađite do parka.

— Nije mi dosadno. Ovde u bašti je vrlo lepo. Šta će mi park?

Pošla je s njim do kapije. To je bilo prvi put da ga isprati. Zastali su i gledali cveće u rondelama.

— Jesu li ovo kalemljene ruže od gospođe Janković?

— Jesu. Ova je roze, a ove dve crvene, ima i belih... A ovo su krinovi... Uzeo sam ih od jednog baštovana.

Saže se i poljubi joj ruku, pa izađe.

S okolnih prozora su gledali ovaj lepi srećni par, kako su zamišljali. I Julija ih je iz svoje kućice gledala kroz prozor s materinskom ljubavlju.

Prošlost se sveti

Ljiljana je radila goblen u spavaćoj sobi, jer se napolju beše natuštilo nebo, samo što nije pljusnulo. Julija kucnu i uđe.

— Gospođo Ljiljo, traži vas jedan gospodin.

— Koji gospodin? Kako izgleda? — uplaši se ona.

— Plav je... Kaže da je iz Beograda.

Ona se sva ohladi.

— Recite mu da nisam kod kuće...

Iza Julije se najednom vrata širom otvoriše.

— Zar tako, gospođo? Nećete da primite poznanike iz Beograda?

Ljiljana preblede. Julija se lagano izmače i izađe iz sobe. Devojka ostade skamenjena. Najednom ustade. Goblen i kanure joj padoše s krila. Ljutnja joj prekri obraze rumenilom i ona strogo upita:

— Kako si se smeo usuditi da uđeš u kuću moga muža, Momčilo?

***

Sedeći za stolom u svojoj kancelariji advokat Tomić je nešto čitao, a njegov pisar Pera, student prava, pisao je neki akt.

— Znate li, gospodine Tomiću, govori se o stečaju firme Petrović?

— Čuo sam to.

— Izgleda da će on vas tražiti za advokata. Njegov sin mi to reče.

— Videćemo.

„Nešto nije govorljiv!", mislio je pisar. „Zaljubljen čovek. Samo misli na svoju Ljiljanu!"

Vrata se širom otvoriše. Pomoli se vedro i nasmejano lice inženjera Voje Markovića.

— Gde si ti, čoveče? Otkako si se oženio ne daš se videti!

— Ovde sam. Zašto ne navratiš?

— Kao velim, neću da smetam. Mladoženja! Topiš se. Vidim da se topiš. Ako, rode moj, i ja sam se tako topio prvih meseci... Ali, ne viđam ni tebe ni tvoju Ljiljanu.

— Izlazimo skoro svakog dana. Šetamo. Pravimo izlete. Pokazao sam joj okolicu.

— Čula je sve to i moja Verica. Ljuta je na tebe. „Zar Radmilo, tvoj najbolji drug", kaže, „a ja još nisam videla njegovu ženu?"

— Ni kod koga nismo išli. Samo do moje tetke i do gospođe Janković.

— Ama, ne zameram ti ja, nego moja Verica. Znaš, žensko ti je radoznalo. Još došle neke devojke pa joj pričale kako je gospođa Tomić lepa. Mani! „Kad šetaju", kaže, „zašto da ne dođu kod nas?"

— Prošetali smo samo pored reke.

— Kažem joj ja: „Ostavi ti, ženo, njih. Oni su mladenci. Neka ih! Sada šetaju pored reke i beže od sveta, a posle će da beže u svet!" Ko bi mene sada naterao da šetam pored vrba i reka!

— Ti voliš korzo...

— Šta ćeš. Volim onu kafanu na korzou, pa zasednem, a nožice samo šetaju! Nego, kako se osećaš kao oženjen? Je li bolje u braku?

— Kako da nije bolje? Meni su kafančine dosadile: iz kancelarije u kafanu, iz kafane u kancelariju... A kako ti? Čekaj da ja tebe malo ispitam... Kako se ponašaš?

— More, ja bih se ponašao kao devojčica da nije ženskadije koja te navodi na zlo. Ti, momče, nemoj ovo da slušaš! — okrete se Voja pisaru.

— Ja pišem svoje i ne slušam vas. Budite bez brige! — smeškao se mladić. „Lola jedna! Svi pričaju za njega i udovicu!"

— A ona moja luda je ljubomorna, pa sve prima zdravo za gotovo... Ubi me ovaj palanački svet! Ama, ako sam samo s nekom na ulici progovorio — odmah to moja Verica zna! Te ne znam: „Rekla mi Maca videla te sa Zorom... Priča Anđa kako si stajao na ćošku s Ružom..."

— Hoćeš, hoćeš ti svaku da pogledaš, za svakom da se okreneš. Zna to Verica.

— Ne bi ona ništa znala da nije tih njenih torokuša. I zato moram da ti dam jedan savet: sve ženine drugarice da razjuriš iz kuće. Ne daj nijedna da ti proviri u kuću.

— Moja Ljiljana i nema ovde drugarica.

— Vodi ti nju u posete kod baba. Babe nas uvek hvale. A ovi devojčići — to su palikuće!

— A zašto vi, gospodine Vojo, gledate devojčiće? Ostavite vi njih nama momcima! — dirao ga je pisar.

— Gle sad ovoga! Što gledam devojčiće... E, rode moj, kad se oženiš, posle dve-tri godine ćeš ih i ti gledati. Kako da ih ne gledam kad moja Verica svakog dana ima punu kuću drugarica. Naca! Maca! Lela! Sve se to napuderisalo, narumenelo, užagrilo očima. Nisam ja, brate, evnuh! Dođe mi nekad da joj podviknem: „Teraj ovu ženskadiju iz kuće! 'Oće kuću da mi zapale!" — izvadi tabakeru. — Gle, nemam cigarete! Pero, rode, hoćeš li da trkneš do duvandžije?

— Dajte.

— More, da ti pričam jedan džumbus! — otpoče inženjer Voja čim se Pera udalji. — Napravilo se čitavo čudo. Verici dostavili za udovicu Perku i mene.

— Znao sam ja da će ti dolijati... Sve udovica, udovica, i sve ona kao mene gleda.

— Gledala je tebe, bogami. Pa koliko je puta samo mene molila da joj navodadžišem za tebe.

— Ali ni ti joj nisi bio s raskida.

— Pa, prijateljica Veričina. Bogzna kakvo prijateljstvo. Odlazile, dolazile jedna drugoj. Pa što kao i ja da ne navratim.

— A ti navraćao onako, sam.

— Nisam, majke mi. Nego me ona jednom predveče svrati: „Vojo, molim te, svrati da te pitam. Hoću nešto da prepravljam u avliji vile u vinogradu pa da ti vidiš. A imam i odličnu višnjevaču.” I eto, porazgovarali smo. Popio sam dve-tri višnjevače...

— I ništa više? — dirao ga je Radmilo.

— Ako smatraš nečim to što smo se poljubili... Moglo je svašta biti, ali ja nisam hteo.

— Lažcš, bogami lažeš! Po očima ti poznajem.

— Slušaj, ja volim Vericu. Bogami je volim. Ali znaš kako je u braku? Poznaješ ženu i s lica i s naličja, pa se zaželiš novine. Ja štrpnem pomalo, ali nikad ne zabrljam. I ti ćeš, rode moj, kao ja jednog dana... to ti je špricer na žedno grlo. Nego, ako ti Verica slučajno nešto napomene, a siguran sam da će ti nešto reći, jer ona uvek tebe uzima za primer, ti drži moju stranu. Kaži da ja Perku poštujem. Ja sam već uveravao Vericu da je Perka očajna što si se ti oženio! Zato me je tobože i zvala — da se isplače zbog tebe.

— Bitango jedna! Ja treba da vadim kestenje iz vatre za tebe... Gle, kako se natušti.

— Sprema se neka oluja. Nego, znaš zašto sam ja došao? Večeras idemo u pozorište. Igra *Gospođa ministarka*, a gostuje Žanka Stokić. Biće smejurije. Ja sam već zadržao sto. Ti i Ljiljana, Vera i ja, Bora i Desa; moraš Ljiljanu da dovedeš. Poručila ti Verica. Hoće da vidi tvoju ženu.

— Doći ćemo. Ljiljana voli pozorište.

— Ja sad idem u opštinu na sednicu. Koljemo se s onim starim zelenašem oko onog čoveka. Zategao cenu pa ne popušta. A dok ono ne srušimo i ne uradimo onu ulicu, ništa nam ne vredi podizati spomenik. Isprečio se s onim udžericama, pa ih ne da kao da su trokatnice. Ama, trebalo bi samo ugarak, pa sve sravniti sa zemljom. Od onih ćumeza vuče kiriju i još drhti za svaki dinar. Ono je bogu plakati da sirotinja onde stanuje i plaća.

— Hoćete li uspeti?

— Kako da nećemo. Nego, predsednik ima neke obzire prema starom. Sve se to povezalo. Ali danas ću da im skrešem svima. Hoće i kmet Đoka svoje sokače da asfaltira.

— Pa treba i gore, onu glavnu ulicu.

— Treba, ali hoće gospodin kmet da ima asfalt pred kućom, a što je ono gore carska džada — ništa se njega ne tiče. Predsednika ja ubeđujem i laskam mu da će sve biti njegova zasluga kad se varoš uredi.

— A ti tu najviše zapinješ.

— Nekad se i sekiram! Nije to sve slatko.

— Trotoare si sredio baš lepo.

— A kako se Ljiljani dopada kuća i nameštaj?

— Kaže da je sve lepo. Voli i baštu.

— Lepa je to kuća i od tvrdog je materijala. I jeftino si je dobio... Pero, rode, doneo si duvan! Evo i tebi dve-tri cigarete. A kako ti, momče, živiš? Zabavljaš li se? Viđam te s jednom lepom garavom...

— Viđam i ja vas, gosn Vojo!

— De, de, jezik za zube! Ti mene viđaš samo sa mojom ženom i ni sa kim više.

Inženjer ga pljesnu po ramenu.

— Pa, to sam i hteo da kažem — lukavo odgovori pisar.

— Budi samo vredan i ugledaj se na Radmila. Dakle, je l' ugovoreno? Večeras dolazite u pozorište?

— Doći ću, Vojo, s Ljiljanom.

— Ajde zdravo! — oprosti se inženjer.

Advokat uze da prelistava neka dosijea. Pisar ga je posmatrao. Njemu je Radmilo imponovao svojom snagom, spremom, govorničkim talentom i spoljašnošću. Zavideo mu je na kosi, na crnim očima, na snazi. A on, pisar Pera, nije bio takav. Vižljast i suvonjav, s puno vate u ramenima, suviše tanak u struku. Njegova devojka mu je rekla da ima lepe oči i lepa usta. I to mu je laskalo. Ali, naljutio se na nju kad mu je kazala: „Ah, Tomić je divan!"

— Pero, moram da odem do kuće da potražim jedan akt. Sigurno mi je tamo ostao — reče Radmilo.

„Ide da se vidi s Ljiljanom..."

Gledao je za advokatom dok se udaljavao... Blago njemu! Ima lepu ženicu! A njegova Olgica je poštena. Prosto mu dojadi to palanačko ponašanje. Ne vredi mlatiti se s devojkama. Kolaš ulicama, parkovima, ljubakaš se s njima u pomračini, uzrujavaju te i — posle pobegnu. „Što nisam malo stariji? Neću doveče na sastanka s Olgicom. Sve je to jalovo. Mlatim praznu slamu. Da je nešto kao udovica Perka... Čekaj da zovnem Iku telefonom."

— Alo, je li Ika kod kuće? Molim vas zovite ga. Ovde Pera... O, zdravo! Jeste, ja sam. Gazda mi je otišao kući. Pa razume se. Jedva izdrži pre podne u kancelariji. Postao je nervozan. I ja bih bio. Ih, da mi je tako kuća uz kuću. Zavidim ti. Jesi li je video danas? S Tatjanom razgovarala? Koja je lepša? Zbilja, zar je tako lepa ta Ljiljana? Hoćeš li doveče u pozorište? I komšija će s komšinicom. Ti zauzmi sto za nas studentariju. Olgica? Dosadila mi, samo mi drži predavanje o svom poštenju... S kim si je video? Nije istina! Ona s njim? Pet dana me neće videti. Obilaziće ona oko kancelarije... Znam za tog poručnika. Kandidat za ženidbu. Ali ovaj bata će postati advokat kao Radmilo. Onda ću da im se svetim... Nisam ljubomoran, ali neću da me vuče za nos... Sutra uveče ću doći k tebi da se preslišamo. Ne smem gazdi na oči ako ne položim ispit. Napravi izvode. Gazda je sad kod kuće. Šta misliš šta sad rade? Ozbiljna je... Neće ni da pogleda. Primi moje saučešće! Jesi li joj pevao *Adio mare*? Ako vidiš Olgicu reci joj, molim te: „Za Perom polude jedna raspuštenica." To nju može nasekirati. Majke ti, reci joj tako! Baš će poručnik da je uzme? Treba da mu zvekne osamdeset hiljada! Što ti digoše na cenu ove oficire, pa sad još više luduju za njima, a oni sve važni. Istina, i ti imaš brata, oficira, ali tvoj Milan je drugačiji. Ozbiljan je i ne igra se devojkama. Sprema se za viši kurs... Da, tako. Gledaj da uzmeš sto, da smo bliže do njih. Brate, još nisam video gazdaricu. Sila je i Radmilo, bogami! Divim mu se. Upola da postignem kao on, pa bih bio zadovoljan. Ajd', zdravo!

Slušalica škljocnu.

***

Oblaci su se gomilali kao ogromne stene od olova, koje se lagano pokreću, skrivajući plavetnilo neba. Dunu vetar, uvi u kovitlac prašinu, zavitla otpatke hartije i diže ih visoko. Zamirisa cveće iz bašte. Firme su se njihale, a trgovci žurno sklanjali robu. Jedne čeze su u kasu jurile, izbijale su varnice ispod konjskih kopita... U daljini kao da je nešto krkljalo. Bagrenje na ulici otvaralo je svoje ćubaste krunice — listovi su lepršali. Kroz prozor su provirivale ženske glave, posmatrajući nebo. Jedna seljačka rastočena kola škripala su pod tovarom skoro pokošene trave, koja se dizala kao koliba... Mirisale su razne biljke.

Radmilo je žurio da stigne kući pre kiše. Bio je u svetlosivom odelu i hteo je da ga presvuče. Uleteo je brzo u kapiju... Popeo se uza stepenice i otvorio vrata predsoblja. Uto začu muški glas iz spavaće sobe:

— Zar si toliko zaljubljena u svog muža da ne dopuštaš ni da prekoračim prag njegove kuće?

— Tebi ne dopuštam. Iznenađuje me sloboda koju si uzeo da uđeš u moju kuću. Zaboravljaš da sam ja udata žena.

— A ti zaboravljaš da si me dve godine uveravala u svoju ljubav i da si se udala ne zato što voliš muža, nego što si htela meni da se osvetiš.

— Ako sam to i učinila, ja nisam više ona ludo zaljubljena devojčica. Ja sam se iz osnove promenila i uspela da izbacim iz sebe svaku pomisao na tebe.

— Lažeš! Sve lažeš! Ti mene voliš.

— Užasno si uobražen! Zbilja, ti zamišljaš da ja tebe i sad volim? I ljubav ima granice. Onoga dana kad smo poslednji put razgovarali uništio si u meni svu ljubav prema sebi. I ja se ponosim time što sam mogla da budem toliko jaka i da te ostavim.

— Je li u tome jačina tvojih osećanja što si me ostavila samo zato što se nisam mogao oženiti tobom? Tebi je bio potreban samo muž, a za tu ulogu nisi vezivala ljubav. Svejedno ti je bilo: bio advokat, inženjer, ma ko, samo da je muž. Po tvome mišljenju samo muž zaslužuje ljubav.

— Da, muž i zaslužuje! On daje dokaz da voli jednu ženu. On joj se obavezuje, daje joj svoje ime i svoj položaj...

— I još uz to kuću, kao što si ti dobila... Čuo sam. I lep je mladić. Video sam ga maločas. Prošao sam namerno pored njegove kancelarije. Radmilo Tomić, advokat! Bujna kosa, senzualne usne, crnpurast, snažan. Jak muž! Ono što tebi treba!

— Slušaj, Momčilo, ti si uvek bio cinik. Uvek si me vređao i zadavao mi bol. Zabranjujem ti da me vređaš sada i da vređaš moga muža! On je najčasniji mladić koga sam srela u životu. I ja žalim što ga nisam srela pre tebe, jer tako ne bih preživela sva ona razočaranja.

Ti nisi sposoban ni za ljubav ni za razočaranja! Ti samo umeš da obmanjuješ i sebe i druge.

— Zaista si se zaljubila u svog muža! Za tako kratko vreme uspela si da me potpuno potisneš. Zaboravljaš kako si mi strasna pisma pisala.

— Jesam, jer sam verovala da si dostojan tih pisama. Ali sada sam upoznala čoveka koji je bolji od tebe...

— Sigurno kao mužjak! Sumnjam da ceniš njegove moralne vrednosti...

— Momčilo, zašto si došao da me vređaš? Ja nemam više šta da se objašnjavam s tobom — kazala sam ti svoju poslednju reč onog dana.

— Onog dana kad si htela iz moje kuće da skočiš kroz prozor zbog mene. A sad bi želela da me izbaciš kroz vrata, jer si zaljubljena. Lažljivo stvorenje! Objavila si venčanje tek posle svršenog čina. Da ne bih ja prisustvovao. Bojala si se mene...

— Zašto bih ja imala tebe da se bojim?

— Zašto? Zato što si lagala da me voliš.

— Ja tebe lagala! Ja sam i onda bila najiskrenija u svojim osećanjima, kao što sam i sada kad ti kažem da je sve među nama svršeno. Najlepše te molim da se udaljiš iz moje kuće. Ja sam udata žena i neću dopustiti da kompromitujem ni sebe ni svog muža!

— A ako ja neću da se udaljim? Zar nećeš da mi ponudiš da sednem. Zbilja si negostoljubiva!

— Momčilo, vređa me tvoje ponašanje. Idi, molim te, idi! Nemoj da me nerviraš!

— A ja te baš volim kad si iznervirana. Tada si najslađa! Kao neka mala, strasna životinjica. Ti si me, Ljiljo, ostavila... Ne mogu da te zaboravim. Vrlo si slatka. Dobro, ako si udata — nemam ništa protiv. Znam da ne voliš muža. Ali mene ćeš uvek voleti.

Približavao se laganim koracima, kao kad se tigar prikrada. Radmilo je stajao uza sama vrata — bled, obamro od neke jeze, groze, gneva koji ga je raspinjao — disao je teško, a oči su mu bile zamračene, tamne i preteće kao oblaci puni elektriciteta. Munja sevnu i kao da blistava kama preseče mrak sobe. Razleže se prasak kao eksplozija.

Nervozni Ljiljanin glas je govorio:

— Varaš se, nikad te više neću voleti. Nikad! Među nama je sve svršeno! Nikad! Zapamti!

Cinični smeh je propratio njene reči:

— Je li, Ljiljanice, kad ćeš doći u Beograd? Reci mi. Ja te čekam! Ako budeš moja, neću biti ljubomoran na tvog muža. Brak je glupost. Muž će ti brzo dosaditi. I tek tada ćeš ceniti moja milovanja. Da znaš kako ja umem da volim, da mazim, da ljubim! Još si mi lepša. Uželeo sam te se strasno...

Radmilo je bio kao prikovan uz vrata, zarivao je nokte u dlan, kao da nekog steže, davi, ubija. Osećao je kako će se na nekoga svaliti svom težinom svog tela.

— Momčilo, smesta da ideš! Odvratan si mi.

— Lažeš, nisam ti odvratan! Ti si uvek bila luda za mnom. I opet ćeš biti! Ti si samo moja, i moja ćeš ostati.

Do Radmila dopre šum koraka, a potom Ljiljanin krik:

— Pusti me! Pusti! Neću! Odlazi!

Vrata se otvoriše kao da ih grom pogodi, a Ljiljana — u zagrljaju mladića koji ju je stezao i gurao prema postelji — ugleda iza Momčilove glave dva strašna, usplamtela oka svoga muža.

Ona zatvori oči pred tim usplamtelim pogledom, oseti kako nekakva silovita snaga, kao oluja, dočepa mladića, odvoji ga od nje i tresnu teško o pod. Sruši se stolica, začangrlja grnčarija na ormanu. Sve u tren oka, kao grom. Kad je otvorila oči, videla je muža. Stajao je bled, naslonjen na vrata, a na podu — u drugoj sobi —

bedan, izgužvan, raskopčane jakne, ležao je mladić koga je ona nekad obožavala.

— Nitkove! Niste imali hrabrosti da se oženite, a imate hrabrosti da kao kobac napadate tuđi brak! — siktao je kroza zube, kao da hoće da uguši grmljavinu svoga glasa. Usne su mu drhtale, a oči su mu bile strašne i preteće.

Mladić se diže s poda:

— Koga vi nazivate nitkovom? Znate li vi ko sam ja!

— Napolje iz moje kuće! — grmnu Radmilo. — Napolje, dok te nisam smoždio! Znam li ko si ti? Znam vrlo dobro: jedna od onih vucibatina koja uništava porodicu i brak!

— Slušajte vi! Pazite šta govorite! Inače, svašta može biti. Izigravate junaka i napadate me s leđa... Zaista, vrlo otmenog si muža našla!

U dva koraka Radmilo se nađe pokraj njega, zamahnu šakom i šamar puče po obrazu nalickanog mladića, kao dečji pištolj.

Sva prestravljena, Ljiljana je gledala šta će sad da bude.

Momčilo povrati ravnotežu, steže pesnice, polete prema Radmilu i zamahnu da ga udari. Ali ovaj odbi njegov udarac, sčepa ga za vrat... Jedan udarac pesnice pade na glavu Radmilu. On ga i ne oseti, ali njegovi prsti zakopaše se u mladićev vrat, da ga udave. Ljiljana shvati da će se nešto strašno dogoditi. Polete, dočepa muža za ruku:

— Pusti ga, Radmilo, pusti! Nemoj! A ti, odlazi! Odlazi odmah iz ove kuće!

Radmilove ruke klonuše kao dve slomljene grane. On se uhvati za čelo, užasnut od onoga što se moglo dogoditi.

— Idi, Momčilo! Neću ni časa više da budeš u ovoj kući.

— Ići ću, ne boj se. Sažaljevam te što si se udala za ovakvog prostaka... Zapamtićete vi mene! Neću vam ostati dužan!

Izlete u predsoblje, bled, razbarušen. Radmilo htede da poleti za njim, ali Ljiljana ga preteče i zatvori vrata trpezarije; nasloni se na njih, da mu spreči prolaz. Vrata na predsoblju se otvoriše, ču kako se i kapija otvara, i onda ona odahnu, pođe posrćući do divana i sede potpuno sleđena. Njen ukočeni pogled nije silazio s muževljeva lica. On je stajao nasred sobe, izbezumljen. Teško je disao. Osećao je samo jedno — da je mogao ubiti toga mladića. Bio je tako blizu zločina. Da je bio sam u sobi, on bi ga udavio. Udavio bi ga kao psa! Stezao je zube, u strašnoj želji da ubije, da se osveti... Kročio je nekoliko koraka i srušio se na stolicu. Glava mu klonu na ruke...

Dva plava uplašena oka ukočeno su ga gledala. Nije smela ni reč da progovori. Ali ona se nije ljutila na svog strašnog muža. Nije ga osuđivala što je to učinio... Gonjena osećanjem straha ili divljenja, ustade s divana i priđe mu. Mala ruka mu se spusti na kosu.

— Radmilo, ja vas molim, nemojte me okrivljavati za ovo! Ja nisam ništa kriva!

On joj odgurnu ruku kao da je njena mala ruka teret na njegovoj glavi i te reči ga opekoše. Ispravi se, izdiže, bled i surov:

— Ostavite me! Vi ste za sve krivi. Vi! Zašto ste se udali! Zar da mi ovakvi nitkovi upadaju u kuću i napastvuju vas pred mojim očima! Mislio sam da ste anđeo od devojke, a vi ste ovakvom mangupu omogućili da radi s vama šta hoće... I on ovako bestidno upada u moju kuću! Imali ste ponosa da mi zbog ovakvog bednika onakve reči bacite u lice prvog dana. To je, dakle, čovek koga ste voleli. Zbilja, divnog ste mladića našli!

Odmakao se od nje i nervozno šetao.

Ona je stajala na istom mestu, kao da su joj stopala zalepljena za pod... Promucala je:

— Imate pravo da se ljutite za ovaj njegov postupak, ali treba da shvatite da sam ja bila devojčica... Prvi put sam volela... Nisam poznavala mladiće, ni život... verovala sam da su bolji...

— I posle udaje oni su za vas bolji od muža... Eto zašto ste danas bili onako nervozni i neraspoloženi! Očekivali ste ga, znali ste da će doći!

— Nisam, Radmilo, znala, zaklinjem vam se u moje roditelje. On... on mi je samo jedno pismo napisao... Pretio je da će doći.

— Zašto mi to niste rekli?

— Mislila sam da je kukavica i da neće smeti da dođe. Nisam htela da tome pridajem važnost... Bilo me je čak stid da vam pokažem to pismo...

— A on je junački došao. Još je više dobio u vašim očima. Ćutali ste, jer ste želeli da ga vidite. I bilo bi svašta da ja slučajno nisam naišao! Mrzećete me još više što sam vam pokvario ovaj sastanak. Bednik je on, ali bednik sam i ja. A vi likujete što se dva muškarca kolju zbog vas.

— Zašto ste takav bednik? Vi me možete isterati iz vaše kuće... Ostala sam, jer smo se tako dogovorili, čak sam zavolela kuću, baštu. Da, zavolela sam... Priznajem.

— Ali ste potrčali da ga spasete kad sam hteo da ga udavim.

— Nisam potrčala zbog njega, nego zbog vas! Videla sam da možete zločin da učinite. Vi ne zaslužujete da budete ubica, da stradate. Zašto nećete da me razumete?

— Ne razumem ja vas, jer i vi sebe ne razumete! Kakva ste vi devojka, pitam ja vas?... Ja sam vam odvratan, to ste kazali. Ali i njemu ste maločas iste reči bacili u lice — da vam je odvratan. Zašto vam je on odvratan kad ste sve vreme braka ostali verni njemu i mislili na njega? Jeste li vi svesni svojih osećanja? Kakva je to vaša igra s muškarcima? Ko zna da i ovaj mladić nije bio u zabludi o vama kao i ja... Svakako, i on vas je voleo kad se usudio da ovako upadne u kuću. Ja vas sada još manje razumem...

— A ja sada sebe razumem, Radmilo... Ovog časa sve je jasno u meni. Taj mladić više ne postoji za mene.

On se krto nasmeja:

— Kako to sve ide lako od vas... Ljubav i brak — detinjarija. Evo ti prsten, da se zavadimo, i evo ti prsten da se pomirimo! Da ne mislite da ćete me uveriti kako ste sada u mene zaljubljeni.

Ona priđe divanu, sede i ostade nepomična. Progovori tiho, njen glas je dopirao kao kroz neki veo:

— Čitala sam u jednoj knjizi kako ima trenutaka kad se ljubav raskida i otvara ponor između dva bića.

— I danas se taj ponor otvorio između njega i vas, je l'te?

— Nije danas, nego još u Beogradu, kad mi je kazao da se ne može mnome oženiti.

— Zašto se nije mogao oženiti vama?

— On ima svoje poglede na brak, on ne voli brak.

— Zašto da ga voli kad ima toliko devojaka i žena koje prihvataju nezakonitu ulogu supruga. Njemu čak nije ni krivo što ste se vi udali. Samo, vi ste daleko od njega. Da ste u Beogradu, vaš odnos bi se tako lepo uredio i muž ne bi ništa znao.

Ona ga tužno pogleda:

— Vi mene, Radmilo, ne poznajete. Ogorčeni ste i zato tako govorite. Nikad u životu ne bih igrala dvoličnu ulogu. Ja sam patrijarhalno vaspitana iako sam devojka novog doba. U svojoj porodici sam osetila šta znači brak i sreća. Moja mama i tata se mnogo vole. Oni su meni bili primer bračne harmonije.

— A zašto niste hteli da vaš brak bude takva harmonija?

— Nisam se mogla naprečac izlečiti od ove ljubavi. Razumete li, Radmilo? Kad se voli — pa makar da znate da je taj čovek rđav, da stvara bol, razočaranje i patnju — ne može odmah da se zaboravi, ne može prosto da se iščupa. Treba vremena da se to zaleči. Možda ste i vi to nekad osetili.

On pođe nervozno po sobi.

— Vi se nikad nećete izlečiti. I da se izlečite, mislite li da svaki muškarac može sve da zaboravi? Dok ste devojke, vi flertujete, zabavljate se, upuštate se u odnose, proživljujete kratkotrajne veze, zaboravljajući da se kroz život ne ide iz avanture u avanturu, već se traži solidnija, časnija veza, kao što je brak. A vi tim avanturama uprljate svoj život i onesposobite se da budete dobre supruge. Zar vi ne uviđate da su vaše devojačke avanture gore od avantura muškaraca? Jesam li ja vama išta slično priredio?

Ona je htela da mu dovikne: „Jeste! Ja znam, mala Tatjana se vešala zbog vas!" Ali je ućutala, a potom reče:

— Vi umete sve da sakrijete od mene. I vi ste stekli pravo da zadajete bol, a da nikom za to ne budete odgovorni, jer devojke ne mogu upadati u kuću tuđem mužu da se svete. One bi patile ili izvršile samoubistvo. Da se Momčilo oženio, ja bih ćutala i patila. Možda i zbog vas neko pati pa ćuti. Zašto mene toliko osuđujete? Zato što sam volela, bila iskrena, što bih volela i vas da sam ranije srela, a možda vi meni zadajete bol. Mi devojke smo jadne! Naša najlepša osećanja izigra muškarac.

— Jesam li ja izigrao vaša osećanja?

— Ne vi, nego Momčilo! On je izigrao moja osećanja i ja ću u vašim očima uvek biti rđava. A ja nisam rđava... Nisam...

Pala je na divan i zajecala...

On je ćutao i šetao. Ušao je u svoju sobu i uzeo cigaretu da se umiri. Užasavala ga je pomisao da je mogao postati ubica. Setio se opet ubice muža koga je trebalo da brani. I on je ženu uhvatio na delu i ubio je. Šta znači žena u životu muškarca? Ona je njegova inspiracija, energija, stvaralaštvo i zločin. Ljubav i mržnja... genije i ludilo se graniče. U ovom košmaru osetio je odjednom olakšanje. Video je čoveka koga je Ljiljana volela. Stalno ga je mučilo to koga je volela. Danas je njegovo uvređeno samoljublje bilo zadovoljeno. Taj čovek je bedan. Kao da je manje patio posle ovog susreta. Osećao se kao čovek kome je posle dugih bolova amputiran deo tela koji ga je mučio.

Ali tom amputacijom kao da su bile uklonjene i klice što razvijaju ljubav. Njegove iluzije, koje je još gajio o ovoj devojci, bile su smrvljene. Taj mladić ju je uprljao, zgadio, odbacio od njega tako daleko. Osetio je svoju moralnu nadmoćnost, čak i fizičku. To ga je uzdizalo i smirivalo. Ova devojka je za njega bila živac koji zadaje bol. I ne da mu mira. Taj živac je danas iščupan. Uzalud se sećao onih lepih reči koje je govorila o njemu. Ruke muškarca su je stezale, dodirivale njeno telo, prljale ga. Video je toliko slika! Zadrhtao je. Odvratan mu je bio i njen plač. Zašto plače? I on joj je govorio da laže, taj mladić, njen ljubavnik... Ustao je zamagljenih očiju. Drhtao je od besa. Došlo mu je da kida sve sa nje — odelo, rublje, da je baci na postelju tako bestidnu, nagu i da se zadovolji nad njom grubošću mužjaka. Uzdržao se... Nešto ga je sputavalo, umirivalo. Setio se poštenog lica njenog oca i njegovih poslednjih reči: „Radmilo, ja u tebi ne gledam zeta nego sina! Dajem ti moju Ljiljanu. Čuvaj je! Ona je naše jedino dete. I oprosti joj ako štogod zgreši. Mlada je i neiskusna, ali je vrlo nežna i osetljiva... Toliko je duše u njoj, i ja verujem da će te ona zavoleti.”

„Da će te ona zavoleti.” I njen otac je znao da tek ima da priček da ga ona zavoli, da se smiluje. Trebalo je da čeka da se izleči od ljubavnih rana. Da živi kao asketa, da muči sebe, jer gospođa ne može još da zaboravi svog ljubavnika.

Ona je još jecala na divanu. Bio je ravnodušan na taj plač. Još ga je nervirao.

Munja kratko sevnu i razleže se prasak. Ljiljana sva zadrhta. Bojala se grmljavine. Htela je da poleti k njemu u sobu, ali ne smede. Zagnjuri glavu u jastuče da ne vidi sevanje munje. Suton potopi svu sobu i senke dobiše meke linije. Cveće je širilo težak miris. Snažno lupiše u prozor prve kapi. A posle ošinu mlaz. Sli se provala oblaka. Niz okna se slivala čitava poplava... Čulo se kako voda žubori kroz oluke.

Radmilo priđe prozoru. Preko ulice se razlivala rečica i slivala u potoke. Svetlost munje je sevala po oblacima kao mač. Svaki čas bi se začuo i prasak groma. Negde sasvim blizu udari. S trotoara su kišne kapi odskakale kao vodene bube. Sve je bilo živo, razigrano, šumno i praskavo. Najzad kiša poče da se stišava. Odvaljaše se oblaci. Topli crveni zraci počeše da miluju ćilim, upiše njegove crvene boje i zaigraše veselo na zidu.

Ljiljanine grudi su još podrhtavale od plača. Nije čula korake svoga muža. Sigurno misli o njoj. Šta li će joj reći posle. Zašto je nije isterao zajedno s njim? Uto začu kako se na predsoblju odškrinuše vrata. „Da nije Momčilo", sva zadrhta.

— Gospođo Ljiljo! Gospođo Ljiljo! — zvala je Julija. — Kako preživeste ovu kišu i grmljavinu?

Ljiljana sede na divan uplašena. Šta će reći ovoj ženi? Šta da kaže zašto je plakala?

Radmilo izađe iz svoje sobe.

— Uđite, Julija! — zovnu je. Prišao je brzo Ljiljani: — Hajde, nemoj više da plačeš!

— A zašto plače gospođa Ljiljana? — uplašeno upita Julija.

— Onaj mladić, njen poznanik iz Beograda, došao je da joj kaže da joj je majka bolesna. De, umiri se, mama će da ozdravi.

Te njegove reči do srca joj prodreše. Razli se po njoj tuga i nežnost. Ustade s divana i baci mu se na grudi... Jecala je grleći ga i pritiskajući glavu na njegove grudi... On ju je milovao po kosi, a ona je osećala kako mu je ruka topla. Htela je da mu kaže: „Hvala ti što si tako dobar i što me čuvaš od poniženja, kad ja samu sebe nisam umela da sačuvam!..."

— Nemojte da plačete! — tešila ju je i Julija nežno, materinski, milujući je po ramenu. — To je gospođa-Jelenina žuč. Ona češće dobija napad, ali prođe... Moja mala gospođa Ljilja! Ona mi je vrlo osetljiva! Tako je volela roditelje. Sad vi imate gospodina Radmila.

Kako on izjutra brine za vas. Sve da se kuva što vi volite. Jeste li videli kako vam je lepo ispeglala odela? Sve je to ona jutros ispeglala...

Muž pogleda Ljiljanu i diže joj kosu sa čela:

— Hoćeš li da idemo u pozorište? Gostuje Žanka Stokić iz Beograda u *Gospođi ministarki*.

— E, to je lepo! — uzviknu Julija. — Idite, gospođo Ljiljo, da se malo razveselite. A što taj gospodin da vam priča tako neprijatne stvari?

— Hoću u pozorište — obradova se ona. — U koliko sati počinje?

— U devet. Ovde ranije ne počinje. Idi, umij se i nemoj više da plačeš.

U ushićenju što vidi muža raspoloženog, ona zagrli i Juliju.

— Ranije ćete da večerate? — upita Julija Radmila.

On se veselo okrete:

— Pa, jeste li vredni, Julija?

— Trudim se, ali ne znam kako ste vi, gospodine, zadovoljni?

— Ne može biti bolje! — odgovori on veselo i potapša je po ramenu.

Ljiljana je u tim njegovim veselim rečima, koje su raspoložile Juliju, osetila gorčinu i bol. Bojala se da se njegovo taktično držanje ne izmeni, pa otprati Juliju u kuhinju. Išla je za njom do vrata predsoblja i izdavala joj neke upute za sutra. Radmila više nije bilo u njenoj sobi kad se vratila. Ona proviri u njegovu sobu. Stajao je kraj prozora. Zavesa od čipke bila je spuštena, ali preko puta je na prozoru stajala gospođica Dara.

Ljiljana zastade na pragu i uzdahnu: „On sad želi sve ove devojke... I sve one su bolje od mene!"

— Radmilo — prošaputa — hvala vam što ste bili tako dobri pred Julijom.

On se okrete i ravnodušno je pogleda:

— Ako čovek ima malo više energije može lako da izigrava srećan brak.

— Nije to samo energija već i vaspitanje. Ja se divim vašem držanju. A svakom svom postupku...

— Pa i pored takvog držanja, ja nisam bio muž za vas.

— Možda ja nisam bila žena za vas. Da, to je. Ja nisam bila žena za vas! Vi ste bolju ženu zaslužili...

Ona se zagrcnu.

— Opet ćete plakati? A znate da ćemo u pozorište... Još će doći dva moja druga sa svojim ženama, koje žele da vas vide. Nemojte da budete uplakani.

— Dobro, neću da plačem! — reče ona pokorno kao dete, ali usne su joj drhtale i suze su se same slivale.

Umivala se, pljuskala vodom, brisala i mislila: „On je gord i taktičan, ali nikad neće zaboraviti ovo što se danas dogodilo... Moram svakako otići iz ove kuće posle tri meseca.“

Suze su se neprekidno slivale iz njenih lepih plavih očiju: ona ih je brisala ubrusom, opet se umivala i ponovo plakala... Neka beskrajna tuga obavi je svu kao oblak.

Društvo u palanci

Sala u kafani gde su se davale pozorišne predstave bila je već prepuna kad je ušao Radmilo s Ljiljanom. Opšta pažnja se okrete prema njima i sve oči se upraviše na mladu ženu. Ona se čisto zbuni od toliko radoznalih pogleda, sašaptavanja, podgurkivanja. Pođe između stolova, ne gledajući nikoga. Jedan plav čovek se diže od stola u prvom redu i mahnu rukom njenom mužu.

— Tamo ćemo, Ljiljana, eno našeg društva! — ona je kao u magli videla glave kako se okreću, razne šеširiće, nakarminisane usne, plave i crne kose...

— Evo, gospođo Vera, doveo sam vam Ljiljanu! — reče Radmilo jednoj punoj rumenoj gospođi, okrugla lica i krupnih crnih očiju.

— Tako mi je milo što vas vidim! — ljubazno je govorila Vera, stežući obema rukama Ljiljanine prste.

Ona vide za stolom još jednu mladu ženu, lepih duguljastih očiju, malo bledunjavu.

Radmilo ih je predstavio:

— Moj najbolji drug Voja Marković, inženjer... Njegova gospođa... Gospodin Bora Aleksić, profesor... Gospođa Desa, njegova supruga, suplent.

„Jaoj, boga mu njegovog, pa ovo je delikates!", bila je prva misao inženjera Voje kad ugleda ovo plavo, rumeno, zlatno, fino devojče...

— Pravo da vam kažem, gospođo, bila sam ljuta na vašeg Radmila! — srdačno otpoče inženjerova žena. — Najbolji drug Vojin, a ja nikako da vidim njegovu gospođu. A toliko vas je ljudi videlo — govorila je veselo, prisno. Reči su joj prskale kao zdrava jabuka pod jakim zubima. Videlo se da je vrlo govorljiva. Ali, iza njenog veselog tona nešto je hladno taknu u srce: „Novo lice i lepa žena u društvu gde sam ja dosad smatrana najlepšom!" Ona je znala da je njen muž pravi ženskaroš. Svaki čas je bacala uznemiren pogled na njega. Ali, on je bio vrlo vešt i iskusan. Znao je svoju ženu, pa je umeo da se čuva.

— Ja sam vas videla jednog dana — primeti nastavnica. — A jedno jutro, ulazim na čas, a moje učenice nešto živo pričaju i jedna uzviknu: „Ja sam je videla. Vrlo je zlatna!" Mene zainteresova, pa upitam: „Koga ste to videle?" One mi priznadoše: „Gospođu advokata Tomića."

— Cela varoš vas je videla. Ovde se sve zna, čak i to šta ko ruča i večera! — nasmeja se Vera.

— Vidiš, Ljiljana, ovo je moje društvo. Uvek smo zajedno izlazili...

Obradovana što joj se pred svima obraća, Ljiljana ga pomilova jednim nežnim plavim pogledom... Sela je između njega i nastavnice. Inženjer Voja primeti taj pogled i uzdahnu: „Zato se on ovako topi." Ali veseljak u njemu, uvek sklon šali, razvedri ga i on reče:

— E, nismo svi na broju! Naša klasna nije došla.

— Kakva klasna? — začudi se Ljiljana.

— Imamo mi u društvu našu klasnu — nastavi on sasvim ozbiljno — jer se dobro ne vladamo.

— Ti ne možeš, Vojo, da ne pecneš gospođicu Danicu! — reče Radmilo.

— To je jedna nastavnica, profesor matematike, uvek je i ona s nama u društvu, a oni je diraju kako uvek ima izraz lica jedne klasne.

— Bogami, gospođo, plašimo je se! — nasmeja se Voja. — Ona uvek drži uzdignut prst: „Mir, deco!"

— Baš je ona divna devojka! — branila je Danicu koleginica Desa.

— Divna i ozbiljna! S njom muškarci ne mogu da se zabavljaju kako oni hoće! Zato je ona za njih klasna — energično dodade Vera.

— Ama, volimo mi i ozbiljnost! — reče Voja. — Bora je, na primer, prava devojka.

— Nemoj me, molim te, upoređivati s devojkama, jer je na njih velika povika — branio se Bora.

— Tebe mogu i ja da pohvalim! — upade Vera.

— A mene ne biste pohvalili? — šalio se Radmilo.

Ljiljana ga veselo pogleda. Imao je tako vedro lice. Ceo razgovor joj je godio, kao sveža voda.

— Što se vas tiče, Radmilo, uvek ste bili najbolji mladić. Nije što vam je ovde gospođa pa hoću pred njom da vas hvalim, nego sam stvarno uvek vas isticala Voji kao primer.

— Zar ja nisam najbolji muž, Verice? — komično i kao skrušeno upita veseljak.

— Jesi, jesi! Kad ja vidim ti si dobar, a kad ne vidim?

— Onda ti svi saopštavaju o meni kao prave guvernante.

Nasmejaše se svi. Nasmeja se i Verica. On metnu ruku preko naslona njene stolice, dodirujući joj mišicu i tapšući je. Osobitu pažnju ukazivao je ženi pred svetom.

— Vi ste nastavnica. Šta predajete? — upita Ljiljana Desu.

— Istoriju i geografiju.

— A gospodin Bora?

— Matematiku.

— I naša klasna je matematičarka — dodade Bora.

— Opet nju diraš! — prekori ga supruga.

— Moram. Suviše je stroga. Žale se učenici na nju.

— Đaci se uvek žale na matematičare, jer je to najteži predmet.

— A što se na Boru ne žale? — upita Voja. — Kažu, pevajući uče matematiku. Najlakši im predmet! A zbog naše klasne ona se sirota dečica sve porazbolevala.

— Dečica! Jest, bolje bi bilo da ta dečica više uče nego što šetaju! — jetko ubaci Verica.

— Pa moraju malo i da prošetaju. I mi matori šetamo — branio ih je inženjer.

— Ti bi im sve petice dao, znam, znam.

— I šta još znaš, dušice?

— Kako ideš kod gospodina Radmila u kancelariju da ih kroz prozor kibicuješ i sačekuješ... Sve bih ja njima jedinice... — videlo se po njenom tonu da ta dečica u njoj izazivaju ljubomoru.

Te šaljive čarke razveseliše malo Ljiljanu. Ona se okrete mužu:

— A to pokraj tvoje kancelarije defiluje gimnazija?

— Za njega ne brinite, gospođo! — upade Verica. — On je ozbiljan, ali ovaj moj voli da pogleda.

Voja je malo privuče sebi i opet popljeska po mišici. Voleo je on svoju Vericu, ali bio je žive prirode.

„Tu i Tatjana prolazi. Znači, svakog dana je viđa!" Okrete se i pogleda ga. Radmilo oseti njen pogled. Naže se k njenom licu:

— Šta ćeš da piješ?

„Imaš lepe oči", mislila je ona gledajući ga.

— Ne znam šta bih pila — rasejano je odgovorila. — Mogu kafu.

Konobar je stajao i čekao. Poručiše svi ponešto.

— Je l'te, vaš Mile dobio prvi zubić? — pitala je Vera nastavnicu Desu.

— Juče mu probio. Plače on ovih dana, a ja kažem: „Ama, njemu će zubić. Stalno traži nešto tvrdo pa gura u usta." Kad juče izjutra, vidim, zabeleo mu se zubić.

— Imate sina? — veselo upita Ljiljana. — Ja mnogo volim decu.

Muž je pogleda iz profila i uozbilji se. Seti se svih onih scena.

— More, Radmilo, juče sretoh Boru — upade Voja — a on mi prilazi sav srećan. „Znaš šta smo dobili?" Ja mišljah kategoriju ili grupu, a on će veselo: „Zub smo dobili!"

— Pa zar si ti dobio zub? — dirnu ga Radmilo.

— Kao da sam ga ja dobio!

— A ko vam dete čuva? — interesovala se Ljiljana.

— Devojka.

— Zar smete da ga poverite tako malog?

— Moramo, gospođo! Zato i ne izlazimo često. Sve strepim dok sedim. Ona ga lepo čuva, ali ja se bojim. Dete od šest i po meseci ne ume ništa da kaže. Sve joj činim, kupujem joj poklone, samo da bi ga lepo čuvala.

— Nije lako — profesija i deca.

— Nije, ali direktor mi je dobar, pa mi da lep raspored. Nemam prvi sat... Tako imam vremena da dete namirim.

— Deso, rode moj, da ne zaboravim, sad se setih — reče Voja. — Molio me moj kum Perić da njegovom Kajčetu popraviš ocenu iz istorije.

— Kajčetu? Neću. Kažem ti, Vojo, stvarno neću!

— Nemoj, bolan, pa zar iz matematike nema slabu, a da padne iz istorije?

— Zato baš što iz matematike ima dobru ocenu, a istorija je lakša od matematike. Nego, to je danas i kod učenica i kod roditelja. Neke predmete potcenjuju. „Šta je ta istorija?" A danas je važnije znati istoriju nego matematiku.

— Čuješ li, Boro?

— Popraviće. Ona samo tako govori. Popušta ona mnogim đacima — branio ju je muž.

— Ne, tom Kajčetu neću da popravim. Stvarno, to dete neće da uči. Krivi su i roditelji. Za njih je samo matematika bauk. A kad dođe kraj godine, i zbog jednog lakog predmeta se dovede u pitanje cela godina — oni onda trče i preklinju. Nemoj da misliš da sam ambiciozna i da tražim da moj predmet moraju svi odlično da znaju. Ali bih htela da osetim da i mom predmetu poklanjaju bar malo pažnje... Nastavnika mora da vređa kad vidi da đak omalovažava i njegov trud i njegov predmet.

— Istorija je zaista vrlo zanimljiv predmet! — prihvati Ljiljana. — I dan-danji ja čitam istorijske knjige. Izvinite što ću reći — okrete se matematičaru — ali mislim da posle mature mnogima u životu neće biti potrebna matematika, a istorija mora da se zna, ako čovek hoće da shvati događaje u svetu.

„Slatko moje malo, za tebe su samo poljupci, kakva istorija!", mislio je inženjer u sebi.

— Imate pravo, gospođo — veselo prihvati nastavnica, polaskana što neko hvali njen predmet.

— Priznajem i ja, Deso. Ali, rode moj, učini mi ovo za Kajče — reče Voja. — A posle ću da kažem i kumu i kumi i svima u kući da kupe istoriju, atlas, geografiju i svi odreda da čitaju...

— Ismevaj ti mene, ali ne bi bilo rđavo da stvarno čitaju.

— Kako bih ja, Deso, tebe ismejavao? Znaš i da te cenim! Ne ličiš mi na klasnu. Odmah si se udala. Čim nastavnica završi školu odmah treba da se uda. Inače, kad ostane devojka, prozli se i dobije neki pakostan izraz...

— I vi muški omatorite... Ovde su baš nastavnice vrlo simpatične devojke.

Nestrpljiv pljesak razleže se u sali. Lupali su široko razmahujući rukama.

Sala se zamrači. Pojavi se Žanka. Osu se aplauz. U sali odmah zavlada smeh. Ljiljana je gledala na scenu, a tok misli ju je odvlačio. „Da ne naiđe Momčilo u salu." Ta bojazan ju je sve vreme mučila. Potištena je i ponižena. Kako je ovaj njen muž korektan. A maločas je mogao postati ubica. Ona se okrenu da ga vidi... Gledao je na scenu, ali se nije smejao. „On misli na ono maločas!"

Prvi čin se završi. Razleže se buran aplauz.

— Kako je Nušić majstorski napisao ovu komediju! — javi se prvi inženjer Voja.

— Ali je posle premijere bio izgrđen. A na svim stranim pozornicama komad je požnjeo najveći uspeh. Ono, i *Travijata* je bila izviždana — reče Ljiljana.

— Hoćete li kolač? — ponudi inženjer.

— Šta imate? — pitala je Vera konobara.

On otpoče da ređa.

— Donesite.

Ljiljana pogleda po sali. Za jednim stolom su sedeli sve mladići, među njima i onaj student, njen komšija, za drugim stolom spazi oficira s jednom starijom gospođom, gospodinom i još dva poručnika.

— Je l' ti se gazda vratio u kancelariju po onoj kiši? — upita student Ika svog druga Peru.

— Nije više dolazio — smeškao se pisar Pera.

— Ona voli da se igra s jednim našim mačetom. A ja ga namerno ćušnem kroz plot. Zar se ti, Pero, još nisi upoznao s njom?

Baš u tom trenutku Radmilo ih pogleda i pisar mu se javi. Brzo ustade, provuče se između stolova i priđe advokatu.

— Ovo je, Ljiljana, moj pisar. Student prava, Pera Ivanović — predstavi ga Radmilo.

Mladić se saže i poljubi joj ruku. Studenti su ga gledali užarenim očima.

— Ovo nama za inat! Vidi, poljubi joj ruku, dripac!

— Gospodine Tomiću, čim ste vi otišli dolazio je Marić. Kazao je da će doći sutra u osam. Reče da je s vama razgovarao povodom nekog zajma...

— Znam, znam... Dobro! Sutra ćemo razgovarati.

— Barabo! — dočekaše ga drugovi. — Baš joj poljubi ruku.

— Sva miriše.

— Čekajte da vam pričam šta sam jutros video — reče Ika. —
Pegla odela Radmilu. Sve jedno po jedno donosi i pegla. Tako i ti,
Pero, treba da se oženiš.

— Zar ono luče pa pegla?

— More, vredna. Briše prašinu, rasprema... Juče je mesila kolače...
sve sam zazubice hvatao.

— Na kolače ili na nju?

— I na jedno i na drugo.

— Hvata li zazubice tvoj Milan?

— Milan ti je zatvoren kao flaša šampanjca. Otac porodice!
Uvek on izvodi porodicu... Gle! Eno udovice Perke! Vidi kako gleda
Ljiljanu.

— Sagoreva od žeđi za Radmilom. Glavačke bi poletela da je hteo
da je uzme.

— Ne bih je ni ja uzeo, iako ima kuću i dućane. Ko ti sve nije
išao s njom! Onako za provod je dobra! Ajde da je kibicujemo —
predloži Ika.

— Ostavi, to je moj zalogaj! — branio je Pera.

— A Olgica?

— Pokarabasićemo se.

— Radmilo proždire Ljiljanu očima.

— Ti opet oko Ljiljane — dira Pera Iku.

— Prvi komšija! Ako neću da mislim na komšiluk, na koga ću?...
A eno i one moje cakane Zorice!

— Zorica je balavica!

— Kakva balavica! Jest' joj samo sedamnaest godina, ali što ima
grudi! Sva puca...

— Koliko ih ti to, Iko, imaš?

— Ne znam ni ja. A zamislite, žali mi se Zorica na Voju inženjera.
Sve je kibicuje.

— Neka ga vidi Vera! Što je ono oštrokondža! Pred njom je svetac, a sad crče za Ljiljanom...

— Pravo anđelče! — uzdahnu student Ika.

— Pazi ti. S Radmilom se nije šaliti. Zgužvao bi te kô pitu!

— Bre, što si lud! Ali, imam oči pa gledam. Šta se ova pauza toliko oduži? Hajd' da pljeskamo...

Sala se zamrači. Inženjer Voja iskoristi priliku da malo bolje pogleda Ljiljanu. A Ljiljana je bila tako lepa te večeri. Od plača joj se lice zarumenelo. Očni kapci su joj bili ružičasti, a oči sjajnije i naivnije... Mala usta su se otvarala pri govoru kao cvetić. Svaki čas je pogledavala Radmila. Inženjer je mislio da ona mnogo voli muža. Osetio je i sam neku drhtavicu od te blizine, gledajući nežnu liniju njene brade.

Ali, i u pomračini Verica ga je vrebala. On je to znao i tako je sedeo da je mogao uvek osetiti kad se ona okrene... Tada bi upravio oči na binu, sav zanet slušanjem i gledanjem.

Svetlo se opet upali.

Ljiljana baci pogled na jedan drugi sto pored njihovog. Sedelo je tu mnogo lepo odevenih žena i muškaraca.

— Kako je ovde elegantan svet! — šapnu ona Verici.

— To je gospodiština naše palanke. Industrijalci. Mnogo se prave važni, a kad im žene otvore usta, vidite koliko vrede...

— A naučiše li one dve Jovanovićeve srpski? — našali se Voja.

— Kako da nauče! Njihova majka se time hvališe: „Došle iz Beča, iz zavoda, pa zaboravile srpski!" To su one dve gospođice. Vidite, Ljiljana? Otac im je bogat trgovac, a one su bile prave neznalice u gimnaziji, pa ih je poslao u Beč. Sretoh nedavno jednu, a ona meni: „Pile smo u Peču..."

Svi prasnuše u smeh.

Nastavnica se javi jednom starijem čoveku i šapnu Ljiljani:

— To je stolar Jova. Njegova devojčica je najbolji đak u školi. Krasno dete. Svi je nastavnici vole!

— Gospođo Ljiljana, kada ćete da nam dođete? — pozva je Vera.

— Morate i do nas! — zamoli Desa.

— Hoću, moram vašeg sina da vidim. Na koga liči?

— Svi kažu na Boru.

— Ali neću kratku posetu. Hoću na celo posle podne, s ručnim radom — reče ljubazno Vera, koja je gorela od želje da pokaže svoju kuću ovoj Beograđanki.

— A vi volite ručni rad?

— Crkavam za ručnim radom.

— Niste činovnica?

— Nisam. Završila sam maturu, ali nisam dalje nastavljala.

— Kad je mene videla, odmah je kazala tati kroz plač: „Neću na univerzitet, hoću da se udam!“ — peckao ju je Voja.

— Baš nisam plakala.

— Jesi, jesi! Što kriješ?

— Nije ni tata voleo da idem na univerzitet. On je sveštenik u selu. Morao bi mi odvajati za Beograd, a tata kaže: „Bolje da ti dam miraz, da sagradite kuću, nego da učiš škole i straćiš pare, a posle ne znaš ni da li ćeš dobiti službu.“

— Vi ne žalite što niste činovnica? Ja sam žalila, kao devojka, jer i ja sam svršila maturu i abiturijenski kurs.

— Nisam žalila. Mi lepo živimo. Evo, vidite. Desi nije baš lako.

— Oh, kakvo lako! Kad Mile dobije temperaturu, ja ne umem da mislim u školi. Ali, mora se. Jedna plata nije dovoljna... Drugo su Voja i Radmilo. Oni imaju veće plate i vi ne morate da budete u službi.

— Čim napuniš godine za penziju, Deska, napuštaš službu — reče joj muž smešeći se.

— Kaže se to sada, dok je dete malo. A posle uvek sve više potrebe, a nastavnica se prekali u školskom radu.

Ljiljana spazi jednu crnomanjastu našminkanu damu, koja je neprekidno posmatrala njihov sto.

— Ko je ona gospođa? Nije neinteresantna.

— Ah, jedna! Nije vredno o njoj ni govoriti. Udovica! — prezrivo reče Vera.

Voja je ćutao i sitno treptao. Radmilo se ugrize za usnu, da se ne nasmeši.

— Hvata sve odreda, i oženjene i neoženjene! — nastavi Vera.

— Luda je što se ne uda! Bogata je — dodade nastavnica Desa.

— E, niko ne sme da zagrize da je uzme za ženu — zlobno će Vera.

— Udaće se ona lako! — dobrodušno se nasmeja profesor Bora. — U bogatstvo svaki hoće da zagrize.

— Udaće se? Jest, hoće! Pa, evo: Radmilo je bio slobodan, što je nije uzeo? A sve je molila da joj provodadžišu.

— A što je nisi uzeo? — okrete se Ljiljana mužu i pogleda ga pravo u oči.

— Ona nije bila žena za mene! — ironično odgovori on, aludirajući na njene reči: „Ti nisi bio muž za mene”...

— Zar Perka udovica da se poredi s gospođom Ljiljanom? To je kao vaza od kristala i olupana šerpenja! — reče Desa.

— Zgodna je! — reče Ljiljana.

— Kad se nafraka. Ništa na njoj nije prirodno. Sve obrve očupala... — govorila je Verica.

Inženjer je bio nem kao riba. Gledao je da nekako zabašuri taj razgovor i nežno je pljeskao ženu po ramenu:

— Pa, oni nam ne odgovoriše kad će da dođu?

— A, jeste! Hoću da znam. Kazala sam vam, gospođo Ljiljo, volim dužu posetu.

— Svratićemo na kafu — reče Radmilo. — Možemo, Ljiljana, u nedelju. Usput nam je prvo kod Bore i Dese, pa ćemo posle k vama.

— Dobro. Ali drugi put da mi dođete na celo posle podne. I na ručak da dođete, ili večeru.

— U nedelju ima lep program u bioskopu...

— Onda idemo svi zajedno. Mislim da vam neće biti dosadno s nama, gospođo Ljiljo.

— Ni najmanje. Vidim da ovde ima puno zanimljivog sveta. Ženski svet je vrlo lepo odeven.

— A, ovde se na modu mnogo baca. Treba da vidite samo kad je bal... Imaćemo uskoro zabavu Kola sestara.

— Da, gospođa Janković je i mene pozvala — pohvali se Ljiljana.

Razgovor se vodio živo i raspoloženo. Ljiljana se uplitala prirodno u razgovor, ali je osluškivala svaku reč svoga muža. Kako je zanimljiv kad je raspoložen. Smejao se, šalio, razgovarao o politici i raznim događajima pametno i s razumevanjem. Ona je uživala u njegovim rečima, okretala mu se, mešajući se u njegovu diskusiju, zapitkivala ga i on joj je odgovarao. Pored ove dvojice muškaraca — plavog inženjera s veselim očima i ozbiljnog ali duhovitog matematičara — njen Radmilo joj je bio interesantniji. Bila mu je tako zahvalna u ovom času što je bar umeo da se pretvara i što je sedeo pokraj nje kao zaljubljeni muž. Osetila je čak želju da sve sakrije, da se predstavi još srećnijom, i ponekad bi dodirnula njegovu ruku, ili se kao nehotice oslanjala na njegovu mišicu. Bilo je u njenom držanju nečeg naivnog, detinjastog, a u isto vreme tako inteligentnog. Iza tih lepih plavih očiju, kao u deteta, skrivale su se divne misli. Ranije, ona se nije trudila da pokaže svoj duhovni život. Večeras u društvu zaželela je da bude onakva kakvom ju je Radmilo želeo i zamišljao kao momak.

Sala se opet zamrači.

Bilo je pola jedan kad su se rastali s društvom.

Dok su se vraćali kući Ljiljana uhvati muža ispod ruke. On je ćutke išao, a ona je pričala da bi ga raspoložila:

— Tako su simpatične Vera i Desa! Iskrene su obe.

— Vera je dobra žena. Čestita domaćica.

— Ali izgleda da je ljubomorna.

— Prilično. On je ženskaroš, mada je vrlo dobar kao muž, iskren drug i odličan inženjer. Voli da pogleda ženski svet, ali i prema Veri je uvek pažljiv... U društvu je svuda s njom.

— A profesor i nastavnica? Izgleda da se njih dvoje vrlo vole?

— Oni su se uzeli iz ljubavi. Podesili su i temperamente. Ona je nastavnica, ali u njihovoj kući je tako lepo. Radi i u školi i kod kuće. Imaju dva sinčića... Da, oni su srećni.

U tim poslednjim rečima ona je osetila prizvuk bola. Htela je da mu kaže: „Verujte, Radmilo, ja se nadam da ćemo i mi biti srećni", ali je najednom začula korake iza sebe. Okrenula se i sva pretrnula od straha. Instinktivno se pripila uz Radmila.

On oseti njenu uznemirenost i okrete se da vidi šta ju je to uplašilo. Spazio je nekog mladića koji je žurio i u njemu je prepoznao jednog studenta. Mirno je nastavio da korača pokraj nje. Ona se opet okrete, ruka joj malo popusti njegovu. „Ah, nije Momčilo!", odahnu. Primeti da neka grupa ide za njima. Čuo se smeh i žagor. To je bio sudija, njihov komšija, sa ženom i sinovima. Onaj student prođe i javi se. Pristiže ih i sudijina porodica.

— Kako vam se svidela *Gospođa ministarka*, gospodine Tomiću? — pitao je pravnik Ika. „Sad će nas, valjda, upoznati s Ljiljanom", mislio je obešenjački.

— Vrlo lep komad... Istina, sad su ministarke modernije... Gospođo Nikolić, da vam predstavim svoju ženu...

— O! Viđam svakoga dana gospođu i stalno joj se divim! — polaska joj sudinica. Tako mlada, a tako vredna. Voli kuću...

Mladići poljubiše ruku lepoj Beograđanki.

„Sad treba da me vidi Pera!", seti se Ika.

— Jeste li se malo navikli na našu palanku, gospođo?

— Jesam, brzo. Kuća i bašta su tako lepe — pravo zadovoljstvo za mene.

— Mene čudi, moram vam priznati, da vi tako volite kuću — nastavi gospođa Nikolić. — Bogami, pomišljala sam kad sam čula da gosn Tomić uzima devojku iz Beograda: „Šta će mu Beograđanka? Ta neće biti nikad domaćica." Mislila sam da beogradske devojke samo vole provod, a nemaju smisla za kuću. Ali vi ste me prijatno iznenadili i začudili.

— Tako mnogi misle o Beograđankama, a među njima ima divnih devojaka, i vrlo skromnih, koje vole kuću. A što ih svet često vidi na ulici, to je stoga što nemaju baštu. A mnogo je i zaposlenih koje žure na dužnost — objasni Ljiljana malo se snebivajući.

— Jutros sam vas baš gledala kako peglate mužu odela, pa rekoh danas o ručku mojim sinovima: „Tako i vi da se oženite! A ne da vam žena spava do deset izjutra, nego da vas isprati kao gospođa Tomić..."

— I naš Radmilo je dobar! — potapša ga po ramenu sudija. — Ja mom Iki stalno govorim da se ugleda na vas. Hoće i on da bude advokat. „Budi, kažem mu, ali kao Radmilo." Ja uživam u sudu kad vi nekog branite...

— Nadam se, tata, da ćeš biti tako i sa mnom zadovoljan.

— Bili bismo zadovoljni. Samo, strepimo što ideš u Beograd. Ima tih demonstracija na univerzitetu...

— Pa, uvek se vratim živ i čitav!

— Čitav! A jednom te zakačila kamenica ni krivog ni dužnog...

— Šta je to, mama? Sitnica! Kako je tata u ratu izdržao granatu...

— Kamenica i granate! Ti to porediš? — ljutnu se sudija. — Ah, današnju omladinu ja ne razumem. Nemaju, prosto, nikakvih ideala.

— Nije tako, tata. Svaka omladina ima svoj ideal. I mi se borimo za neku ideju, samo nam vi, stariji, to ne priznajete.

— Boriš se za ideju kao onaj Žarko... Pa šta sad? Napustio tehniku i tek počeo prava. Upropastio tolike semestre.

— Biće pametniji kad završi.

— Ali će se kasno opametiti.

— Žalim, gospođo, što ga nismo dali u vojnu akademiju — okrete se sudinica Ljiljani. — Milan nam nikakve sekiracije nije zadavao.

— Da, on je tvoj sin koga više voliš od mene — dirao ju je nestašno student. — Ne, mama samo tako priča. A mene više voli.

— Volim te, razume se. Gde može mati da pravi razliku među decom! Ali, ne volim te kad počneš neke tvoje ideje da mi izlažeš.

On nežno zagrli mamu. Videlo se da je, ipak, razmažen...

Poručnik je sve vreme ćutao. Osluškivao je glas ove divne bele žene i udisao njen fini parfem. Išao je baš pokraj nje. Čudno osećanje ga je obuzimalo. Krio je to od svog veselog, nestašnog brata, ali otkako je ova plava žena došla, nije mogao da uči... Iza zavese je stalno motrio svaki njen pokret kad ga niko ne bi video. On i mlađi brat bili su dva sasvim različita temperamenta. Ika je bio veseo, nestašan, zabavljao se i lagao devojke, voleo društvo, sport. U kući je uvek pravio larmu. A on, Milan, bio je povučen u sebe, čak sanjalica. Iako je vojnički život bio grublji, u njemu se skrivala osećajna, čak umetnička priroda. Voleo je muziku, svirao je na violini, pevao, čitao mnogo. Uticaj njihove majke, koja je ranije bila učiteljica i pedagog, osećao se više na njemu nego na njegovom nestašnom i slobodnom bratu. Nije bio od onih Don Žuana, mladih oficira, koji vole igru i flert. Stoga su ga neke devojke smatrale za uobraženog, a druge za vrlo ozbiljnog mladića. Dopadao im se, ali više su se mogle zabavljati s njegovim bratom Ikom. Znale su da je mangup, ogovarale su ga i grdile, a opet tražile njegovo društvo. U potaji su uzdisale za lepim plavim poručnikom i bile ljute što ne mogu s njim da se zabavljaju.

On je već bio ozbiljan kandidat za ženidbu i više je odgovarao udavačama.

— Pa, gospodine Tomiću, izvolite i dođite nam s gospođom. Biće nam vrlo milo! — pozva ih ljubazno sudija.

— Hvala, gospodine, doći ćemo.

— Ako želite, i mače ćemo vam pokloniti — nestašno ubaci student. — Vidim da ga volite i ono vas.

— Jeste, volim mačiće! — nasmeja se Ljiljana.

„Srce moje, a ja bih tebe voleo", mislio je student.

— Ako hoćete, daćemo vam ga. Imamo četiri mačeta — nudila je sudinica.

— Vrlo rado ću ga uzeti.

— Ne bojte se, doći će vam cela njihova porodica — smejao se student. — Moraćete ih terati.

— Neću ih oterati. Još ću ih lepo počastiti.

Oprostiše se pred advokatovom kućom.

— Je li, Milane, što ćutiš celo veče? Nešto si neraspoložen? — pitao je Ika brata kad ostadoše sami.

— Ja neraspoložen? Koješta!

— Sumnjivo mi je tvoje ćutanje. Posmatram te već nekoliko dana... Zakleo bih se nešto. Hoćeš da ti kažem?

— Šta? Reci...

— Zaljubljen si.

— Što ti možeš gluposti da izvališ!

— Ama, dam glavu da je istina.

— Dobro! Pa, u koga sam zaljubljen?

— U komšinicu.

— Što si lud! Mora da ti na nju misliš.

— Bogami, ja mislim. Ženica, da je čovek pojede. Ali ja sam samo na jeziku, a ti, što ćutiš — opasan si.

— Moram da ti se smejem. Da se zaljubim u ženu koja voli svog muža?!

— Ne smeta to ništa! Tek su udate žene privlačne. Majke mi, baš je divna! A ti si je večeras gutao očima. Video sam te.

— Nemoj da bulazniš koješta... Ako hoću da se zabavljam, ima toliko žena i devojaka.

— Ali Ljiljanice nema! Samo pazi! Uvek sam govorio da ću morati da te čuvam kad se zaljubiš, jer će to biti opasno za tebe. Zbilja je opasna ova Ljiljana! Čekaj da vidim jesu li legli. Spuštena je zavesa. Ona se pre njega diže izjutra. Baš zavidim Radmilu. Eno, promiče neka senka. Ona! Moram da spustim zavesu, da se ti ne uzbuđuješ.

— Ostavi, molim te. Neću da zatvaram noćas prozor...

Student ga vragolasto pogleda.

— Znaš, Milane, uvek je bolje da je muškarac mangup. Manje pati.

— Dobro, ostavi me, hoću da spavam. Ti ćeš sutra da se izležavaš do devet, a ja moram da ranim. Ajde idi u svoju sobu. I ovde po stolu da mi ništa ne preturaš. Danas si mi nešto poremetio.

— Tražio sam koverat.

— Ako su ti potrebni koverti, oni su u ovoj fioci. Laku noć.

Milan zapali cigaretu i ostade na prozoru da popuši. Osećala se prolećna noć, ispunjena mirisom jorgovana i rascvetalog voća. Cvetovi na drveću su se belasali. Mačka je skakala po travi. Opet je video samo senku. Osećao je neku sumornost pomešanu s ljutnjom. Ljutio se i na svog brata, koji čeprka po njegovom srcu, a on sam nije smeo da zaviri u svoja osećanja. Ta lepa devojka ga je uznemiravala. Od prvog dana, zaista, ona mu se uvlačila u dušu... Zar muškarac može da bude ravnodušan kad svakodnevno gleda jedno vitko, fino biće, sa zlatnom kosom i plavim očima, kako se kreće, trčkara i lomi?

Vrata škripnuše. Pomoli se Ikina glava:

— Laku noć!... Još nisi legao. Molim te, čuvaj se da ti ne nazebe srce.

Poručnik se ljutito trže, spusti zavesu i leže.

Jedna nervozna noć

Ljiljana je skrušeno sedela u fotelji još uvek odevena, u svojoj plavoj svečanoj haljini. Smeh, žagor, nova lica i predstava, potisli su bili njena teška preživljavanja, a sad je opet ostala sama sa sobom i svojim mislima. Mučilo ju je i tištilo poniženje! Momčilo ju je ponizio pred njenim mužem, predstavio je kao običnu devojku. I to što ju je tako unizio, što je i danas došao ne da iskaže bol što se ona udala, već želju da ovlada njome, dakle samo iz pohote — dovodilo ju je do besa. Ona je gazila svoje uspomene i počela da se gadi na njegovu ljubav. Koga je ona to volela, šta je volela? Njega, ili svoje iluzije o njemu? Šta je sadržavala njena tuga i očajanje za njim? Je li joj on ostavio ikakve lepe, nežne, svetle, idealne uspomene? Je li njegova ljubav bila ono isto što i njena? Ne! On je voleo na drugi način: sebično, uobraženo, cinično. Ništa nije bilo istinito u njegovoj ljubavi, sve je bilo obmana. A ona je uveravala sebe da je ta obmana istina, održavala ju je, bila začarana, kao pod hipnozom. Danas je on izgubio moć hipnotizera, ona ga je prozrela do dna i zgadila se i na njega i na poniženje koje joj je pričinio pred mužem. Živela je u vlasti uspomena, koje sve više muče što su dalje. Ali danas je taj čovek sam zgazio uspomene i osvestio je. Stresla se. Osetila je strah i bol što je sad muž može još više mrzeti i prezirati.

— Ne mogu, ne mogu ja ovo da izdržim! — šaputala je. — Hoću da se objasnim s njim... Moram!

Izašla je i lagano kucnula na njegova vrata i, ne čekajući odgovor, ušla. Spazila ga je kako leži na sofi i posmatra jednu žensku fotografiju. Trgnuo se kad je ušla i odmah stavio fotografiju u džep. Ona je osetila kako su joj se ruke najednom ohladile. „On gleda neku ženu... On voli...”

— Šta ste hteli, Ljiljana?

— Htela sam... jednu knjigu da uzmem...

— Šta će vam sad knjiga? Zašto ne legnete. Kasno je već.

— Ne spava mi se... Pročitaću nekoliko strana.

— Izaberite — reče on hladno, uze cigaretu i zapali. Ona priđe biblioteci i uze jednu knjigu.

Stajala je nasred sobe i prelistavala knjigu. On je ćutao i posmatrao je. Jedna bora mu se ocrtavala na čelu.

— Radmilo, ja znam, vi me sad još više mrzite. Imate o meni najgore mišljenje. A ja nisam takva... Meni je teško... — glas joj se prekide.

— Šta vas ima da interesuje šta ja mislim o vama! Od prvog dana vas se nisu ticala ni moja osećanja, ni moje mišljenje... Ne mogu misliti o vama ni bolje ni gore nego onako kako ste sami želeli.

— Ja sam svesna svega što sam vam učinila. Osećam i koliko sam vam bola zadala, ali hoću da mi verujete da sad mrzim onog mladića. On me je ponizio!

— I vi patite zbog uvređene sujete, ili zbog toga što on nije bio mnogo ucveljen što ste se vi udali?... Ostavite sva ta uzrujavanja. Danas ste dosta plakali zbog njega. Bolje da legnete! — ona oseti njegov hladan, neumoljiv glas, u kome nije zatreperio nijedan ton nežnosti.

— Nije to kod mene sujeta, nego mržnja prema čoveku zbog koga sam uništila sav svoj život.

— Kako najednom toliko da ga mrzite?! Ostavite, Ljiljana, te razgovore. Kad se ispavate, opet ćete ga voleti.

— Radmilo, zašto tako govorite? Budite iskreni. Nisu to vaše prave reči. I zašto, mi neprekidno govorite „vi"? Recite mi „ti"! Boli me svaka vaša reč.

— Boli vas? Kako ste samo osetljivi! Jeste, svi su mi vaši pričali da ste fina i osećajna devojka. Kako vas ta vaša osetljivost nije opomenula one prve večeri da, možda, i u meni ima iste takve osećajnosti?

— Priznajem, nisam ono smela reći. Danas se ne bih nešto tako usudila, jer sam te upoznala — prišla mu je bliže: — Hoćeš li da mi govoriš „ti"?

— Ako ti to čini zadovoljstvo, govoriću!

Ona ga je gledala pravo u oči. Pogled poče da joj se vlaži. Dve krupne suze skliznuše joj niz obraz. On okrete glavu i odmače se od nje. Bora mu se još jače ocrta na čelu. Pritisnu cigaretu u pepeljaru, izvadi sat.

— Jedan i deset! Treba da legneš. I ja sam umoran. Sutra ne moraš rano da ustaješ.

Ona se nije micala s mesta... Videla je kako on uze jastuče s perunikama i stavi ga na fotelju. Zastao je, kao da čeka da ona izađe...

— Laku noć! — prošaputa ona. Usne su joj drhtale i jecaj se gubio u grudima. Htela je da vrisne, da mu se baci na grudi, ali se plašila ovog hladnog i neumoljivog mladića. Pođe iz sobe, lagano, korak po korak, kao da nešto očekuje. Uhvatila je za kvaku i naslonila se na vrata. Noge su joj klecale. On se nije pomerio s mesta. Ona naglo otvori vrata, pretrča trpezariju i uđe u svoju sobu.

Radmilo se sruši u naslonjaču. Zaklopi oči i osta dugo nepomičan.

Izvadi opet onu fotografiju. Gledao je netremice. Zaklopi oči, a lik sa slike oživljavao je pred njim. Ustade naglo, pođe vratima, uhvati kvaku, ali se odmače, bled i malaksao. Izađe mu Ljiljana pred oči, u trenutku kad ju je onaj mladić vukao na postelju, i zgadi se na svet...

A Ljiljana je kao u snu koračala po sobi. Skidala je odeću nesvesno, uzela spavaću košulju i obukla je. U ogledalu je videla svoje ukočeno lice i široko otvorene oči. Osećala je da je sve svršeno u njenom životu. Sad joj je tek bilo jasno kako se svirepo poigrala sa srcem ovoga čoveka i kako joj se to osvetilo. Kakvim joj se onda učinio ovaj čovek, a kakav je sad. Kolika razlika! Ona ga je odgurnula, s preziranjem, s mržnjom. Bio joj je odvratan s onom svojom bujnom strašću, i ponižen u njenim očima što moljaka i traži njenu ljubav. Bio joj je tako mali, ništavan, kao rob koji čeka milost od žene. Sad su sve iluzije iščezle i ona je ostala ništavna, bedna, ponižena pred njim, a on je stajao iznad nje — gord i nesalomiv. Bio je tako jak da ne traži ništa od nje. U ovom trenutku osetila je koliko je usamljena. Kao da nikog više nije imala. Ni roditelje, ni muža, nikog na svetu. Ta samoća je iskopala oko nje beskrajan bezdan. Činilo joj se da će se srušiti, umreti. Želela je u ovom času da umre. A tu, pokraj nje, bio je čovek koga je odgurnula. Čovek koji ju je bezumno voleo, čiju je zaštitu mogla da oseti, da je samo htela, još od prvog dana. Kako je danas bio snažan. Odgurnuo je onog bednika. Bacio ga je kao vreću na pod. Zašto je sve to učinio? Zašto nije i nju izbacio? Zar svaki drugi ne bi kazao: „Nevaljalice, idi i ti sa svojim ljubavnikom!" A on nju nije uvredio nijednom rečju. Možda on nju još voli, pa krije?...

Ustala je naglo i stala ispred ogledala. Gledala je sebe, kao da vidi novo biće. „Da li me još voli?..." Iznenadila se kako se nije uplašila tih reči.

Više ga se nije plašila. Ona se tako radovala kad se on u podne vraćao kući, volela je s njim da izlazi, radovala se da mu ugađa...

Sela je na postelju. Sećala se one prve večeri... Videla je njegove oči, strašne i sjajne, čula šapat: „Ljiljo, moja mala Ljiljo, kako te volim, mi ćemo biti srećni!" Pala je na jastuk i zajecala. Ustala je opet, šetala po sobi. Osećala je uzbuđenje, nervozu, bol. Slepoočnice su joj sevale, kao da ih ubada neka usijana igla. Misli su joj se brkale, gubile, ali ona se vraćala jednoj prijatnoj, lepoj: njegovom strastvenom šaputanju one prve večeri... Kako se onda plašila i užasavala svake njegove reči. A sad se hvatala za te reči i ispijala ih kao neko žedan vodu. „On je tako lep!", šaputala je. „On ume da me voli!" Prsti su joj se grčili, kao da se zavlače u njegovu gustu, crnu kosu. Sva je opet zadrhtala, pošla, otvorila vrata... Kročila je nekoliko koraka kroz trpezariju, pa zastala... Neki obruč kao da joj steže čelo. Srce joj je lupalo, a u slepoočnicama joj je udaralo. Došla je do ormana. Otvorila vratanca. Njegova vrata se otvoriše.

— Zar vi još niste legli?!

— Boli me glava. Strašno me boli... Htela sam da uzmem čašu da popijem aspirin — pritiskala je rukom čelo. Svetlost iz njegove i njene sobe ukrštala se. Ona je bila u polutami, a s leđa je šibao mlaz svetlosti iz njene sobe. Prozračna košulja se slivala niz njeno telo u ružičastim talasima. Nazirale su se sve njene linije — vitke, bujne i mlade... Mladić pođe k njoj... Ona kao da ga je čekala... Ali, nešto riknu u njemu... Bol, kao lanci, sputa mu telo i mozak. Mamila ga je svojim telom, onim istim koje su drugi prljali. Bes ga obuze, nije više mogao da se bori sa sobom. Ovoga puta nije mogao da se savlada, pa izgovori grubo:

— On vas je danas uzbudio... Potreban vam je muškarac, zato ste uzrujani i boli vas glava.

Ona najednom ispusti čašu koju je držala u ruci. Čaša pade na tepih i ne razbi se. Ljiljana poče da se povlači ispred njega kao ranjena zver. Uzmicala je lagano, svileni talasi su se njihali oko nje, vitko telo se pokretalo, drhtalo od uzbuđenja i bola. Zatvorila je vrata, legla na postelju, ali nije mogla da trene. Nije više ni plakala. Oči su joj bile suve, široko otvorene. Ponavljala je one reči: „Vama je potreban muškarac." To su bile i Momčilove reči. On ih je čuo i on joj nikad više neće oprostiti.

Njegova vrata se otvoriše. Malo posle je čula kako se ponovo otvaraju, ili zatvaraju. Lupnuše vrata i na kupatilu. Ulazio je u predsoblje, izlazio, opet otvarao i zatvarao neka vrata. Osluškivala je svaki šum. Jednog trenutka joj se učini kao da se kapija otvorila. „Da nije on otišao?" Skočila je iz postelje, prišla prozoru s ulice i razmakla zavesu da vidi. Nikog nije bilo na ulici, ali kapija je škljocnula. Seti se udovice što je htela da se uda za njega. Možda je on s njom imao ljubavnih veza? Možda i sada ima? Da on njoj ne odlazi noću?

Užasan bol u glavi zamuti joj svest... Legla je ponovo. Njegove poslednje reči su je pekle. Ne, njoj nije bio potreban muškarac, nego ljubav, velika topla ljubav. Ona ju je imala i izgubila. Ali ona neće dozvoliti da on tako misli o njoj. On je mora upoznati... Oči su joj se sklapale od silne glavobolje, gubila je svest, kao da joj glava upada u bezdan. Zaspala je... Koliko je spavala, nije znala, ali se najednom trgla. U sobi je bilo mračno. Čula je neki šum... Neko je bio u sobi.

„Radmilo!", pomisli Ljiljana i obuze je čudna trema. Oslušnula je. Ništa. Otvorila je oči. Nikog nije bilo u sobi. Ali, nešto je skočilo. Počelo da grebe. Sva se sledila od straha, zagnjurila glavu u jastuk i pokrila je. Odozgo na nju nešto skoči. Ona tiho ciknu ispod pokrivača. Ču, zatim, jedno meko i umiljato: vr... vr! „Mačka!" Ona odahnu. Diže glavu. Velika bela mačka, mama onih malih mačića, uskočila je kroz prozor u njenu sobu.

„Nevaljalice, tako si me uplašila!" Osetila je žalost što to nije bio on. U kući je bila tišina. Ona se diže i spusti mačku kroz prozor. Vide i dva mačeta koja su skakutala po travi. Mačka ih je zvala onim umiljatim vrujkanjem. Ljiljana se vratila u postelju. Obuze je strah. Čula je opet šumove. Puckao je nameštaj. Oseti jezu od samoće. Zašto je sebe osudila na ovo? Zašto se od prvog dana ovako ponašala?

Na ulici se začuše koraci. Jedan pijani glas je pevao. Zatandrkaše kola, a zatim se opet sve utiša.

„Samo da svane, uvek je teže noću..." Nije mogla više ništa da misli. Činilo joj se da joj svaka misao peče mozak. Zanese se i utonu u onaj teški glavoboljni san kad se sanjaju čudni snovi.

Radmilo je ustao kao i uvek. Legao ranije ili kasnije, uvek je bio budan u isti sat. Obukao se, umio i pošao u baštensku kućicu da popije kafu. U trpezariji je najednom zastao. Čuo je neki šum. Kao da Ljiljana ječi... Žurno je prišao njenim vratima. Ječanje je dopiralo od nje. Uhvatio je kvaku. Pritisnuo. Vrata nisu bila zaključana.

— Šta vam je, Ljiljana? — pitao je naginjući se k njoj.

— Glava! Strašno me boli... Muka mi je...

— Jeste li uzeli aspirin?

— Nisam imala.

— Da kažem Juliji da vam kupi?

— Možete... Jaoj, tako me boli!

On spusti ruku na njeno čelo. Gorelo je. Ruka mu je bila hladna i mirisala je na sapun od jorgovana. Njoj je prijao hladan dodir njegove ruke. Spusti svoju malu meku i vrelu ruku preko njegove.

Bila je tužna i raznežena, kao u bolesti. Osećala je da nikog nema na svetu, da je niko ne žali...

— Hoćete li da vam ukvasim jedan peškir?

— Ako hoćete. Otvorite šifonjer... U drugoj pregradi su peškiri — on otvori orman. Zablistaše njene toalete. Prijatan miris ga zapahnu s haljina. Pritvori ta vrata i otvori drugi. Belo i pastelno rublje bilo je uredno složeno. On uze jedan tanak peškir... Previ ga i stavi joj na čelo...

— Hvala. Kako ste vi dobri.

— Sad ću zvati Juliju da ide po aspirin.

Julija se pojavi užurbano.

— Šta je mojoj maloj gospođi Ljiljani? Glava vas boli. Ah, proći će to! Dajte, idem ja odmah u apoteku... Nije daleko. Što me niste odmah zovnuli? Ustala sam ja još u pet. Počela sam da vezem onaj čaršav za moju sobicu, pa jedva čekam da ga uradim. Moja lepa mala gospođa Ljilja! Plakali ste juče zbog mame... Ona mnogo voli svoju mamu. I gospođa Jelena nju voli... A ko vas ne bi voleo?... Idem, idem!... Hoćete li slatko i kafu? Dole je sve spremno, ali mogu i gore da donesem. Kafa leči glavobolju.

Strča lako niza stepenice i vrati se s poslužavnikom. Spusti ga na sto i požuri u apoteku.

— Hoćete li slatko, Ljiljana?

— Samo da mi je malo viši jastuk. Čini mi se da mi je prenisko — pridiže se, da bi podmetnula jastuk s drugog kreveta.

On joj podvuče taj drugi jastuk.

Košulja joj skliznu s ramena i on vide fino, okruglo belo rame... Njena lepota ga uzruja, ali i razgnevi. Seti se da je to lepo telo drugi grlio i ljubio pre njega. Sebični mužjak u njemu nije mogao to da joj oprosti. Ona mekoća u njegovom glasu opet nestade. Reči su mu bile tvrde, opore. Trudio se da ih ublaži:

— Uzmi slatko! — prinese joj tacnu i kašičicu. Ona uze i glava joj opet pade na jastuk. Peškir joj pade na pod. On se saže i uze ga. Bio je već topao.

— Ukvasiću ga opet — pritiskao joj je peškir na čelo. Najednom oseti kako mu se njene ruke obaviše oko vrata.

Privlačila ga je sebi.

— Ja ne mogu ovo da izdržim! — šaputala je. — Teško mi je, Radmilo. Mnogo teško. Htela bih da budem srećna! Htela bih tvoju nežnost! Htela bih da me voliš...

„Ti ne voliš svoga muža... Ti ćeš mene uvek voleti!", zariše mu se u mozak mladićeve reči.

On izmače glavu, jer je osetio vrtoglavicu. Skide blago njene ruke sa svojih ramena:

— Nemoj da se uzrujavaš. Vidiš da te boli glava!

Ona oseti hladnoću njegovih reči. Zatvori oči i pokri ih peškirom, da on ne bi video suze u njenim očima...

— Hoćeš kafu?

— Ne mogu... — čula je kako on uzima slatko i pije kafu. Sedeo je na stolici.

— Smem li da zapalim cigaretu uz kafu?

— Zašto da ne smeš! Prozor je otvoren — htela je da jaukne od bola, fizičkog i duševnog, ali se savlada. Niko se neće sažaliti nad njom osim one dobre Julije. Ovaj mladić je više ne voli... Sve što bi pokušala, bilo bi uzalud. On je ne žali, ne prašta. On je samo osuđuje.

— Ako vam bude teže, javite mi po Juliji pa da zovnem lekara.

— Nije potrebno. Glavobolja će proći. Zaista je nesnosna. Sve mi se sakupilo...

On nije prihvatio njene poslednje reči. Tu žensku glavobolju je i dalje tumačio kao čežnju za muškarcem. Trebalo je da umiri sebe, pa ma ko to bio. Sad bi i njega podnela...

— Evo aspirina! — Julija uđe zadihana.

— Ja sad idem, Ljiljana. Ako ti bude rđavo, javi za lekara. Vi, Julija, dođite u moju kancelariju da mi javite.

Mladić se udalji.

Julija je nežno milovala Ljiljanu po kosi i veselo govorila:

— Da ne bude nešto novo kod vas?... Ako, ako! Mora to da bude u braku... Kako ćete se vi veseliti, a znam da bi se radovao i gospodin... Sinčić ili ćerkica! Kako će biti zlatni. Popijte aspirin.

— Nije to, Julija. Ja znam. Samo glavobolja. Idite vi samo na pijac. Uzmite jagnjetinu. Radmilo voli jagnjeći pilav. Umesite taške. Ako ima cvekle, kupite za salatu. On voli uz svako jelo salatu.

— Ništa ne brinite. Lezite samo i umirite se. Kad se uzme aspirin treba poležati.

— Proći će... Ustaću ja posle. Nisam ni spavala dobro. Kasno smo došli...

Julija ode. Čula ju je kad je zatvorila kapiju. Bilo joj je strašno u glavi. Duševni bol je još teže podnosila. On voli neku ženu! Sinoć je gledao fotografiju te žene. Zar može tako brzo da je zaboravi... Neće nikakvu njenu nežnost. A ona mu se tako iskreno bacila oko vrata maločas. Ostala je ponižena. Kako joj je odvio ruke. Samo što je nije odgurnuo. Setila se da je jutros bio u sivom odelu. A onu fotografiju je ostavio u teget odelu. Sinoć je bio u tom zagasitom. Mora da je tamo ta slika. Htela je da se digne. Ali glava joj je bila kao od olova. Čim bi se pomerila, onaj žar bi opet počeo da je peče. Ležala je i čisto gubila svest...

Julija se javi da je došla, pa ode u kuhinju da posluje.

Ljiljana je neprekidno mislila na onu sliku. Digla se s postelje i zateturala. Prihvatila se za krevet. Bila je zažarena u licu.

Ispljuskala se hladnom vodom, pa pošla u njegovu sobu. Otvorila je šifonjer. Kaput je bio okačen. Skinula ga je sa vešalice i počela da pretresa džepove.

***

Kad je izašao iz kuće Radmilo spazi na prozoru gospođicu Daru. Javi joj se. Ispred njega su išle dve učenice. On poznade malu Tatjanu... Prođe pokraj nje i javi se. Žurio je.

Nešto ga je gonilo kao čoveka kome su svi nervi ustalasani, pa ne može da se smiri na jednom mestu. Samo bi išao...

Srete nastavnicu matematike, onu „klasnu”, kako je govorio Voja. Mala, crnomanjasta, suvonjava devojka, krupnih očiju. Ona mu se javi i nasmeši. Bilo je tuge u njegovim očima. On je znao da ga ona simpatiše. Njena koleginica Desa i Vojina Vera navodadžisale su mu za nju, govoreći kako je to dobra devojka, skromna, inteligentna.

Zbog toga sinoć nije ni došla. Pričale su mu one dve da je teško primila njegovu veridbu. Otkako se verio, ona je izbegavala njihovo društvo. Koračajući žurno, on je o svemu razmišljao. Nijedna od ovih devojaka mu ne bi priredila ono što mu je učinila ona, Ljiljana. Sve bi bile bolje od nje, sve bi ga nežnije volele. Šta joj vredi sada ovo umiljavanje? On je u tom video njenu laž i neiskrenost. Ona je živela, imala ljubavnika, navikla je na život žene, apstinirala je jedno vreme, jer je njega mrzela, a to što sad oseća — to je čisto nagonska potreba za njim. Stezao je zube u bolu i gnevu. Osećao je želju da joj se sveti, da je muči, da joj vrati makar malo onih patnji koje je ona njemu zadala.

Bio je vrlo nervozan, neraspoložen, nesposoban za rad. Uvek snažan, uvek borben, sad je ličio na ogromno zaljuljano stablo, koje pri padu povlači zemlju svud unaokolo. Mrzeo ju je, ali i voleo ju je! Nije znao šta preovlađuje u njemu: mržnja ili ljubav? Osećao je jasno samo jedno: kajanje. Kajao se što se oženio Ljiljanom. Osuđivao je sebe i zbog svojih glupih predrasuda. Zar nije bilo bolje odmah se izložiti podsmehu palanke, pa biti miran? Nije ovo trebalo da čini. Drugog dana, posle one prve večeri, trebalo je da joj kaže: „Ljiljana, kad me mrzite, spakujte se i idite kući!", zar da ga napravi jednog dana ubicom! U njemu se sukobljavala ljubav i mržnja! Iz tog sukoba, kao varnice, praštala je ljubomora. Ljubomora na njenu prošlost. Voleo ju je i gadio je se. Čeznuo je za njom do ludila i mrzeo je. Više nije bilo one blage nežnosti u njegovoj ljubavi, već neke divljačke strasti, koja bi je mučila i kidala do sadizma. Ona je sama uništila nežnost koju je voleo u njoj. Čedno, idealno biće bila je Ljiljana za njega pre braka. Nešto najnežnije, najlepše, najfinije, što treba čuvati, maziti, zaštićivati... Voleo je tu njenu nežnu plavoću i zamišljao je da je takva — plava i devičanska — i nežnost njene duše. A juče je video naličje i bestidnost njenog života. Htela je da skače s prozora sobe svoga ljubavnika! Ništa nije moglo da umiri Radmila.

Razum više nije njime gospodario, već instinkt. Kao da ju je uhvatio na delu. A ona sad bestidno pokušava da ga razdraži i namami svojom lepotom. Zašto se nije zadovoljio? Oči su mu plamtele, škripao je zubima. Jedan taksi prođe. On ga zaustavi. Sede.

— Kuda da vas vozim, gospodine Tomiću? — pitao je šofer.

— Izvan varoši. Samo pusti brzinu... Do prvog sela... Imam posla.

Auto pojuri niz drum. Vetar je šibao Radmilu lice. Osetio je da se malo razvedrava. Zbrka misli i osećanja postepeno se sređivala. Skinuo je šešir, da bi osetio što više svežine. Počeo je prisebnije da razmišlja. Ovakvo stanje se ne može podneti. Ona treba da ide ocu. On ne može dalje da muči sebe. U njemu je samo strast, ali bez nežnosti. On bi bio grub prema njoj, on bi uvek mislio na njenu prošlost, na bestidni život, na ruke njenog ljubavnika kako je stežu. Nije bio više gospodar nad sobom i nije znao šta se sve može dogoditi. Onaj jučerašnji njegov afekat, koji ga je mogao napraviti ubicom, otreznio ga je. Shvatio je da mora učiniti kraj ovom stanju. Što da okleva, šta da čeka? Reći će joj da se spremi još danas. Sutra će je odvesti roditeljima. Ispričati im sve... Da, odmah, sad odmah će joj reći. Odmah treba sve raskinuti!

— Vozite natrag! — reče šoferu. — Sad sam se setio, mogu da se izvestim u sudu...

Šofer okrenu auto. Pojuri.

— Zaustavite ovde.

— Nećete pred vašom kućom?

— Ne, treba ovde da svratim.

Šofer zaustavi.

On plati. Pošao je lagano pešice do svoje kuće. Ušao je u dvorište. Lagano je otvorio vrata, pošao prema svojoj sobi i — ugledao Ljiljanu. Držala je njegov kaput u ruci i pretresala mu džepove. Nešto je tražila.

— Šta to tražite, Ljiljana?

Ona uzviknu i ispusti kaput.

— Nešto ste tražili po mojim džepovima? — ponovi on pitanje.

Njene zaprepašćene oči ukočeno su ga posmatrale. Nije umela ni reč da progovori. Krv joj jurnu u obraze. Sva zaplamte od stida što ju je uhvatio.

— Iskorišćavate pravo žene da pretura po muževljevim džepovima — nastavljao je ironično. — Znam da žene, koje vole muževe, traže dokaze njihova neverstva. I vi, sigurno, neki optužujući materijal protiv mene tražite, da bismo bili na ravnoj nozi.

— Ne tražim ja nikakav optužujući materijal protiv vas. Ja sam sama sebe optužila i to dovoljno. Možete me i vi optužiti — sagla se i podigla kaput, misleći da li da mu prizna. Najzad, zašto da ne kaže. Reći će... Mucala je: — Htela sam da vidim... onu žensku fotografiju što ste je sinoć gledali kad sam ušla u sobu.

— A, to ste hteli da vidite! E, ja sam vrlo oprezan. Takve dokaze nosim uvek sa sobom. I da bih vam uštedeo trud, reći ću vam: fotografija je ovde, u mome džepu.

Malu Ljilju zaboleše njegove reči. Kako je neosetljiv prema njoj. Saopštava hladno ono što bi svaku ženu zabolelo. Ništa ga se nije ticalo kako će ona primiti njegove reči. Sva utučena pošla je u svoju sobu. Na vratima je dodala:

— Ipak, priznajete da imate tu fotografiju. Da, ja sam bila iskrena i priznala sam vam sav svoj život, a vi skrivate, možda, više tajni. Šta biste rekli da ja krijem neku fotografiju u tašni.

— Vi je čuvate u srcu. To je veći prestup.

— Varate se! Sve sam ja iz svog srca izbacila, ali vi u to ne verujete i uvek ćete me optuživati. Čak ćete biti u stanju da ismejete svaki moj gest nežnosti prema vama.

— U mojoj prirodi nije da ismejavam. Samo sam skeptik. Više vam ništa ne verujem, i sve što dođe od vas protumačiću kao neiskrenost, pa ako hoćete i laž.

Ona ga je gledala setnim pogledom. Sve joj se mutilo u glavi. Pošla je lagano, prošla pokraj njega. Osećala je kako su joj tromi koraci i kako joj je glava teška kao olovo. Ušla je u sobu i legla u postelju. Čula je da on prilazi njenim vratima. Zastao je na pragu... Ona njegova odluka još uvek ga je držala. Nije hteo da popusti. Treba učiniti svemu kraj. Progovorio je lagano, razvučeno:

— Hteo sam s vama ozbiljno da razgovaram, Ljiljana...

— Snajka! Snajka! — začu se uto s terase njegova tetka. On se trže, pođe vratima.

— Šta je mojoj snajki? Bolesna? Reče mi Jula na pijaci. Leži! Nije, valjda, nešto opasno.

Ljiljana se tužno osmehnu:

— Ništa, tetka. Samo glavobolja.

— Proći će to. Neko te urekô... Pričaju mi devojke iz mog komšiluka, bile sinoć u pozorištu: „Što je lepa gospođa Tomić! Samo smo nju gledale” — ljubila je i milovala Ljilju sva srećna. Ljiljanu raznoži ljubav ove dobre stare žene. Dođe joj da zaplače...

— Gle, kako moj Rade lepo izgleda!... Popravio si se. Dobra ženica se odmah pozna na mužu.

— Dabome, tetka! Kad je muž srećan, to mu se vidi na licu.

Ljiljana ga bolno pogleda.

— Kako ne bi bio srećan kod ovakve ženice! Je l' bilo lepo sinoć u pozorištu?

— Vrlo lepo, tetka — odgovori Ljiljana. — Setila sam se vas, ali bio je takav pljusak da vam nisam mogla javiti.

— Šta ja da se prišipetljim uz vas? Naučila sam ja rano da ležem, kao kokoška.

— Nego, ići ćemo u bioskop. Radmilo, da pođe i tetka s nama u nedelju?

— Ako hoće, može.

— Neću, deco, da vam dosađujem.

— Kakvo dosađivanje! Što da ne dođete, tetka, češće? Ostanite danas da ručate kod nas...

— Pa... ne znam — kao nećkala se starica. — Ono, istina, imam za Miku i Dušana ručak od juče. Nisam mislila danas da kuvam. Ovo sam kupila za sutra. Nego, treba da odem do kuće, da im postavim i napišem jedno ceduljče, da znaju gde sam.

— A oni mogu i sami da podgreju?

— I rastrebe kuhinju, i još operu sudove. Mika me posluša kao devojčica... Otići ću, pa ću se vratiti.

— Ne dam vam da idete dok ne popijete kafu. Radmilo, reci Juliji da skuva kafu — zamoli umiljato muža. Gledala ga je svojim lepim molećivim očima, a on je počeo da se ljuti na sebe što već popušta, što ona uvek nađe način da ga stiša, što je svi vole.

— Jaoj, Rade, zapeo Dušan pa uči — govorila je tetka — da bi položio lepo i bio odličan, jer se nada da ćeš za pisara da ga uzmeš. A ja mu tutkam u glavu: „Uči, sinko! Vidiš kako je moj Rade postao advokat!...” A onaj mlađi, Mika, hoće na akademiju.

— I dalje zapeo za akademiju. A ja sam savetovao njegovom ocu da ga da u neku privrednu školu.

— Neće da čuje za to njegov otac. Hoće da mu sin bude oficir. Kaže, ima jedan u selu sina oficira pa je taj mladić dika celom selu. Hoće i on da se s njegovim Mikom diči selo.

— Ja ću vas ostaviti, tetka.

— Ti si hteo nešto sa mnom da razgovaraš? — upita Ljiljana.

— Da... Hteo sam ti reći, možda ću se večeras zadržati. Dolazi onaj ministar iz Beograda...

Ona ga je nepoverljivo gledala. Osećala je da ima nešto drugo da joj kaže. Gledala ga je pravo u oči. Činilo joj se da ga prvi put gleda. Osećala je želju da uhvati njegov pogled. Bilo ju je stid što ju je maločas iznenadio... Ali, iz njegovih očiju ništa se nije moglo dokučiti.

Nije znala zašto se vratio. Da ne sumnja u Momčila? Da ne misli da će se on vratiti. Zato je pozvala tetku i rekla joj:

— Hoću da donesete i vaš ručni rad, tetka. Onaj šal što radite, pa ceo dan da sedimo... Mene će proći glava.

— Hoću, moja lepa snajkice, kako nju tetka voli.

— I ja vas volim...

— Vidim ja to, snajka, pa se svuda hvalim. Puno mi je srce kad vidim vas dvoje srećne.

— Zbogom, tetka! — oprosti se Radmilo i poljubi tetku.

Ljiljana to spazi i uzdahnu. U njenim lepim očima mogla se pročitati tuga i prekor... Njoj nije hteo ni ruku da poljubi. Pipnu joj samo čelo.

— Manje ti sad gori čelo... je li ti sad lakše?

— Jeste — šapnula je ne gledajući ga. Video je kako gleda u stranu da bi sakrila bol.

Izašao je iz kuće. Nije bio nervozan. Kao da se malo stišao. Izađe mu pred oči njena slika kad mu je preturala džepove. Razbarušena grgurava kosica padala joj je u neredu na lice... Začuđene i uplašene oči. Ličila je na dete uhvaćeno u krađi. Morao se nasmešiti. Nervoza je popuštala u njemu i tok misli se sređivao. Što je dalje odmicao od kuće, bio je mirniji. Ličio je sebi na ubicu koga muči neko zlodelo i neprestano obilazi oko mesta zločina. Radovao se što će tetka biti s njom. Mučila ga je ljubomora. Verovao je da se onaj mladić još nalazio u varoši. Bojao se da se sretne s njim. Strepeo je od samog sebe. Čovek je ponekad lud.

— Radmilo! — pozva ga ženski glas.

— O! To ste vi, Vera. Kuda?

— Na pijac. Najviše volim sama da idem. Kako je Ljiljana?

— Nešto je jutros boli glava.

— Oh, moram da vam kažem. Toliko mi se dopala. Zlatna je! Tako je fina, skromna, pametna. Nisam verovala da je takva. Samo u vas gleda. Vidi se da vas mnogo voli. Baš rekoh sinoć Voji kako ste divnu ženu našli. Je li vredna u kući?

— Vrlo vredna. Vidim, neprestano nešto namešta, udešava, mesi i ona kolače. Juče mi je ispeglala sva odela.

— Zamislite! To je lepo. A ko bi rekao za Beograđanku da je takva? Čovek se ponekad i vara. Misli, ako devojka živi u velikoj varoši, ne zna nikakav red u kući. Pa eno, ona kapetanica što sedi do tetka-Stane. Lenština jedna! A i ona je Beograđanka. Čula sam kako je kazala za nas u palanci: „Strašno su glupe ove palančanke. Ništa drugo ne znaju samo pričaju o slatkom i kuvanju." A vi, Radmilo, znate da mi nismo glupe. Bogami, ja volim i da pročitam lepu knjigu. Ali mislim da je kuća ženi najvažnija. A iz razgovora s vašom Ljiljanom videla sam da i ona voli kuću.

— Voli kuću, moram da priznam. Kupila neke grnčarije, vaze poređala po ormanu, svakog dana pravi neke jastučiće. Mi muškarci to ne razumemo, ali osetimo da je sve lepše... Puno nekih sitnica vidim u kući. I sve ona preinačila, lepše namestila.

— Razume se. Žena ima ukusa. Ljiljana je zaista fina... Setim se kako sam vam i ja navodadžisala za gospođicu Danicu, nastavnicu, pa gledam sinoć Ljiljanu. Ne mogu njih dve ni da se porede. Ljiljana je vrlo slatka. Zato ste vi nju toliko voleli... Ja ću ovamo, a vi idete tamo. Ah, nešto da vas pitam, ali pravo da mi kažete. Ona Perka... Jeste li čuli kako hvata moga Voju? Čuli ste sigurno!

— Nemam pojma. Ko vam je to rekao?

— Znate vi, pa nećete da kažete. Čula sam puno koječega. Da znate što sam plakala...

— Pa Perka vam je prijateljica!

— Kakva prijateljica! Pravo da vam kažem nikad mi ona nije bila simpatična. Znam da je ludovala za vama, i ja sam verovala da se ona trpa u naše društvo zbog vas. Kad ona počela da mami i mog Voju... On me uverava da to nije istina. Ama, ja znam. Voja voli da pogleda, mnogo štošta mu progledam kroz prste. Ali tu Perku bih bila u stanju da raščupam. Neću više da je vidim očima! Recite i vi Voji da me ne sekira. Vi ste njegov najbolji drug i on vas sluša.

— Nemajte brige, Vera. Ja sam na vašoj strani. Ipak, ja vam kažem i treba da mi verujete: Voja vas voli i uvek najlepše govori o vama.

— Da ja u to nisam uverena, bila bih vrlo nesrećna. Iz ljubavi smo se uzeli. Ja njemu sve ugađam. Znate kakva sam ja domaćica. Kao dete ga mazim i sve mu činim. Ne ume on sebi ni čašu vode da naspe. Pa nekad pomislim: „Zar ja toliko volim svog muža, činim mu, živim za njega, pa da ga kojekakve nevaljalice zavode i otimaju ga od mene.”

— Niko vam Voju ne može oteti! Jači ste vi od svih žena.

— Hvala vam, Radmilo. Uvek me utešite! U nedelju vas čekamo. Nemojte kasno da dođete. Hoću malo duže da posedite, pa uveče da idemo u bioskop.

— Ljiljana je pozvala i tetka-Stanu.

— Ako, ja volim tetka-Stanu. Pozdravite mnogo vašu Ljiljanu. Zbogom.

Mlada žena je žurno otišla na pijacu. Bila je iskrena u svojim pohvalama o Ljiljani. Istina, ona njena fina lepeza izazvala je u prvi mah malo ljubomore kod Vere. Ona je uvek ljubomorna kad bi se u blizini njenog muža našla neka lepa žena. Ali, posle je uvidela kako je ova mala Beograđanka ozbiljna. Videla je da ona voli svog muža, a to je već bilo jemstvo da neće gledati tuđe muževe. Znala je i za veliko drugarstvo između njegog muža i Radmila. Ljiljana je lepa, elegantna. Radmilo je hvali da je i dobra domaćica. Ali, da je domaćica, kao što je ona, Vera, to nije moguće. Kakve ona kolače mesi, pa njene torte, kompoti, slatko... To je za priču! I njene ručne radove svi hvale... U duši nije bogzna koliko cenila Beograđanke. Imala je neke rođake u Beogradu, išla im je u goste kao devojka. Sve je u Beogradu uglađeno spolja, ali pravi domaćinski život tek je u unutrašnjosti... Da vidi Ljiljana kako će ona nju da dočeka.

Prisećala se šta da mesi. Umesiće svoju najbolju tortu. Onu s bademom.

Preslišavala se šta joj treba. Išla je ulicom ponosna što je svi cene; muž joj je inženjer, vrlo spreman, u svakom društvu rado viđen. Javljala se desno i levo trgovcima. Svi su je pozdravljali. Vide dve-tri gimnazijalke i ljutito okrenu glavu. „Ah, ti devojčići!" Jednoj staroj gospođi ljubazno se javi. Uđe u obućarsku radnju da izgrdi obućara što joj je stesnio cipele i da ga zamoli da ih navuče na kalup. Srete posle jednu mladu gospođu s detetom u kolicima. Zastade i pomilova bebu. Uzdahnu kad se oprosti s njom. Koliko je čeznula za decom. Doktorka joj je kazala: „Materica vam ukrivo leži, teže se ostaje u drugom stanju." A kako bi ona obožavala dete. Priđe joj jedan seljak i uzviknu:

— O, kako si, gospa Vera!

— Gle, čiča Stanojko, ti došao! Kako je tata?

Bio je to seljak iz sela gde je njen otac radio kao sveštenik. Porazgovara s njim i požuri na pijac.

***

Radmilo je zatekao punu kancelariju klijenata. Bio je tu seljak Marić, trgovac Petrović i još neki. On je svakog pažljivo slušao, trudeći se da se koncentriše na posao. Trgovac Petrović ostade poslednji. Dok je on izlagao svoje stanje, Ljiljanina slika neprestano je lebdela Radmilu pred očima. Čudio se sam sebi kako je najlepšim rečima pričao Veri o njoj. Glup je. Saznanje o toj gluposti i malodušnosti podstače odlučnost kojom se probijao kroz život, i on natera sebe da ne misli na to plavo stvorenje u svilenoj košulji, s nežnim ramenom, razbarušeno, plavih očica... Lice mu se razvedri, ali se namah uozbilji i zagleda se u zabrinuto lice trgovca koji mu je izlagao svoju pasivu i aktivu.

*****

Te večeri Ljiljana je prvi put ostala sama. Radmilo je imao konferenciju u svom partijskom klubu. Ispratila je tetku, prošetala po bašti, pa ušla u kuću.

— Je li vas strah, gospođo Ljiljo? — pitala je Julija.

— Zašto bi me bilo strah?

— Ako hoćete, mogu da dođem gore...

— Nije potrebno, Julija. Lezite. Pisaću pismo tati i mami.

Sela je za pisaću mašinu. Pisala je uvek ista pisma o srećnom životu. Roditelji su verovali tim pismima, radujući se što su tako zadovoljni jedno drugim. Ljiljana je molila Radmila da i on ništa ne napominje, ali svakog dana obuzimala ju je sve veća briga i strepnja. Kako će se sve ovo završiti? Svaki pokušaj s njene strane, propadao je. On je neumoljiv i hladan. A ovo s Momčilom još više je pogoršalo njen položaj, udaljilo je od muža. On je odlučan i duševna borba je u njemu završena. Tako je izgledalo, tako je ona mislila. I sad joj se nametalo pitanje njene budućnosti. Šta da radi? Pravila je mnogo planova. Jedan joj je izgledao najostvarljiviji. To će i da uradi.

Napisala je adresu i kao i dosad ostavila pismo da i Radmilo nešto doda. U ovom pismu je opisala tetka-Stanu. Njena pisma su bila kao mali feljton. Tata je uvek govorio da ima vrlo lep stil. Ponovo je pročitala pismo, pazeći da li je svuda tačna interpunkcija. Znala je kako je tata u tim stvarima vrlo strog. „Ma kome da pišeš, treba da zamišljaš da će to pismo čitati neki profesor književnosti. Tako se stiče stil i uči da se lepo stilizuju misli...” Bila je zadovoljna jednim delom pisma:

Tetka Stana mi je pričala o okupaciji. Rekvirirala joj sobu dva austrijska podoficira. Kad, jedno jutro — priča ona — mislim otišli, provirim kroz vrata, a ono i treća glava viri ispod jorgana. Doveli svog druga pa i on spava. Došlo mi da zakukam. Cepaju onu moju sirotinju. Pa opet digoh ruke. Neka ih! Neka se samo naši vrate živi, kupiću ja drugo. Jedno jutro ispekla ja tikve pa, kao velim, hajde i njima da dam dva parčeta. Metnem na tanjir i stavim im u sobu. Setim se da i oni imaju majke, i one jadnice plaču za njima. Kad, sutradan — moje tikve stoje. „Niht", kažem ja. „Zašto niht?" Žvaćem ustima da bi razumeli šta ih pitam. A oni meni: „Švajne! Švajne!", i pokazuju tikve. „Kakve švajne?" „Svinja srpska! Ovo jesti srpska svinja." O, šinter vas švapski! — mislim ja. Nema više ni švajne kod nas. Sve ste nam vi švajne oterali iz zemlje — pa dohvatim one tikve i iznesem u kuhinju...

Znala je da tata voli kad ona piše o svemu i svačemu i s kakvim zadovoljstvom oni čitaju njena pisma.

To se posle čitalo i tetka-Dragi i Dragiši, i njihovim rođacima. Videla je u mislima kako tata zadovoljno briše maramicom naočari i veselo govori mami: „Naša bi Ljilja mogla biti spisateljica!" Seća se kako se tata jednom naljutio kad je čitao pismo neke njene prijateljice: „Glupost! Glupost! Mlada devojka i ništa drugo ne zna da piše do samo o ljubavi. Šta je ovo: *Upoznala sam se s jednim mladićem i zavolela ga... Očajna sam zbog njega. Mangup! Vara me...!* Pa i treba da je vara kad ovako glupo piše. Da je ona umela s njim lepo, ne bi je on varao..."

Do Ljilje dopreše zvuci violine. Ona uđe u spavaću sobu. Ugleda komšiju poručnika. Svirao je na violini stojeći kraj prozora. On je spazi, a ona se odmače. Ugasi brzo svetlost. Slušala ga je u pomračini sobe. Svirao je neku tužnu melodiju. Videlo se da je savladao tehniku. Sav je bio zanet. Nju rastuži ta melodija; dođe joj da zaplače.

Kako se snovi mlade devojke lako rasprše! Ali, nije joj bilo žao onoga što je prošlo. Patila je zbog sadašnjosti. Zvuci violine dopirali su do najtananijih kutova njene duše. Bila je svesna da će tek patiti. Zbog Radmila.

Istrčala je iz sobe da ne bi slušala violinu. Ušla je u trpezariju i stala na prozor. Ulica je bila mirna. Šetkale su devojke. Prođe i jedan par. Svi su se okretali na nju i gledali je. Ona gospođica Dara opet je bila na prozoru. Sačekivala je devojke i razgovarala s njima.

Jedna žena naiđe i ona poznade gospođu Nikolić, sudijinu ženu.

— Dobro veče — pozdravi je ljubazno gospođa Nikolić. — Kako ste?

— Zahvaljujem. Vrlo dobro!

— A gde je gospodin Radmilo?

— Ima neku sednicu.

— Znam. I moj muž je tamo. Oni su partijski istomišljenici. Vrlo ga voli moj muž. A gospodin Radmilo je od mlađih najiskusniji. I moj muž se dosta angažuje u partiji, mada ja to ne volim. I moj Ika je na oca. I on je vrlo vatren.

— Što ti mene, mama, ogovaraš kod gospođe? — začu se glas studenta Ike, koji je prisluškivao iza kapije. Otvorio je vrata i izašao.

— Dobro veče, gospođo.

Ljiljana ga pozdravi.

— Kažem da ćeš i ti biti bukač kao i tvoj otac što je bio u mladosti. Ne želim da stradaš.

— Svaka ideja zahteva žrtve. Ti si, mama, školovana žena i razumeš me. U mladosti si čitala Ničea i Šopenhauera. Interesovao te je i Marks. Pričala si...

— Jeste, ali sad me interesuje samo da ti položiš ispit.

— Nedavno sam pao na ispitu pa mi mama to ne oprašta — reče mladić Ljiljani.

— A zašto da padnete? — nasmeši se Ljiljana.

— U hiljadu pitanja slučajno mi se omaklo da jedno ne proučim... Sutra je zbor, gospođo! Držaće govor i gospodin Radmilo. Jeste li ga kadgod slušali?

— Nisam nikad.

— To ne treba da propustite. On je sjajan govornik!

Oficir se približi kapiji čuvši razgovor, i vide da to razgovaraju njegova majka i brat s mladom ženom. Uvek se divio svome bratu kako je slobodan. Začas on napravi poznanstvo i otpočne razgovor. Ljutio se na sebe što i on nije takav. Njemu bi to pristajalo. Oficiri su veseli. Eto, ni sada on nipošto ne bi izašao na ulicu da ovako razgovara s lepom ženom. A Ika će uvek zastati kad je vidi na prozoru. Imao je mnogo samopouzdanja! U tome je njegov uspeh, umeo je lepo da izražava misli, bio je vrlo vešt kozer i prilagođavao se svakoj ženskoj inteligenciji. Sklonio se i ušao u sobu da ga Ika ne vidi. Uzeo je opet violinu. Zažele da i on ima ovako lepu kuću — cveće, malu plavu ženu s dva lepa oka, da je sluša i da je mazi... Čuo je kako se Ika opet nešto glasno nasmejao. Nervirao ga je taj smeh. Nervozno je prevukao gudalom. Jedna žica se otkide. On je trže i iskida. A preko puta gospođica Dara je usplamtelim očima gledala kako Beograđanka razgovara s Ikom.

— Majka! Majka! — utrča u kuću gospođica Dara. — Hodi da vidiš! Već našla kavaljera.

— Tako mu i treba. Znala sam ja to. Sakupiće ona kolovodnicu oko kuće. 'Oće ministrovu ćerku, on — abadžije Andre sin!

— Kakva ministrova ćerka! — izbrecnu se na nju kćer. — Šta mi tu svaki dan: ministrova ćerka! Kakav ministar! Otac joj je pomoćnik u ministarstvu.

— Pa zar ministri imaju pomoćnike kao trgovci?

— Nije ministarski pomoćnik kao trgovački. To je šef kabineta.

— Gle, šef kabineta! A šta je to?

— Pa to, ministarski pomoćnik je šef kabineta. Uvodi publiku kod ministra... Slušaj, slušaj, kako se Ika smeje. Našla tog mangupa! On uobražava da ga sve devojke i žene gledaju. Vidi kako se sad ona smeje. A gde joj je muž. Šonja! Ostavio je samu. Preskakaće njoj Ika preko plota.

— Nije hteo tebe, valjda što si kafedžijska ćerka, nego hoće ćerku ministra... kako ono reče... ministarskog pomoćnika. A šta mu je donela? Ništa!

— Sam kupio nameštaj, a ona se pravi dama! One 'aljinčine što vidiš na njoj, to mu je donela.

— Pa vidi sudinicu kako priča. Samo zato što je mlada Beograđanka... A i ona uhvatila sudiju još kao učiteljica.

— Uhvatila, dabome, učila škole, a vi mene ne dadoste! — naljuti se kćer. — Samo dva razreda gimnazije pa hajde kući. Da sam završila školu on bi mene uzeo. A tata hoće da ja samo kuvam i mesim. Zato me Ika ogovarao da sam glupa, da ne umem ništa da razgovaram... A zapamtiće mene Ika!

— Što si glupa? — poče da je teši mati. — Lepa si, zdrava, vredna devojka! Što muž ima 'asne od škole ako žena ne ume da zgotovi ručak? Pa još nosiš spremu i pedeset hiljada miraza.

— Jeste, nosim. Ali što mi ne nađete gospodina? Nije hteo ni onaj doktor, ni onaj kapetan, ni pisar sudski. Traži me bakalin.

— Pa što, ćerko, da se ne udaš za bakalina?

— Neću, neću za trgovca! Neću da dirindžim u trgovačkoj kući! Kao što ti moraš i u kafanu da ideš. Doskora si služila seljake. Da im podnosim čokančiće i sedim za kelnerajem. Hoću da budem gospođa. Da idem u oficirski dom. Da se družim s gospodom.

— Pa gde da ti nađem gospodina? Znaš da sam molila Molku provodadžiku da ti nađe mladoženju gospodina. Onoj pisarki Stani obećala sam dve hiljade i atlasnu bundu da svrši za Tomića. Nisam to ni pričala ocu. Htela sam da sakrijem od njega te dve hiljade. Znaš, ćerko, da ti je otac za to da se udaš za trgovca.

— Slušaj, mama! Pre ću se ubiti, nego da se udam za trgovca. Ja hoću činovnika ili oficira.

— Da ja mogu, ćerko, da ti stvorim gospodina, najviše bih volela. Eto i onaj Milan sudijin bio bi dobra prilika za tebe.

— Kakav Milan! Mnogo je uobražen! Jedva mi se javlja. Juče ga gledam: prolazi pokraj kuće Tomićeve pa zaviruje u svaki prozor. Sigurno bacio oko na njegovu ženu... Gledaju se iz bašte. Nevaljalice su sve te iz Beograda.

— A da čuješ kako nju u zvezde kuje pisarka Stana: „Moja snajka, moja snajka!" Oči bi iskopala kad bi nešto rekli za njenu snajku. A ja joj baš rekoh: „Novo sito o klinu visi!" Kupila joj štof za haljinu, tašnu i rukavice, pa samo pokazuje po komšiluku. Prepredena! Ume. Ti ne bi umela tako. Koliko puta sam ti kazala: „Zagrli pisarku Stanu kad dođe", a ti se udrveniš, pa stojiš kô ćutuk. A pisarka se sva raspilavila. „Moja snajka, moja snajka!" Svuda se hvali po varoši. A ti ćeš da devuješ.

— Sad sam ja kriva! — briznu u plač kći. — A mogli ste vi i više kesu da odrešite. Zašto smo propustili Tomića? Nije on ništa bolji od mene — utrčala je u sobu i zaplakala. Imala je želju da vrati, da se osveti advokatu, njegovoj ženi i onom Iki. Ah, onom Iki će se osvetiti. Vrebaće ona njega svakog dana. Uhvatiće ga. Mangup jedan! Pokazaće ona ovoj Beograđanki da ona, palančanka, nije glupa.

Prvi poljubac

Prolećno sunce sručilo je svu nežnost na pijacu varošice. Mlade lipe su bacale senke po trgu. Iz dvorišta je dopirao prijatan miris. Roba se njihala pred izlozima, a glave su se komešale na trgu. Bilo je puno sveta. Došli i seljaci iz okolice. Lepršale su i duge bele platnene košulje na seljankama.

Ljiljana nije rekla Radmilu da će doći na zbor. Ćutala je i čekala da on ode. Potom se spremila i pošla. Sakrila se iza stabla jedne lipe. Nije htela da je on vidi. Osećala je neku čudnu tremu. Svakog dana je dolazila do nekog novog otkrića. Sinoć nije htela da ga sačeka. Legla je ranije, ali je čula kad je došao. Jutros joj nije ništa napominjao o onome što mu je pretresala džepove. Razgovarao je sasvim prirodno. Bio je raspoložen zbog sinoćnje sednice. Tako je ona tumačila. Šta znači poslovni politički život izvan kuće? Da je i ona zaposlena manje bi razmišljala o sebi. U radu je spas. A ona se okreće po sobama i stalno misli na muža i na njihov odnos, ništa ne može ni da ubrza ni da uspori. Da mu se baci u zagrljaj? Pokušala je, pa ništa! Treba pustiti da ide kako je pošlo...

Skrivena iza lipe, očekivala je da izađe prvi govornik. Govorio je najpre ministar. Posle su se ređali drugi. Srce joj je zalupalo kad se pojavio Radmilo. Počeo je snažnim glasom. Nikad nije čula pravu jačinu njegova glasa. U najvećim afektima se uzdržavao. Sad mu se glas penjao, pun i snažan, bez zapinjanja. Uopšte nije ponovio istu reč dva puta. Nijednom nije zamucnuo. Govorio je o političkim prilikama, o seljačkom pitanju, dugovima seljačkim, sušnoj godini, o porezu. Dotakao se jedinstva, hrvatskog pitanja, omladine... Gromoglasno „živeo" razleže se iza nje. Vikali su: „Bravo! Tako je!" Ona ču iza sebe žagor i okrete se. Vide Iku i još neke mladiće. Sigurno studenti.

— Gospođo Tomić, što ne stanete još malo napred? Ne vidite odatle...

— Neka, dobro mi je.

Studenti se podgurnuše. Stajali su iza nje i užagreno je gledali. Ika je posmatrao plave kovrdžice i belinu njenog vrata. Bio je sasvim iza nje. Mlada žena je oduševljavala mladiće kao i njen muž govornik. „Bravo!", pljeskali su advokatu. Blizina lepe žene još više je podsticala njihovo oduševljenje. A Ljiljana je bila sva zanesena. Zaboravljala bi da sluša njegove reči, gledala je njega. Sunce je blistalo po njegovoj kosi, očima, zubima. Nešto svetlo, zdravo i snažno osećalo se u njemu. Burma mu je blistala na ruci pri gestikuliranju. „Kako sam mu lepo ispeglala odelo", mislila je mala plava žena. „I vitak je! On nikad neće imati sala."

Burno „živeo" razleže se preko trga... Masa je bila raspaljena. Odobravali su mu, pljeskali. Studente neko potisnu, oni potisnuše nju i ona se pomeri malo napred. Radmilo je ugleda. Reč mu zasta, ponovi dvaput istu reč, ali se brzo snađe. Studenti se osmehnuše i pogledaše malu plavu ženu. „Zbunio se", pomisli Ika. Pogleda opet malu ženu. Gledala je muža zanosnim očima. Ika uzdahnu.

Advokat završi govor. Svet poče da se razilazi. Pođe i Ljiljana kući, ali vide da muž ide prema njoj. Zastade da ga pričeka. Osećala je ponos što je to njen muž. Ali, jedna misao joj steže srce: oni će se rastaviti. U njoj planu srdžba protiv sebe same... Ne, ona ga neće dati. Ona ga neće ostaviti. On mora da bude njen muž. Ona će biti njegova žena. Smešila mu se i čekala ga. On pođe, ali mu prepreči put i zadrža ga neka devojka. Nije joj videla lice. Bila je u trenčkotu stegnutom oko pasa. Ispod teget berea videla se rolna crne kose... Uhvatila je za ruku njenog muža. Ljiljana se sva ohladi. Grlo joj se steže. Trudila se da vidi nije li to neka od ličnosti koje poznaje. Vera, ona nastavnica, Dara ili Tatjana? Ne, nije bila nijedna od njih... Zašto se ne okrene da joj vidi lice? Obuze je srdžba pomešana s patnjom. On zna da ga ona čeka, a razgovara s tom devojkom. Smejao se i gledao je sjajnim očima. Nikad se na nju nije nasmejao... Ne, ona neće imati života. Sve je uzalud. On nju ne voli više... Pošla je. Bila je uvređena. Nije htela da ga čeka. Iza sebe začu korake.

— Ljiljana, izvini! Zadržala me jedna gospođica... Nisam mislio da ćeš ti doći.

Ono prvo oduševljenje kao da splasnu u njoj. Ipak se savlada. Videla je studente kako ih posmatraju. Mogu pomisliti da je ljubomorna. Ipak nešto mora reći...

— Tako ste lepo držali govor! — reče gledajući ga tužno. — Imate izvrsnu dikciju, a ulazite u suštinu onoga o čemu govorite. Osobito mi se dopalo vaše izlaganje o hrvatskom pitanju. I mišljenje mog tate je isto kao vaše.

Njemu su laskale te reči. Gledao ju je veselo, ali nju taj pogled nije razveselio. Isto tako gledao je maločas onu devojku. Umalo da ga zapita: „Ko je ona devojka?", ali se uzdrža. Glupo bi bilo.

— Nisam znao da ćete i vi doći...

„Opet mi govori 'vi'", zabole je.

— Otkud ste znali da će biti zbor?

— Sinoć sam razgovarala s gospođom Nikolić. Prišao je i njen sin student i kazao mi...

— A, tako! — uozbilji se on. Njoj se učini kao da mu je krivo što joj je student kazao.

— Ja vam nisam kazao — izvinjavao se. — Mislio sam da vas to neće interesovati.

— Mene sve interesuje što je u vezi s tobom! — naglasi ona udarajući na reč „tobom".

— Čak i kad se ljutim?

— Čak i kada razgovaraš s gospođicama i držiš ih za ruku.

On oseti njen prekorni ton.

— Imao sam i ja poznanstava. Ti ne zahtevaš da se prestanem javljati devojkama.

— Nemam prava. I smatrala bih da sam glupa, ako bih tako što tražila.

— Da, mi ćemo u svakom pogledu ostati moderan brak.

— I ja se nadam — smešila se ona.

— Pazi, boga ti, oni kao da izjavljuju jedno drugom ljubav! — govorio je Ika, gledajući ih s drugovima. — Brate, umeju te Beograđanke da vole! Slatke su i znaju sve majstorije ljubavi.

— Ako se malo zadržim, Ljiljana, ti možeš da ručaš. Nemoj me čekati.

— Do tri sata se sigurno nećeš zadržati? A dotle ću te čekati.

— O, do toliko neću.

Ona pođe kući, a on u kancelariju.

Išla je lagano. Prolećno sunce ju je milovalo i tako joj je godila ta toplota u ovoj hladnoći života. Osećala se kao da je izgubila nešto vrlo dragoceno, a tek kad je to izgubila shvatila je njegovu vrednost. Bilo joj je jasno da je izgubila ovog divnog mladića. I kad bi uspela da ga povrati, on je nikad neće voleti kao što ju je voleo u početku. Uvek će njegova ljubav imati ožiljke teških povreda. Najteže su mu padale one njene reči: „Odvratan si mi! Nisi ti muž za mene!" Ispalo je da za nju nije muž jedan ovakav mladić, koji se sam probijao kroz život, mučio se, borio, uspeo i stekao zavidan ugled. Ona je uspela sve da shvati, uspela je da upozna ovog čoveka i da uvidi kolika je ništarija onaj Momčilo. Bila je toliko zaluđena njime da nije uspela da vidi čak ni lepotu Radmilovu. A on je zbilja lep. Videla ga je na svetlosti sunca — visokog, snažnog, muževnog. Raznežila se — imala je želju da ga privuče na grudi, da pritisne njegovo lice na svoje srce, da zavuče ruku u njegovu talasastu kosu...

Začu se neki žagor iza nje. Bile su to gimnazistkinje. Mlatarale su svojim tašnama i glasno razgovarale. Vide i Tatjanu među njima. Ljiljana joj se nasmeši i pozdravi je. Ljupka devojčica srdačno otpozdravi. Ljiljana je gledala za njima, slušala njihov razgovor — onaj veseli i bezbrižni đački razgovor o prozivanju, lekcijama, nastavnicima...

Grupa učenica zastade pred jednom kućom. Čekale su da ona prođe, da je bolje vide. Sve su je milo gledale. Ljiljana im se nasmeši i sve ih pozdravi. Išla je lagano kao da hoće da upije tople zrake sunca.

— Dobar dan, gospođo — začu se muški glas.

Ona pogleda. Bio je to Ika pravnik.

— Jeste li čuli govor gospodina Radmila? Vanredno je govorio.

— Jesam i vrlo sam zadovoljna.

— On će biti poslanik na prvim izborima. Vrlo je omiljen u varoši i u okolici. Ume i sa seljacima. Poznaje sve probleme koji pogađaju seljake. Znate, naš seljak grca u dugovima...

— A vi niste aktivni u politici kao omladinac?

— Pomalo. A zar vas interesuje politika?

— Zašto da me ne interesuje? Zar žena treba da bude izvan događaja? Politički život može interesovati i ženu, jer i ona, kao i muškarci, oseća posledice dobre ili loše politike.

— Majka, majka! Hodi da nešto vidiš! — vikala je Dara. — Ovo moraš da vidiš!

Mati je dotrčala, brišući sapunjave ruke o kecelju.

— Vidi, Ika je prati! Idu odozdo, pa stali i razgovaraju pred kapijom. Ako, ako, tako se radujem... Neka mu nabije rogove.

— More, samar će da mu natakne, a ne rogove. On trči i radi, a nju prate kavaljeri.

— Život bih dala da joj sad izjavljuje ljubav. Uhvatiću ja njih, zapamtiće me!

— Nemoj da se sekiraš. Neka idu do đavola!

— Neću da ih pustim. Pokazaću ja onom abadžijinom sinu da sam bolja i poštenija od njegove žene. Jurcala se po Beogradu, pa došla ovde. Ali ovo je palanka. Ovde se neće provoditi kao u Beogradu... Ovde se sve vidi i sve se zna.

— Ostavi, ćerko! Nemoj da se mešaš ni u čiju kuću. Udaćeš se i ti!

Daru je jedilo seljačko poreklo njenih roditelja. Stidela ih se. U selu su držali krčmu, pa posle došli u varoš i otvorili kafanu. Kao bogat seljak otac joj je nakupovao imanja u varoši. Imao je i zemlju u selu i davao je napoličarima. Pozajmljivao je seljacima i novac i uzimao veliki interes. U leto su mu umesto novca donosili žito budzašto. A s proleća im je otac to isto žito prodavao za skupe pare.

Dara je bila svesna svoga bogatstva, ali je žalila što joj otac nije neki veliki činovnik. Patila je zbog toga, jer nije znala šta joj dolikuje. Uzela je već dvadeset četvrtu godinu, a nikako da se uda. Htela je da joj majka bude dama, vodila ju je na balove, a posle plakala. Tomić joj je zadao najveći bol. Iskreno se nadala da će se udati za njega. Nije ni on neki otmeni gospodin! Šta mu vredi škola kad mu je otac bio abadžija? I njega je izgubila. Pa još ona pisarka Stana se svuda hvali: „Ministrovu ćerku uzeo!”

Nervozno je hodala po sobama i ljutito treskala jastučiće. Prišla je opet prozoru. Spazila je kako Beograđanka otvara prozor. Na sebi je imala penjoar od ružičaste svile s izvezenim cvetovima. Bila je lepa kao prolećno jutro... Gospođici Dari se steže srce. „Ume, nevaljalica! Kako se samo udesila!” Zaklonila se iza zavese i gledala je. Zavist, ljubomora i bol mešali su se u njoj. Došlo joj je da plače.

Grupa učenica stiže do kuće s Tatjanom. Gledale su ushićeno mladu advokatovu ženu.

— Što je slatka! — izgovori glasno jedna učenica. Ljiljana im se nasmeši, spusti čipkastu zavesu i uđe u trpezariju. Čekala je muža i šetala po bašti. Ika je spazi iz dvorišta. Gledao ju je zadivljeno nekoliko trenutaka. Začuše se konjska kopita. Dolazio je njegov brat.

— Pogledaj! — pokaza mu očima Ika na Ljiljanu.

Milan baci u tom pravcu jedan brz pogled, ne reče ništa i uđe u svoju sobu. Ljiljana se bila sklonila. U njenoj svesti bio je samo njen muž. Obukla se da njega iznenadi. Danas se navršilo mesec dana kako su se venčali. A činilo joj se da je to juče bilo. Zagledala je cveće, obišla Juliju, videla oficira i studenta u komšijskoj bašti i sklonila se u kuću.

Oko pola dva Radmilo dođe. Ljiljana je bila u trpezariji i čitala. On je pogleda, kao malo iznenađen, ali ne reče ništa. Nijedan kompliment za njenu odeću. Ni za vreme ručka ni posle ručka ne reče joj nijednu nežnu reč, mada je bio lepo raspoložen. Ali, ona je osetila da je njegovo raspoloženje rezultat njegovog govora i odobravanja mase koja ga je slušala.

— Jesi li zadovoljan konferencijom i razgovorom s ministrom? — upita Ljiljana.

— Vrlo sam zadovoljan. Mi smo najjači. U varoši imamo većinu. Na izborima gotovo polovina glasa za našeg kandidata.

— Zaista ste srećni vi muškarci! Imate svoje radosti izvan kuće, dok žena očekuje svu radost u kući.

— Kuća pripada više ženi, a čovek ima svoje polje rada izvan kuće. Vaše žensko carstvo je u kući. Kako vi vladate i upravljate, takvo je i raspoloženje. Ako žene pogrešno vladaju i muževi se rđavo ponašaju.

— A možete li... to jest, možeš li reći da se u politici ne greši?

— Gde god se vodi borba mora i da se greši. I na bojnom polju strateg katkad primeni pogrešnu procenu.

— Tako je i u kući.

— Ali u kući se ne vodi borba, već ljubav. To vezuje čoveka za kuću...

Ona je ustala. Bila je nervozna i nekako čudno uzbuđena. Kao da je htela nešto da učini, pa se bojala. Prišla je radiju, okrenula dugme i tražila muziku. I Radmilo je bio zamišljen.

— Nisi mi rekao kako ti se sviđa moj penjoar?

On okrete glavu i pogleda je:

— Vrlo je lep. Nisi ga dosad oblačila. Zašto si ga danas obukla?

— Danas je tačno mesec dana kako smo se venčali...

— Da, znam. Medeni mesec je završen...

— Ostaju još dva meseca.

Ništa više nije kazala, a i on je ćutao. Ona je stajala naslonjena na orman. Jedan leptir je leteo oko vrata. Uleteo je u predsoblje. Mladić je pratio let. Mlada žena je lagano prilazila mužu. Zadrhtala je. On je najednom osetio kako su mu se dve mirišljave, tople ruke obavile oko vrata i male, tople usne strasno se spustile na njegov obraz.

— Tako si lep, tako inteligentan! — prošaputala je nežno i u tren oka pobegla u svoju sobu. Sva je drhtala kao u groznici, kao šiparica koja je prvi put poljubila mladića i čekala šta će sada biti. Oči su joj bile svetle kao nebo, kao oni plavi cvetići na njenoj haljini, a obrazi rumeni kao svila njene haljine. Očekivala ga je. Najzad će doći kraj tom teškom, nesvesnom stanju.

Osluškivala je, ali sve je bilo mirno. Ona se uozbilji, ruke joj klonuše niz haljinu, a oči ostadoše prikovane uz vrata...

„Njemu je svejedno! On neće izmirenje... Ne voli me. Dakle, to je istina."

To saznanje bilo je za Ljiljanu tako strašno i ponižavajuće. Malaksalo je sela na stolicu. To što je sada osećala nije bio bol, već nešto teže — očajanje koje dolazi posle patnje i koje obuzima svaku radost i ushićenje. Zadrhtala je. Čula je njegove korake. Uto kroz vrata do nje dopre jedan ravnodušan glas:

— Ljiljana, ja idem... Zbogom.

Nju nešto ščepa za grlo i uguši reč koju je htela da izgovori.

— Zbogom, Ljiljana! — ponovi mladić.

Ali ona ostade bez glasa.

On lagano otvori vrata i ugleda je nepomičnu i ukočenu na stolici. Gledao ju je nekoliko trenutaka onim istim ravnodušnim izrazom. Na njegovom licu nije bilo ni onog maločašnjeg raspoloženja, koje je tumačila kao izraz zadovoljstva što je održao lep govor...

— Ja ću doći u šest sati. Budi spremna da izađemo u šetnju...

— Dobro — otkide joj se jedva iz grla. Gledala je nepomična u jednu tačku...

On pritvori vrata i ode. Nijedna druga reč, nijedan nežan pogled. Video ju je ovako utučenu, i hladno, nemilosrdno otišao. Pokrila je oči rukama. Težak uzdah joj se otrgao iz grudi. Htede da zajeca, ali se savlada. Suze su joj same navirale na oči. Nešto joj došapnu kroz ovaj bol: „Takva si i ti bila one prve noći. Još gora! On bar ćuti, a ti si njemu najsvirepije reči bacila u lice." Ali, ni ti prekori sopstvene savesti nisu mogli da je umire. Samo jedno je znala: poljubila ga je, a on nije hteo da prihvati njen poljubac. Nije hteo da joj uzvrati nežnost. Bila je uvređena. Uviđala je da je sve izlišno. Apsurdno je sve. Rastaviće se. Zbacila je sa sebe svileni penjoar. Ali, uvređena sujeta žene zažele da se bori. Želela je da osvoji ovog mladića... On joj je postajao drag, simpatičan. Još i više: ona je počela da ga voli. Blizina čini svoje, a mesec dana života u ovoj kući izazvao je preobražaj u njoj. Devojka ni za godinu dana ne može da upozna mladića koliko žena upozna muža za mesec dana. A svaki dan je donosio Ljiljani prijatna saznanja o karakteru, inteligenciji i vaspitanju ovog mladića.

Nije imala mira. Bila je tako nervozna. Bacila se na postelju, zaplakala i neosetno zaspala. Kroz polusan je čula kako neko svira gitaru i pevuši. Sanjala je nešto prijatno... Trgla se i probudila. A onda ju je opet ščepao onaj bol ispod grudi.

Ustala je i obukla se. Htela je da ga čeka, ali sad se predomislila. Izašla je iz kuće. Kazala je Juliji da će malo da prošeta. Osetila je neki prkos u sebi. Zašto da ga čeka? Ne treba da je vodi u šetnju. Ako je ona njega uvredila, uvredio je danas i on nju.

Išla je nepoznatim ulicama, kojima nije nikad prolazila. Kaldrma je bila neravna i teško je hodala. Ali kuće su bile tako lepe i svaka je imala baštu.

Koliko cveća, voća! Krinovi su mirisali kao u njihovoj bašti. Bilo joj je prijatno da hoda kroz ovo mlado prolećno veče. Ulica se produžavala u neki uzan put i izlazila na polje. Videla je groblje: puno krstova i spomenika, belih i crnih. Zastala je. Tako je bilo tužno. Sa groblja do nje dopreše glasovi naricanja i kuknjava. Brzo je pošla natrag. Jedno poznato simpatično lice smešilo joj se dolazeći u susret.

— O, drago moje dete, otkuda vi ovde? — reče gospođa Janković.

— Šetam, pa sam naišla na groblje... A vi, pošli na groblje?

— Danas je subota, pa idem da zapalim sveću mom pokojnom mužu i bratu. Što vas nema da dođete? Ja ne stignem do vas, zauzeta sam oko lutrije i poklona.

— Zahvaljujem, doći ću. Završila sam goblen. Dala sam da se urami. U ponedeljak će biti gotov ram, pa ću doneti. Vrlo je lepa slika.

— Hvala vam, dušo! Biću vrlo srećna. Došetajte svakako do mene. Ja sam sredom uvek kod kuće. To je moj dan za posete.

Oprostiše se i Ljiljana se vrati. Naiđe neka pratnja. Ona se skloni u jednu poprečnu ulicu. Pokraj kola su išle mlade devojke. Sigurno je umrla neka devojka... Iza kola je videla jednu malaksalu sredovečnu ženu. Držala su je dva mladića ispod ruke. Ona je jedva išla, samo što se ne sruši. Sigurno majka. Ljiljani dođe da zaplače. Seti se svoje mame i njene tuge za sestrom. Uvek je plakala kad god je se seti. Misao o smrti poče da klija u njoj. Zamišljala je da je mrtva. Njeni svi oko nje. Plače i Radmilo. Možda bi se sažalio, možda bi kazao: „Bila je dobra, ja sam pogrešio.” Oči su joj bile vlažne...

Suton se spuštao. Radmilo je već morao doći. Trebalo je da požuri. Malo će je pričekati. Da li će biti ljut? Lagano je išla. Zavirivala je u bašte. Mlade devojke su sedele po baštama, ponegde su stajale i na prozoru, a neke i pred kapijom. Gledajući te niske kućice s lepim baštama mislila je kako u njima može biti rđav svet. Svi se poznaju, posećuju. Kako može palanačka devojka i da zgreši? Gde da ode, a da je ne vide? Ko bi joj mogao doći u kuću, a da to ne vidi ceo komšiluk. Ako samo progovori s nekim, svi će znati.

Devojke su istrčavale na kapije da je vide. Čula je kako govore: „To je je žena advokata Tomića!”

Ušla je u drugu ulicu. Svuda samo jednospratne zgrade. Bilo je vrlo lepih kuća. Svi ti sokaci bili su joj nepoznati. Naišla je na ulicu koju je znala. Uskoro će stići kući...

— Dobro veče, gospođo — pozdravi je neka skromno odevena žena.

— Dobro veče — iznenadi se Ljiljana.

— Vi me se ne sećate? Ja sam majka one male Nade što ste joj onomad kupili lušu.

— A, jeste. Sad se sećam. A gde je mala?

— Bolesna je...

— Šta joj je?

— Nazebla je i dobila bronhitis. Leži. Išla sam da kupim šećera i čaja. Ona često govori o vama i uvek kaže: „Ona lepa gospođa.” A to jedno dete imam. Volimo je i ja i muž, pa mi se ne mili život kad je bolesna.

— Mogu li da je vidim?

— Ako hoćete... Ali gde ćete u onu našu sirotinju.

— Vodite vi mene samo. Ali, najpre bih joj nešto kupila. Šta sme da jede?

— Sme biskvite. Slatkiše ona voli.

— Gde je vaša kuća?

— Eno, ona treća vrata. Idem da joj kažem da će doći lepa gospođa.

Sva srećna žena utrča u kuću da pospremi malo po sobi, a Ljiljana ode u bakalnicu. Nakupovala je šećera, veliko pakovanje čaja, biskvita, pomorandži, čokolade. Uviše joj sve to u paket. Radovala se što će maloj učiniti prijatnost.

Mati male Nade dočeka je zbunjena. Bilo je čisto, ali se osećao zadah vlage i siromaštva. U uglu sobe bio je krevet s izbledelim jorganom. Čiste krpare na podu, a pod izriban, a na prozorima uštirkane jeftine zavese i dve muškatle.

— Nadice, pa ti si bolesna? — pomilova je Ljiljana. — Ja mnogo volim decu i nešto sam ti donela.

— 'Oću da vidim! — obradova se devojčica. Njeno mršavo lice sa zažarenim obraščićima i velike lepe oči grozničava sjaja radosno se okretoše onom paketu.

Ljiljanu potrese to mršavo lice, to slabo, nejako telo, na kome se videlo da nema nege i dobre ishrane. Ona poče da razvija paket.

— Evo biskvita...

— 'Oću čokoladu! — dete je bilo željno svega.

Devojčica je držala u jednoj ruci biskvit u drugoj čokoladu i gledala kako lepa gospođa ređa ponude po stolu.

— Hoćeš li pomorandžu?

— 'Oću.

Mati prinese Ljiljani stolicu. Ona je uživala gledajući detinju radost. „Ono je gladno", pomisli Ljiljana u sebi.

— Šta vam radi muž, gospođo?

— On je bravar.

— Ima li svoju radnju.

— Nema. Radi kod jednog bravara. Zimus nije imao posla, pa smo se namučili. S proleća je bolje. Sad se zida bolnica, a i još neke zgrade, pa ima posla. Ali, težak nam je život. Besposlica nas ubija. Taman se malo povratimo, a on ostane bez posla.

— A koliko plaćate kiriju?

— Nije mnogo. Sto dinara... Ali, za nas je dosta.

— Izgleda da je vlažno.

— Jeste, vidite tamo u kuhinji. Bojim se za Nadicu. A veću kiriju ne možemo da plaćamo. Treba hrane, treba drva zimi. O odelu i da ne govorimo.

— Ja ću Nadici da kupim haljinu. Hoćeš li, Nadice?

— ’Oću... I ti imaš lepu haljinu.

— Vidite kako ona zapaža...

— A šta joj dajete da jede?

— Kako kad šta imamo, gospođo. Lekar iz ureda dolazio, pa kaže: treba jača hrana. A nema se...

— Ja bih vam mogla slati za dete.

— O, hvala, gospođo. Vi nas jedva poznajete, pa da nas pomažete. Ljiljana uzdahnu:

— Sutra ću da vam pošaljem za malu Nadu ručak. A kad ozdravi, da je dovedete k meni. Da dođeš, Nadice, pa da se igraš u bašti. A ja ću da umesim kolača. I sutra ću da ti pošaljem.

Ljiljana se oprosti. Žena je isprati obasipajući je rečima zahvalnosti. Komšinice istrčaše. Pitale su što je Ljiljana došla. Žena im je pričala, sva ponosna.

Ljiljana je išla prema kući sva obuzeta nekim naročitim uzbuđenjem. Svoju ličnu patnju bila je malo zaboravila. Pogleda satić na ruci. Bilo je sedam i četvrt. Dok stigne, pola osam. Radmilo čeka. Ako, neka je čeka. Da li će mu biti krivo? Možda se on samo pravi ravnodušan. Želela je da zaviri u njegovo srce.

— Kažem ja tebi, majka, da ima nešto između Tomićeve žene i Ike — govorila je šapatom gospođica Dara majci. — Danas je prvo ona izašla iz kuće pa je onda izašao i Ika. Maločas se Ika vratio, a evo ide i ona. Odozgo su oboje došli. Uh što nisam pošla za njima? Negde su se sastali...

U njenoj mašti zavidljive devojke ljubavna intriga je rasla kao pečurka posle kiše.

Ljiljana se brzo pope uza stepenice. Već iz predsoblja vide Radmila kako šeta po trpezariji. Jedna bora mu se ocrtavala na čelu.

— Dobro veče — pozdravi ona veselo. — Izvini, zakasnila sam. Izašla sam da se šetam pa sam se zadržala.

— Gde si se zadržala?

Ona htede da mu ispriča za malu Nadu, ali pomisli kako on neće verovati u njena milosrdna osećanja. Zašto da mu onda priča? Mislio bi da se pravi dobra. Ona je za njega lažljiva, neiskrena devojka bez srca i još bogzna šta.

— U šetnji sam se zadržala... Išla sam kroz neke sokake i sokačiće i posmatrala kuće i bašte.

— Čudo to da sama izađeš? Rekla si pre da ne voliš sama...

— Bilo je tako lepo vreme, pa mi je prijalo da idem po suncu.

Nije htela da mu prizna kako joj je bilo teško što je otišao onako ravnodušan. Pravila se vrlo veselom, kao da se ničega ne seća. Ukoliko je ona bila veselija, toliko su njegove crne oči bile sve mračnije. Šetao je i ostavljao utisak da je ljut, ali da neće da kaže.

„Ipak mu je krivo. Možda je ljubomoran?”

— A u koliko sati si ti došao?

— U šest, kao što sam i kazao. Sad je pola osam.

— Oh, izvini. Izmamilo me sunce.

Uđe u sobu da se presvuče. Htede zeleni penjoar, ali se predomisli. Obuče plavu bluzicu i plavu suknjicu od štofa. Svu kosu pokupi unazad i podiže s čela. Veza je uzanom pantljičicom. Ličila je na dete vedra čela i velikih očiju.

Posle večere je ona pričala, a on je slušao.

— Danas šetam pa gledam ove jednospratne kuće. Tako mi se sviđaju. Zašto uopšte ljudi hrle u velike gradove? Svet se zbija na malom prostoru i diže u visinu po nekoliko spratova. Mora da je užasno živeti, na primer, u Njujorku na dvadesetom spratu. Ni na nebu ni na zemlji. To je grozno. A koliko lepote, širine, cveća u ovim baštama.

— Vidim da si razmišljala i o socijalnim problemima. Tebe i to interesuje! O čemu si još razmišljala?

— O smrti...

— O smrti! Zašto?

— Pa, videla sam jednu pratnju... Izgleda umrla neka mlada devojka. Ali, ja se ne bojim smrti. A ti?

— Ja o smrti ne mislim. Mene interesuje život i borba.

— Ti si zaista vrlo borben. Umeš i sa sobom da se boriš.

— Čovek se bori kad želi nešto da postigne, da osvoji...

— A kad ne želi, postaje ravnodušan.

— Da, ravnodušan.

On se zagleda u njene lepe detinjaste oči. Osetila je šta je hteo da kaže. Ali nije htela da klone duhom.

— Imaš lepu ruku, dugačke, fine prste — uhvatila ga je za mali prst, pa je redom privlačila jedan prst za drugim. On je okrenuo glavu; nije je gledao. Kao da je odlučio da bude neosetljiv na svaki njen dodir. A ona je želela da ga uzbudi. Bila je i sama vrlo uzbuđena. Kako joj je ovaj čovek bio sada blizak! On lagano izvuče ruku. Osetila je njegov gest, ali se čuvala da pokaže svoju tugu. Naslonila se na ruku i gledala ga. Htela je da vidi ima li ona ženske moći. Zar ona nije dovoljno lepa da opčini jednog muškarca i pored svih svojih grešaka? Zar taj mladić ne može da joj oprosti, da se zanese njome? Zar ona ovako da bude kažnjena? A ona je ženstvena, nežna i osećajna. Ona bi zaboravila sve i volela ga novom ljubavlju. Ali on to, izgleda, neće. Je li moguće da je takav? Možda prikriva osećanja?

Zvuci gitare dopreše do njih iz susedne bašte. Svirao je Ika i pevušio. Ona je slušala. Kako je veselo u toj kući. Samo se smeju i sviraju. A oni, mladenci, kako provode vreme... Radmilo joj je bio drag i ovako sumoran i ozbiljan. Nisu je zanimale nikakve ozbiljne teme. Večeras je bila tako koketna i umiljata.

— Imaš prirodne talase na kosi? — upita ona.

— Mislim da su prirodni...

— Jesi li kad nosio razdeljak?

— Nisam.

— I ja volim kosu bez razdeljka...

On se diže sa stolice, kao da je hteo da se odmakne od nje. „Gde li je bila do pola osam? Zašto se toliko zadržala? Da nije imala sastanak s onim mladićem?”

Zastao je ispred nje i pogledao je pravo u oči. Ona ustade. Stajala je ispred njega i smešila mu se... Osećala je kako je svu obuzima neka slatka malaksalost. On spusti najednom svoje vrele ruke na njena fina obla ramena. Gledao ju je tamnim očima. Njegove ruke stegoše joj ramena. Ona zatvori oči...

„Htela si da skočiš s onog prozora”, posekoše ga reči njenog ljubavnika. Radmilo je pusti i odmače se od nje. Uđe u sobu. Izađe ponovo, uze šešir...

— Ljiljana, moram da idem. Imam neka posla! — nije čekao njen odgovor, nije je ni pogledao. Otvorio je vrata i izašao brzim koracima.

Ona je još stajala na istom mestu, ukočena, ne shvatajući šta se sve odigrava u njemu.

Ljubavna ispovest nepoznate devojke

Prošla je nedelja dana od te večeri, kada je Radmilo ostavio Ljiljanu onako zapanjenu i otišao od kuće. Plakala je dugo te noći i najzad zaspala. Posle je hladno o svemu razmišljala. Trudila se da bude fina i pažljiva žena, ali nije više pokušavala da dođe do srdačnijeg odnosa među njima. Po prirodi ponosita, nije htela da pokaže kako je nesrećna. A tih dana je strašno patila.

Po ceo dan je bila u mislima s njim; analizirala ga je kao kakav naučnik. Objašnjavala je na razne načine njegovo čudnovato držanje i ravnodušni odnos prema njoj. Najpre je mislila da je probijanje kroz život moralo ostaviti tragove grubosti i surovosti u njegovoj prirodi. Sam bez porodice, nije imao prilike da postane nežniji. S vremenom je shvatila da nije to razlog njegove hladnoće. U njegovom ophođenju prema njoj osećala se katkad dirljiva nežnost. Shvatila je da je njegov život bio vrlo naporan. Svojim trudom on je došao do položaja i zauzeo lepo mesto u društvu, što mnogi stiču protekcijom. Njegova osetljivost je velika, ali prikrivena. A ona, Ljiljana, prve večeri ga je povredila. Njene reči su bile sušta svirepost: „Ti nisi niko i ništa!" Oh, kako bi ona sada rado iskupila te reči svojom nežnošću, maženjem, milovanjem, ljubavlju. Šta bi dala da on može zauvek zaboraviti te reči!

Ali on neće da ih zaboravi. Zašto? To je mučilo Ljiljanu. Možda taktično čeka da istekne dogovoreno vreme, pa da se rastanu; možda je ona nesvesno probudila u njemu ljubav prema nekoj drugoj devojci, koja mu je bliža i poznatija...

Takva razmišljanja izazvala su u njenoj duši patnju, pa čak i ljubomoru. Zavirivala je u svaki kutić njegove sobe ne bi li našla ma šta što bi joj razjasnilo njegovo držanje. Sve joj je bilo drago u toj sobi. Bila je vrlo uredna, svaka stvarčica na svom mestu.

Nije hteo da premešta ono što bi ona namestila; sve je bilo tamo gde ga je ona stavila. Otvarala je fiočice njegovog pisaćeg stola, zavirivala u svaku. Sve su bile uredne, nigde ništa ispreturano. Samo je jedna fioka uvek bila zaključana. Povuče je jedno jutro, ali ne mogade da je otvori. To je zainteresova. Poželela je da vidi šta je unutra. Žensko ljubopitstvo ume da smisli lukavstvo da dokuči tajnu: ako bi izvukla gornju fioku, videla bi sadržaj donje! Tako je i učinila. Izvuče gornju fioku i spazi u donjoj, zaključanoj, jednu kutiju. Uze je brzo... Otvori.

„Pisma!", iznenadi se. „Ženski rukopis." Tabaci hartije bili su složeni jedan na drugi. Čitava sveščica! „Ovo njemu piše neka devojka!" Uze tabačiće. Ispade jedna sličica. Čudnovata fotografija: samo odsečena usta s neke slike, s jednim malim mladežom više gornje usne. „Tatjana nema mladež", pomisli Ljiljana. „Nema ni gospođica Dara. Ovo je neka sasvim druga ličnost..."

Ostavila je brzo kutiju, onako kako je stajala. Uzela je pisma, zatvorila fioku i otišla da čita u spavaćoj sobi. Bilo je tek četiri posle podne. On neće još doći. Zaključala je vrata predsoblja, da je ne bi iznenadio, i počela da čita:

Večeras je praznik u mojoj duši. Pišem vama. Rešila sam da zavirim u svoja osećanja, da se ispovedim samoj sebi. Da li ću vam ovo poslati? Ne znam. Ne smem o tome da mislim. Ali tako je lepo razgovarati i sa samim sobom o vama... A ja sam po ceo dan u mislima s vama. Pričam vam, saopštavam vam svaku i najmanju radost, svoje planove o budućnosti i sve sitnice koje sačinjavaju život jedne devojke. Čini mi se da me slušate. Vidim vaše velike tamne oči, sjajne i inteligentne. Vidim u njima čitav svet, ceo jedan život rada, borbe, uspeha. Vi ste uvek izazivali divljenje u meni. Divila sam vam se još kao gimnazijalka, kad sam prolazila pored vaše kancelarije. S kakvim sam samo ushićenjem očekivala taj trenutak — da prođem ono nekoliko koraka ispred vašeg prozora! Vi me niste ni zapažali, niste znali kako ludo kuca jedno malo srce za vama, kako vas obožava i koliko vam se divi.

Bili ste za mene ideal, daleko iznad svih drugih mladića. Divila sam se vašoj borbenosti, radu i uspehu. Siromašna kao i vi, ja sam sebi često govorila: I ti moraš uspeti u životu kao on! I kad bi moja mama počela da jadikuje, da se žali na svoju skromnu penzijicu, da plače kako ne možemo da sastavimo kraj s krajem — ja sam je tešila, bacala se na knjigu i zaricala: I ja ću uspeti kao Radmilo. Vi i ne slutite koliko je vaša ličnost meni davala volje za rad. Šta se krilo iza tih mojih misli — ne smem da ispovedim ni sebi. Ali ja sam želela da maturiram i da postanem studentkinja. Koliko sam bila radosna kad sam se vratila posle prvih ispita na pravima. S vama se još nisam poznavala. A to je bio moj san, da se upoznam s vama. Bože, da li će se taj moj san ikad ispuniti.

Vrlo sam uzbuđena... Mama je legla. Peć još pucketa u sobi. Ja pišem... htela bih zauvek da sačuvam sećanje na ovo popodne i veče. Danas sam se upoznala s vama. Vi ste možda u ovom času mirno zaspali, ili sedite u svojoj sobi i čitate. A ja ne mogu ni da spavam, ni da čitam, ni da mislim ni na šta drugo što nije u vezi s vama. Kako smo lude mi devojke! Same sebi stvaramo bol. Ispletemo čitav život od jedne tople reči, toplog pogleda, toplog stiska ruke.

Koliko sam iščekivala današnji dan. Moja drugarica Desa pozvala me je na žur: „Doći će i Radmilo Tomić! On je drug moga brata", rekla je. Ah, samo te dve reči bacile su me u zanos! Upoznaću se s njim, razgovarati, slušati ga, gledati. Želela sam da čujem vaš glas, da razgovaram s vama; bila sam srećna da se pokažem inteligentnom. Razmišljala sam o čemu ću sve govoriti. Ta ja sam pravnik, meni je lako naći temu s jednim advokatom. Reći ću kako i ja želim da budem advokat! A želela sam u tom času da budem i lepa, da vas moja lepota očara više nego inteligencija. Šta ćete, mi devojke uvek verujemo da lepota i bogatstvo očaravaju. Ali, ne znam zašto, ja sam bila uverena da vas bogatstvo ne oduševljava... Onaj ko nam je drag uvek nam izgleda bolji od drugih mladića... Pevala sam ceo taj dan. Bila sam već malaksala od iščekivanja žura i poznanstva s vama... I sad kao da čujem vaše reči dok me je Desa predstavljala: „Da, gospođicu poznajem. Uvek je vrlo ozbiljna. Nikog ne gleda kad ide, uvek gleda preda se...”

Da ste mi ma šta drugo kazali, ne bi me tako oduševilo. Znala sam da niste lakomislen mladić. Zaželela sam da vam pokažem duhovnu stranu svoga života. Ali, avaj! Tako sam se zbunila, ušeprtljala. Bila sam kao šiparica koja se prvi put našla u društvu mladića. Sve što sam zamišljala da govorim, odletelo je. Samo ste ostali vi. Vaše velike divne oči i tajanstveni svet iz vaših crnih zenica... „Glupačo”, grdila sam sebe, „zar ćeš ćutati? Zar hoćeš da on pomisli da si glupa!” Obrazi su mi goreli, a vi ste me slušali i posmatrali. Bože, šta bih dala da sam u tom trenutku znala šta mislite o meni. I onda, na sve moje fraze, došle su vaše reči koje su me još više zbunile: „Tako vam lepo stoji taj mladež iznad usana!”

Toliko sam se zbunila da nisam umela da završim započetu rečenicu. Ali, priznajem sebi, ushitile su me te reči. „On me čak gleda kao ženu! On nalazi na meni nešto lepo.” Bila sam sva malaksala i klonula, kao biljka na toplom suncu.

„Jeste li položili ispite?”, zapitali ste me. To me je osvestilo da prikupim misli kojima sam htela da vas zadivim. Dok sam govorila, srce mi je treperilo. Činilo mi se da sanjam. Mi, devojke, zaista više sanjamo, nego što shvatamo istine života.

Igrali ste sa mnom i smešili se na moj mladež... Pusta sujeta! Zaželim da sam najlepša devojka i da sve vaše misli pripadaju samo meni... Zar nisu sve žene iste?

Vetar fijuče i trese male prozore naše kućice. Čak se podiže i zavesa. Peć pucketa. A meni je tako toplo. Toplota je u mom srcu. Sanjam... Oh, kakvi divni snovi! Učiću, polagaću ispite, postaću činovnica. Zažalila sam što već sada nisam svoj čovek. Ne znam, ne smem da kažem...

Da li ću vam ikada poslati ovo pismo? Neću! Kad bi ono dospelo u vaše ruke, čini mi se, moj san bi se raspršio... A ovako snivam... Moj rođak mi je obećao da će gledati da dobijem mesto u sudu. Bože, ako to bude! Onda ću vas viđati često...

Htela bih nešto da napišem, ali ne smem. Bojim se sama sebe. Čini mi se da bi ta reč morala doleteti do vas... Ali moram, reći ću je: Volim vas! Volim! Volim!

Ja sam najzad činovnica! Kolika radost i za mene i za moju mamu! I to činovnica u sudu. Sad ću vas viđati. Imam i platu. Kako je samo mama srećna! Skinula sam joj s vrata jedan deo njenih svakodnevnih briga. Kao da smo sada bogate. Mi, siromašne devojke, malim smo zadovoljne. Trpimo oskudicu, ali nosimo u srcu bogatstvo osećanja. Niko ne ume da voli kao mi, male činovnice. I ja volim. Kako je sve ništavno prema toj jednoj jedinoj reči: volim. Ona mi je radost života, izobilje, uspeh, bogatstvo...

Ja volim, ali jedna svirepa misao mi se prikrada: A da li on tebe voli? Ne znam, ne smem da mislim na to, da ne pokvarim ceo san... Sećam se svakog susreta s vama, vaših reči, pogleda: „O, gospođice, vi ste činovnik. Divno! Nadam se da ćete biti vredni. Vi ste inteligentna devojka...” A drugi puta kad ste me sreli: „Kako ste elegantni danas!”, polaskali ste mi. I ne slutite koliko sam bila srećna. Jednom ste mi opet kazali: „Što vi danas lepo izgledate, gospođice. Sveži ste kao proleće!”

Jurila sam posle ulicom kao u bunilu. Jedna reč, jedan kompliment bacio me u zanos! Takve smo mi devojke. Više verujemo, više se nadamo nego što bismo smele. Ali to ste govorili vi, ozbiljan mladić, a ne neki od onih što svakoj devojci govori isto. Kako su bile dragocene te vaše reči za mene. Prikupljala sam ih kao malu nisku sitnog, pravog bisera... Ali moja niska je još tako mala, ne bih je mogla staviti oko vrata, kao što ne bih smela obaviti ni vaše ruke oko moga vrata. Ali, šta to mari? Ja volim! Volim svakog trenutka. Šapućem vam nežne reči. U mojoj mašti vi ste tako blizu mene... Ja se katkad usuđujem da vam govorim „ti". Tako je slatko šaputati vam kad idem ulicom, kad šetam kroz baštu, kad otvorim oči ujutru...

Mama je otišla u selo, ja vezem jastuče. Vezem perunike. Hoću da ih izvezem dok mama ne dođe.

Ljiljana se trže: „Perunike! Da to nije ono jastuče u njegovoj sobi?", nastavi brzo čitanje. Bila je vrlo uzrujana.

Rešila sam da vam pošaljem ovo jastuče. Ali odavde ne mogu, a nemam ni po kome, niti smem. Poslaću ga poštom iz Beograda. S kakvim ushićenjem ga samo vezem. Devojke uvek utkaju i svoje ljubavi u ručni rad. Koliko je u tim ručnim radovima nada, patnja, ljubavi i suza! Ja kod svakog boda mislim na vas. Zaboravim na kancelariju, tabake, ispite i samo vidim vas. I još nešto sam rešila: da izvezem i svoje ime. Svaki listić nosiće po jedno slovo moga imena. To neće moći niko da pročita, samo vi.

Ljiljana spusti pismo na krilo. „Zato on čuva ono jastuče!" Htela je da pođe, da pročita ime, ali odustade. Najpre da vidi šta će biti do kraja... Nekakva gorčina joj se skupila u grlu, a usta su joj bila sasvim suva. Čitala je dalje:

Ponekad bih vam doviknula: Radmilo, volim vas! Oh, zar vi ne čujete moje reči? Zar ne vidite ljubav u mojim očima? Potrudite se da to vidite. Kako bih volela! Bojim se da odam svoja osećanja. Bojim se onoga što me baca u očajanje: da vi možda mene ne volite! Ali nešto mi govori da ne treba da očajavam. Vi ste uvek tako pažljivi prema meni. Uvek, kad god me sretnete, zastanete. Meni je dovoljno kad mi uhvatite ruku i držite je u svojoj. Juče ste tako pričali i nekoliko trenutaka ste mi držali ruku. Uplašila sam se da ćete kroz ruku osetiti koliko silno udara moje srce... Volim vas, Radmilo, dragi, najmiliji! Čini mi se da bi ceo svet bio moj kad biste mi vi darovali samo jedan delić svoga srca...

Ljiljana zastade: „Drži joj ruku! On je pre desetak dana držao nekoj devojci ruku i razgovarao s njom... Da to nije ova devojka...” Nervozno je uzela opet dnevnik i grozničavo preletala redove:

Kaže se da kroz bol čovek sebe bolje upozna... Da li sam i ja morala da upoznam patnju da bih shvatila šta ste vi značili za mene. Sada, kad sam vas izgubila, hoću da vam otvorim celo srce...

Danas sam čula ono strašno. Kakva ironija! Strašno za mene, a divno za vas! Vi ste se verili s nekom lepom Beograđankom. Prva mi je to saopštila moja drugarica Desa, kao novost koja treba da me iznenadi, čak i obraduje. Vi se ženite, zar to nije lepo? Trebalo je da se nasmejem, a ja sam mogla samo da vrisnem i da se srušim onesvešćena... Ne znam kako sam došla do kuće. Izgubila sam pojam o prostoru i vremenu. Znam da sam lupila glavom o jedan otvoren prozor. A šta je taj udarac prema udarcu u srce? Sećam se, jedna moja rođaka dobila je vest da joj je muž naprasno umro na putu... Čula je tu vest nasred ulice. Ja sam se unosila u njen bol, pitajući se kako mora biti strašno kad se iznenada dobije tako strašna vest. Juče je i meni bilo kao njoj... To su trenuci kad čovek besvesno podiže ruku na sebe, u očajanju, da bi prekratio užasan bol koji ga ubija. Ali ja neću podići ruku na sebe. Moram da patim, moram da se prekalim za večnu tugu moga života. Šta bi moja mati radila bez mene? Ceo svoj život prinela je na žrtvu meni: da me odgaji i školuje, da postanem samostalna. Bile su to i duševne i fizičke patnje. Sad tek sve razumem. Koliko je puta ostala gladna zbog mene, da ja ne bih osetila oskudicu. Ona spava u ovom času srećna, a u meni je kovitlac osećanja koja me rastržu. Vi biste imali pravo da mi se nasmejete i da kažete: „Mala, luda devojko, što ste maštali o tako nemogućim stvarima?" Ali za mene je vaša ljubav značila obećanu zemlju. Htela sam da me volite kao ja vas. Želela sam vas, savršenog čoveka koji se i sam mučio da postigne nešto u životu. Zar vi niste imali prava da tražite nešto bolje? Ona je možda lepa, bogata, iz dobre porodice. Vi na sve to imate prava. A kakva prava tražim ja, sirota devojka, koja još ni diplome nema. Mala činovnica!

Da li u meni govori razum ili srce? Jedno znam: kajem se. O, što nisam kao mnoge devojke! Što nisam flertovala i primala udvaranja? Kako su srećne te devojke. Za njih nema ideala. A moja osećanja su bila kao bašta puna najmirisnijih i najlepših cvetova. Glupača, zamišljala sam da ćete vi jednoga dana pronaći tu baštu. Danas zalivam cveće suzama. Čini mi se da ću uvek plakati za vama...

Poslaću vam, možda, jednoga dana ovo pismo. Možda bi neko rekao: Ti si luda, zašto sad da mu ga šalješ kad je veren? A ja hoću sebi da se osvetim: što se nisam krila od same sebe, što nisam krila sve od vas. Nikada vas neću zaboraviti. Nikada!

Pala sam na ispitu. Ovo je prvi put da padnem. Šta će reći moja sirota mama? Ali ja sam sasvim ravnodušna. Šta za mene znači sada jedan semestar više ili manje! Godine da izgubim, ne bih više marila. Da kažem istinu: mene u Beogradu nije zanimao ispit, već nešto drugo. Pala sam, ali sam videla nju — vašu Ljiljanu...

Ljiljana spusti pismo. „Ta devojka mene videla! Kad? Možda i ja nju znam?" Pogleda opet sliku s mladežom. Seti se da ne zna nijednu devojku koja ima ovakav mladež na gornjoj usni... Gde me je mogla videti? Čitala je dalje.

Znala sam njeno ime i prezime i raspitivala se o njoj kod studentkinja koje su maturirale u Beogradu. Jedna mi pokaza njenu kuću. Rekla sam da treba da se vidim s njom. Svakog dana sam predveče šetala pored te kuće. Čekala sam je. Znala sam da ću je poznati po opisu koji sam dobila o njoj. I, jednog predvečerja, ona najzad izađe iz kapije višespratne zgrade. O, kako je bila lepa! Imala je sivi kaput s lepim sivim krznom i sivi šeširić. Išla sam za njom kao opčinjena. Srce mi je krvarilo. Došlo mi je da joj pritrčim, da je zamolim i preklinjem: Ostavite ga, ako ga ne volite! Recite mi da li ga volite kao ja? Ako ga ne volite, nemojte se udavati za njega. On je divan, on zaslužuje sreću, a vi ćete učiniti greh ako se bez ljubavi udate za njega! Ali, nisam smela da joj priđem.

Posmatrala sam muškarce koji su joj išli u susret. Svi su je gledali. Shvatila sam koliko je lepa i koliko je vi morate voleti. A ona je išla gordo, ne gledajući nikoga, verovatno navikla da je svi gledaju. Pitala sam se da li ona vas toliko voli da za nju ne postoji više nijedan muškarac.

Ušla je u tramvaj, a ja sam sela malo ukoso, sproću nje. Svi su je gledali, a ona je gledala kroz prozor, ne obraćajući pažnju ni na koga. Bila je tužna. Zašto je tužna, pitala sam se. On je voli! Zar to nije najveća sreća? Ja bih se smešila na ceo svet...

Ljiljana se seti da su to bili dani njene duševne borbe, dani kad je raskinula s Momčilom i primila prsten od Radmila.

Seti se i prve noći u ovoj kući, oseti bol i kajanje. Koliko bi ova devojka bila srećna da zna kakav je njen život... Da li će to i doznati?

Zašto Radmilo čuva ovaj dnevnik? Da nije one večeri gledao njenu fotografiju? Ona je u sudu. Oni se viđaju svakog dana... Bol joj steže srce. Dođe joj da iscepa sva ova pisma, ali zažele da vidi šta će biti na kraju.

Ona izađe iz tramvaja. Jedna devojka je viknula: „Ljiljana!" Pođoše zajedno. Ja sam i dalje išla za njom. Rešavala sam se neprestano da joj priđem. Ali, ona uđe u jednu kuću. Ja produžih put. Toga časa sve je bilo svršeno... Videla sam devojku koja će biti vaša žena i sve sam shvatila. Ona je bila lepša od mene i bila je jača. Ona je bogatija i otmenija, zasenila me je. Koliko sam glupo uobražavala, dajući prevelik značaj vašim rečima i komplimentima! Ali, to se neće nikad ugasiti u meni. Zaklinjem vam se, Radmilo, nikad se neće ugasiti moja ljubav! Kad idem na tatin grob uvek sretnem jednu staru gospođu. Sedi kraj groba svoga sina. Kažu da je prošlo dvadeset godina, a ona i dalje dolazi. Ne plače više, sedi, kadi grob tamjanom — to ublažuje večnu tugu za umrlim sinom.

I vaša ljubav za mene je umrla, ali vi ćete, živi, biti moja večna tuga. Uvek ću vas voleti. Ništa više nikad neću tražiti od vas, samo da gledam vaše oči. I tu vam jednu želju upućujem, jednu jedinu. Nemojte okretati glavu od mene! Nemojte kriti pogled da mi se ne biste javili pred ženom, nemojte se praviti da me ne vidite.

Za mene će odsad biti radost samo to da vas čujem na sudu. Kako su to svirepe radosti. Gledaću vas i znati da pripadate ženi koju volite. Kad god budete govorili u sudu, u tom času, znajte, jedno malo srce kucaće samo za vas. Uvek ću vas voleti. To je osveta samoj sebi. Hoću da vas volim i da patim, sladak će mi biti taj bol. Ništa ne tražim od vas i ništa neću tražiti od života. Živeću da bih vas volela... Oprostite mi, ja već buncam. Ali zar je ljubav normalno duševno stanje? Zar se u ljubavi ne bunca? Ne umem više da mislim... Druga žena ima sva prava, druga će vas voleti. O, ja ću je mrzeti! Ne, ne! Neću je mrzeti!

Ona je tako lepa, ona vas voli, sigurno vas voli. Volite i vi nju. Znam da ćete je voleti. Treba pripadati čoveku koga volimo… A ja vas volim bezumno. Ubila bih se… Zašto da živim? Ne, živeću… Jer i vi živite… Zbogom! Oprostite mi! Nemojte me mrzeti zbog ove ispovesti. Oprostite jednom malom srcu, koje vas ludo voli, koje će vas uvek voleti.

Nije bilo nikakvog potpisa.

Ljiljana je nepomično sedela. Znala je sada sigurno jedno: ova devojka ga voli, ona je u njegovoj blizini, viđaju se svakoga dana… A on nije srećan i misli na razvod braka. Znači, on će se njom oženiti. Čak čuva i njeno jastuče… Požurila je u sobu, uzela jastuče i počela grozničavo da traži slova. Evo, jedno nađe: *R…* zatim… *A… M… G… T… I…* — pa još jedno *A…* Sastavljala je slova. Otkri reč — *MARGITA.*

Sedeći na sofi, Ljiljana nije umela više da misli. Bila je obeshrabrena kao pred nekim događajem koji je jači od nje; oseća, slomiće je. Brak se uvek nalazi u opasnosti. Ona sad voli svog muža, ali oseća suparnicu. Ova devojka je jaka. Tatjana je još dete. Ona Dara preko puta je neškolovana devojka, ali ova Margita! Inteligentna, osećajna, temperamentna. Iz pisma se vidi da među njima nije bilo ništa. Radmilo joj nije davao nade. Ali to je baš privlačno za njega. Ta njena čistota, osećajnost, iskrenost, inteligencija, skromnost…

Savladana očajnim mislima, legla je na njegovu sofu. Došlo joj je da plače. I suviše je imala samopouzdanja u sebe. Budući da je inteligentna devojka, a uz to još i lepa, mislila je da postepeno može pridobiti svog muža. Mislila je da u ovoj palanci nema devojaka koje bi njega očarale, koje bi bile jače od nje. Sad je tek shvatila šta znači živeti u palanci i koliko je osećajnosti i finoće kod palanačkih devojaka. One umeju nežno i strasno da vole. Eto, ova mala palančanka Margita sačuvala je svoja osećanja za jednog čoveka.

Skočila je sa sofe. Ona ne da Radmila! Ova devojka ga neće dobiti. Zašto mu je pisala? Da li se ona još nada?

Šetala je po sobi kao u groznici. Pogleda na sat. Skoro će i Radmilo doći. Ona ga ne da... Ali, on svakog dana viđa tu devojku... Prišla je žurno šifonjeru i uzela svoj ružičasti penjoar s plavim cvetićima. Počela je da se oblači. Puderisala se, rumenela, vezala pantljikom kosu. Gledala se u ogledalo. Zar on može da bude ravnodušan prema njoj? A možda se on sastaje s tom devojkom. Sva je planula. Kako on uopšte živi? On je muškarac. A ova devojka žali što nije bila njegova! Ona je spremna da mu se baci u naručje ako on samo zaželi. Možda je to i učinila. Hodala je rasejano po sobi. Pokušala je da čita, ali nije mogla. Smetao joj je radio. Bila je vrlo nervozna. Tako su prolazili minuti, sati...

Radmilo najzad uđe u predsoblje:

— Zadržao sam se malo duže, Ljiljana. Imao sam razgovor s nekim klijentima, a posle je svratio Voja. Zovu nas da idemo sutra autom do Verinog oca sveštenika u selo. Do sela ima autom dva sata. Uveče bismo se vratili. Vrlo je lep put i okolica. Hoćeš li da idemo?

— Vrlo rado! — odgovorila je rasejano.

— Poći ćemo u šest. Sutra je inače nedelja.

Ona je sedela na divanu, nepomična kao neka lepa lutka, koju su obukli i tu stavili. Oči su joj bile vlažne i tužne. On se zagleda u nju:

— Šta je tebi, Ljiljana, da nisi bolesna?

— Ne, nisam! — prenu se ona.

Samo je mislio na to da nije bolesna, a nije ga se ticalo njeno duševno stanje. Koliko puta je video njene rastužene oči pa bi uvek ostao ravnodušan. Neka, i ona će biti ravnodušna prema njemu. Pravi se kao da je ne vidi, kao da razgovara s nekom običnom poznanicom, ili sa ženom posle više godina braka... Zažalila je što se lepo obukla. Pokajala se što ga nije opet dočekala u svojoj zelenoj haljini.

— Hoćeš li da malo izađemo posle večere?

— Zašto da izlazimo, lepo je i u bašti.

— Pa, i bolje je, jer sutra moramo da poranimo. Navij ti tvoj satić. Ili, ako nećeš da te probudi naglo, daj ga meni.

— Neka, ja ću ga naviti... Idem da posedim malo u bašti. Tako je prijatno. Sva bašta miriše na krin.

Nije smela da ga pozove. Otišla je sama i sela. On je ostao u svojoj sobi. Borila se sa suzama. Svakog trenutka je osećala kako je on sve hladniji prema njoj. Malo posle vide kako i on silazi niza stepenice. Sede na klupu pokraj nje.

— Ovde je zbilja lepo! — reče.

— Ja sam u Beogradu bila željna bašte. Vidi kako se bele krinovi.

Mesečine nije bilo i oni su sedeli u senci drveća. Svetlila se samo njena haljina. On je bio u tamnom odelu. Ljiljanu je rastuživalo ovakvo sedenje udvoje. Kako može ovako hladno da sedi pokraj nje? Sva je treperila. Kako bi mu se samo bacila u zagrljaj! Ljubila bi ga do besvesti. Ćutala je. Čekala je da on prvi nešto kaže. Šta ima on s njom da priča? Zadrhtala je i zaželela da ga zapita: „Ima li ovde u sudu činovnica?", ali se setila da bi takvo iznenadno pitanje moglo probuditi sumnju kod njega.

— Što je danas bio jedan smešan pretres! — nasmeja se Radmilo. — Tri žene umalo da istuku jednog muškarca.

— Zašto?

— Varao ih je sve tri... Zakonitu ženu i dve prijateljice. Ženu je napustio i prešao u stan prijateljici. A žena tužila njegovu prijateljicu da joj je otela muža i traži odštetu od nje. Ali, u toku suđenja, pojavila se i treća žena, koja je napala drugu da hoće od nje da preotme tog istog muškarca, a on je njoj obećao ženidbu... Sad njih tri bezmalo za kose da se počupaju. Sudija ih je jedva umirio i sprečio da se ne potuku. Na kraju su se sve tri sporazumele, jer su shvatile da ih je sve tri varao, pa su se bacile na njega. Jedva su ih žandarmi sprečili da ga ne istuku.

— Pa, šta je bilo posle?

— Sad će zakonita žena tražiti razvod braka, a one dve su joj se stavile na raspolaganje i izjavile da će svedočiti protiv njega.

— Zar on nije odmah kažnjen?

— Kažnjen je zatvorom. Sudija je uticao na njegovu ženu da se izmire. Ona još razmišlja. Koleba se.

— Kako su sve te tri žene ispale glupe, da ih vara jedan isti čovek!

— Kad su lakomislene.

— Vi uvek okrivljujete žene za sve.

— Ne uvek. Ali žena treba da čuva muža...

— Dobro, recite mi kako to žena treba da čuva muža?

— Gospodine Tomiću! — začu se glas sudije Nikolića preko plota. — Čujem da razgovarate s gospođom. Izvolite k nama, da posedimo i da porazgovaramo...

— Hvala, doći ćemo! — prihvati Radmilo. — Hoćeš li Ljiljana?

Njene oči se još više rastužiše, ali u mraku on to nije mogao da vidi. „Jedva je dočekao da ne bude sa mnom nasamo.”

— Hoću! — odgovori ona preko volje. Pogleda oko sebe. Bilo je divno u bašti ovako udvoje na klupi. Zar on ne oseća poeziju ove večeri...

— Idem da uzmeme duvan — reče Radmilo.

— Ja nisam obučena za posetu. Ovo je penjoar. Ima li smisla?

— Zašto da ne? Mi smo komšije... Ta haljina ti izvanredno stoji.

Ona se tužno osmehnu. Izgovorio je taj kompliment hladno, nekako uzgred. A ona je želela da joj tiho šapuće, da je privuče sebi, da mu nasloni glavu na grudi, a on da joj mrsi kosu...

Sumnja se polako prikrada

Poručnik Milan je sedeo u svojoj sobi i učio. Spremao je ispit. Kad je čuo oca kako zove Tomića ovamo, naglo prekide učenje. „Da li će doći?" Bilo mu je i prijatno i neprijatno. Znači, ovo veče mu propada, a baš je odredio lekciju koju mora da pređe. Sad je svršeno...

— O, kako ste lepi, gospođo Tomić! — začu sada i majku. — Što vam ta haljina divno stoji! Videla sam vas još jednom u njoj, pa sam gledala preko ograde i divila se.

Milan se prisećao koja li je to haljina. Sigurno ona ružičasta s plavim. I on ju je tada gledao krišom preko ograde. Osluškivao je njen glas, ali javi se opet otac:

— Šta misliš, Radmilo, hoće li biti rata?

— Ko zna? Živimo u vremenu svakojakih iznenađenja. Međunarodna situacija je vrlo naoblačena... Doduše, u strahu su velike oči... Izgleda da države koje se najviše plaše imaju najviše izgleda za rat. A nas mogu spasti samo njihovi međunarodni obračuni.

— Jaoj, kakav crni rat! — uzviknu sudijina žena. — Zar smo malo žrtava podneli? Za naše generacije je dosta rata. Ne damo da naša deca ginu. Zar moj Milan da ide u rat, pa Ika, pa vi, gosn Radmilo?

— Zaista, danas tehnika služi više za zlo nego za dobro ljudi — reče Ljiljana. — Kao da je cilj civilizacije ubijanje. Što je neka zemlja civilizovanija, ima sve više sredstava za ubijanje...

Poručnik se nasmeši u sebi: „Vidi ti kako ova lepa plavuša pametno misli!" Seti se kako su danas u kasarni razgovarali o njoj. Došao jedan pešadijski poručnik iz Beograda. Poznaje Ljiljanu. Stanovao je u susednoj ulici i često ju je viđao. „Vrlo ozbiljna devojka... Uvek je izlazila s jednim istim mladićem.”

Milan ponovo pokuša da čita, ali ubrzo zaključi da se uzalud trudi. Mislio je o tome zašto je muškarcima uvek slađa tuđa žena. Mladići često i ne zapaze neku lepu devojku, ali kad se uda ona postaje vrlo primamljiva i neodoljiva... On je cenio advokata Tomića. Slušao je često i svog oca kako ga hvali. Verovao je da se taj nije mogao glupo oženiti.

— A ovo su naše garsonjere! — dopre do Milana Ikin glas.

„Slušaj, šta ovaj priča!”, pomisli Milan. „Kao da dovodimo ljubavnice.”

— Ika pravi užasan darmar u svojoj sobi — glasno se nasmejala sudijina žena. — A kod Milana je, da samo vidite, sve uredno. On je sam sebi kupio i nameštaj. Sve kod njega mora da bude na svome mestu. Vojna akademija ih zaista nauči redu...

Milan se smešio, sam iza spuštene zavese. Uvek je mama njega hvalila, ali i on je uvek pažljiv prema mami.

— Kad biste sad ušli u moju sobu, gospođo, videli biste kako je sve u redu! — branio se Ika.

— Jeste, danas je u redu zato što je Vida sve istresla. A sutra da vidim kako će biti... Verujte, gospođo, volela bih da je Ika žensko. Kako je lepo imati ćerku kao što ste vi.

— Pričekaj još malo, Anka. Kad se oni ožene imaćeš dve ćerke — tešio je sudija Nikolić svoju ženu.

— Od današnjih snaha ne možemo očekivati mnogo nežnosti — reče ona. — To se na vas ne odnosi, gospođo — izvinjavala se Ljiljani.

— Vi biste bili divna snaha. Kako vas samo gospođa Stana hvali! Pre neki dan srele smo se na ulici. Ona ne može da se nahvali kako je gospodin Radmilo srećan s vama. A ja to i sama vidim... Volela bih da se Milan oženi, ali on ima svoje ambicije. Hoće na viši kurs, pa misli i

na generalštab... Kažem, nemoj samo da mi ostaneš mator momak...
Kad se čovek zanese knjigom i karijerom, zaboravi na ženidbu. A ti
generalštabni oficiri uvek se žene kao matori momci. Posle uzimaju
mlade devojke... Dosta mi je da mi sin završi viši kurs.

— Kao onaj potpukovnik što je još momak — prihvati njen muž.

— I sad hoće da uzme jednu osamnaestogodišnju devojku... Zreo
čovek pa pravi gluposti.

— I ja sam za to, mama, da se ranije ženimo! — upade Ika.

— Znam da bi se ti sad odmah oženio — smejala se mati. —
Ne branim ti! Čim završiš i dobiješ mesto u sudu, ženi se. Stan ti
besplatno dajem...

— A gde je Milan? — zapita Radmilo.

— Uči.

— Čekajte, idem da ga zovnem! — šeretski skoči Ika.

Milan je čuo Iku kako dolazi i napravio se da čita.

— Milane, nema smisla! Izađi i ti. Radmilo pita za tebe. Uh, da
vidiš Ljilju. Kao bomba! Ajd', ajd', nemoj da se sad praviš ozbiljan!

— Doći ću malo posle. Imam još nešto da završim.

— Imate lepu kuću! — razazna se Ljiljin glas.

— Gore imamo tri sobe: spavaću, trpezariju, salon. To su naši
apartmani, moji i Đokini...

— I bašta vam je lepa.

— Da, prostrana je. Dole smo zasadili luk, patlidžane, boraniju...

— Mogli bismo i mi, Radmilo, kod nas povrće da zasadimo. Ima
dosta prostora...

— To ćemo dogodine! — nasmeja se on.

Ona se trže od tih reči. Za časak je bila zaboravila da je njihov
brak pod ugovorom na tri meseca. Da li je on to sad ironično
napomenuo? Pogleda ga i vide njegovo nasmejano lice. „U društvu
je uvek raspoloženiji, nego sa mnom.”

— Izvolite kafu! — nudila je gospođa Anka. — I da probate moje tatlije. Danas sam ih mesila. Đoka mnogo voli slatkiše.

— Ne kažeš, mamice, da ih i ja volim! — kao ljutnu se Ika.

— Ti ih satireš... A, evo i Milana. Ova šoljica je za tebe, sine.

Poručnik poljubi ruku mladoj ženi i rukova se s Radmilom.

— Kako ste, gosn Milane? — upita Radmilo. — Učite, izgleda, ozbiljno?

— Učim, ali sam prilično umoran, jer moram rano da ustajem — odgovori Milan, izbegavajući da pogleda lepu plavu Ljiljanu.

— Vrlo lepo svirate na violini — pohvali ga ona. — Slušala sam vas jedne večeri.

— Učio sam još od prvog razreda gimnazije. Ali i kao poručnik uzimao sam časove sve četiri godine.

Radmilo ga pogleda, vide kako on gleda Ljiljanu i ljubomorno pomisli: „On ima plave oči, a i onaj Momčilo ima plave oči. Možda ona voli plave muškarce... On svira, ona ga sluša.” Nije mu to ranije ni padalo na pamet. „Milanova soba gleda u Ljiljanin prozor! Da li se gledaju?” Nešto mu poče rovariti po glavi.

— Pušite li vi, gospođo? — ponudi joj Milan cigaretu.

— Ne pušim! Hvala.

— Izvolite vi, gospodine Radmilo.

— Hvala, ja imam duvan.

„Mene ne pohvali za gitaru!”, ljubomorno je mislio Ika. „Milan je lepši od mene!”, zagleda se u bratove tamnoplave oči s finim obrvama i malo zagasitom kosom. Tamna boja lica lepo je pristajala uz njegove svetle oči i kestenjastu kosu.

Radmilo opazi kako i Ika posmatra Ljiljanu zadivljenim očima. „Ona se obojici dopada!”, pomisli on.

— Uzmite, gospođo, još jednu tatliju!

— Hvala, dve sam pojela. Izvrsne su. Da mi pokažete, pa i ja da ih mesim. Dopadaju li se tebi, Radmilo?

— Veoma su dobre.

— Jeste li se navikli, gospođo, na varoš i društvo? — pitao je poručnik Ljiljanu, videći da njegov otac razgovara s Radmilom.

— Jesam. Već sam napravila i neka poznanstva.

— A vašoj mami sigurno je teško bez vas? — upita sudinica.

— Jeste bogami. Često joj pišem.

— Samo zbog toga nije dobro imati žensko dete. Odvoji se od kuće i roditelja...

— A ja ću uvek biti uza te! — našali se Ika. — Milan nas ostavlja u septembru, ako ode u Beograd.

— To jest, ako položim ispit.

— Ti baš učiš! — hvalila ga je mati.

Radmilo prekide razgovor sa sudijom i okrete se svojoj ženi. Ona je u tom trenutku gledala u poručnika. Radmilo opet oseti ljubomoru.

— Ljiljana, treba da idemo. Sutra ustajemo rano... Pozvao nas je Voja inženjer da idemo do njegovog tasta.

— A, to je vrlo lep put! Gospođa nije išla tamo?

— Nisam.

— Moramo da ustanemo pre pet.

Poručnik uzdahnu. I Ika se rastuži. Bilo im je žao što Radmilo vodi svoju lepu plavu ženu. Gledali bi je neprekidno. „Zbilja, opasno je imati lepu ženu”, mislio je Ika. „Svi je gledaju.”

Kad uđoše u svoju kuću, Radmilo najednom ućuta. Sumnja ga je čisto pekla. Malo je poznavao svoju ženu i uvek je sumnjao. Prošlost devojačka često izaziva podozrenje. Setio se ova dva mladića, setio se i onog plavog iz Beograda. Sumnja ga je mučila. Nije mogao da spava. I Ljiljana je imala nesanicu. Kakve su to promene u njenom mužu? Ona ga ne razume... U društvu je tako ljubazan prema njoj: izigravaju srećan par, svuda je izvodi. Zašto je vodi? Zašto stalno proširuje poznanstva? Bolje bi bilo povući se od sveta, jer će ih taj svet ogovarati kada se rastanu.

Radmilo je šetao po svojoj sobi... „Da li ona gleda poručnika i Iku?" To ga je neprekidno mučilo. Ona voli plave mladiće... Pošao je napolje, pa zastao. Zašto muči sebe svim tim mislima? Zar ona toliko vlada njime? On se trudi da ne vidi njenu lepotu, ali ona mu se nameće. Njena lepota mu udara u mozak, glava i srce ga bole od nje. Kako je večeras bila lepa! Video je njenu lepu plavu glavicu, meku plavu kosu, velike detinjaste oči, malu nogu... „Vi lepo svirate na violini", sećao se njenih reči. Kao igle su ga bockale te reči, hteo je da se uveri, da vidi je li njen prozor otvoren. Lagano je izašao u predsoblje, otvorio nečujno vrata i izašao u dvorište. Zaklonio se u jednu senku. Očekivao je... Spazio je najednom kako poručnik diže zavesu. Naslonio se na prozor i puši. Ljiljanina zavesa je bila spuštena i prozor zatvoren. To ga malo umiri. „Ne, ona ga ne gleda!" Ali, najednom zavesa se diže... Ukaza se ona na prozoru. Radmilo sav zadrhta. Ona otvori prozor i brzo spusti zavesu. Svetlost se ugasi u njenoj sobi. Radmilo je teško disao. „Zašto je otvorila prozor? To je poručnik video." Pogleda plot... Zar se onde ne može preskočiti? Čak bi se mogao uvući i u sobu. Preko prozora. On je visok... Odbacio je te lude misli. Osećao je kako postaje bezuman. Zašto sam sebe osuđuje na ovakav život? Ona je večeras bila nešto tužna. Opažao je svaku promenu na njenom licu. Čak je premalo i jela. Samo je ćutala. Šta je u njoj? Zašto muškarac ne može da prodre u srce žene? Stezao je rukama slepoočnice... Poručnik je i dalje stajao na prozoru. Sad spusti i on zavesu. Radmilo tiho uđe u predsoblje. Zastao je u trpezariji. Najednom je začuo gitaru. To je Ika svirao. On to njoj svira... Tako će njoj muškarci praviti uvek serenade. Da li će ona ostati ravnodušna? Zažele da upadne u njenu sobu, da joj dovikne: „Otvorila si prozor, jer je na prozoru onaj poručnik!" Ipak je nekako uspeo da zapovedi sebi da se umiri. Uđe u svoju sobu na prstima i brzo leže na sofu.

MILICA JAKOVLJEVIĆ MIR-JAM

uspeo da zapovedi sebi da se umiri. Uđe u svoju sobu na prstima i brzo leže na sofu.

Opasna ljubomora

Auto je zastao pred kućom tačno u šest. Ljiljana kroz prozor ugleda neku crnomanjastu devojku pokraj Vere. Ljiljana i Radmilo izađoše iz kuće.

— Gospođo Ljiljana, da vam predstavim Vojinu rođaku — Margitu Pantić, studentkinju prava! — zacvrkuta Vera.

Ime „Margita" puče kao revolver. Ljiljana se sva strese. Pogleda crnomanjastu devojku. Prvo što joj pade u oči bio je mladež iznad gornje usne! To je, znači, ona Margita čiji je dnevnik pročitala! Sva radost za izlet naglo iščeze. Svi joj postadoše neprijatni: njen muž, gospođa Vera, ova devojka... Učini joj se da svi znaju za ljubav ove Margite. Poveli su je na izlet, ne mareći kako će se ona, Ljiljana, osećati zbog toga.

Gospođa Vera joj ljubazno ustupi mesto s desne strane. Smešila se, očevidno zadovoljna. Smešio se i Voja. Kao da je svima bilo milo što ona ide, što su joj priredili ovaj izlet. Ali ona nije videla ništa drugo do ove devojke i njenog mladeža.

Auto pojuri preko kaldrme. Buka je zaglušivala reči. Dobro je što ne mora govoriti. Ali, na drumu se stiša buka i Vera poče veselo da priča. Zapitkivala je sve i svi su razgovarali i bili veseli. I njen muž, sedeći rame uz rame s ovom devojkom.

„Kako su udesili ovaj sastanak!" Pogleda muža i bi joj za časak odvratan.

Ćutala je sve vreme. Crne oči mlade devojke uporno su je gledale. Njena ženska sujeta bi povređena.

„Možda hoće da vidi jesam li srećna? Ah, kod mene ništa neće opaziti.” Nasmeši joj se i ljubazno upita:

— Vi ste rođaka gospođe Vere?

— Voja mi je brat od tetke.

— To je naša Margita! — nežno reče Vera i potapša je po ruci. Videlo se da je voli.

— Studirate li nešto?

— Prava... A ovde sam činovnica u sudu.

— Idete u Beograd da polažete ispite?

— Da. Sad u junu imam ispit.

Ljiljana pogleda muža. On se bio zagledao kroz prozor i posmatrao okolicu. „Kako vešto krije svoja osećanja”, pomisli Ljiljana.

— Prisustvujete li i vi suđenjima? — upita opet devojku.

— Ponekad, kad Radmilo brani... Volim da slušam njegovu odbranu.

„Radmilo! Ona ga zove po imenu... O, to su oni bliži jedno drugom, nego što ona piše!...” Okrenu glavu, uvređena i ljuta na ovog mladića, koji je tako pritvoran. Da li govore jedno drugom „ti”?

— I vi ste, Radmilo, bili juče na onom pretresu kad tri žene htedoše da tuku onog čoveka? — upita Margita.

— Da, bio sam... Pričao sam i Ljiljani.

Beskrajna tuga pritisnu Ljiljanu. Oseti se poniženom. Kako je ružno od njenog muža da je pozove na izlet kad ide i ova devojka... Kako nije pomislio da ona jednoga dana može doznati za njenu ljubav? Nikad mu ovo neće oprostiti i uvek će sumnjati. On je danas zasadio u njeno srce klicu sumnje koja nikad neće uginuti.

Gledala je desno i levo bujne livade s majskim zelenilom. Visoka trava, prošarana belim i žutim cvetovima, podrhtavala je na vetru kao živi, zeleni talas. Lepota prirode još više pojača njenu tugu. Osećala se kao one noći, u vozu, samo s tom razlikom što je onda patila zato što ne voli ovog mladića, a danas je patila zbog toga što ga voli.

Margita je nešto pričala. Ljiljana se pravila da je ne čuje, ali je čula svaku njenu reč. „Šta ova devojka traži?", pitala se. Znala je da se svaka devojka sklanja od mladića kad se oženi, da ne bi više patila. Razočaranje je u isto vreme i poniženje; devojke izbegavaju sve što stvara bol. Ali kad ova devojka ovako smelo ide s njim na izlet — i sedi rame uz rame s njenim mužem — znači da se ona nečemu nada, da je on ublažio njeno očajanje, dao joj neku nadu. Zašto bi se, inače, izlagala novoj patnji? Ova devojka izgleda da zna kakav je njihov odnos. Zar je moguće da joj je on to kazao?

Pogleda muža. On joj se nasmeši.

— Dopada li ti se, Ljiljana, ovaj put?

— Divan je! — odgovori ona tiho.

— A tek da vidite selo moga tate! Sve je divlje i romantično! Tati i mami sam juče javila da dolazimo. Moj tata tako voli društvo... — veselo je pričala Vera.

— On je vrlo inteligentan sveštenik! — hvalio ga je Radmilo.

U razgovor se povremeno uplitao i Voja, koji je sedeo pokraj šofera. Okrenuo bi se katkad i pogledao blistavu lepotu ove plave, nežne žene. Ali Ljiljanine oči su bile tužne toga jutra...

Smešila se, pričala, usiljavala, ali je neprekidno mislila na ovu devojku. Njene crne oči su je prosto pekle. „Što me ovako gleda? Da li je pošla s nama da bi mi prkosila?" Da li se Margita njoj sveti, ili je ispituje da bi videla koliko je jača ili slabija od nje?

To je gadno, gadno i od nje i od Radmila! Nije lepo ni od Vere što je pozvala devojku, ako je znala da je volela Radmila. Kako ona čuva svoga muža! Da, ali on je njen muž. A šta je njoj Radmilo? Ništa! Samac u kući. Samac u braku... A ova temperamentna devojka sedi do njega, viđa ga u sudu, razgovaraju. On je s njom stajao i onda na ulici. Jeste, to je bila ona! Poznade njen trenčkot. I ona je imala glatku, sjajnu crnu kosu, uvijenu pozadi u rolnu. Kako ju je držao za ruku! Ponovo je osetila odvratnost prema mužu. On je rđav. Ovo nije nimalo lepo od njega.

Margita se nešto namršti.

— Šta ti je, Margita? Da ti nije muka? Ti ne možeš natraške da se voziš. Pa hodi, evo ti moje mesto! — nudila je Vera.

— Neću, mogu... Proći će!

— Možete sve tri na zadnje sedište — predloži Radmilo.

„Ah, on se stara o njoj da joj ne bude muka! I hoće da mu sedi preko puta, da je gleda." Devojci je možda muka zbog nje, Ljiljane, što je dobila Radmila. Nije to od vožnje. Ona pati! A zašto je pošla, kad pati? Ipak, da se šta ne primeti, Ljiljana reče:

— Možete ovde sesti. Evo, ima mesta — odmače se sasvim u kraj, i devojka pređe. Sad je ona osećala njeno rame. „Da se meni desilo da se onaj koga sam volela oženi, nikad ne bih ovo radila. Zaista je ne razumem." Dobro je shvatila njenu ljubav čitajući dnevnik, ali sad joj je bila nejasna i neprijatna ova devojka. Žena nema ponosa ako se izlaže ovakvim susretima kada se više ničemu ne nada. Ali, ona se nada!

— Nije vam više muka? — pitao je Radmilo.

Ljiljanu rastužiše ove reči i ona sva utonu u razmišljanje. Ćutala je i gledala lepe predele: zabrane i pašnjake, stada ovaca, seoske kućice, čobančiće pokraj puta, koji su čuvali ovce ili guske. Mogla je da zaplače. Razmišljala je o tome kako nije umela da otkrije mužu svoju dušu. Neumešna žena ne ume ni najlepša svoja osećanja da pokaže u braku i izgubi sve. Ova devojka je umela da se prikaže kroz svoj dnevnik. A ona, glupa Ljiljana, još prve večeri se predstavila kao devojka koja je imala avanture, iako nije.

Da, oružje ove devojke je njen besprekoran život. Ona je za Radmila sigurno ideal od devojke; ona bi mu donela čisto telo i dušu. To njega privlači, a to je moć ove devojke. Pa zašto onda nije nju uzeo? Nije znao za njenu ljubav. I ona to kaže u dnevniku. I kaje se što mu nije rekla da ga voli. Da mu se sada nije prinela na žrtvu u svojoj prevelikoj ljubavi? Možda je on njoj kazao: „Budi moja, čim se razvedem ti ćeš mi biti žena." Kako je samo ništavna zakonska veza braka kad srce traži drugi put!

Oseti da je nešto guši. Otvorila je oči da bi rasterala suze. A one su se kupile, kvasile joj već i trepavice. Radmilo spazi njene suze u očima. Da li mu je bilo neprijatno da drugi to vide, ili je naslućivao šta je u Ljiljaninoj duši — tek najednom on pruži ruku i uhvati njenu:

— Je li ti prijatna vožnja, Ljiljo?

„Ljiljo! Ljiljo!" Ona je čula samo tu reč. Tako je nije oslovio još od one prve večeri. Osetila se kao rastuženo dete kome mati nežno govori: „Milo moje, ono mi plače!" Ta reč nežnosti rastuži je još više, podseti je na sve nežnosti koje je mogla imati od ovog mladića, a koje sada očekuje druga — ova devojka. Raznaži je i zabole od srca ta reč i jedna suza joj se skotrlja niz obraz.

— Ah, divan je ovo kraj! — veselo prihvati, naslanjajući ruku slučajno na obraz, da krišom izbriše suzu. Okrete glavu prozoru kao da gleda nešto što je proletelo pokraj njih.

Radmilo, koji je svakog dana proučavao sve promene na njenom licu, sada potraži uzrok ovom iznenadnom bolu. Uhvati je ponovo za ruku, steže joj prste da bi je umirio. Ali, ono dete u ženi, koja začas može da se rasplače, bilo je puno suza. Da su bili sami, tako bi zajecala.

Gordost njene prirode jedva nadvlada bol i poniženje... Ona odagna svoje neraspoloženje prema ovoj devojci. Udata žena treba da bude dostojanstvena. Ona je uvek jača, jača jer njoj pripada muž. Ali, ova devojka ga je volela kad ona nije ni mislila o njemu, niti se sećala da on postoji. Koja je od njih dveju imala više prava da ga dobije? Sigurno ova devojka. Ali, ona mu je bila obična, a ona, Ljiljana, interesantna i neobična. Sada je ona, Ljiljana, verovatno svakidašnja devojka u njegovim očima, a ova devojka ga privlači svojom čistotom, dubokom ljubavlju.

Mlada žena je najednom osetila želju da razgovara s Margitom.

— Ima li ovde žena advokata, gospođice?

— Nema nijedne.

— A hoćete li vi polagati advokatski ispit?

— Ja bih polagala kad bih znala da ću imati klijenata kao Radmilo. Ali muškarce advokate više cene. U Beogradu se žene advokati žale da nemaju dovoljno posla. Samo su još tri advokati u Beogradu.

— Žene su suviše osetljive za taj poziv — reče Radmilo. — Kod žena više presuđuje srce nego razum.

— Zar mnogi prestupnici ne zaslužuju da se i srcem presuđuje? — upita Ljiljana. — Ja mislim da i sudije i advokati moraju to imati na umu.

— To se razume. Svaki prestup se mora psihološki razmotriti. Ali, zakon ima svoje pravo. A žensko srce bi prelazilo preko zakona. Vas žene uvek bi mogle tronuti nečije suze. Koliko je puta ženska publika u sudu sva na strani nekog lepog mladića, iako je zločinački ubio ženu.

— Ti kao da ne priznaješ ženama logičko rasuđivanje? — primeti Ljiljana, trudeći se da joj glas zvuči veselo.

— U izvesnim stvarima priznajem. Ali, sudija ne može da bude sentimentalan.

— Zato će naša Margita ostati činovnik u sudu — reče Vera. — Ne mora biti ni advokat ni sudija. Ali, mi ćemo nju za sudiju da udamo.

Ljiljani se pruži prilika da nešto hrabro proveri.

— A da sam ja advokat, da li bi se ti mnome oženio? — upita Radmila.

— Ne bih! To je glupo: muž advokat, žena advokat.

— A kako može profesor i profesorka?

— To je mirnija profesija. Nastavnički poziv je državna služba. Svako ima platu i povišice. Advokat je slobodna profesija: mora da trči, da dolazi u dodir sa svakojakim svetom. A to nije za ženu.

— Mi žene, znači, treba da budemo samo kancelarijski automati. Gde treba misliti, mi smo nesposobne! — prebaci mu Margita.

— Ne mislim to, ali u kancelariji nema toliko trzavica kao kod slobodnih profesija. Žene uvek više eksploatišu, a manje plaćaju. U svim slobodnim profesijama žene su više eksploatisane ako imaju poslodavca.

— Čudi me, Radmilo, da ste vi ostali tako konzervativni u pitanju ženskih profesija — hrabro izjavi Margita.

— Nisam konzervativan. Žena može sve da studira. Ona ne mora više da bude samo domaćica. Takve su danas prilike i žene često moraju da rade. Moje mišljenje o tome je lične prirode, ono se odnosi samo na moj brak. I Voja se sa mnom slaže?

— Potpuno. Više volim da me moja Verica čeka s dobrim ručkom, nego da čekam kod kuće porcije iz kafane, a nju iz kancelarije.

— Ja sam tebe razmazila. A jeo bi ti, još kako, i iz kafane da sam ja neka lenja žena. Ponekad i ja zaželim da sam činovnica. Urede se, napuderišu, prokoketiraju u kancelariji, kod kuće rade koliko stignu. A mi, žene domaćice, samo tumaramo po kući. I da nemamo nikakva posla — mi ćemo ga naći. Ne umemo da se odmorimo. Jedva čekamo da muževi dođu i porazgovaraju s nama, a oni odmah novine u ruke. A, znam ja, Vojo, da i ti u opštini ćaskaš s onim činovnicama, častiš ih kafom, nudiš im cigarete... Čula sam ja sve to.

— Šta moja Vera sve ne čuje!

— Žena mora sve da zna. I vama kažem, gospođo Ljiljo: neka je i najbolji vaš Radmilo, vodite računa o njemu! Muževima je potrebno da znaju da žene vode računa o njima.

— Ah, što se tiče Radmila, ja garantujem za njega! Viđam ga skoro svaki dan — pohvali ga Margita.

„Viđam ga skoro svaki dan!", ponovi u sebi Ljiljana. „Da, ona bi mogla garantovati i da ja nisam njegova žena. Sigurno i to zna."

Ovo nekoliko reči povratiše ponovo njeno neraspoloženje. Uvidela je sada koliko je naivna i kako ovo dvoje nešto kriju. Savlađivala se da bude taktična, ali neraspoloženje joj je oduzimalo moć govora. Srećom, mogla je da posmatra prirodu, a poneka reč divljenja davala je utisak da je zaneta posmatranjem okolice.

Ali, Radmila nije mogla obmanuti. On je opazio, još sinoć, njeno neraspoloženje.

Čim su stigli, on joj došapnu:

— Ljiljana, šta je tebi jutros, nisi raspoložena?... Htela si da zaplačeš. Šta to znači? Bilo mi je vrlo neprijatno.

— Ništa mi nije, to se tebi samo čini. Baš sam vesela! Put je bio izvanredno lep — odmakla se brzo od njega i pošla s Verom, koja je htela da joj pokaže baštu, potok ispred kuće, vodenicu. Verin otac je bio još u crkvi i oni uđoše najpre tamo. Radmilo ostade sedeći s Vojom, a Margita je ostala kod popadije, Verine majke, koja je kuvala ručak. U crkvi je mirisao tamjan, bosiljak i vuneno sukno na seljacima. Crkvenjak je pevao za levom pevnicom. Za desnom je bio jedan mladić. Služba je bila pri kraju. Ljiljana i Vera dobiše naforu od popa. Pričekaše ga dok ne izađe iz crkve. On ih srdačno pozdravi.

— Ovo je Radmilova gospođa? Vrlo mi je milo što ste došli. Pa, češće da nam dođete. Ovo selo je lepo. Da vam predstavim našeg uču. Lepo peva.

— Gle, što su slatki ovi đaci! — nasmeši se Ljiljana.

— To je moj razred — pohvali se uča.

Deca su učtivo pozdravila.

Dve lepe seoske devojke priđoše Ljiljani i Veri.

— Kako ste, gospa Vera?

— A, to si ti, Daro! Gle i Ljubice! Porasle ste i prolepšale se.

— Jesu li Radmilo i Voja u kući? Idem ja k njima. A ti, Vera, pokaži gospođi selo! — reče joj otac i udalji se.

„Zašto Margita nije pošla s nama? Htela je da ostane s Radmilom”, pomisli Ljiljana. „Ovo je sasvim jasno!”

— A kakve su seoske devojke? — upita Veru kad su ostale same.

— Nisu kao ranije. Ne znam kako da vam kažem... Nema više one idiličnosti kao što je bilo nekad.

— A u palanci su devojke simpatične. Izgledaju vrlo patrijahalne?

— Kako koja. Ima i u palanci svakojakih devojaka. Odu na studije u Beograd, tamo se provode, pa posle hoće i ovde. Iskusila sam ja dosta od tih devojaka.

— Kao udata žena?

— Nažalost, kao udata žena!

— Zar i ovde devojke gledaju oženjene?

— Kad mogu i kad ih žene ne uhvate. Videli ste one večeri onu porodicu industrijalaca? Ima jedan oženjen, a živi s jednom devojkom. Izdržava je, kupuje joj poklone, daje joj novca koliko hoće. Kad ide u Beograd, i ona uvek ide s njim. To žena zna i pomirila se s tim. Šta će, ima s njim decu. Ali, ja se ne bih pomirila... Danas je nastalo takvo vreme da žena, ako voli svoga muža, mora da se bori za njega i da ga čuva. Devojke se danas teže udaju, pa se ne libe toga da razdvoje muža od žene. Znaju sve moguće načine da rastave brak. Ovde je skoro bio jedan slučaj. Trgovac, stariji čovek, odjednom neće da čuje za ženu: hoće razvod. A ima odrasle sinove. I zašto? Zaljubio se u mladu devojku, a ona ga laže da ga voli. U stvari, ona bacila oko na njegovo bogatstvo, ali on star, poludeo, pa to ne uviđa. Hajdemo tamo, da vidite vodenicu. Pogledajte kako je lepo.

Potok je dolazio s brda. Snažan mlaz vode jurio je kroz duboko izdubljeno stablo kao korito, padao na veliki vodenični točak i okretao ga. Voda je prijatno šumila, drveće je pravilo hladovinu, ptice su cvrkutale. Ljiljana se divila prirodi.

— Kako si, čiča-Milune? — zapita Vera jednog seljaka. — Možeš li da nosiš taj džak? — svi su je u selu poznavali.

— Moram, Vero. Da je sreće, svakog dana po jedan da vučem. Ali, zle su godine nastale! Kupujemo žito. A još koliko ima do novog! Prošle godine suša, omanu žetva te ne nađo' ni zimu da proteram. A kad seljak još u zimu počne da kupuje kukuruz, do proleća može da crkne... Idem da ovo sameljem. Pa, kako je vaš Voja?

— Dobro je, čiča-Milune. Tu je i on, ostade kod kuće, a ja moju gošću da provedem. Ovo je žena advokata Tomića.

— Ako, živa bila i zdrava! Išô sam ja jednom kod njega, a on mi nešto svršio u sudu. Ajd' u zdravlju!

Ljiljana je i dalje mislila na Verine reči o devojkama koje otimaju muževe. Bila je vrlo rasejana i obeshrabrena, ali se trudila da pokaže svoje divljenje prema prirodi. Pele su se uz brdo, prošle kroz lisnate zabrane, gazile po mekom suvom lišću od prošle godine. Prešle su preko nekih uzanih balvana, gledale jaganjce, posmatrale kosače i najzad se vratile kući.

Prva slika koju je Ljiljana pred kućom videla bila je: njen muž drži jagnje, a Margita miluje to jagnje. Učini joj se da on sjajnim i toplim očima gleda devojku: ona se smeši na njega, priča mu nešto, gleda ga zaljubljeno... Ljiljana najednom sva obamre od bola. Osećala je kako joj noge klecaju, nije mogla dalje da ide. Nasloni se na jedno hrastovo drvo.

— Ah, kako je odavde lep pogled! — prošaputa.

— Jeste, zaista je divno! — reče Vera. — Selo se širi na dva brda. Vidite, dole je duboka reka. Ima i jedan opasan vir... Treba da vam pokažem i vrelo gde izvire topla voda. Tu peru rublje i kupaju se. Kao banja! Ah, treba mami nešto da kažem.

— Ja ću ovde još da ostanem.

Ljiljana se lagano spusti niz stablo i sede na svežu travu... Odatle ih je dobro videla. Pričali su nešto veselo. Radmilo pusti jagnje i ono pobeže. Mlada devojka je stajala i dalje pred njim.

Ljiljana zatvori oči. Nikad nije ni sanjala da će preživljavati ovakav bol... Kako joj je strašno u srcu.

Radmilo je spazi. Požuri k njoj. Pomisli kako je nežna, a rastužena, tako naslonjena na stablo.

— Ljiljana, šta je tebi? Nešto se dešava od jutros s tobom?

— Ništa, ništa mi nije... — promuca ona gotovo kroz jecaj. — Idi ti samo, ostavi me! Zašto me tako gledaš? Uvek si sa mnom namršten. Zar ne možeš da mi učiniš bar to da se smešiš i na mene kao na druge? Željna sam da vidim tvoje nasmejano lice...

Glas joj zadrhta. Nije više mogla da se uzdrži, zajeca...

On sede na travu pokraj nje, obgrli joj ramena, privuče je sebi.

— Ljiljo, moja Ljiljo, nemoj da plačeš...

Bol je svu preplavi, zamuti joj razum. Ona se otrže, skoči, pojuri reci. Vir, čula je za vir. Skočiće... Šta će joj ovakav život! Jurila je kao srna, izbezumljena. Da umre, samo da umre! To je vir iz kog se ne može izvući — čula je za one strašne virove... Jurila je niz brdo, gubila je dah. Ali i Radmilo, kao mahnit, pojuri za njom.

Odozgo, iz popove kuće, Voja je gledao tu trku i uživao:

— Gledaj, Margita! Zaljubljeni trče kao deca...

Mlada devojka se odmače, sva bleda, i ulete u voćnjak. Obuze je neko ludo očajanje. Gledala je njih dvoje kako se jure.

— Ljiljo! Ljiljo, stani!... — on vide reku, seti se vira. Užas ga obuze; ona je već blizu obale.

Mladić prikupi svu snagu. Na njihovu sreću, spazi jednu vrbu. Pojuri, ščepa Ljilju jednom rukom za mišicu, a drugu ruku obavi oko stabla vrbe, da bi se zaustavili. Nekoliko trenutaka nije mogao da progovori. Držao je za ruku, kao da se boji da mu se ne otrgne...

Ona je bila sva uplašena, unezverena. Polako je shvatala šta se moglo dogoditi... On uze njenu glavu u ruke, zagleda se u oči:

— Kuda si trčala, Ljiljo? Znaš li da dole ima jedan vir? Tu se često dave...

— Ne znam — slaga ona gledajući njegove uplašene oči. — Onako sam trčala.

— Kako sam se prestravio! I šta bi pomislili: da si htela da se baciš u vir.

— Kakav vir! — odricala je ona. Bilo ju je stid. Malo joj se rasvetli u mozgu. Seti se i roditelja, pomisli opet na njega. On je častoljubiv. Ali, da li se on uplašio samo zbog svog častoljublja? Zar njemu ne bi bilo žao nje?

On joj spusti ruke na ramena. I dalje ju je gledao kao da sumnja i istražuje šta je povod njenog neraspoloženja i ovog trčanja ka reci... Lice mu je bilo tako blizu njenog. Gledala je njegove sjajne oči. Bilo je neke čudne tuge u njegovom pogledu. Dodir njegovih ruku, koji je osećala kroz belu svilenu bluzu, kao da joj je davao toplote i vraćao je životu... Gledala je i njegove usne, s čežnjom; pogled joj je govorio: poljubi me!

Da li je osetio njenu čežnju, da li je i njemu bila ista želja — tek ona rastuženost njegovih očiju prelazila je u nežnost i toplinu. Smešio se. Ali, najednom, njegove ruke nestadoše s njenih ramena, on je uhvati ispod mišice i reče odlučno:

— Hajdemo natrag!

Ljiljana pogleda uzbrdo i spazi Margitu. Radost iščeze i ona zažali što se nije našla u dubini vira. Nije smeo da je poljubi zbog devojke? Zamrze je u tom trenutku i dođe joj da ga pita zašto je pošla na izlet ta devojka? Tražila je neko drugo opravdanje, da bi očuvala ovo slatko osećanje koje je strujalo u njoj od topline njegovih ruku. Nikad je nije uhvatio ovako ispod ruke. Ona zažele da šeta sama s njim.

— Šta je ovo? Kakva je ono šuma? — upita.

— To je zabran.

— Hajde da prođemo onuda.

On poslušno pođe, ali ona kao da oseti uzdah koji mu se nehotice otrže. Pogleda ga. Bila se vratila ona rastuženost u njegove oči. „Zašto je uzdahnuo?", pitala se ona. Da li je žalio sebe, što se njome oženio, ili onu Margitu, koja pati zbog njega?

— Maločas si mogla da izazoveš nesreću — reče on. — Oboje smo se mogli utopiti da nije bilo one vrbe...

— Za mene ne bi bila šteta, ali za tebe bi.

— Za tebe ne bi bila šteta! — ponovi on i steže uza se njenu ruku. — A nisi se setila svojih roditelja?

— Nisam se setila, jer nisam predviđala nikakvu nesreću — slaga ona opet.

— Ne volim da plačeš u društvu. Daješ povoda da se to svakojako tumači... Volim kad si fina i ljubazna, kao i obično.

— Odsad ću se truditi da uvek budem onakva kakva se tebi sviđam.

Njegov kompliment joj malo polaska. Znači, ona je za njega lepo vaspitana i inteligentna. U oblačnosti njenih misli i sećanja te dve reči zasvetleše kao zraci sunca. Prava zaljubljena žena — koja sumnja, čezne, nada se i hvata za svaku sitnicu koja donosi radost, a očajava od svake reči koja je baca u sumnju. Kao letnji dan bila je njena duša: čas vedro, čas oblačno.

Peli su se lagano uz brdo. Margita ih je posmatrala skrivena iza jednog stabla. Videla je i kako trče. Shvatila je i to kao nestašluk mlade žene, koja voli da je muž juri i hvata. Videla je i kako joj on drži glavu, steže ramena, vodi je ispod ruke... Dok je Ljiljana trčala prema reci, Margitu je obuzela jedna zlurada misao: „Kad bi pala u vir!" Užasnula se od same sebe. Kako je mogla da poželi nekome smrt. Sklonila se u voćnjak, ali ju je vuklo nešto da ih gleda. Grizla je neprestano zelene jabuke, u očajanju, bacajući ih oko sebe.

Za vreme ručka Margita je bila tužna, dok je Ljiljana veselo razgovarala. Htela je da pokaže interesovanje za svaki razgovor. Sveštenik je pričao o seoskim zadrugama.

— Sad osnivamo potrošačku zadrugu...

— Zadruge su jedini spas za seljake — rekao je Radmilo.

— Zašto? — pitala je Ljiljana. On joj je objašnjavao...

Bila je srećna što ga sluša, što i ona učestvuje u razgovoru. Pregledala je sveštenikovu biblioteku; polaskala mu je kako ima vrlo dobrih knjiga... Očarala je svojom mudrošću i popa i popadiju. Inženjer Voja ju je krišom gutao očima. Bio je pažljiv prema njoj i Radmilu. Za vreme ručka služio ju je stalno on. Bila je ubledela poslednjih dana, malo je i jela, uvek je bila zamišljena. A danas na suncu, u prirodi, dobila je lepu boju. Radmilo se radovao što se nije mnogo šminkala. Rekao joj je jednom da to ne voli i ona je izbegavala šminku. Danas su joj se obrazi bili tako zažarili da se još više isticala belina njene kože i plavetnilo očiju.

Ceo dan proveli su u bašti. Sunce je jako grejalo. Bilo je pomalo omorine, kao pred kišu. Sveštenik reče da može biti i kiše. Oni su mislili da krenu oko šest, ali oko četiri se natušti. Dunu vetar. Zamrači se sve... Kiša udari kao iz kabla. Oni se skloniše na doksat. Odatle su uživali u kiši, ali ona kao da nije mislila da stane. Potočići su bujali, noseći lišće i grančice. Trava sva poleže pod mlazevima kiše.

— Deco, vi nećete moći da idete večeras — rekao je popa. — Ako, baš volim da prenoćite ovde! Imamo, hvala bogu, dosta postelja! I da se proveselimo, da pevamo i sviramo. Zovnuću i uču. On lepo svira na violini.

— Pa ako, da ostanemo — prihvati radosno Vera. — Za Ljiljanu i Radmila ima gostinska soba. Istina, jedna postelja. Ali još bolje! — šapnu šeretski Ljilji.

Ljiljana nije ništa odgovorila, ali se u sebi radovala. Htela je da čuje šta će reći njen muž. On je ćutao. „Da li je njemu prijatan ovaj predlog? Zavukao se u onu svoju sobu pa nikako da izađe iz nje.” A ona je bila ponosita; nije mu mogla reći: „Dođi, Radmilo, ovamo! Zašto na toj sofi da spavaš?” Koliko puta je zaustila da mu kaže, ali nije mogla. A možda je i kod njega bilo iste gordosti. Ovo večeras, bilo bi divno! Zadrhtala je...

— Ja ne bih mogla da ostanem, moram sutra u kancelariju — reče najednom Margita.

— Što da ne možeš? Pa poranićemo... Ako krenemo u pet ujutru, pa čak i u šest, stići ćeš u kancelariju — reče Vera.

— Nemoj, molim te! Bila bih nervozna... Ako stane kiša, hajde da idemo.

Ljiljana oseti mržnju prema Margiti. Njen bol poraste kad Radmilo reče:

— I ja ne bih mogao da ostanem. Moram sutra rano u banku. Mogli bismo se zadržati. A izvedriće se... Evo, već se plavi nebo!

Ljiljana sva klonu od teške sumnje: jutros je sumnjala, sad je mogla verovati... I šta je jutros tako trčao za njom? To nije iz naklonosti prema njoj, već da bi izbegao skandal. On hoće sve zakonski.

Margita se požali na glavobolju. Vera joj dade aspirin.

Radmilo je pušio i ćutao. Ljiljana je sad svaki njegov postupak drugačije tumačila... Više nije imala volje ni da razgovara. Našta će joj sve to kad ovaj čovek nije zaželeo da ostanu nasamo? A ovo je bio zgodan povod da njeno žensko samoljublje i njegov uvređeni ponos popuste i izmire se...

Bilo je sedam uveče kad su pošli. Put je bio dobar i auto je jurio. Opet su njih tri sedele jedna do druge. Pričala je nešto Vera, a Ljiljana se sva unela u svoj bol... Nekoliko puta Radmilo ju je nešto pitao. Ona bi mu odgovarala i opet utonula u svoje ćutanje. On je pokušavao da sagleda njeno lice; naslućivao je da je opet tužna. Ali ona se bila uvukla u dno kola; krila je oči od njega. Setila se ipak da izrazi zahvalnost Veri za ovaj izlet, jer su svi bili vrlo ljubazni prema njoj.

— A, opet ćemo mi da napravimo izlet, ali na dva dana! — nasmeja se Vera.

Dovezoše ih do Radmilove kuće. Ljiljana se s Verom srdačno poljubi, mladoj devojci pruži ruku. Voja Ljiljani poljubi ruku.

— Radmilo, ja ću vam doneti onaj predmet od sudije Novakovića. Hoćete li doći sutra? — upita Margita.

— Doći ću... Vrlo dobro, donesite.

Ljiljana brzo uđe u kuću, potom utrča u svoju sobu i sede na stolicu. Spustila je glavu na naslon stolice sva premrla od patnje. Toliko je bola bilo u njoj! Kako bi volela da su ostali u selu... Čula je Radmila kako šeta po trpezariji. Nije htela da izlazi, da vidi hoće li se on setiti da je zovne, da proviri bar u njenu sobu. Ili misli na Margitu? Zaljubljena i rastužena žena dolazi na svakojake misli...

— Ljiljana! — začu njegov glas.

Nije mogla da se odazove.

On otvori vrata i ugleda je onako skrhanu i utučenu.

— Ljiljana, šta je tebi? — priđe joj.

— Ništa mi nije... Za tebe nije ni važno šta je meni. Šta ima da ti pričam? Ostavi me!

— Neću da te ostavim, hoću da mi kažeš šta ti je! — govorio je blago, pokušavajući da joj digne glavu s naslona stolice. Ona se otrže, ustade, uđe u trpezariju.

— Ljiljo, hoću da mi kažeš šta ti je. Od sinoć si vrlo neraspoložena.

— Dobro, objasniću ti! — ona uđe u sobu i vrati se s onim dnevnikom. — Evo ti. Ovo sam pročitala. To ti je pisala ova Margita.

— Kako si ti ovo mogla da nađeš?

— Otvorila sam gornju fioku i izvadila iz donje. Ne bih ti zamerila što ti piše jedna devojka, i što te voli, ali nisam nikad mogla očekivati od tebe da ćeš nju dovoditi u moje društvo i još me naterati da sedim do nje...

— Ljiljana, nemoj tako da govoriš. Ja zaista nisam kriv — govorio je blago, čak nežno, što nju iznenadi. Kao da hoće da se opravda, da nju umiri.

— Kad sam ti sinoć rekao da su nas pozvali u selo nisam imao pojma da će i ona da ide. Ona je njihova rođaka, oni su je i pozvali.

— A zašto su je pozvali, ako su znali da je tebe volela? Da li bi Vera pristala da sedi pored neke devojke koja je volela njenog muža?

— Oni ne znaju ništa o toj njenoj ljubavi. Njima ona nikada nije to pričala, a ni ja nisam hteo ovo pismo da im pokazujem. Nemoj biti tako nepravična. To je sirota devojka, vrlo skromna, mučila se s majkom. Nisam na nju nikad ni mislio, niti sam sanjao da ona mene voli. Pa zar bi ti više volela da mene nijedna devojka nije volela?

— Nisam ja to htela da kažem. Ali, ti si njoj često pravio komplimente. Vidi se da je ona iz tvojih reči izdvajala neke nade za sebe... Divio si se njenom mladežu. Pritvoran si ti! Sve predstavljaš naivnim u svom životu, ja sam za tebe čudovište, jedna obična avanturistkinja... A Margita je idealna, čak je i sada braniš i hvališ.

— Ja ne mogu, Ljiljo, loše govoriti o njoj. Ona je dobra devojka.

— Znam, bolja je od mene! I za tebe ima više vrednosti. Ja... ja nisam ništa. Ti u mojoj duši nećeš da vidiš ništa lepo...

Zajecala je i pala na divan. Suze, koje su je gušile ceo dan, sad su se izlile kao kiša maločas.

On sede na divan, podiže je, privuče sebi:

— Nemoj da plačeš... Uzmi moju maramicu! Tvoje lepe plave oči će poružneti od suza.

— Do mojih plavih očiju tebi nije stalo. Znam ja to dobro — jecala je, a suze su lile kroz njene prste, kapale na belu svilenu bluzu. Nije ih mogla zaustaviti.

— I njeno jastuče čuvaš!... Još si ga metnuo na sofu da je uvek pored tebe.

— Pa, to jastuče je lepo! Zar da ga bacim? Mislio sam da će se i tebi dopasti...

— Čuvao si ti njen monogram! Pročitala sam ja ona slova. I dnevnik si čuvao.

— Samo zato što je o tebi pisala. Ona nije znala koliku radost će mi počiniti s ono nekoliko reči o tvojoj ozbiljnosti na ulici. Zato sam, Ljiljana, čuvao taj dnevnik.

Njegove reči nisu je u ovom času mogle umiriti. Patnja ju je izbezumila.

— I večeras nisi hteo zbog nje da ostanemo u selu... Ona sigurno zna za naš odnos. Ti si joj morao reći... Ona čeka da se mi rastanemo, pa da se uda za tebe.

On se nasmeja, privuče je sebi. Vrlo je raspoložen zbog njenog plača, ovih reči, bola, ljubomore... Pa ona ume da bude ljubomorna! Voleo je da je sluša kako ga prekoreva. Veselo je upitao:

— Šta ti je još krivo za mene?

Ali, njegovo raspoloženje, veseli ton, čak i smeh, kao da je otrezniše. On je veseo, ali ne zato što je zadovoljan, što ga ona voli i što je ljubomorna, već zato što ona pati, što je dočekao trenutak da joj se sveti.

Ljiljana to nije mogla da podnese. Sad joj je sve bilo jasno. Ona nije mogla više to da izdrži; htela je da učini svemu kraj. Otrgla se iz njegovih ruku i pošla u sobu, ali se povratila i odsečno rekla:

— Slušaj, Radmilo, ja neću ovakav život! Sutra se vraćam roditeljima. Neka se jednom svrši ovo među nama. Podnesi sve za razvod braka. A ja sutra odmah putujem...

On se naglo diže sa sofe, steže je za mišicu, nasmeja se i nestašno, ponirući u njene rasrđene oči onim istim sjajem, mekim pogledom kao u vozu i prve noći, odgovori:

— A ako ti ja ne dam da ideš?

— Ne! Ti me ne možeš zadržati. Ne znam ni zašto si odredio taj rok od tri meseca? Valjda da me izmučiš i poniziš! Ja sad to uviđam... Za svakog imaš osmejak, samo za mene nemaš...

Onaj topli sjaj njegovih očiju naglo se ugasi. Bora se ocrta na njegovom čelu. Sve što je maločas predosetio iz njenog plača — ona dublja, lepša osećanja za kojim je čeznuo — kao da se izgubiše. Seti se svega što ga je mučilo i onog mladića iz Beograda. Seti se i reči: „Tebi je samo potreban mužjak!"

— Dobro. Kad je tako, onda idi!

— I sad me vređaš! Da, otići ću! Ti si to jedva dočekao. Ti si to želeo...

Uletela je u svoju sobu i pala preko kreveta. Sva se tresla od jecaja.

Radmilo je šetao po svojoj sobi. „Da li sam ja glup? Zar ovo sve nije besmisleno?" Gnevno je mislio, rđavo tumačio njene reči, a nije hteo da prizna sebi da je i on želeo isto što i ona, da je zbog toga i sav ovaj bes protivu nje. Osećao je miris njene kose i obraza, toplinu mišice; video je njeno mlado lepo lice. Jurnu najednom vratima, gurnu ih. Bila su zaključana.

— Ljiljana, otvori!

— Ne, neću da otvorim!

— Otvori, inače ću razvaliti vrata!

Ona je predosetila šta se može dogoditi, ali u uvređenoj ženi uskipe prkos:

— Neću da otvorim!

On besno pritisnu kvaku:

— Otvori, Ljiljana! — siktao je sav uskipeo od strasti.

— Ne.

— Još jednom te pitam, hoćeš li da otvoriš?

— Neću!

— Dobro, kajaćeš se! Znaj da ćeš se kajati...

— Dosta sam se kajala, više ne mogu...

Ona ču kako on pređe trpezariju. Zalupiše se jako vrata njegove sobe. Mlada žena sede na postelju. Njeno uplakano lice razvuče se u osmejak. „Ipak on mene voli! Hteo je k meni u sobu!" Uvređeni ponos i ljubav borili su se u njoj. „Da li da ga zovnem?... Da li da idem k njemu?... Ne!" Ali sutra neće otići. Ne bi ga mogla ostaviti. On je njen slatki mužić. Mnogo ga voli... Prisećala se svih njegovih nežnosti današnjeg dana: „Ljiljo" u autu, pa hvatanje ispod ruke kraj reke, pažnja za ručkom i sad ovo na sofi... Bio je radostan što je ljubomorna; nije se on njoj svetio. Srećan je što ga ona voli... „Ali, slatki moj mužiću, večeras ti neću biti žena! Kazniću te malo! Kad sam toliko čekala da me poljubiš, mogu i ovu noć da pričekam. A sutra? Sutra ćeš ti meni šaputati najslađe reči..." Svukla se i bacila u postelju. Njena uravnotežena priroda i zdravi nervi sve su dovodili u sklad. Ali zaljubljena žena uvek istražuje. Setila se opet Margite i njegovih pohvala o njoj. Šta ako je ovo samo trenutna želja kod njega? Muškarac se začas zagreje i rashladi. S tim sumornim mislima je zaspala. Trgla se iznenada. Neka kola su strašno zatandrkala ulicom, prozori su se zatresli. Bila je još noć... Slatki san posle šetnje na suncu u prirodi tako ju je okrepio. Najednom se začudila kako ona može da leži sama u sobi kad je njen muž tamo. Kako može da ga ostavi?! Sinoćnja njegova želja dade joj hrabrost... „Idem k njemu!" Odškrinu lagano svoja vrata. Smešila se u pomračini. „Otvoriću lagano vrata, nagnuti se i poljubiti ga."

Išla je na prstima... Lagano pritisnu bravu da ne škljocne. Njegova vrata su bila otključana. U sobi je bilo mračno. Ona dođe do postelje, naže se, pruži ruke i — napipa samo somot sofe. Prevuče rukom preko postelje. Nije bio u postelji! Ona naglo upali elektriku. Soba je bila prazna, a sofa nameštena. Tupo je zurila po sobi... „On je otišao! Osvetio mi se! Kazao je, kajaćeš se! Njoj je otišao, a mene ostavio samu u kući. Sigurno je ovako često odlazio noću, a ja nisam ni znala.” Ugasi brzo svetlost. Obuze je ludi strah i bol... Pretrča preko trpezarije, ulete u svoju sobu sleđena od bola. Ispod grudi je nešto pritisnu, kao da joj se svali neka olovna ploča... „Otišao je k njoj! Ona mu je sinoć dala na znanje da će biti sama kod kuće... Dogovorili su se još kad je on držao jagnje, a ona ga milovala. A večeras! Šta je značilo ono njegovo gruvanje u vrata? Bila sam srećna i verovala da me voli?”

Sva njena radost iščeze. Ona tek sada uvide kako je teška borba žene s muškarcem i kako je muškarac uvek moćniji; on drži osvetu u rukama. Njemu je lako osvetiti se ženi. On ne pati, već se sveti. A žena se sva pretvara u patnju. Ona nikad nije pomislila da bi se njemu mogla osvetiti. Izbegavala je svaki muški pogled... Sklanjala se s prozora čim bi videla studenta i poručnika. A on ovako? Otišao onoj devojci! I šta ona više da čeka? Da ostane u ovoj kući, a on noću da odlazi... Ne, sutra uveče je neće više zateći u ovoj kući. Zaklinjala se samoj sebi da mora da ode... Plakala je i govorila:

— Dabogda mama da mi umre ako ne odem! Sutra odlazim, a on neka se ženi Margitom!

Na bračnu scenu stupa
prijateljica mlade supruge

Ustala je pre Radmila. Mislila je o tome da li će se šta poznati na njegovom licu... Čula ga je kako se brije. Doviknula mu je kroz zatvorena vrata:

— Ja idem da spremim doručak... Ti dođi!

— Sad ću ja! — odgovorio je sasvim mirno.

Za doručkom ga je ispitivački posmatrala. Bio je tako svež i lep. Prijatno je odisao parfemom. Nokti su mu bili čisti i prirodno ružičasti. Razgovarali su sasvim mirno. Ona je patila i savlađivala radoznalu prirodu žene, koja ne ume da skriva bol nego ga ispoljava.

Posle doručka je otišao. Ona je raspremala sobe, nameštala sveže cveće, htela je sve uredno da mu ostavi. Odluka ju je još držala. Zaklela se u mamu i mora otići!

Prošao je i ručak. On je otišao u kancelariju. Ništa je nije zapitao. Nju je to vređalo. Zašto je bar nešto ne upita? Da se samo malo nasmejao, privukao je sebi, ona bi popustila...

Bilo je četiri posle podne. Ljiljana je mislila kako treba da ustane, da se spremi. Ništa neće poneti. Juliji neće ni reći da ide... Neka joj on objasni kako zna. On je advokat, umeće da nađe neki izgovor. Neka kaže šta god hoće. Pola pet. Ona se oblači. Strašno joj je bilo. Zajecala bi naglas. Zar da ostavi i njega i ovu lepu kućicu? Kako će otići kao kradljivac? Stavila je samo novac u tašnu. Suze su je gušile. Pošla je i vratila se. Htela je da se svuče. Nije mogla da prekorači prag kuće. Najzad je pomislila: „Što mora biti posle tri meseca, neka bude sada!" Pozdravila se s Julijom, kao da ide u šetnju, i izašla na ulicu. Zastala je pred kućom sa strahom: da li da ide ili ne? Lagano je išla ulicom, razmišljajući pri svakom koraku. Najzad se odlučila da ode Radmilu. Ako bude nekog u njegovoj kancelariji, pozvaće ga napolje. Išla je oborene glave. Jedan čovek je pozdravi:

— Dobar dan, gospođo!

Ona ga pogleda. Bio je to neki radnik. Otpozdravi mu. On malo zastade:

— Vi me ne poznajete, gospođo. Ja sam otac male Nade.

— A, tako! Kako je Nadi?

— Vrlo dobro, zahvaljujući vama. Svakog dana ste joj slali ručak, a bila joj je potrebna jača hrana. Lepo se oporavila.

— Baš se radujem! Pa pozdravite malu Nadu i vašu suprugu.

— Hvala, gospođo. Ako treba štogod da vam se opravi u kući, pozovite samo mene. Da vam se bar malo odužim.

— Nije potrebno. Hvala vam — ona mu pruži ruku.

„Da li će Julija nositi maloj ručak kad ja ne budem u kući?" Odluči da piše Juliji da detetu stalno nosi ručak. Ona će sigurno ostati da Radmilu kuva i sprema kuću. Ako se oženi Margitom, opet neka ostane...

Najednom, koga spazi: Margitu! Sretoše se baš na ćošku.

— Dobar dan, gospođo! — pozdravi je devojka i priđe.

Ljiljana joj odgovori usiljeno ljubazno.

— Da nećete do Radmila? — pitala je devojka. — Ja sam upravo pošla k njemu da uzmem jednu knjigu. Treba mi za ispit.

— Neću. Pošla sam u trgovinu da nešto kupim — slaga Ljiljana i preinači odluku. — Idite vi! — reče joj ljubazno, sa osmehom.

Sad je bila načisto i s njihovim odnosom i sa svojom odlukom. Izgubila je Radmila i njen brak je završen... Ide pravo na stanicu. Neće se ni oprostiti s njim. Oči su joj se zamutile. Brzo je skrenula u jednu ulicu. Nije znala ni kuda ide. Žurila je da pronađe stanicu. „Sad je ona kod njega... Smeju se i razgovaraju.” Hitala je kao da hoće da pobegne od tih misli.

***

Nešto malo posle šest Radmilo je stigao kući. Zavirio je u sve sobe, ali nije našao Ljiljanu.

— Gde je Ljiljana? — upita Juliju.

— Gospođa je posle podne otišla.

— Je li vam kazala kuda će?

— Nije mi kazala.

On se vrati u trpezariju i uze novine, ali nije mogao da čita. „Nije valjda učinila tu glupost da otputuje?” Kajao se što joj je sinoć kazao da ide. Suviše je osetljiva... Margita mu reče da ju je srela... Da li joj je rekla da će k njemu?

Ušao je u spavaću sobu. Osećao se njen miris. Mirisalo je i cveće u vazi... Kako je ona sve to lepo rasporedila. Kao da je video njene male bele ruke koje sve to nameštaju. „Ne, ona je otišla da se prošeta! Kao onda kad je nisam poljubio. Ona je pravo dete... Prkosna i gorda!”

Ali taj njen prkos i gordost mučili su ga sve više. A voleo je njenu inteligenciju. Osluškivao je svaku njenu reč u društvu. Nikad nije izgovorila nešto lakomisleno ili glupo. Vrlo je blaga, nežna, puna takta.

Uzeo je ponovo novine, ali nije mogao da čita. Žene su čudno-vate! One često donose odluke srcem, a ne razumom. Pogleda u sat: četvrt do sedam! „Idem na stanicu!”, odluči najednom. „Voz polazi u sedam i pet. Ovde je ukrštanje. Stići ću. Ako je tamo, lako ću je skinuti s voza.”

Pojurio je kao bez glave. Zaustavio je taksi:

— Vozite me na stanicu što brže! Moram da stignem da mi ne umakne voz!

Ako ne bude u vozu, on će se vratiti kući i neće joj ni reći da je jurio na stanicu. „Ah, ta mala Ljilja!” Već je postajao lud zbog nje. Seti se da ima jedno pismo za nju. Ko li joj piše? Da nije opet onaj iz Beograda. Daće joj ga kod kuće. Ako bude otišla, otvoriće ga...

Na stanici iskoči iz auta. Jurnu na peron, polete za vozom, ali kasno...

Radmilo htede da vikne: „Ljiljana, Ljiljana!” Ali voz ubrza i izgubi se...

Iz beogradskog voza silazili su putnici. On se nađe u gomili, sav rasejan. Neko mu se javi, on odgovori:

— Dobro veče!

Nije video ko ga pozdravlja. Munu ga jedan nosač. Neko dete se saplete pred njim i pade.

On se saže, podiže ga.

— Fijaker! Auto! — vikali su kočijaši i šoferi. — Nosač!

— O, gospodine Tomiću! Vi ste izašli na stanicu! A ja tražim vas ili Ljilju!

On se trže i vide kako mu se približava neka elegantna dama, crnih očiju i jako narumenjenih usana i obraza, u haljini boje ciklame.

„Ko je sad ovo?”, trže se on, „ne poznajem je!”

Ona se smešila na njega, pružajući mu ruku:

— Ja sam javila da dolazim. Znači, dobili ste moje pismo. Kazala sam da ću biti kod vas samo jedan dan... Hoću da vidim Ljiljanu, vašu kuću, ovu varoš — ona spazi njegovo čuđenje i priseti se da treba da se predstavi.

— Vi me ne poznajete?

— Ne, gospođice!

— Ja sam Ljiljanina drugarica. Jelka, iz Beograda. U prolazu sam, pa sam htela da svratim kod Ljilje. Javila sam se pismom. Jeste li dobili moje pismo?

— Ovaj, danas posle podne došlo je jedno pismo. Ali, pošto je bilo adresirano na Ljiljanu, nisam ga otvorio. Da ovo nije vaše pismo? — izvadi iz džepa i pokaza joj.

— Da, to je moje pismo. Tek danas ste ga dobili! Pa vi znači niste izašli mene da dočekate?

— Izvinite, nisam izašao zbog vas. Nisam znao. Izašao sam jednog prijatelja da dočekam... Kazao je da će doći, pa nije došao — lagao je Radmilo.

— Ipak sam imala sreće! Njega ste čekali, a mene dočekali... Zar se vi mene ne sećate? Bila sam na venčanju — cvrkutala je proždirući očima ovog lepog crnomanjastog mladića. „Kako je Ljilja srećna. Gde nađe ovakvog deliju!"

— Bilo je tako mnogo sveta na venčanju da nisam sve zapamtio — izvinjavao se Radmilo sav zbunjen.

— A Ljiljana je kod kuće?

— Je... Jeste! Možda je nećete zateći. Otišla je u jednu posetu... Ja sam joj rekao da ne sedi sama, neka izađe — šeprtljao je Radmilo ne znajući šta da kaže.

— Ništa! Mi ćemo je pričekati. Ala će se iznenaditi kad me vidi! Molim vas jednog nosača... Imam ova dva kofera!

„Jaoj, pa ova je pošla na letovanje!", očajno je mislio Radmilo.

— Izvolite u auto!

— Oh, kako je lepa varoš! I ja bih mogla ovde živeti! — govorila je ushićeno, dok je mladi čovek ćutao misleći šta da radi ako je Ljiljana otputovala.

— Mi smo bile školske drugarice. Vrlo smo se volele. Ja sam se pre nje udala, ali sam se posle godinu dana razvela.

„Naopako! Ona je raspuštenica!", mislio je očajno Radmilo.

— Divno je ovde! Ima lepih kuća i trgovina. Šta je sveta! — „Ah, sada je još lepši! Kakve oči! Kakva kosa! Da li ga Ljiljana voli? Ona je bila luda za Momčilom!"

Jelka je bila uzbuđena zbog blizine ovog lepog muškarca; slatka nada joj je prožimala svest: možda ga Ljiljana ne voli? Raspitivala se opširno o njemu u Beogradu. Vredan advokat, ima stalni mesečni prihod u banci, biće i narodni poslanik, ima svoju kuću... Ljiljana se udala bez ljubavi za njega. Nekad je dovoljno baciti samo jednu varnicu u brak, ako je blizu raskida... A ona je verovala da njene oči imaju u sebi te zapaljive varnice.

Radmilo je bio vrlo rasejan. Gledao je kroz prozor neće li slučajno videti Ljiljanu.

Pred kućom je pomogao gošći da izađe iz kola.

— Ovo je vaša kuća?! Kako je lepa! — glasno se divila, ali je osetila i zavist. U bašti je zastala sva zanesena. Miris majskog cveća i rascvetalih bokora ruža talasao se kroz vazduh, a stabla su širila krune kao ogromni japanski suncobrani.

— Ovo je pravi park! Ume li Ljilja da uživa u ovom parku.

Mladi čovek se prenu na te reči. Zašto je tako rekla? Možda sumnja u njihovu sreću i zna za njenu prošlost?

— Ona vrlo voli baštu — odgovori on rasejano.

Julija se pojavi iz kuhinje.

— Julija! — uzviknu Jelka. — Poznajete li me?

— Kako da vas ne poznajem, gospođo Jelka! Doduše, bili ste učenica kad ste dolazili kod gospođe Drage s Ljiljanom. Pa, otkuda vi?

— Došla sam da vidim Ljilju... Upravo, putujem dalje, pa sam svratila u prolazu.

— To ste lepo učinili. Moja mala Ljilja će se mnogo obradovati... Pogledajte kako je ovde divno! Ali, izvol'te gore, u kuću.

— Čekajte, još malo da se divim vašoj bašti.

Zajedljiv uzdah poprati ove njene reči ushićenja.

— Je l' Ljiljana došla? — upita Radmilo Juliju.

— Nije, gospodine...

Neki težak teret mu pritisne teme.

Jelka je neumorno brbljala idući uza stepenice. Julija uđe prva i upali svetlost.

Meka svetlost razli se s tavanice i sve dobi nežan sjaj i blage linije. Svuda cveće, vaze, jastučići, lepe linije nameštaja, čistoća. Beograđanka je bila očarana. Zavirivala je u sve sobe, zastajkivala kraj svake stvari... Radmilo je nije pratio. Njeno divljenje kući bi ga obradovalo da se nije našao u ovako neugodnoj situaciji. Sad ga je nerviralo, ali se savlađivao.

Mlada žena se vrati i sede na divan u trpezariji, zadovoljna što se našla u društvu ovog lepog muškarca.

— A gde se to Ljilja zadržala? — „Mora da nije srećna, kad on ne zna gde je ona?”

— Mislim da je otišla do moje tetke...

— Da, ona vrlo voli gospa-Stanu — potvrdi Julija. — A sad jedno slatko za gospođu Jelku. Znam da ste umorni od voza?

— Pa i nisam.

— A imamo i lepu večeru! — Julija je poslužila slatko i otišla u kuhinju.

Raspuštenica se ugodno namesti na divanu. Kroz razrez na suknji ukaza joj se koleno... Oči su joj imale neki fosforasti sjaj.

— Imate li cigaretu? — zapita Radmila.

— Izvol'te!

— Prosto bih umrla bez duvana! — pušila je i kroz oblake gutala očima ovog lepog muškarca. „Ovaj ume da voli muški!”

— Jeste li vi školske drugarice?

— Da, iz gimnazije se poznajemo. A, zamislite, nije mi nijednom pisala otkako se udala! Zaista, u sreći je čovek sebičan i zaboravlja prijatelje. — „Možda je nesrećna, pa nije znala šta da mi piše...” — Je li Ljilja dobra žena? Vidim kako je sve lepo u kući. To me čak čudi, jer Ljilja se nije naročito oduševljavala kućom.

— Koliko ja vidim ona je izvrsna domaćica. Po ceo dan bi mogla sedeti kod kuće. Čita, radi ručne radove, sprema kuću...

— Zbilja? To me baš raduje!

Radmilo oseti značenje njenih reči i pogleda je. Sedela je na divanu, zavaljena, u poluležećem stavu, i gledala ga svojim fosfornim očima... „Kakva je ovo ženska?”, pomisli on.

— A ovo je vaša venčana slika?... Kako je Ljilja bila lepa na venčanju!

Radmilo je osećao sve veću nervozu. „Zašto nisam upitao blagajnika na stanici da li je uzela kartu za Beograd?” Ali, ova žena ga je zbunila. Odjednom se stvorila pred njim! I sad ona treba sve da dozna. Osluškivao je svaki korak na ulici. Svaki čas mu se činilo da se kapija otvara.

— Hoćete li, gospođo, jedan liker? Ljilja ga je pravila. I ja sam probao. Od narandže...

— Ona je pravila! Pa to je ona prava domaćica.

— Videćete — on joj nasu čašicu. Ona ga je gledala, sva je zadrhtala...

Dok je on prilazio, još više se uvalila u naslon.

— Ah, ja bih mogla da raspakujem stvari dok Ljilja ne dođe. Koliko je sati?

— Osam.

— Pa i ona će, valjda, uskoro stići. Gde su moji koferi?

On joj ih donese iz predsoblja.

— Mogu li ovamo u spavaću sobu?

— Izvolite!

— Napraviću Ljilji vašar, ali ne mari!

On uđe u svoju sobu. Gledao je kroz prozor. Još se nadao... „Ah, ta mala inadžika! Biće da je ipak otputovala." Onaj pritisak na temenu mu se pojača, a nervi se svi zategoše. Osećao je srdžbu i bol... „To je sve zbog Margite."

Jelka mu je iz sobe nešto govorila. On uđe ponovo u trpezariju. Vide čitavu gomilu njenih haljina. Sve je izvadila, poređala po stolicama, po krevetu... „Pa ova misli dugo kod nas da sedi!", zgranu se Radmilo.

— Što je divno ovde! — govorila je vrlo glasno. — Dopire svežina iz bašte.

Ona priđe prozoru i ugleda poručnika, koji je stajao na prozoru. Ugleda još jednog mladića. Ika i njegov brat su je posmatrali. Nju to nije zbunjivalo. Naprotiv, neprestano se šetkala ispred prozora, da bi je videli.

— Ko je sad ovo? Ima li Ljiljana sestru? — šapnu Ika bratu.

— Ne znam...

— A, ova je od sorte!

— Idi, molim te, hoću da učim.

— Ostavi me, hoću da je gledam... Kad ženska gleda, zašto ja da ne gledam? Ali, mala Ljilja je lepša.

— Otkud joj ti neprestano tepaš „Ljilja"? — čisto se iznenadi poručnik na brata.

— Čuo sam... Julija je uvek tako zove: gospođa Ljilja.

Jelka uđe u trpezariju:

— Ljilje još nema?!

— Sad će ona! — „Moraću joj na kraju reći. Moram joj priznati... čekaću do pola devet." — Hoćete li da slušate radio? — hteo je da izbegne razgovor.

— Nađite nešto lepo... Samo mi nemojte predavanja. Ne volim to da slušam.

— Muziku ću naći — setio se kako Ljiljana rado sluša i predavanja i novinske izveštaje. „Ovo je neka lakomislena žena", zaključi u sebi.

Jedan auto prođe ulicom. On se trže i pogleda kroz prozor.

„A, oni nemaju srećan brak kad ona ovako izostaje od kuće", mislila je Jelka. Posmatrala ga je. Izgledao joj je vrlo potišten.

Julija se pojavi:

— Šta, gospođe Ljilje još nema? Čudnovato! Nikad se nije toliko zadržala. Ona nigde ne izlazi bez gospodina... Da nije gospa Stana bolesna? Žalila se onomad da je bole noge.

Ova dobra žena umiri malo Radmila. Možda je ona kod tetke. Ali, nemir ga je sve više obuzimao. Čas sedne, čas ustane. Hteo je da bude veseliji, razgovorniji, ali nije uspevao. Beograđanka ga je radoznalo posmatrala.

Radmilo pogleda na sat. Pola devet. Ona je otputovala! On to mora priznati. Neka noćas gošća prenoći ovde, a sutra neka ide. Htede da joj kaže, taman da zausti kad — najednom lupnuše vrata predsoblja, začuše se užurbani koraci i na pragu se pojavi — Ljiljana.

— Ah, evo je! — uzviknu Radmilo veselo, zaboravljajući da treba da se ljuti... Onaj teški teret mu pade s temena, a nervi mu se opustiše.

Sva rumena, lepa, plava, u bluzici i suknjici, sa šeširićem na glavi, ona zastade časak na pragu... Nasmeši se mužu, videći njegov osmejak, a zatim pogleda na divan:

— Jelka, ti? Otkuda ti? — uzviknu iznenađeno.

— Srce moje! Ja sam! — začu se drugi uzvik i gošća se baci mladoj ženi u zagrljaj. Ljiljana je bila više iznenađena nego obradovana.

— A ti tako skitaš! A muž te čeka kod kuće...

— Bila si kod tetka-Stane? Je li ona bolesna? — preduhitri Radmilo njen odgovor.

Ljiljana odmah shvati da je on tako morao opravdati ovo njeno zadržavanje, pa ga odmah umiri:

— Jeste, bila sam kod tetka-Stane. Nije bolesna, nego... ja sam pokazivala Miki francuski. To je jedan gimnazijalac — okrete se ona Jelki — stanuje kod Radmilove tetke pa mu ja pokazujem francuski.

— Kako si ti dobra čak i prema muževljevoj familiji, ali, izgleda mi da si oslabila. Čekaj da te vidim... Jeste, oslabila si malo.

— Pa, zašto mi nisi javila? Izašla bih na stanicu.

— Javila sam ti, srce moje, ali pismo je tek danas došlo gospodinu Radmilu i on me je dočekao na stanici.

— Ti si pročitao pismo?

— Nisam... Evo ga, na tebe je adresirano.

— Zamisli, tvoj muž izašao da sačeka nekog prijatelja iz Beograda, pa sačekao mene.

Ljiljana se slatko osmehnu i pogleda muža. Sad joj je bilo jasno: „Išao je da vidi da li sam ja na stanici. Kazala mu Margita da me je srela.”

— Al' što ti je kuća lepa! Sve sam pregledala. Pogledaj, srce, napravila sam ti vašar u sobi.

— Ako, jesu te poslužili?

— Jesu. Dobila sam slatko, a tvoj muž me poslužio i tvojim likerom. Nisam znala da si takva domaćica.

— Pa, ja sam uvek volela kuću.

— Ah, to što volimo kao devojke nije isto kao kad se udamo.

Radmilo se seti kako se maločas nije pohvalno izrazila o Ljiljani. Kao advokat, on je umeo da bude i psiholog. Ova Beograđanka mu je izgledala nekako izveštačena. Sveža i nežna Ljiljanina lepota delovala je kao poljski cvet. Raspuštenica je govorila s afektacijom i on se začudi kako je ona mogla biti Ljiljanina prijateljica.

— Jaoj, ti si sigurno gladna? — uzviknu Ljiljana.

— Da vidiš i jesam. Znaš da se u vozu dobro ogladni.

— Odmah ćemo večerati. Ovde ću da postavim. Jesi li videla letnju kuhinju i trpezariju dole?

— Nisam.

— Hajde da ti pokažem — radovala se što može pokazati gošći celu kuću, svaku stvarčicu.

Jelka se divila, govorila glasno, naročito u bašti, jer je videla oficira na prozoru susedne kuće.

— Imaš lep komšiluk! — šapnu Ljiljani.

— Ah, nikog ja ne gledam.

— Tako si zaljubljena?

— Radmilo je divan!

— Zaista, našla si divnog muža! Jesi li zaboravila Momčila? — upita je zlurado.

— Ostavi njega! I molim te, nemoj slučajno da ga pominješ pred Radmilom.

— Zar tako šta možeš i da pomisliš? — „Znači, on o tome ništa ne zna... Kako je samo vešto to sakrila!”

Za večerom Ljiljana zaključi u sebi da to i nije tako loše što je Jelka iznenada došla. To će malo da izmeni njihovu situaciju u kući. Radmilo je fin, neće dati da se išta primeti. Ali gde da je metne da spava? U njegovu sobu! Zavukao se kao miš, pa ne izlazi iz te sobe. Sad će ga prisiliti da izađe.

Ali najednom, ženska sujeta se probudi u njoj. „Ti ga silom okolnosti teraš da ti se približi... Tako nikad nećeš znati da li ti se približio iz učtivosti — da bi samo na izgled očuvao srećan brak, ili ti se priklonio iz ljubavi. Ne! Neka ostane kako je... On noćas nije noćio kod kuće. Margita mu je išla u kancelariju danas posle podne.”

Tuga, koja ju je sve vreme mučila i nedoumica da li da ode ili da ostane, opet je savladaše. Bojeći se da joj se ne opazi nešto na licu, ona je veselo nudila Jelku kolačima i birala lepe parčiće za muža. Pričala je o svemu i svačemu da bi odagnala tužne misli.

Pogleda Radmila. Bio je raspoložen. „Njemu je milo što sam ostala! Čak je trčao na stanicu. Što bi inače išao? Ne, ja ću Jelku u njegovu sobu.” Dvoumila se šta da radi.

— Tebi se spava, je li? Umorna si od puta? — upita Jelku.

— Prilično. Ali nisam umorna od puta, nego... sinoć je bilo veće društvo kod nas. Igrali smo poker. A gde ću da spavam?

Ljiljana oseti tremu: šta sad da kaže? Pogleda muža trudeći se da pročita odgovor na njegovom licu.

„Poker... Mondenski svet... Kocka... Iz tog sveta je, dakle, njena prijateljica”, mislio je Radmilo.

— Radmilo će da spava u radnoj sobi, a ti ćeš sa mnom — reče Ljiljana čitajući muževljeve misli.

— A, to neću! Zar da vas razdvojim? Slušajte, vaša ženica vas tera iz sobe. To ne smeš da radiš...

— Ja se pokoravam onome što moja žena naredi... A znam da mi vas dve ne bi oprostile ako vam ne omogućim da se lepo narazgovarate.

— Kako pogađate! Žene uvek imaju sitnih tajni. Ali, naše tajne su naivne.

„Hoće o Momčilu da joj priča. Da li je došla od njegove strane?”, mislio je Radmilo.

Iako se smešio, Ljiljana je shvatila šta misli... Ona mu priđe i nežno mu prebaci ruku preko ramena.

— On je zlatan i neće da se ljuti — privuče mu glavu na grudi i zavuče prste u njegovu kosu. — Je l’ da se nećeš ljutiti?

On oseti njen miris i glatku svilu haljine.

— Zašto da se ljutim?

— Kako ume da vas mazi! — gugutala je gošća. — Ona je bila maza i u školi... Idem da spavam. Laku noć!

Ljiljana pođe za njom u sobu, da razmesti krevete. Pokaza joj gde da legne.

— Izvini jedan čas, nešto da pitam Radmila.

— Idi, idi! — smeškala se Jelka značajno. — Idi da ga malo umiriš...

Ljiljana oseti gorčinu te izjave, ali ne reče ništa.

Uđe lagano u muževljevu sobu. On je sedeo za stolom i razmišljao...

— Radmilo, znam da ti je neprijatno što je ona došla...

— Ako je tebi prijatno, zašto bi meni bilo neprijatno? Možeš da primiš svaku prijateljicu, ako nalaziš da je dostojna da uđe u tvoju kuću... Vi ste drugarice još iz gimnazije, ona mi je pričala.

— Jesmo bile drugarice u gimnaziji, ali ona je tada bila dobra devojčica... A, pravo da ti kažem, posle gimnazije se nismo mnogo družile. Ona je pripadala drugom svetu. Volela je mondensko društvo, a moj otac je bio intelektualac i nije voleo društvo koje se samo kocka i zabavlja... Ona se izmenila... Ali, sad je naša gošća i molila bih te da budeš pažljiv prema njoj... Naročito bih volela da ne dozna kakav je naš život...

— Od mene neće doznati, a za drugo se postaraj ti...

— Vidiš da sam se i večeras postarala da sačuvam tvoj mir i da se ništa ne oseti.

— Video sam. Tako ljupko si me zadržala u izgnanstvu — pogledao ju je dubokim sjajnim očima.

— To izgnanstvo si sam želeo...

— Da, osećao sam se vrlo ugodno! No, sad da pređemo na drugu stvar. Je l'te vi, mala Ljiljana, gde ste do ova doba noći?

Ona se osmehnu, osećajući njegov pravi ton. Sede na sofu i reče ozbiljno, i ona sa „vi":

— Prvo sam pošla k vama da kažem zbogom... Onda sam srela gospođicu Margitu... I ona je bila pošla k vama. Znala sam da će vam biti mnogo prijatnije da vidite nju nego mene...

— O, nisam znao da ste tako dobar psiholog! A šta ste posle radili?

— Šetala sam malo, jer je bilo rano za voz. Prošla sam pokraj Verine kuće. Ona me videla i pozvala. Bila je vrlo nesrećna. Plakala je i sve mi ispričala... Ona udovica Perka poručila joj kako, samo ako hoće, može da je rastavi s mužem...

— I rastaviće ih, razume se... I ja ću joj to potvrditi, ako svakog dana bude pravila mužu ljubomorne scene zbog izmišljenih dostava svojih prijateljica. Pričao mi je i žalio se... Bio je u to doba baš kod mene.

„Znači nije bio sam kad je Margita bila kod njega!"

— I ja sam joj govorila da ne treba da sluša prijateljice. Njen muž je dobar prema njoj.

— Jeste li se i vi njoj izjadali? I vi imate rđavog i nevernog muža...

— Ne, ja sam vas hvalila... Vi ostajete najidealniji muž.

— Šta znate, možda je to i tačno! — smešio se on. Videlo se da ga zabavlja njeno pričanje.

— A šta vas je navelo da promenite odluku o putu? Sigurno vas je Verina patnja utešila. Shvatili ste da ipak imate dobrog muža koga treba čuvati.

— Čuvati vas neću, jer i vi mene ne mislite da čuvate... Ali, kazala sam sebi da ću izdržati do kraja bračni staž od tri meseca. Dogovor je dogovor.

— Vrlo pametno! Kao da ste na letovanju. I još je pokraj vas mladić koji nije ni drzak ni nasrtljiv.

— Da, čak vređa to što je toliko učtiv!

— Pa, možda nije muškarac?

Ona ne odgovori. Zagleda se u vazu s belim ružama. Osećala je da je on gleda... Podiže pogled i upita ga:

— A zašto ste vi išli na stanicu?

— Pa... da vas ispratim — osmehnu se. Njegova uzdržljivost ju je ljutila.

Očekivala je da će sesti kraj nje, zagrliti je i šaputati: „Ljilja, mala Ljilja! Srećan sam što si ostala! Ti nikad nećeš otići od mene... Mi ćemo se voleti...” Zadrhtala je i zaželela da mu pokaže kako i ona ume da se uzdrži, i pređe na drugu temu:

— Nešto sam učinila ne pitajući vas: pozvala sam za prekosutra Veru i Voju na večeru... Jesam li dobro učinila?

— Vrlo dobro... Pogodili ste moje misli.

— Možda ja uvek pogađam vaše misli?

— U sebi pogađate, ali to glasno ne izgovarate...

Umesto odgovora, ona ustade sa sofe i reče:

— Idem, Jelka je sama.

— Imaćete celu noć za razgovor o vašim malim tajnama. Zna li ona sve vaše tajne?

— Nikakvih tajni ja nemam s njom. Mene sad vaše tajne zanimaju... Laku noć!

Pruži mu ruku, on je uhvati i steže. Ona htede da je izvuče, ali je on nije puštao. Ruka mu je bila tako topla. Naginjao je svoje lice njenom...

— Ti nisi noćas spavao u svojoj sobi? — izgovori ona hrabro ono što ju je mučilo.

— Nisam, a otkud znaš?

To priznanje porazi Ljiljanu. Da je odricao bilo bi joj lakše. Ali on priznaje...

— A gde si bio? — šapnu ona i pocrvene.

On se slatko osmehnu zagledajući joj oči.

— To neka ostane moja tajna! — odgovor je bio sasvim isti kao njen kad ju je on pitao za Momčila.

Ona povuče ruku, povređena:

— Znam, bio si kod Margite... Ušla sam noćas u tvoju sobu i uverila se. Bio si kod nje...

Ona istrže ruku i otrča u predsoblje. Ali, mladić se u dva koraka nađe iza njenih leđa, obgrli joj ramena, pritisnu je na grudi... Osećala je kako naslanja svoj obraz uz njen, kako je miluje obrazom, a njegova ruka se spušta na njene grudi... Ona poklecnu, sve joj se zamagli pred očima. Sva klonu u njegovo naručje.

— Ljiljo, Ljiljo! — začu se Jelkin glas i najednom se otvoriše vrata spavaće sobe. Ona ih spazi u zagrljaju, ali ostade na vratima... Bila je u pikantnoj pidžami.

— Mogu li da se okupam?... Rekla si da je kupatilo toplo.

— Možeš! — promuca Ljiljana kao u bunilu. „Kako je nije sramota da se pokazuje ovako pred mojim mužem?”

Radmilo žurno uđe u svoju sobu. Ljutito je šetao po sobi, nervozno pušeći.

U duši male Ljilje kovitlao se čitav vrtlog osećanja... „On ne odriče da je bio kod Margite.” Ljubav, ljubomora, patnja — sve se mešalo i kovitlalo u njoj. „Što je došla? One nisu bogzna kakve prijateljice! Otkud ona?”

Jelka se vrati iz kupatila:

— Ah, Ljiljo, pa ti zbilja voliš svoga muža! — govorila je ironično, razmazujući krem po licu i masirajući slepoočnice.

— A ti si mislila da ga ne volim?

— Kako bih mogla verovati posle onolike tvoje ljubavi s Momčilom?

— Da sam pre upoznala svog muža, nikad mi ne bi palo na pamet da pogledam Momčila.

— Zar je Radmilo tako zavodljiv?

— Jeste. On je pravi muškarac.

— Strasno te voli, je li?

— Voli me i ceni me! — lagala je Ljiljana. Bila je sad srećna što je Jelka videla onu scenu.

— Zbilja! To me raduje...

— Mi smo ludi jedno za drugim.

— Ah, popušila bih cigaretu, imaš li ti?

— Ja ne pušim. Ima Radmilo. Idem da ti uzmem...

— Idem ja sama. Zašto ti da ustaješ kad si legla? — ne čekajući odgovor, Jelka izađe i zakuca na Radmilova vrata:

— Izvinite, htela bih jednu cigaretu.

Mala Ljilja sede na krevet. Stezala je ruke.

„Šta hoće ona? Ne, ne! Ja sam luda... Postajem ljubomorna na svaku ženu.” Oslušnu...

— Hoćete li dve cigarete?

— Dajte mi da imam i za sutra.

— Zaista... divan ti je muž! To sam ti kazala i na dan venčanja, sećaš li se? — raskalašno se smejala Jelka.

— Sećam se! — „Ona će se još zaljubiti u Radmila.” — Imaš li ti kakvu ljubav, Jelka?

— Muškarci danas nisu na svome mestu.

— Zar je to moguće?

— Moguće je. Naše doba je odvratno. Svi su se izopačili, a tvoj Radmilo je pravi muškarac...

— On jeste pravi muškarac! — potvrdi mala Ljilja s ushićenjem.

Zaklopila je oči i osetila njegov vreli obraz uz svoj. Da li je on voli? Možda je Margita noćas postala njegova ljubavnica. Oh, za to bi mu se osvetila... Osvetila bi mu se makar je ubio.

Zao duh u braku

Student Ika nije mogao da dođe sebi od čuda. Ljiljana mu piše! Čitao je više puta to pismo kucano na mašini. Radmilo sigurno ima kod kuće pisaću mašinu. Pitaće izdaleka Peru. Sedeći u bašti, on je po ko zna koji put čitao:

Od prvog dana sanjam vaše lepe oči... Slušam vašu gitaru svake večeri. Svirajte mi češće... Ja uživam i u vašem pevanju... Nemojte se čuditi što vam pišem. Sve žene nisu srećne. Treba voleti pa biti srećan, a ja volim samo plave oči...

„Lj. T.", ponavljao je Ika. To mora da je Ljiljana Tomić... Zar je moguće da posle nepuna dva meseca od venčanja udata žena piše ljubavna pisma? Radost koju je osetio kao mladić kome, eto, lepa žena izjavljuje ljubav, bila je pomućena saznanjem da ta žena odmah posle venčanja vara muža. Osećao je sažaljenje prema Radmilu. On je tako divan čovek. Imao je lepih prilika ovde da se oženi, a uzeo je Beograđanku koja piše ljubavna pisma drugim muškarcima posle mesec i po braka... Ovim pismom Ika je izgubio svaku veru u ženu, kao mladić o sebi je stekao uverenje da je prosto neodoljiv...

Ovako šta se retko doživi. Čim Radmilo otputuje, on će preko plota! I ona je to videla, zato i šetka po bašti... A on, glupak, mislio da ona uživa u bašti! Da je dobio premiju na lutriji ne bi se više iznenadio. Izvadio je ogledalo i pogledao se... Da, lep je. Lepo razvijen. I ume muški da voli. A zar Radmilo muški ne voli?

Žene su strašne! Hoće dva muškarca. Možda se udala zbog položaja. Ali, Radmilo je lep čovek. Ika prosto nije mogao da shvati. Najzad, šta ga se tiče. On se njoj dopada, a i ona njemu... A Radmilo? S njim se nije šaliti. Ama, žensko je lukavo! Oko muža će cile-mile, a njega će da primi kad muž nije tu.

Ljiljana je upravo silazila niza stepenice u lakoj jutarnjoj haljini poprskanoj cvetovima. Potpetice na papučama zvonko su odjekivale po betonskoj stazi koja se gubila kroz majsku travu. Uđe u kuhinju i malo posle izađe. Pogleda desno i levo.

„Možda mene traži?", pomisli Ika.

— Miki! Miki! — začuje se Ljiljanin glas.

Ika pogleda i spazi u žbunju ribizli malog mačka Mikija. Priskoči i uhvati mače.

— Gospođo, evo, vaš Miki je došao k nama — reče uzdižući se preko tarabice.

— O, kako je vragolasto to malo šunjalo! Pravi Miki Maus — ona žurno pređe preko trave i dođe do tarabe da uzme mače. Rukavi joj skliznuše do mišica, ukazaše se dve bele oble ruke. Iku nešto štrecnu.

— Je l'te da je sladak? Ima divnu glavicu? — smešila se Ljiljana.

— Da, ima divnu glavicu i najlepše plave oči...

— Plave? — trže se Ljiljana. Pogleda mladića i oseti da je on netremice gleda dubokim pogledom. Kao da shvati šta on misli, sva pocrvene, ali se napravi nevešta. Pritisnu mače uz obraz i brzo se udalji. Student je još gledao za njom. „Razumela je moj kompliment... Sva je pocrvenela."

U spavaćoj sobi kraj prozora stajala je Jelka. Posmatrala je Iku svojim fosfornim očima... Sva je bila ružičasta i plavkasta, sa senkom oko očiju. Uvlačila je duboko dim cigarete, osećajući slast, kao da hoće da uguši čežnju svoga tela.

Mladić je vide, zagladi kosu rukom, izvadi ogledalce. Bio je zadovoljan sobom...

— Ah, nemoj da ga gledaš! Uobraziće dečak da zbog njega stojiš na prozoru — začu Jelka Ljiljanin glas iz sobe.

— Gle, a zašto da ga ne gledam? Ako šta uobražava, to je na njegovu štetu. Ali, priznaćeš, lep je dečko. Bogami, imaš vrlo lepe susede.

— Nisam primetila.

— Nemoj biti glupa! Pogledaj ih slobodno. Žena uvek treba da ima u rezervi kavaljera, radi eventualnih nesuglasica u braku.

— Meni te rezerve nisu potrebne.

— Posle mesec i po dana braka znam da ti nisu potrebne, ali kasnije? Nemoj nikad verovati mužu.

— Ti o svemu imaš neke čudne pojmove...

— Iskusila sam, i sad mogu da prozrem svakog muškarca, i ne bojim se više... Više ja njima mogu zla nego oni meni. Ali tvoj muž je divan. On zaslužuje ljubav.

Njene reči su nervirale Ljiljanu, ali ona je prikrivala svoju nervozu. Jelka joj je bila strana sa svojim pojmovima, ponašanjem i oblačenjem. Osetila je bojazan: šta će Radmilo misliti o njoj kad je njena nazovi prijateljica ovakva? Bila je ljubomorna. Nervirale su je Jelkine pidžame, u kojima je šetala po bašti, ne obazirući se na to što je svet unaokolo gleda kao čudo. Ona je verovala da joj se dive.

Ljiljana je mislila da će Jelka sedeti dan-dva, pa otići. Ali, ovo je drugi dan i ona ne spominje da će putovati. Ovaj uredni život se sviđao Jelki; a još više dobra kuhinja... Čudila se Ljiljani što trčkara gore-dole, briše, rastrebljuje, namešta postelje, pomaže Juliji u kuhinji... Čeka muža u svako doba na ručak, na večeru, smišlja šta on voli da jede, sve kako se njemu sviđa...

— Uzdrži malo svoje srce! — savetovala je Ljiljanu. — Ne puštaj sve kako on hoće. Tvoja reč treba da bude starija...

„Zato je tebe muž najurio, što je tvoja reč bila starija", mislila je Ljiljana.

Pred podne Jelka obuče pidžamu od žutog krep-satena. Ljilja je pogleda, prosto se skandalizovala.

— Je l'da je lepa ova pidžama? — pitala je Jelka.

— Da, lepa je, ali nije za dan.

Jelka se glasno nasmeja:

— Podsećaš me na moju staramajku! Ona isto to kaže.

— Ja volim neupadljivu eleganciju. Mama i tata mi nikad nisu dopuštali ekscentričnost.

„Ljubomorna je", pomisli Jelka. „Boji se da će mi se njen muž suviše diviti." Okretala se pred ogledalom. Bila je vrlo zadovoljna. Izađe u baštu. Šetkala je, uvijajući kukovima... Cigaretu nije ispuštala iz ruke. Ljiljana je bila sve nervoznija.

Julija došapnu Ljiljani:

— Ju, kako je nije stid u onoj pidžami! Gledajte, gospođo Ljiljo, svi istrčali pa je gledaju.

Ali, Jelka je to smatrala svojim uspehom.

I Radmilo se trže kad je vide. Ljiljana je to primetila, ali nije znala kako to da protumači: kao nezadovoljstvo, ili kao dopadanje. Ručali su u bašti ispod kajsije. Jelka je glasno govorila afektirajući; pravila je puno komplimenata i Ljiljani i Radmilu. Želela je da oni osete kako je ona umiljata i iskrena. Ali, Ljiljani nisu umakli pogledi raširenih očiju, i iskrice koje je Jelka bacala njenom mužu.

— Gore ćemo piti kafu — reče ona. Htela je prosto da uvede Jelku u kuću, da je svet ne gleda.

Ljiljana uskoro uđe u trpezariju, s poslužavnikom i šoljicama. Sva zadrhta videći kako se Jelka uvalila u sofu, gotovo u poluležećem stavu, s cigaretom. Pogleda muža. On je stajao u ramu vrata i pušio. Nije gledao u Jelku. Da li je on primećivao njene izazivačke poze?

— Donela sam kafu...

Jelka se diže sa sofe. Priđe vratima i nađe se u okviru, osvetljena suncem. Njena žuta pidžama bleštala je kao mesing, a kroz tanku svilu ocrtavale su se sve linije... Radmilo se okrete radiju.

„Ovo čudo ja ne treba da trpim u svojoj kući!", pomisli Ljilja.

— Uzmi, Jelka, kafu! — reče.

— Zbilja si ti, Ljiljo, srećna! Dobila si muža i miraz: kuću i lepu baštu. Čitavo imanje! Danas muževi retko donose miraz...

— Možda je Ljiljana zaslužila da joj muž donese miraz — odgovori Radmilo osetivši žaoku ove raskalašne gošće.

— Kako da ne? Ljilja je divna... Ali, danas se retko dobijaju dobri muževi. Kad se samo setim moga muža...

— A zašto ste se vi, gospođo, razveli? — zapita slobodno Radmilo.

— Zato što sam se udala za prostaka. On nije bio muž za mene!

Ljiljana oseti kao da joj neko pljusnu punu kofu ledene vode u lice. Sva pretrnu... Njene reči! Oseti potrebu da se brani, napadajući Jelku:

— Ja mislim da si se ti, Jelka, grdno prevarila. Tvoj muž je bio fini mladić, nije bio prostak kao što ti kažeš. Ako nije bio iz bogate porodice, bio je školovan čovek... Zar možeš tvrditi da nema prostaka i u beogradskom otmenom društvu? Još kakvih! Sa svim porocima. Ja nalazim da si ti pogrešila što si dovela do tog razvoda...

Jelka raširi oči:

— Ljiljo, je l' moguće da ti braniš moga muža!? Ah, gospodine Radmilo, znate li da je on mene tukao? — okrete se njemu tražeći sažaljenje i podršku.

— Jeste, tukao te — nastavi Ljilja — ali zašto? Jednom si celu platu prokockala...

Te reči su bile kao vruć šamar raspuštenici, ali ona ne ustuknu.

— Jesam... Jednom sam izgubila na kartama, ali treba li zato da me tuče? Jesam li mu upropastila kapital? Plata se mora potrošiti, a mesec začas protrči... Moji su nadoknadili taj gubitak.

— Nadoknadili su gubitak za taj mesec, ali nisu iskorenili tvoju strast za kockom...

— Bože, Ljiljo, kako si ti staromodna! Pa kockanje je moderna zabava. Ceo svet se u Beogradu kocka.

— Samo otmen svet. Intelektualci, činovnici i sirotinja se ne kockaju. To je porok otmenog sveta. Moj tata nikad nije hteo ni da vidi karte... Pravo da ti kažem, ja te osuđujem što si zbog kocke upropastila svoj brak...

Jelka se smejala blazirano, gledajući sažaljivo Ljiljanu.

Radmilo je ćutao i slušao njihov dvoboj rečima. Tek kad one ućutaše, on progovori:

— Je li kocka bila uzrok vašeg razvoda?

— Bilo je i drugih stvari. Njegova porodica i dosadne sestre. Sestre su za njega bile ideal. Što one kažu, to je bilo sveto... Uvek su one bile pametnije od mene. Nisam htela da trpim da muževljeva porodica vršlja po mojoj kući... Ja sam iz otmene porodice i nisam mogla da podnesem te fukare.

Mala Ljilja se naroguši:

— Kako možeš da kažeš da su fukare kad su to školovane devojke? Ti nisi umela s njima, one su vrlo dobre devojke. Znaš, Radmilo, one su mnogo volele svoga brata. Njihovi porodični odnosi su vrlo nežni, što se retko nalazi... One nisu od tebe tražile ništa drugo nego da budeš dobra domaćica i da ostaviš kocku! — okrete se opet Jelki.

— Jeste, one su želele da ja budem kuvarica njihovom bratu, da mu spremam sarme, đuveč i podvarke, da zovem i njih na ručak. A ja to nisam htela. Kuvaš li ti? Vidiš, tebi je tvoj muž doveo prvoklasnu kuvaricu iz Beograda, ne moraš ništa da radiš i lako ti je hvaliti se da si dobra domaćica...

— O, da znate, gospođo Jelka, kako je moja mala Ljilja vredna! Voli kuću i radi u kući — javi se Julija koja je bila došla da uzme šoljice i čula te reči. — Mogla bi moja gospođa Ljilja i bez kuvarice. Ja se za nju ne bojim. Treba žena da čuva muža... A kako je ona štedljiva! Nema posla koji moja gospođa Ljilja ne zna, iako je mlada. Ali, i njena majka je takva... Kakva majka takva ćerka!

Ljiljana je nežno gledala Juliju. Rado bi je poljubila zbog ovih reči. Divno je zapušila usta Jelki. Julija se udalji sa šoljicama.

— Tako ću ja, gospodine Radmilo, ispasti rđava žena... Šta vi na to kažete, kao advokat? — afektirala je Jelka.

Gledala je njegovu visoku figuru, lepa ramena i bele zube.

— Nesuglasice u braku ne znače da su muž i žena rđavi. Mogu oboje biti dobri, ali su vaspitani u raznim sredinama, stekli su različite navike, koje se ne podudaraju u braku... Od njih posle zavisi da li će umeti da prilagode ukus i život jedno drugome...

Ljiljana ga je nežno gledala. Njegove crne oči su blistale kao kristal. „Milo moje", šaputala je u sebi. „Ja sam tebe zavolela. Ti si najslađi mladić koga poznajem."

— Mi se apsolutno nismo složili — izjavi Jelka. — On nije hteo mene da razume! — ustala je i šetala po sobi, uvijajući se pred Radmilom. Stala je kraj radija i okretala dugme.

— Tango! Igrate li, gospodine Radmilo?

— Igram.

— Hajde da igramo! Ja obožavam tango...

— Ne! Ostavite... Nisam skoro igrao.

— Morate. Muškarac koji igra ima vrednost više... Hoću da vidim imate li vi taj višak vrednosti. Jesi li ti, Ljiljo, igrala s njim?

— Nisam još... Ne znam kako igra...

— Ne znaš? Skandal! Onda morate igrati... — ona mu se prosto baci na grudi, pripi se sva uz njega i zadrhta kad on obavi ruke oko njenog stasa. Povuče ga po obojenom podu, oko stola gde nije bilo tepiha.

— Ah, divno igrate! — šaputala je. — Ljiljana, tvoj muž je izvanredan igrač! — u okretanju, kad Ljilja nije mogla da uhvati njen pogled, upijala je svoje fosforne zenice u njegove tamne oči.

On htede da prestane, pogleda svoju ženu koja je sedela na sofi zaprepašćena bestidnošću ove žene.

„Odvratno, ovo je odvratno, zašto ja trpim ovo čudo u kući?"

Radmilo se čisto otrže od nje. Ona šapatom izgovori:

— Dajte mi jednu cigaretu! — uđe u predsoblje kao da hoće da sakrije svoje uzbuđenje.

— Što si se zamislila, Ljiljo? — upita Radmilo svoju lepu ženu. — Hoćeš li s tobom da igram?

— Nikad nisam mnogo volela da igram. Ti lepo igraš...

— Idem nešto da otkucam — on uđe u svoju sobu.

Oblaci dima iz predsoblja ulazili su u trpezariju. Jelka uđe u sobu:

— Onaj plavi student stalno radi gimnastiku i gleda u tvoju kuću! — dobaci ironično.

Ljiljana se trže. Da li je htela da to Radmilo čuje? Srećom, mašina je već kucala.

— Nisam primetila da gleda moju kuću — odgovori šapatom.

— Tim gore za tebe — osmehnu se Jelka. — Gospodine Radmilo, vi kucate. Jeste li završili?

— Još malo.

— Hoćete li da mi otkucate jedno pismo?

— Mogu i ja da ti ga otkucam — reče Ljilja.

— Ne, ako hoće gosn Radmilo!

— Šta želite da vam iskucam?

— Imate li tabačić za pisma?

— Imam.

— Onda diktiram...

Draga moja, ja sam kod Ljilje i njenog muža u gostima. Oni su oboje divni. Ljilja se udala lepše nego što se može zamisliti. Tako su lep par. Muž joj ima ono što ti najviše voliš: crnu sjajnu kosu, velike strašne oči i blistave zube! Pravi tip muškarca kakvog vole današnje žene...

— Nemojte me preterano hvaliti, već sam se zbunio — nasmeja se Radmilo.

— Samo kucajte dalje!

Vrlo su skromni kao bračni par. Još nijednom se nisu preda mnom poljubili! Mislim da će me zbog toga omrznuti, jer mladenci ne vole da im iko dolazi u goste. Istina, moram ti priznati da su vrlo pažljivi prema meni... Kuća im je pravi raj. A Ljiljana blista od sreće pod zaštitom svog lepog muža...

Nadam se da ćeš se zadovoljiti i s ovoliko. Znaš da sam lenjivica kad su u pitanju pisma. Da si sad ovde, ja bih te poljubila... Mog malog sestrića pritisni na grudi umesto mene... Ah, kako ga volim. Poješću ga kad dođem! Ljubim njegove crne očice. Obožavam ga!

Tvoja Jelka.

— Čekajte, čekajte, ima još nešto da dodam — stala je iza Radmila da bi videla kako kuca. Nagla se i dodirnula mu rame grudima.

— Lepo piše vaša mašina. I lepo kucate — nozdrve su joj bile raširene. Udisala je miris njegove kose.

Ljiljana to nije videla, jer je sedela na divanu. Čula je samo kad mu je Jelka rekla:

— O, vi zaista imate divnu kosu! Strašno mrzim ćelave ljude!

Ljiljana je naglo ustala i ušla u spavaću sobu. Otvorila je šifonjer kao da hoće nešto da uzme, ali se naslonila na drugo krilo, izmučena kao bolesnik. Čula je korake... Okrenula se kao da nešto traži. Osetila je Radmila.

— Ja idem, Ljiljo... Hoćeš li sutra da napravimo izlet do manastira? Pričao sam ti da je to lep manastir. Da ga pokažemo gospođi Jelki...

„On želi da ona i sutra ostane!", zabole do srca Ljilju. „On voli njeno društvo... Ona mu se dopala."

— Hoćeš li? — ponovi on.

— Hoću! — savlada se Ljilja. Bolan osmeh joj pređe preko usana.

Radmilo prinese njenu ruku svojim usnama... Zastao je još malo. Kao da čeka nešto... kao da je mislima zove da mu se baci u naručje. Ali, ona je bila nepomična. On pusti njenu ruku i ona pade kao slomljen cvet.

Mala Ljiljana škripnu zubima. Stezala je pesnice. „On hoće da Jelka ostane i sutra! Ne, ona neće ostati. Sad ću joj reći da ima smesta da se čisti iz kuće!"

Jelka je pevušila na terasi.

„Ne, ne mogu. Ko zna kakvu bi mi pakost učinila. I nemam stvarnog razloga. Šta bi pomislio Radmilo?"

S vrata predsoblja Jelka je sad posmatrala baštu.

— Kakva tišina! — šaputala je. — Kao na pučini ili s jeseni u banji, kad se svi posetioci raziđu i čuju se samo ptice i šuštanje lišća... Ja ovde ne bih mogla živeti... Lepo je, ali mora biti i očajno dosadno.

— Meni nije ni najmanje dosadno... Osećam poeziju i u šuštanju lišća. Ovde ima toliko zanimljivosti. Svaki cvet ima svoj život. Čitala sam negde da biljke imaju i čula. Čini mi se da osećam njihova čula.

— Ha-ha-ha! — smejala se Jelka onim svojim ciničnim smehom.

— Kako si se samo prilagodila palanačkom životu! — pakosna i zavidljiva što je Ljiljana našla sreću u ovom čoveku, kući, bašti, Jelka je htela da joj pomuti sreću. — Nije ti dosadno zato što ti je još sve novo. A predstavi sebi da ćeš dogodine gledati sve ovo isto: ista bašta, isto cveće, isti plotovi. A sledeće godine opet tako. I stalno bez promene... Očajno! Ne mogu da verujem da govoriš istinu? Da li si se zbilja toliko predala svome mužu? Svaka druga reč ti je šta voli Radmilo! Draga moja Ljiljo, ne treba toliko pažnje ukazivati mužu.

Ljiljani buknuše obrazi:

— Jeste, za mene je vrlo važno sve što on voli... Moj trud oko njega je mnogo manji nego njegov trud da zaradi. Zar je teže meni mesiti, spremati kuću, nego njemu da trči iz kancelarije u sreski sud, iz sreskog u okružni, pa u banku? Pa još odbrane, proučavanje zakona... Koliko raznih poslova! On je umoran kad dođe kući i ja hoću sa svoje strane sve da učinim da on vidi kako mislim na njega i trudim se oko njega.

— I misliš muž će ti reći hvala? — zlurado reče Jelka. — O, muževi su životinje. Samo da im je da se nažderu.

— Moj Radmilo nije takav. Naprotiv. On mene stalno hvali. Svuda priča kako sam vredna i oduševljava ga to što ja volim kuću.

— Bilo bi glupo kad bi posle svega dva meseca ružno o tebi govorio... Ali, videćeš. Sve će doći u svoje vreme. Zapamti moje reči... Muževi imaju dvoje oči: jednima gledaju svoju ženu, a drugima sve ostale žene. I uvek im se čine lepše tuđe žene.

— A ja ću se truditi da budem bolja od svih žena i nadam se da ću uspeti! — prkosno odgovori Ljiljana.

— Sve žene tako govore, a sve se vremenom pomire s tim da njihovi muževi pripadaju i drugim ženama. One posle traže odštetu za razočaranje. Ti već imaš izgleda da ćeš lako naći tu odštetu. Eno, onaj mali plavi student traži da te vidi kroz prozor... Zbilja, onaj mali je simpatičan bezobraznik. Tako, draga moja, pametne žene nađu kompromisno rešenje...

— I to kompromisno rešenje osveti se ženi kao što se tebi osvetilo.

— Meni se nije osvetilo. Ja sam svoga muža napustila. Brak nije za mene, osobito ne s ovakvim mužem... Mene malograđanski život ne oduševljava. Vrlo je dosadno kad se svi poznaju. Uvek sve isto. Ja, međutim, imam drukčije želje. Čini mi se da sam rođena da živim u izobilju. Bogatstvo, luksuzni apartmani, automobili, putovanja — to mene oduševljava...

— Jesi li kad pravila glazuru za Doboš tortu? — prekide je Ljiljana.

— Hm, hm! Ja letim po nebu, a ti me spuštaš u kuhinju...

— Pa to sam i htela. Kad padneš s tolike visine možeš se razbiti. Na zemlji je sigurnije.

— I ti tako provodiš ceo dan! Šta sve radiš? — upita sažaljivo Jelka domaćicu.

— Poslujem: vezem, čitam, slušam radio, prekucavam Radmilu na mašini šta mu treba, šetam po bašti...

— I opet to isto sutra i prekosutra! Svaki dan... Ja bih umrla. Reci mi, molim te, šta ćemo mi danas posle podne da radimo.

— Sedećemo kod kuće. Mi večeras imamo goste na večeri i ja moram da pomognem Juliji, da postavim sto.

— Šta da joj pomažeš? Može i sama. Mi bismo mogle da izađemo. Mogla si reći Radmilu da nam pošalje auto, pa da se malo izvezemo.

— Bez njega ja ne idem na izlete... Sutra ćemo s njim ići. On voli da ja s njim izlazim.

— Ali ja te vodim. Javi ti njemu za auto! — reče Jelka zapovednički. — Smeš li da mu tražiš auto?

— Zašto da ne smem! On je kavaljer i sve bi mi učinio, ali ja neću. On je zauzet, a ja sam slobodna. Neću da zloupotrebljavam njegovo radno vreme niti da se provodim dok je on na poslu.

— Drugim rečima, ti treba da čamiš i da se dosađuješ između ovih plotova i radoznalih palančana, dok tvoj muž sedi u kancelariji. A misliš li ti da on samo radi i ne zabavlja se?

Pogodila je u najosetljivije mesto, ali Ljilja joj odgovori s osmehom:

— Mislim da on mene toliko voli da za njega ne postoji druga žena.

— Hm! Mislila sam da bolje poznaješ život...

— Ja život zaista ne poznajem kao ti...

— Kako te je palanka preobrazila!

— Nije mene palanka preobrazila, već ljubav prema mužu.

Iznervirana njenim rečima, Jelka joj kresnu u oči:

— Ostavi, Ljiljo, kakva ljubav! Ti si se udala za Radmila bez ljubavi? — ispitivala je demonski, želeći da otkrije bilo šta što bi je ohrabrilo u napadu na Radmila, koji je uzburkao sva njena čula.

— Priznajem, nisam se udala iz ljubavi, ali sad sam ludo zaljubljena u Radmila.

— A čime te je on tako očarao?

— Očarao me je svojim karakterom.

— Samo time! — zlobno se nasmeja Jelka. — Zar ništa više ne vidiš na njemu? Istina, ti si volela plave muškarce... I ovaj student je plav, i njegov brat.

— Ali, sad sam promenila boju — ironično odgovori Ljiljana, uvređena Jelkinim aluzijama. — Nalazim da je crnomanjast muškarac privlačniji...

— Da, da... privlačniji je — rasejano ponovi Jelka. — A ko ti to dolazi na večeru?

— Jedan inženjer, Radmilov drug, sa ženom.

— Opet neki besprekoran palanački bračni par. Jesu li ovde svi bračni parovi besprekorni? Vole se, žene im verne, kuvaju, spremaju i sede kod kuće s ručnim radom.

— Da, sav pošten svet je takav. Kad nađe pravi smisao i cilj života, živi tako kao i mi... Samo nešto ću te zamoliti: nemoj doveče da oblačiš tu pidžamu. Suviše je pikantna.

— Drugim rečima: moja pidžama vređa palanački moral. Briga me! Lepo mi stoji i hoću da je obučem. Zar ja da se priklanjam ukusu palanačkog sveta. Zaista me iznenađuješ takvim pojmovima... Idem da prošetam. Tvoje palančanke su kao guščice. Toliku radoznalost nisam nigde videla! Ne možeš da prođeš ni pokraj jedne kuće a da se svi prozori širom ne otvore i svi glavačke polete da te vide.

— Slično je i u Beogradu. Dosta da jedan čovek na ulici digne glavu i pogleda u nebo, dvadeset njih će odmah da se skupe i svi će gledati u nebo da vide šta on to gleda. Što je onda čudno što svet u palanci gleda nepoznatu ženu?

— Kako si se srodila s ovim svetom! — sažaljivo zaključi Jelka, izvijajući kukovima. — Prošetaću, pa ću svratiti u kancelariju tvoga muža... da ga malo prošpijuniram, da vidim ko je sve kod njega u kancelariji. Kazao je da će do pola sedam biti u kancelariji... Nećeš biti ljubomorna, što idem u kancelariju tvoga muža?

Ljiljani opet planuše obrazi:

— Ja da budem ljubomorna!

— Onda ga ne voliš? — kopkala je Jelka po njenom srcu.

— Ne, ja dobro poznajem njegov karakter, znam njegovo mišljenje o ženama, on je ozbiljan...

— Imaš pravo: ozbiljni ljudi su uvek najverniji — nasmejala se, prišla je i poljubila je. Ljilja je osetila njen podsmeh i zamalo da joj dovikne: „Odlazi iz moje kuće! Ti si demon-žena. Imaš opaku dušu i pokvareno srce!"

Kad je Jelka otišla, Ljiljana je sedela još dugo, zamišljena. Njeno izmučeno malo srce bilo je puno patnji. Svakog časa je mogla da se rastuži i zaplače. Došlo joj je najednom da pošalje Juliju i zovne Radmila da odmah dođe. Htela je da je tu, pokraj nje, da mu se baci na grudi, da je on grli, ljubi, mazi, da oseti njegovu ljubav... Ali, šta bi ova prokleta Jelka pomislila? Da je ljubomorna. Maločas je to i napomenula. Ona za sebe sigurno veruje da je neodoljiva žena.

— Gospođo Ljiljo! — zvala je Julija. — Možete li da dođete jedan čas da vas nešto pitam?

Ljilja žurno strča niza stepenice. U prolazu spazi Iku na prozoru sobe njegovog brata. Javi joj se i ostade na prozoru.

* * *

Manastir je bio u podnožju planine, a ispod njega je bučno žuborio planinski potok preskačući preko kamenja.

— Je li ovo, Radmilo, ona planina koju gledam iz naše kuće?

— Jeste.

— Kako je sad svetlozelena! Iz našeg predsoblja se sva sliva u tamnozeleno. Kolike su ove bukve! Jesam li pogodila? Ovo su bukve?

— Pogodila si.

— A ovo stari manastir?

— Svi su manastiri stari...

— Jesi li ti još pobožna? — upita Jelka smešeći se.

— Jesam...

— A vi, gospodine Radmilo?

— Pobožan baš nisam, ali svaki čovek nosi u sebi neko religiozno uverenje...

Uđoše u crkvu. Plavičasta stakla propuštala su meku plavu boju, koja je nežno osvetljavala ikone... Po uglovima, svetlost se zgušnjavala. Osećao se miris izmirne. Jedno kandilo je žmirkalo pred ikonom kao zvezda i oživljavalo lik svetitelja. Bilo je sveže i hladno u crkvi, a napolju je bio topao majski dan.

— Moram da se nasmejem! Pogledaj, Ljiljana, onog sveca! Kao da ga je neko stegao za gušu, pa izbečio oči.

— Nemoj, Jelka, da se smeješ. Jedan kaluđer je u oltaru.

Ljiljana je bila iskreno uzbuđena. Setila se i svog venčanja. Kako je taj dan bio strašan za nju! Koliko očaja u duši, čak i odvratnost prema ovom mladiću. Pogleda njegov pravilni profil i lepe oči. Da li i on ovog časa misli na njihovo venčanje? Stajali su pred oltarom, kao onda... Ona pruži ruku i uhvati ga ispod ruke. Nađe njegovu šaku i spusti u nju svoju malu meku ruku. On joj steže prste... „Bože", pomisli ona, „oprosti mi što sam učinila sve ovo! Učini da me ovaj mladić zavoli! Vrati mi onog Radmila!"

Ona ga pogleda i oči im se susretoše. Njegov duboki muški pogled, ozbiljan i pomalo tužan, kao da pomilova njene plave oči. Ljiljana pocrvene od nekog čudnog unutrašnjeg uzbuđenja i radosti...

Jelka primeti kako se ovo dvoje gledaju i ironičan smešak iščeze s njenih narumenjenih usana. Ugrize se za usnu, izvadi ogledalce i ogleda se.

Jedan monah prođe pokraj nje i vide kako se ogleda. Ona se nasmeja. Napolju izvadi ruž da popravi šminku.

— Hoćemo li da se popnemo uz ovo brdo? — upita Ljiljana.

— Možemo, ali treba da pređemo potok. Eno, tamo ima brvno... Smeš li da pređeš? — upita Radmilo.

— Zašto da ne smem? Pogledaj!

— Pazi! Hoćeš da ti dam ruku?

— Neka. Sama ću.

— Nemoj da gledaš u vodu!

Ljiljana pređe lagano i poskoči na drugoj obali.

— Hajte sada vi, gospođo Jelka — reče Radmilo.

— Ja ne smem ni za živu glavu! Meni se uvek zavrti u glavi čim pogledam u vodu.

— Što da ti se zavrti. Pređi polako — doviknu Ljiljana. — A i nije duboka reka...

— Hvala lepo! Ne želim da se kupam.

— Pa, dajte onda ruku, ja ću prvi, a vi za mnom! — ponudi se Radmilo.

— Ne smem, strah me!

Ljilja shvati šta ona hoće. Sad joj je bilo jasno Jelkino benavljenje: htela je da je Radmilo uzme u naručje. Bednica! A on više nije ništa predlagao. Svakako da je i on osećao šta Jelka želi.

— Ponesite me! — reče Jelka. — Ne smem.

Radmilo se zbuni. Ljilja se prosto zgadi na nju.

— Pa dobro, preneću vas — uze je u naručje kao dete i pođe preko brvna. Ona zaklopi oči i sva mu se opusti na ruke. Osećala je njegovu ruku ispod svojih kolena i ispod ramena... Kakva snaga! Kakve mišice!

— Kako ste snažni! — pogleda ga raširenih očiju. On okrete glavu i požuri Ljilji. Ona se brzo pela uz brdo. Radmilo je stiže i uhvati ispod ruke. Tim nežnim gestom kao da se opravdavao: „Ja nisam hteo ovo da učinim.” Pogleda je u oči:

— Ljiljo, vidi šta je spomenka! Hoćeš da ti naberem?

— Naberi — rasejano je odgovorila. — Otkud ovako krupan spomenak?

— To je planinski spomenak. Često sam ga brao.

— A kome si ga pre brao? — zapita ona šapatom.

On se nasmeja:

— Sebi sam brao, da se zakitim — prinese jedan cvetić uz njeno lice. — Ima boju tvojih očiju... I tvoje oči su lepe kao spomenak.

Jelka je zastala da se odmori.

„Uplašio se nje i odmah je hvata za ruku. Ona je strašno ljubomorna, a on to vidi! Osetio je moje telo i toplinu... Treba uzbuditi muškarca. Pravi muškarac ne zaboravlja jedno ovakvo uzbuđenje. Setiće se on kako me je nosio i posle godinu dana. Možda će me jednoga dana sam potražiti... Biće poslanik, dolaziće u Beograd. Ovakav muškarac i dve žene bi mogao imati. Ljilja je nežna, ali plavuše nemaju temperamenta. A njemu je potrebna temperamentna žena.”

Pravila se da posmatra predeo.

Ljiljana je uređivala buket spomenka. Obrazi su joj opet bili zažareni. Osećala je da je muž posmatra. Njegova ruka je bila na njenom ramenu... Ona se nasloni na njegove grudi:

— Htela sam nešto da te pitam, ali pravo da mi kažeš — zbunila se, tamne trepavice su joj bile spuštene. — Ti si mene nekad mnogo voleo... sam si kazao... još kao devojčicu. Reci mi da li je u tebi ostalo imalo osećanja za mene... Ili se sve ugasilo?

Jelkin vrisak preseče tišinu šume kao oštrica noža. Prestravljeni, oboje se okrenuše.

Iskolačenih očiju, jurila je prema njima vičući:

— Zmija! Velika zmija! — sva zadihana pade u naručje Radmilu, kao da traži zaštitu od njega. Mladi čovek se trže da bi se odvojio od nje.

— Nije svaka zmija opasna. Gde ste je videli?

— Dole mili, gleda me, pa se sakri u travi. Jaoj! Nikad nisam videla zmiju, strašna je. Tako sam se prestravila! Što mi lupa srce, pipnite samo! — dohvati Radmilovu ruku i pritisnu je na svoje grudi. On se zbuni i odmače od nje.

— Hoćete li još malo više da se popnemo, da vidite celu okolicu?

— Ah, ove moje potpetice! Ne mogu u njima dugo da idem. Kako li ću sići? — jadikovala je Jelka. Kao slučajno uhvati Radmila ispod ruke. On se nije mogao osloboditi te ruke. Osećajući svoju malu Ljilju, na koju je ovog trenutka jedino mislio, on obavi ruku oko njena stasa. Išli su tako utroje. Ali, staza je bila uzana i Jelka morade da pusti ruku.

— Gle, eno nekog kaluđera! Kako je lep! Šta ono seku?

— Ono je manastirska šuma, pa sigurno seku stabla za neku gredu.

Kaluđer i dva seljaka predahnuše i pozdraviše ih.

— Gle, onde ima puno spomenka! — reče Jelka. Odvoji se i ode da bere, da bi se sama približila mladom monahu. Verovala je da će njena lepota opčiniti toga mladića. Bila je od onih žena koje vole da imaju mnoštvo obožavalaca; volela je da se priča o njenim ljubavnim doživljajima i uvek se predstavljala kao da su joj svi muškarci ludo zaljubljeni u nju, već dosadili.

Berući spomenak, udaljavala se lagano od Ljilje i Radmila, sve bliže lepom monahu, koji je posmatrao kako goroseče udaraju sekirom u jedno debelo stablo. Držao je knjigu u ruci.

Ljiljana se nasloni na jedan hrast. Radmilo zastade.

— Nisi mi odgovorio na pitanje? — gledala ga je svojim nežnim, plavim očima.

On se osmehnu:

— A jesi li ti meni ikad kazala šta je ostalo od tvojih osećanja?

Ona najednom pokri rukama oči, kao da želi da sakrije bol. On joj skloni ruke s očiju:

— Da, ti si meni donela mržnju, a ja tebi ljubav...

— Ah, Radmilo — reče ona malaksalo — nemoj na to da me podsećaš! Zar ti ništa ne opažaš? Zar nikakvu promenu nisi video u meni?

— Nije dovoljno videti! Treba osetiti... A ti si za mene još tajna.

— Ti misliš da ja još čuvam neke tajne... Je li to, reci mi?

— Mogu svašta da mislim.

— Ne, ti ne govoriš istinu! Ti si gord, imaš nesalomljivu volju. Znaš na šta mi ličiš? Na stablo ovog hrasta. Ovo stablo se neće ni pred kim prikloniti... A ja sam ovaj izdanak, ova nežna šibljika. Vidi kako se previja.

— Ali se ne previja prema hrastu, već na drugu stranu...

— Možda se boji...

— Čega da se boji?

— Kad se nekom zada bol, posle se stalno strepi da se ne pozledi ta rana. Ti si bio bolesnik...

— Bolje reci ranjenik, koji je dobio oštricu noža posred srca.

— Ali ja hoću da ti zalečim tu ranu! — uzviknu ona živo. — Hoću da uvek budeš veseo! Ali ti nećeš, ti nećeš da zaviriš u moju dušu... Reci mi nešto: je li ikad bio pomilovan neko koga si ti branio, a zakoni ga osudili?

— Jeste. Baš dok sam radio s bratom gospođe Janković. Branili smo jednu ženu ubicu. Ubila je svoga pastorka. Sve okolnosti su bile protiv nje, a ja sam pronašao neke činjenice koje su je branile. Osudili su je na smrt. Posle je došlo pomilovanje, ponovni proces i ona je dobila deset godina robije.

— Vidiš, zakoni su milostiviji! Da li bi ti nekog pomilovao da si u najvišem sudskom forumu?

— Možda.

— Ali u svom životu nikoga nećeš da pomiluješ...

— Neću da pomilujem? Hoću... Vidiš, milujem tvoju ruku — prineo je njenu ruku usnama i klizio poljupcima preko nje.

— Nije to ono što ja mislim. Ti izbegavaš odgovor. Nisi mi kazao... Najzad, ne moraš mi reći... Ja znam šta je u stvari.

— Ne znaš ti ništa! — reče on privlačeći je sebi. Zavukao je lice u njenu kosu i mirisao je.

Nešto šušnu u žbunju.

Oni se trgoše. Dve mlade seljančice pojaviše se iz gustiša. Bile su u dugim seoskim suknjicama, povezane maramama kao odrasle žene. Nosile su korpu šumskih jagoda.

— Gledaj, Radmilo, kako su lepe jagode!

— Hoćeš da ti kupim?

— Hoću, pa da ponesemo kući.

— Onda ovako s korpom da uzmemo. Hoćeš da nam prodaš i korpu i jagode?

— 'Oću — odgovori veselo seljančica.

— A koliko tražiš?

— Pa, koliko mi daš.

— Vidi kako je slatka! — nežno je govorila Ljilja gledajući je. — A jeste li vi sestrice?

— Jesmo.

— Pa, ovako same idete kroz šumu? Zar vas nije strah? Ima zmija.

One se nasmejaše.

— Onde je naš taja, seče ono drvo — odgovori jedna.

— Taja! Vaš otac?

— Jeste.

Radmilo uze korpu s jagodama.

— Kako su krupne! Doveče ćemo ih jesti sa šećerom.

Ona mu stavi dve jagode u usta. U njenim plavim očima svetlela je radost! „Ne znaš ti ništa!", odjekivalo je neprestano u njoj. „A šta ja to ne znam? Da me on voli, da me još voli kao u početku." Nije mogla da se uzdrži. Okrete mu se raznežena, zaljubljena:

— Radmilo, da li me makar malo voliš?

— Ne! — odgovori on kratko. U jednoj ruci je držao košaricu s jagodama, a u drugoj njenu ruku. Okrete glavu da mu ona ne vidi oči. Oseti kako ona povlači svoju ruku, ali je on zadrža stežući je... Ljilja je gledala ukočeno preda se, kao da ništa ne vidi, kao da je ono u njoj jače od svega što je oko nje, zamračuje lepotu prirode, koja je tako svetla, topla, puna boja... Ništa ona nije više videla.

— Šta misliš sada? — pitao je naginjući se prema njenom uvu. Osetila je njegov dah na obrazu.

— Ništa ne mislim... Više me ništa ne interesuje. Hoćeš da se vratimo?

— Neću! Hoću još da idemo... Da vidiš kakav je s vrha pogled. Jesi li umorna? Hoćeš da te ponesem?

Ona ga pogleda. Iznenadi je taj predlog. Njegove lepe oči bile su radosne i svetle, kao da se u njima ogledalo sunce. Zadrhtala je... Htela je da mu se baci u naručje, ali se opet savlada. „Ne, neću njegovu milostinju! Neću ništa silom." Prikupi svu volju da bi ugušila bujicu osećanja koja su navirala kao šumski potoci.

— O, ja sam dosta teška! Neću da se zamoriš... Eno izvora! Hajde da pijemo vode.

— Sad si opet vesela?

— Jesam. Vesela sam zato što me ti ne voliš... I ne moraš da me voliš!

— Ja znam da ti to ne želiš... Zato i neću da ti stvaram neprijatnosti.

— Ti si advokat. Sve pogađaš — uhvatila je njegovu ruku. — Imaš lepe ruke. Ako te ujedem za prst?

— Ujedi... Neće me zaboleti.

— Neće? Da vidim — ona obuhvati zubima njegov prst. — Boli?

— Ne boli...

Ona pritisnu malo jače.

— Ne boli — smešio se on. Ona se zasmeja kao dete. Stajali su jedno prema drugome. Taj njen nestašluk zabavljao je i nju i njega. Čežnja ih je oboje sagorevala... Ti mali sitni fizički dodiri stapali su im otkucaje srca u jedno.

— Sad ću da pobegnem, a ti da me uhvatiš — htede da se otrgne, ali njegova ruka joj se obavi oko struka.

— Hajde, potrči!

— Ne mogu...

— Pokušaj...

Ali ona nije mogla ni da makne. Kako joj je bilo slatko u njegovom zagrljaju... Zašto je ova dosadna Jelka pošla s njima? Želela je da budu sada sami.

— Voliš li me? — opet je ponovila ono čisto žensko pitanje, koje zaljubljena žena tako često ponavlja muškarcu, želeći da on deset puta ponovi odgovor na to pitanje.

On je steže još jače, ali odgovori:

— Ne! Kazao sam…

Njegova topla ruka oko njena stasa i odričan odgovor nisu se slagali. Ruka je izdavala srce… Ona se slatko nasmeja. Gledala ga je koketno, kao da mu govori: „Lažeš, sve lažeš, ti mene voliš…"

Iza njih na stazi začu se žagor. Oni pogledaše nizbrdo. Dolazili su neki mladići. Radmilo poznade Iku. Uozbilji se najednom. „Otkuda on?"

Poznade ga i Ljiljana.

— Hoćemo li još gore? — pozva muža.

On pođe bez reči. Svetlost njegovih očiju kao da se ugasi.

Studenti ih stigoše.

— O, i vi napravili izlet s gospođom, gosn Tomiću! — progovori prvi Ika, želeći da pokaže svojim drugovima kako on poznaje ovu lepu plavu ženu koja se svima njima dopadala.

— Da, Ljiljana nije videla manastir, a poveli smo i našu gošću.

Jelka, koja je malo dalje bila zabavljena kibicovanjem monaha, spazi grupu mladića i pođe Ljiljani u susret. Poznade i ona studenta komšiju.

„O, ovaj mali juri za Ljiljanom. Kako je samo lukava! Ta će čopor sakupiti oko sebe. Da li će Radmilo biti toliki glupak da ništa ne opazi? Zar ovakvom muškarcu nabiti rogove? A, mala moja Ljiljo, ja ću ga spasti rogova…" Pevušila je veselo i prilazila im, okrećući se unaokolo kao da ne vidi mladiće. A odmah joj je pao u oči jedan crnomanjast elegantan mladić, koji ju je drsko fiksirao dok je prolazila.

— Ah, ova šuma je divna! Šta vam je to u korpi? Jagode! Gde ste ih kupili?

— Od jedne seljančice.

— A ja sam nabrala puno spomenka… Vidite, moji su krupniji! — govorila je glasno, pazeći na ton svake reči kao svaka koketna žena. Podešavala je dikciju kao kakvu melodiju.

— A kako ste vi, Iko, došli? — zapita advokat.

— Jankovim autom.

On spazi Janka, industrijalčeva sina, i još dva studenta prava. Oseti da ne bi bilo pristojno da ih ne upozna sa svojom ženom i zastade:

— Da ti predstavim, Ljiljo, naše studente. A gospođa je naša gošća iz Beograda — ne htede da kaže „prijateljica moje žene".

„Gospođa! Ona je udata!", pomisli Ika. „O, ta zna znanje. Zato se ona ovako uvija!"

Studenti se predstaviše. Ljiljana se brzo okrete i uhvati Radmila ispod ruke. Pogleda ga i shvati da mu nije prijatno ovo društvo. Išla je brzo, da bi odmakla od grupe mladića.

Jelku okružiše studenti... Staza je bila taman za dvoje, ali studenti su gazili po travi i suvom lišću da bi išli uporedo i gledali ovu ekscentričnu ženu.

— Vi ste gospođa? A ja sam mislio da ste gospođica... — reče Ika.

— Pa, može se reći i gospođica, jer nemam muža — napomenula je, znajući da su za muškarce raspuštenice premije.

— Umro vam muž?

— Ne, razveli smo se...

— To je divno, gospođo! — dobaci industrijalčev sin Janko. — Slobodna i lepa žena uvek ima najviše uspeha u životu.

— Ali, najmanje ljubavi.

— Zar prema vama iko može ostati ravnodušan? — polaska joj Janko. — Mi smo vas videli jedno veče i svi smo se zainteresovali ko ste.

— O, to nisam znala. I sigurno cele noći niste spavali! — nasmeja se Jelka.

Taj smeh ohrabri mladića:

— Vidim da biste bili vrlo nemilosrdni, jer ne verujete.

— Da... tako svi kažu. Ali, možda mladići zaslužuju da žene budu nemilosrdne prema njima.

— Mi... bar ja... to ne zaslužujem.

— Znači, umete da budete nežni i pažljivi prema ženi?

— I dušu i srce mi dajemo ženi... Što god zaželi.

— Onda mi otkinite ovu grančicu jele. Ali, onu zelenu, nežnu, gore pri vrhu.

— Dobićete je, gospođo! Iko, Dragi, dignite me! — mladići ga ščepaše i podigoše. On uhvati granu i otkide je. — Izvolite, gospođo, jeste li sad zadovoljni?

— Čestitam vam! Zaslužujete da vas devojke vole.

— Ah, devojke nas ne vole. One nas mladiće ne razumeju... Gospođe nas mnogo bolje razumeju i za nas one imaju mnogo više šarma.

— Istina? A ima li u našoj varoši interesantnih gospođa?

— Vrlo malo.

— Zbilja tragično za vas mladiće.

— Vidite, vi nas razumete.

— Ah, imate li šibicu?

— Izvol'te! — pojuriše svi sa šibicama, ali Jelka se okrete industrijalčevom sinu:

— Jeste li došli pešice?

— Ne, autom.

— Ko šofira?

— Ja.

— Imate svoj auto?

— Moj. Upravo moga oca. On je industrijalac.

Jelka duboko udahnu dim, a Janko se osmehnu.

— I često pravite izlete.

— Nažalost, uvek u muškom društvu. Ovde žena ne sme da sedne u auto s muškarcem.

— Prilično je opasno!

— O, gospođo, mi smo besprekorni mladići.

— Ko kaže da niste, ali razne okuke, nizbrdice, zar to nije opasno?

— Imate pravo, ali kad su čvrste muške mišice, nema opasnosti...

Ona ga pogleda i zaključi da ima široka ramena i lepu figuru.

— Koliko još ostajete, gospođo?

— Pa, treba sutra da idem.

— Zašto tako brzo? Što ne ostanete malo duže! Jeste li vi rođaka gospođe Tomić?

— Ne... mi smo školske drugarice.

Ika je sve vreme pažljivo slušao razgovor, ali se nije uplitao. On je neprekidno gledao samo malu Ljilju... Jutros je opet dobio njeno pismo. Bio je sav uzrujan i zbunjen. Napisala mu je samo dve reči: *Volim vas — Lj.T.* I kad je to dobio, a juče je čuo kako glasno govori ova njena gošća: „Idemo u manastir", on je otrčao do Janka i zamolio ga da naprave izlet. Ispričao mu je kako je došla Beograđanka, vidi se neka što nije s raskida — vrlo je pikantna — i predložio mu da idu njegovim autom do manastira. Znao je da je Janko veliki mangup; odmah kidiše na ženske. Odmah je pristao. Zato ga je Ika pustio da koketira i udvara se raspuštenici; on je gledao malu Ljilju.

„Zbunila se i odmah uhvatila muža ispod ruke", mislio je mladić. „Ona njega ne voli. To je možda brak iz računa... Ja joj se dopadam i htela bi da se ljubaka sa mnom. Ali, zašto se pravi svetica?" Gledajući je kako drži muža ispod ruke, osetio je ljubomoru... Neka, sad se pravi važna, ali kad on nju dobije jednoga dana, on će se onda praviti.

Ljiljana je čula kako se Jelka smeje, pa je žurila da izmakne što dalje od nje. Bojala se kako će Radmilo protumačiti Jelkino ponašanje. Htela mu je reći: „Nemoj više da je zadržavaš... Dosadna je i meni!" Ali se trgla, da on još gore ne pomisli o njoj, Ljilji. Kad su prijateljice, morale su imati i zajedničkih doživljaja. „Ne, ne, bolje da ćutim. Sutra ona sigurno ide. Ali, što on ovako ćuti? Najednom se uozbiljio. Da nije ljubomoran na Iku?" Ona bi se radovala da oseti njegovu ljubomoru. No on kao da je čvrsto zaključao sva svoja osećanja. „A da njemu nije krivo što je Jelka s kavaljerima?"

Ljubomora u njoj planu i sprži sve pritajeno što je maločas osetila. Kao da joj nešto opeče srce. Pogleda ga. Umiljata po prirodi, htela je opet da ga razveseli... Kroz njegovu svetlost iščezavala je i njena tuga i ljubomora. Svaka njegova topla reč i stisak ruke rastapale su je.

— Pogledaj, Radmilo, ovaj svod od lišća!

— Da, kao mozaik! — reče on rasejano, ne želeći da se udalji od onog što ga je tištilo... „Ona je često sama kod kuće, da li razgovara s Ikom?"

— Ah kako su lepi oni jablanovi! Ovde ih ima mnogo — reče ona veselije. — Je li ono naša reka što dole vijuga?

— Da, to je ona reka što smo je prešli.

— Voliš li prirodu?

— Volim. Kad god sam slobodan, pravim izlete.

— Ah, njih dvoje stalno izjavljuju ljubav jedno drugom! — začuše odjednom Jelkin glas.

Radmilo se uozbilji. Nije voleo šale na račun svog intimnog života.

— Što je odavde lep pogled! — afektirala je raspuštenica. — Ti si, Ljiljo, pametna, obukla si cipele s niskom potpeticom. Ja ću se strmoglaviti na ovim mojim kozjim nogama... — baci jedan brz pogled na studenta Iku, uhvati ga kako gleda Ljilju kao opčinjen.

— Gospođo, ja sam ljubomoran — šapnu Jelki Janko. — Niste mi rekli vašu adresu u Beogradu. Rado bih vas posetio.

— Možda me nećete zateći kod kuće kad dođete.

— Ja ću čekati pred kućom.

— Zar ste tako uporni?

— Zbog vas bih mogao sve učiniti... Strašni ste, gospođo!

— Onda ću vam sutra reći adresu.

— Ja hoću sada… Sutra možete otputovati. Ali, vi to nećete učiniti. U nedelju imamo zabavu. Kola sestara. Ostaćete? Kad vas ja molim, ostanite! Pazite, ovde je strmo, a vaše potpetice su visoke — uhvati je za mišicu i lako steže. — Pa, hoćete li mi reći adresu? Ako mi ne kažete ja ću pitati gospođu Tomić. Ona sigurno zna.

— Ne, ne, to ne smete! Kako ste vi smeo mladić!

— Nemam drugog načina da vam izrazim svoje simpatije. Vi ste toliko lepi da muškarac postaje prosto gnevan na vas zbog vaše lepote! — uzdahnu Janko i pogleda je drskim, dugim pogledom.

Ona se spotače i htede da padne.

Mladić je čvrsto uhvati za mišicu. Jelka se osmehnu, ali nije gubila iz vida Radmila… Nasmeja se jednom na sav glas i vide kako se on okrenuo. Bilo joj je prijatno; pomisli da mu je krivo.

Dođoše do brvna. Radmilo se nije ni osvrtao na nju. Pređe sa Ljiljom. Ljiljana je strepela da ga Jelka ne pozove da je opet prenese. Da li će biti toliko drska? Bilo bi je stid pred ovim mladićima.

Jelka zastade pred brvnom:

— Ah, strah me! Maločas me preneo gosn Radmilo…

— Hoćete da vas ja prenesem? — ponudi se Janko.

— Ne, sad ću sama…

Htela je da Radmilo vidi kako ona samo njemu dozvoljava da je nosi.

— Vidiš da nije strašno? — dobaci joj Ljilja.

— A da sam pala u vodu?

— Ja bih skočio u vodu da vas spasem! — uzviknu Janko.

Radmilo se nasmeja. „Da li je i Ljiljana ovako flertovala?" Sad mu je bilo jasno da mladić treba da upozna devojku s kojom se ženi. Ova Jelka je vrlo zarazan bacil izopačenog društva.

Pođoše prema autu.

— Gospođo, a adresa? — šapnu Janko Jelki.

Ona se brzo okrete i došapnu mu.

Dok se Radmilov auto udaljavao, Janko izvadi notes i zabeleži adresu.

— Kako svršiti stvar? — dirao ga je Ika.

— To ću ti reći kad se vratim iz Beograda...

— Ljiljana je lepša! — izjavi Ika.

— Šta vredi njena lepota kad ona pripada Radmilu?

Studenti se potrpaše u auto. Janko pusti brzinu od osamdeset kilometara. Dok su mu drugovi veselo razgovarali, Ika je bio zamišljen. Mučilo ga je pitanje zašto mu Ljilja piše? Da li se igra s njim, ili hoće muža da napravi ljubomornim? On je uviđao da je to vrlo opasna igra, ali zato je bila primamljiva i više ga je dražila...

* * *

Bio je petak, peti dan otkako je došla Jelka. Umiljata gošća tako se bila odomaćila u kući da joj se nije išlo. Beograd joj je bio dosadan, a i ona je bila na lošem glasu u Beogradu. Raspuštenica je u palanci osetila kako se oko nje prikuplja krug obožavalaca... Industrijalčev sin je bio najrevnosniji. Bogat, razmažen i raskalašan, voleo je ovakve žene. U četvrtak, u pozorištu, neprekidno ju je kibicovao. Toga dana je ona pre podne išla u šetnju i našla se s njim. Nagovorio ju je da ostane na zabavi. Molio ju je da u petak posle podne izađe iz kuće više parka, gde će je on čekati autom. Razmišljala je da li da to kaže Ljilji. Odlučila je da je bolje ništa ne reći. Ljilja se uživela u palanački život. Ne bi je mogla razumeti, mada je u Beogradu imala druge poglede na život. Dvoumila se jedino zbog Radmila. Katkad joj se činilo da je njemu prijatno što je ona ovde... Juče je za ručkom napomenuo da se to veče može ići u pozorište. Ljilji je bilo krivo, osetila je to. Ali, zar se treba na sve osvrtati? Ta mala svetica se sad pravi najzaljubljenija. A preko plota je neprekidno vrebaju dva mladića... Svaki čas joj je to napominjala, zlurado želeći da pomuti njena osećanja prema Radmilu, ako ih uopšte ima...

Budući istančane psihe, Ljilja je sve to opažala. U njoj se kupio gnev i s mukom se savlađivala; osećala je da će na kraju morati da najuri Jelku. Setila se Verinih reči: „Iako je najbolji vaš Radmilo, treba da vodite računa o njemu!" Vera je u pravu; do tog mišljenja došla je gorkim iskustvom.

Jelkino ponašanje bilo je izazivačko. Mazila se, afektirala, gladila po kosi njenog muža, hvatala ga ispod ruke, pravila mu komplimente... Mala Ljilja je osetila ljubomoru koja je svakog časa pretila da prasne kao eksplozija.

Počeo je i Radmilo da se ljuti. Posle podne se duže zadržavao u razgovoru s Jelkom... Ljilja je sve opažala, svaku sitnicu. Danas nije mogla ni da ruča. Jelka joj je presekla apetit rečima:

— Srce moje, dopuštaš li da ostanem na balu Kola sestara? Još subota i nedelja, idem u ponedeljak... Toliko ste me razmazili da ću žaliti za vama.

— Zašto da ne ostaneš? Samo ako ti je prijatno u našoj palanci.

— Ah, kakva palanka! Vas dvoje ste mi vrlo simpatični! To odelo vam lepo stoji, Radmilo.

Sad mu je već govorila Radmilo.

— Uvek ste elegantni!

U Ljilji je kiptelo.

„Bednica! To su mi prijateljice! Nijednu ne treba pustiti u kuću. Kako mu se smeši i priča!"

Posle ručka Ljilja je pobegla u svoju sobu. Zagnjurila je glavu u čipkano jastuče. Radmilo dođe i sede na postelju iza nje. Ćutke obavi ruku oko njenih ramena. Naže se da joj vidi lice. Ali ona je kao dete bila zagnjurila lice u jastuče da on ne vidi njene suze.

— Hajde, digni glavu. Hoću da vidim tvoje lepe oči — šapnu on.

— Ti znaš, ja te volim... toliko te volim! — grcala je Ljilja. — Patim zbog tebe... Zašto si tako ravnodušan? Ne mogu, ne mogu, više... teško mi je! — oseti njegovu glavu uz svoju, a njegov vreo dah milovao je po vratu. Njeni prsti se upletoše u njegovu kosu. Pritiskivala mu je glavu na grudi; najednom oseti kako se njegove vrele usne upiše u udolinu njenih grudi...

Šum koraka se začu uza stepenice, a zatim Jelkin glas:

— Da vidite šta sam našla? Zrele jagode! Ljiljo! Radmilo! — već se približavala vratima spavaće sobe.

Radmilo naglo diže glavu s Ljiljaninih grudi. Ona skoči s postelje:

— Strašna je ova Jelka! Kad će već jednom otići? — prošaputa.

Raspuštenica otvori vrata i ustuknu, videći razbarušenu Ljiljaninu kosu.

— Ah, oprostite!

— Uđi! — reče mirno Ljilja.

Vrata se širom otvoriše. Iz fosforastih Jelkinih očiju prštale su varnice mržnje... Osećala se uvređenom. „Ona ga je uzbudila! U njenom naručju traži smirenje. Oni se vole... Ili se lažu? To moram saznati.”

Okrete se i slatko se osmehnu:

— Radmilo, hajd'mo u baštu da vidite jagode!

— Izvin'te, žurim u kancelariju.

„Zašto ne zove mene, nego njega?”, razljuti se Ljilja. „Ali neka je!”

— Oh, šteta je sedeti u sobi na ovakvom suncu! Idemo u baštu — stajala je i čekala Radmila. On izađe. Prkosno ga uhvati ispod ruke. Dovede ga do jagoda. Saže se, ubra jednu. Smešila se i gledala ga. On je ostao ozbiljan.

— Ljiljo, hodi da vidiš! — zovnu je muž. Ona siđe lagano... Išla je kao da sanja, sva u bunilu, opijena. Osećala je još njegov poljubac na grudima... Sladak poljubac, topao kao zrak primorskog sunca...

Nije umela da govori, gledala je rasejano, a onaj znak joj je i dalje milovao grudi.

— U koliko sati se vraćate večeras? — upita Jelka.

— Pa, posle osam... Ne znam tačno.

— Ima li kakav bioskop?

— Ima...

— Ja obožavam bioskop. Hoćete li da nas vodite?

— Ako hoćete, možemo... Hoćeš li, Ljiljo?

— Hoću! — nasmeši mu se ona. „Koliko je samo drska ova Jelka!", mislila je.

— Zbogom! — izgovori brzo Radmilo. Okrete se da ide i spazi Iku.

— Čekajte, čekajte! — vikala je Jelka. — Imate jednu dlaku na ramenu... — uze je i pogleda prema suncu. — Čuvajte se da ne bude neka druga boja. Ovo je Ljiljanina kosa.

Ljilja je stajala malo dalje. Vide kako se njen muž prosto otrže i pobeže od nasrtljive raspuštenice.

Jelka ostade u bašti. Čula je neki auto. Iz njega izađe Janko.

— Dobar dan, gospođo! — pozdravi je mladić.

— Dobar dan! — smeškala se ona, mirišući jednu crvenu ružu... Priđe i Ika. Obojica su je gledali preko plota. Ljiljana se povuče u spavaću sobu. Čula je kako Janko pita:

— Hoćete li ono što smo se dogovorili?

— Hoću! — potvrdi ona.

— Ja ću vas čekati.

„Šta li su se dogovorili?", trže se Ljilja. „Da neće s njim da se vozi u autu?"

Uskoro se Jelka pojavi na vratima Ljiljanine sobe:

— Zove me Janko da se provozamo njegovim autom — reče. — Još jutros me je zvao. Srela sam ga kad sam išla u šetnju.

— I ti ćeš da ideš?

— Zar u tome vidiš nešto nemoralno? Idem malo da se provozam. Ja sam slobodna žena i vrlo iskusna s mladićima. Neće me taj balavac zavesti, ne brini!

— Nemoj da ideš! — žustro izgovori Ljilja. — Ti si gošća u mojoj kući i ja neću da mladići teraju šegu s tobom i da te moj muž čuje...

— Ha-ha-ha! — nasmeja se Jelka. — Srce moje, pa ti si postala prosto smešna! Obećala sam mladiću i — ići ću! On me čeka izvan varoši. Neću sablazniti tvoje palančane... Uostalom, meni je vrlo malo stalo do toga šta će svet o meni govoriti. Naprotiv, što se više o jednoj ženi priča, ona je primamljivija... Ne brini ti za mene! Idem da se obučem.

— Ne, Jelka, nećeš ići!

— Gle, kakva energija! Da li si bila tako energična prema sebi kad je u pitanju bio Momčilo?

Ljilja preblede:

— Jelka, meni je neprijatno što ti nešto moram reći. Ali, ja ne želim da dođe do sukoba u mojoj kući. Ti nemaš skrupula ni za šta. Brak za tebe ne predstavlja nikakvu svetinju, niti društveni ugled. Ja te molim da se ne nađeš uvređena što ću ti ovo reći: odmah da se spakuješ i putuješ!

Raspuštenica je pogleda raširenih očiju, iz kojih iščeze umiljatost.

— Je l' ti to, Ljiljo, ozbiljno govoriš?

— Da, sasvim ozbiljno.

— Drugim rečima, to treba da znači: napolje iz kuće!

— Nisam tako kazala, ali sam primorana da te zamolim da odeš...

— Ne, ne! Nije potrebno da me moliš! Dosta je i to što si kazala. Hvala ti na iskrenosti. Sad si se pokazala u pravoj boji. Skandal! To se nisam nadala: oterati me iz kuće — glas joj je drhtao, postajala je sve nervoznija, šetala je iz jednog ugla sobe u drugi i isprekidano govorila:

— Koliko sam naivna! Sad vidim svoju naivnost! S kakvim sam iskrenim pobudama došla k tebi! Znala sam da si nesrećna! Nisi se udala iz ljubavi... Plakala si pre udaje i mrzela svoga muža. Mislila sam: sirota moja Ljilja, ona je nesrećna! Idem da je malo utešim. Zato te i tešim, govorim kako ti je lepa kuća, bašta, divan muž...

Ljilji prekipe:

— A u isto vreme pokušavaš da utešiš i mog muža? Govoriš kao glumica u tragikomičnoj roli. Ali ja sam vrlo pronicljiva...

— Ti... ti si ljubomorna! Misliš, došla sam da ti otmem muža?! Skandal! Kako si prosta. Zaista te žalim, Ljiljo.

— Ako nisi znala, sad znaj: ja volim svog muža i on mene! I ne dam da iko naruši moju sreću.

— Dosta, dosta, Ljiljo! Ne mogu više da te slušam. Da li je moguće da si odrasla u otmenom svetu?

— Odrasla sam u časnom svetu, a ne u tvom otmenom svetu kockara i avanturista.

— Idem! Idem! Ne mogu da te slušam. To je strašno! Gde su moji koferi?

— U kupatilu su.

— Moje haljine?

— U šifonjeru su.

Jelka nervozno ubaci haljine u kofer. Bes je rastao u njoj, jer joj je Ljilja osujetila sastanak s onim mladićem.

— Tako, dakle. Dogovorila si se s mužem da me oterate.

— Ne, moj muž nema pojma o ovome. On ti ovo ne bi rekao, jer ne bi hteo meni ništa nažao da učini. On veruje da si ti moja prijateljica.

— Zaista žalosno prijateljstvo! Više puta sam se razočaravala u prijateljice, ali nikad kao sada. Da, bojiš se za muža! Možda se bojiš i za komšiluk? Jer, priznaćeš, onaj student ne dreždi džabe na plotu...

A tvoj bračni život, pravo da ti kažem, ne mogu da shvatim. Govoriš mi o nekoj sreći i ljubavi, a muža oterala da spava sam...

Ljilja pretrnu od ljutine i bola, ali mirno odgovori:

— On je hteo meni da učini zadovoljstvo, da budem sa svojom prijateljicom.

— Muškarci, draga moja, ne čine takve ustupke ženinim prijateljicama. Ima tu nešto drugo... Ali, mene se ne tiče! Neću da čeprkam po tvom bračnom životu. Gde su mi antilopske cipele?

— Dole kod Julije. Donesi gospođine cipele! — zamoli Ljilja Juliju s prozora.

— Julija, idite odmah auto da mi dovedete! — reče oštro Jelka.

— Još ti je rano — reče Ljilja. — Tek je pola pet.

— Ako je rano. Idem odmah. Sedeću na stanici... Neću da remetim tvoju srećnu bračnu atmosferu svojim prisustvom i da sablažnjavam tvoj palanački svet. Ne čudi me, uostalom, što si takva! Krasno društvo si sakupila oko sebe! Ova inženjerova žena, prava seljačka drusla! A ti joj se još ulaguješ. Pa onoj tvojoj tetka-Stani mesto na glavi bi načinila. Umrla bih da moram ceo dan da slušam njena preklapanja kao ti. Pa neku sirotu decu si sakupila oko sebe. Napravila čitavo obdanište. Užasno si se preobrazila za ova dva meseca. Zbilja, strašno je u palanci!

— Ovde je, Jelka, pošten svet, a nije za svakog takvo društvo.

— Za mene je, po tebi, samo nepošteno društvo.

— Ne mislim to, ali tvoj način života vređa ovde okolinu...

— Dosta moralisanja, Ljiljo. Zna se i za tvoj moral. Samo ne znam da li tvoj muž zna...

— Da, moj muž sve zna. Ja nisam htela da čekam da mu moja prijateljica to saopšti.

— Gde je moj mantil? A, evo auta!... Zbogom! Izvini što sam bila tako naivna da sam poverovala u tvoje prijateljstvo.

— Šta, zar idete, gospođo Jelka? — začudi se Julija.

— Idem, moram da idem! — jetko odgovori Julija. — Uzmite moje kofere...

„Budi bog s nama! Šta joj je?", mislila je Julija. „Nešto se naljutila."

Jelka uđe brzo u auto, ne osvrćući se. Šofer zalupi vrata. Motor zabrekta i auto odjuri.

— Ona kao da je nešto ljuta, gospođo Ljiljo? — iznenađeno reče Julija.

— Da, naljutila se... Prigovorila sam joj za šetkanje po bašti i ponašanje, a ona se naljutila...

— Ako je otišla! Pravo da vam kažem, gospođo Ljiljo, meni se ona nimalo ne dopada. Stid me od gospodina i ovog sveta unaokolo kako se ponašala. Danas zaokupila gospodina da je digne da dohvati kajsije... Kako je nije stid? On je za nju tuđ čovek, naš gospodin je tako pošten, ozbiljan i voli vas... Takvih prijateljica se treba čuvati. Uvija se tu po ceo dan... Ja sam takvu jednu uvijušu izgrebala i istukla kad sam bila mlada.

***

Auto s Jelkom jurio je prema stanici.

— Skrenite i vozite me do kancelarije advokata Tomića! — reče Jelka šoferu.

Šofer skrete i auto se uskoro zaustavi pred kancelarijom.

Na njenu veliku radost Radmilo je bio u kancelariji.

Iznenađen, ustade.

— Dobar dan, Radmilo, da vam kažem zbogom. Ja putujem.

— Putujete? Da niste dobili depešu od kuće?

— Nisam dobila depešu od kuće, već naredbu od vaše ženice...

— čisto se zagrcnu kod tih reči. — Zamislite, Radmilo, Ljiljana me oterala!

— Ljilja vas da otera! — Radmilo diže obrvu. — To me čudi. Šta joj je dalo povoda?

— Vi ste povod... Vi! Ona je ljubomorna, a ja sam u vama gledala zeta ili brata. Zaista sam vam se divila, jer danas su retkost muškarci kao što ste vi. Ali u mom naivnom divljenju prema vama, Ljilja je videla nešto drugo. I tako me je grubo oterala...

„To bi bilo zanimljivo da sam mogao videti moju malu Ljilju kako tera ovu vrekalicu!“, pomisli Radmilo sa zadovoljstvom. Ljubomora njegove ženice, koja je došla dotle da otera svoju prijateljicu, ispuni ga radošću.

„Prostak! On se raduje!“, razbesne se raspuštenica, kivna na njega i njegovu ravnodušnost prema njenom umiljavanju. „Ah, osvetiću se i njemu!“

— Čudi me Ljiljana. Ljubomorna, a i vi biste još kako mogli biti ljubomorni na nju... Treba da je pričuvate i pripazite na nju... Ljilja je prilično lakomislena... Ona može začas da se zaljubi. Ja vam to govorim kao iskusnija žena i ceneći vas, jer poznajem Ljilju bolje nego vi... Zato vas opominjem da obratite pažnju na komšiluk, naročito na onog studenta Iku.

Oči mladog čoveka kao da se ugasiše.

— Zbogom! Znajte da ću vas se uvek rado sećati... Posetite me kad dođete u Beograd. Ja opraštam Ljilji ovu uvredu... Radujem se što je našla tako dobrog muža, samo treba da vas voli i ceni kao što zaslužujete... Da, vi ste zaista, jedan izvanredan čovek! Zbogom!

Radmilo je nije više slušao. Dođe mu da je ščepa za ramena, prodrma i prasne: „Govorite! Govorite šta ste videli? Gleda li ona tog mladića, ili ste vi tako pokvareni pa lažete?“

— Zbogom, gospođo — prošaputa tamnim glasom i ne pomače se s mesta. Ona izađe i prosto ulete u auto.

„Tako, osvetila sam se i tebi i njoj!“ Smešila se zadovoljno.

Radmilo sede za sto. Nešto kao da se sruši na njega. Pokri čelo rukom. Zar će njegov život biti ovakav? Zar će stalno sumnjati i bojati se za nju. Ova odvratna žena raspirila je žar u njemu. Nije mogao trezveno da misli, ali je osećao ljubomoru kao plamen koji mu liže uz telo. On je voli, on je ludo voli... Tek što je osetio da su mu malo zalečene rane, došlo je ovo... „Da, ona je često sama kod kuće. Lepa je, dražesna, nema u njemu muža... Zašto je oterala Jelku? Možda voli da bude sama u kući? Jelka joj je smetala. Da li je to ljubomora zbog njega ili zbog Ike i poručnika? Koji se njoj dopada?"

Zažele da ode kući da je pita, da vidi šta radi... Ljubomora je kiptela u njemu. Savlađivao se. Znao je strašno dejstvo jednog takvog afekta. Ali nikako da se umiri. Prvo onaj Momčilo, sad ova žena...

Pisar Pera se pojavi. Dođoše još dva klijenta. Morao je da govori sasvim deseto od onoga što je u njegovom srcu. Miran i taktičan, umeo je da sakrije svoja preživljavanja...

Pogleda u sat. Pola osam. Nije imao više snage da radi. Jedva je čekao da vidi Ljilju. A bojao se tog susreta. Nešto je čudno predosećao...

***

Ljilja je šetkala kroz sobe. Sada je bila sama u svojoj lepoj kući, s mislima o mužu. Obuzimala ju je neka slatka trema. Nije mogla da se skrasi na jednom mestu. Prijatan miris duvana podsetio je na Radmila. Legla je na njegovu sofu i zamišljala ga... Koliko je samo ovladao celim njenim bićem, svakim nervom, mislima, osećanjima... Da je bio mekušac, nikad je ne bi ovako pridobio. U njegovoj volji, savlađivanju i taktičnosti videla je pravog muškarca. Pošto je bila vrlo nežna i osećajna, njegova čvrstina joj je imponovala.

Skočila je sa sofe. Setila se da treba da odseče šlep na venčanoj haljini. Nju će prekosutra obući za bal Kola sestara. Htela je time da podseti Radmila na dan venčanja, na njegovu ljubav. Htela je u toj haljini da proživi nešto lepo, za što nije znala onoga dana koji je najsrećniji u životu žene.

Raširi haljinu na krevetu. Kako je bila pametna njena krojačica. Obeležila je koncem, s naličja, okruglinu suknje gde treba da se odseče šlep. Uze makaze. Od šlepa će sašiti belu bluzu. Lepo joj stoji belo. I Radmilo joj je kazao: „Žena u belom liči mi na bele majske ruže." Radmilo je i poetičan.

Setila se da ima nešto da otkuca na mašini što ju je Radmilo zamolio. Volela je da ga odmeni, da ne mora on noću da kuca. Jednom je usred noći čula njegovu mašinu. Mnogo je radio.

— Gospođo Tomić! — začu se glas komšinice. — Nabrala sam zrele jagode za vas... Gde je Julija?

— Otišla je u bakalnicu — odgovori Ljilja izlazeći na terasu.

— Evo, može Ika da vam donese... Iko, sine, odnesi ove jagode gospođi Tomić.

— Dobro, mama, ja ću se začas prebaciti.

— Što preko plota? Iscepaćeš pantalone! Idi okolo, ulicom.

Ika se nasmeja i začas se prebaci.

— Što je mladost-ludost! Lakše mu da preskoči, nego ulicom da ide — smejala se mati pružajući mu korpicu preko tarabe.

Mladić ustrča uza stepenice. Bio je vrlo uzbuđen.

— Oh, kako su lepe jagode! Tako su krupne. Ostaviću ih za slatko. Veliko hvala, gospođo — doviknu sudinici s terase.

Uđe s jagodama u predsoblje i pomisli da će student otići. On kroči dva-tri koraka za njom i ostade na pragu.

— Kako je lepa vaša kuća! Ja sam ulazio dok još nije bila nameštena — kroči još dva-tri koraka. — Kako imate lepih umetničkih slika!

— Radmilo voli slike... Ova dva motiva s mora ja sam izabrala.

— Vrlo lepo! — govorio je mladić rasejano. Osetio je čežnju za ovom ženom. „Zašto mi piše, zašto me poziva?"

Ona je stajala kraj ormana u trpezariji. Nije ga pozvala da uđe, ali mu nije mogla reći ni da ide. Pogled joj pade na zidni časovnik. Radmilo samo što nije došao.

Student se nasloni na ram vrata i ostade zamišljen. Potom se okrete i upravi jedan zamagljen, topao pogled na mladu ženu.

Ona se sva zbuni. „Ovaj mladić je drzak! Zašto me ovako gleda?" Ona pođe u predsoblje, samo da bi on izašao.

— Vaša mama je divna žena!

Kapija škljocnu. Začuše se koraci... „Da li je Julija ili Radmilo? Oh, što ne ide?"

— Zbogom, gospođo — saže se Ika i dohvati joj ruku. Prinese je usnama.

Radmilo spazi taj poljubac. Čudan potres uzdrma mu ceo nervni sistem. Zastade kao okamenjen. Ika se trže i zbuni. Vide zbunjenost i na Ljiljaninom licu. Svetlaci zaigraše Radmilu pred očima. Ljilja mu se bezazleno nasmeši.

— Gospodin Ika doneo jagode! Poslala nam gospođa Nikolić. Vidi kako su krupne.

Student se pribra.

— Kako ste, gospodine Radmilo? Šta će biti sa stečajem Petrovića? Hoće li da se nagode?

— Mislim da će doći do nagodbe — odgovori Radmilo suvim glasom.

— Zbogom — oprosti se Ika. Osetio je Radmilovu hladnoću. S njim se nije šaliti. Htede da izađe na ulicu, ali se predomisli i preskoči preko plota... Radmilo se naglo okrete i vide ga kako preskače plot. Dah mu zastade, a žile na slepoočnicama mu nabrekoše. Nešto mu zašušta u glavi. Pogled mu je bio prikovan za plot. Ljilja ga je uplašeno gledala. Zar on može još da sumnja u nju? Zar nije bilo dosta patnji u njihovom životu za ovo kratko vreme?

— Znaš, Jelka je otputovala — veselo reče Ljilja, kao da hoće da ga obraduje tom vešću.

— Znam — odgovori on muklo. Pogleda je hladno od glave do pete. — Vidim, obukla si se lepo za posetu... Zašto si je oterala? Da budeš sama, je li? — glas mu je bio potmuo; prigušen gnev je izbijao iz svake reči.

„Zašto si je oterala!" Ta rečenica pogodi Ljilju posred srca. „On žali za njom!" Toliko je zaprepastiše te reči da zaboravi ono „da bude sama".

Polako je dolazila sebi.

— Zar ti je žao što sam je otpratila? Što me tako gledaš?

— Gledam te, jer vidim svu tvoju laž.

Priđe i zagleda joj se u oči.

— Pritvorna si i lažljiva! Misliš da nastaviš svoj život kao ona tvoja bedna prijateljica? Jednake ste! Ništa ti nisi bolja od nje! Još si gora, jer izigravaš nevinost. Kako si odvratna! Preko plota ti uskaču mladići. To sigurno zna ceo svet, a ja sam tek sada doznao. Da, tebi je potreban muškarac i našla si ga. Ali, ja nisam budala.

„Ah, on je ljubomoran! On me voli", pomisli Ljilja.

— Nemoj da budeš nepravičan! Bez razloga patiš.

— Prezirem te.

— Ne, to nije istina! Ti mene voliš kao i ja tebe. Ti si ljubomoran kao i ja... Zaklinjem ti se, Ika je došao slučajno, samo zbog ovih jagoda. Zašto ta sumnja? Umiri se, najmiliji! Oterala sam Jelku, jesam! Prosto me bilo strah da ne pomisliš što ružno o meni zbog nje. Ona i ja smo dva sveta. Veruj! Neću da budeš takav. Samo sam na tebe mislila, dragi! — poletela je i bacila mu se na grudi, ali je on odgurnu:

— Odlazi! Više nijednoj tvojoj reči ne verujem. Mrzim te! — ušao je u svoju sobu, zalupio vratima i okrenuo ključ.

Ljilja je stajala nasred sobe, ne shvatajući šta se to događa oko nje... Mogla je da vrišti...

— Užas — šaputala je. — Ja nikad neću imati sreće u životu! Ona je sve ovo napravila. Osvetila mi se.

Iz njegove sobe nikakav glas se nije čuo. Ona pritisnu kvaku:

— Otvori mi! Otvori! Strah me je. Šta radiš? Otvori!

Kroz baštu se začu šum kolica.

— Idemo da te vidi teta Ljilja! Ona voli decu.

— Radmilo, ide gospođa Desa sa sinčićem! Otvori, preklinjem te, otvori!

— Otvoriću! — začu se kroz vrata.

Ljilja ulete u spavaću sobu, izbrisa brzo oči.

— Je li kod kuće gospođa Ljilja? — pitala je Desa Juliju.

— Jeste... Gospođo Ljiljo! — pozva Julija.

— Evo, evo!

Radmilo otvori vrata.

— Ah, ko nam je to došao? — govorio je sasvim mirno i ljubazno. Ljilja ga je milo gledala. Umiljato ga je pitala:

— Je li da je zlatan, pogledaj ga!

— Porastao. Pravi momak! Da vidimo koliko ima zubića?

— Kaži gde je oko! — govorila je njegova mati. On je pokazivao ručicom.

— Pokaži nosić! — reče Ljilja. Dečak je sve redom pokazivao. Ljilja ga je pritiskala na grudi. — Ja obožavam decu...

— Brak ne vredi bez dece — reče Desa. — Dogodine i vi jednu devojčicu, ili dečaka...

***

Za večerom Radmilo primeti tugu u Ljiljaninim očima. Dođe mu je žao videći je tako utučenu. „Možda je ono sve kleveta. Ona Jelka je zaista pokvarena.”

— Zašto ne jedeš, Ljiljo?

— Ne mogu. Nisam gladna.

— Uzmi ovo! — on joj stavi u tanjir jedno parče mesa. Njegova sitna pažnja bila je dovoljna da je razneži.

Posle večere Radmilo se zatvorio u svoju sobu. Ljiljana je bila očajna. Htede da priđe njegovim vratima i da mu kaže: „Ja sam mogla da pređem preko Margite i njenog dnevnika, a ti vidiš moju avanturu u tome što je mladić doneo jagode!” Ipak odustade.

Bilo je sve tužno oko nje. Obukla je svoju nežnoplavu noćnu toaletu. Sela je i plakala. Najednom, vrata se otvoriše. Korake mu nije čula. Kao da se prikrao. Ona se trže i prigušeno uzviknu. On spazi kako kleči na podu i plače. Zavesa joj je bila spuštena. To je hteo da vidi. Ona ustade. Radost joj zablista u očima. Došao je k njoj... Ali, on odjednom ustuknu i zatvori vrata. Ovoga puta ona je zaboravila svoj ponos. Polete za njim:

— Radmilo!

On se okrete. Ona mu se baci u naručje. Grlila ga je i milovala po licu; šaputala je kao u bunilu:

— Neću da ideš! Ostani kod mene... Ti si moj! Volim te... Ja sam samo tvoja. Oh, da samo znaš koliko mislim na tebe. Koliko čeznem za tobom. Ti mene voliš, ja znam... Samo nećeš da priznaš!

On htede da se izvuče iz njenog naručja, ali ruke mu se odjednom sklopiše oko njenog tela divljačkom snagom. Ispod svilene noćne odeće osećao je Ljiljaninu uzdrhtalu toplotu. On zadrhta, zagnjuri glavu u njenu kosu, uze je u naručje, pritisnu na grudi. Stezao ju je kao da se boji da je ne izgubi.

Prođe trpezariju, unese je u spavaću sobu...

Ljiljana je bila gotovo onesvešćena od sreće u njegovim rukama.

Najednom zabruja gitara u susedstvu. Radmilo se strese kao stablo u šumi pod udarcem sekire. Pusti je... Sve se zamrači i uskovitla u njegovoj svesti. Ljubomora ga sveg obuze. Eksplozija surovih reči prasnu ponovo:

— Tebi svira, čuješ li? Dala si mu povoda... Nikad ti neću verovati. Nikad! Ko zna koliko si imala ljubavnika u životu.

Izleteo je iz sobe uplašen od samog sebe, od onoga što bi se moglo dogoditi. Zaključao se ponovo. Užasna ljubomora, koja ga je mučila, pretvarala se u ludilo.

Ljilja sede na postelju. Radost koju je osetila zbog njegove ljubomore sad ju je uplašila. Ovo je nešto novo. On će uvek naći nekog muškarca da je muči. „Ko zna koliko si imala ljubavnika!"

Ustala je i pojurila kroz trpezariju. Kucnula je na njegova vrata. On je ćutao. Ona mu je tiho govorila kroz zatvorena vrata:

— Uvredio si me, Radmilo! Jednog dana ćeš se kajati za sve ove uvrede koje si mi zadao...

Vratila se, legla u postelju. Prošla je još jedna usamljena noć... Njeno srce je bilo zdrobljeno, ali tešila je samu sebe: „Neka, neka se umiri! On će sutra biti dobar. Znam ja njega. Opraštam mu što me je vređao. Ja ga volim."

Nepoznati muški glas na telefonu

Porubljivala je večernju haljinu, sedeći u spavaćoj sobi. Tražila je opravdanje za muža, tešila je samu sebe. Bila je svesna da su njihovi sukobi počeli od one prve bračne noći kad ga je nemilosrdno odgurnula od sebe. A ona bedna Jelka je došla još da pogorša i raspiri njegove sumnje.

„Lepo sam opšila! Sutra ću je prepeglati.”

Pogled joj se zaustavi na Radmilovoj slici, kraj kreveta. Našla je jednu njegovu fotografiju koja joj se mnogo sviđala i stavila je u ram pokraj svoga kreveta. On ju je gledao, svuda za njom kretale su se njegove oči. Gde god bi stala, on kao da ju je tražio očima. Taj živi pogled umirivao je mladu ženu i ona mu je često tepala:

— Mili moj! Ti si dobar! Osećam kako ćemo mi biti srećni jednog dana.

Razgovor s Radmilovom slikom unosio je u njenu dušu neku detinjastu veselost. Posle je uzela novine i čitala.

Trpezarija se uskoro sva zarumene od sunca. Ljiljana zažele da izađe na terasu, da gleda zalazak, ali odustade. Čula je Ikin glas u njegovoj bašti. Primetila je i ona zaista da mladić stalno izviruje na nju. Mogao je naići Radmilo. Zar da doliva vrelo ulje na vatru. I iz predsoblja je mogla da posmatra sunce. Gledala je baštu poplavljenu rumenilom zalazećeg sunca. Sve je dobijalo ružičast odsjaj. Bele ruže su se rumenele na travi, a okna na maloj sobi u dvorištu buktala su kao reflektori.

Pokraj plota Tatjanine kuće začu se žagor.

— Gospođo Tomić! — pozva je Tatjana.

— Izvol'te? — pojavi se Ljilja na terasi.

— Htele smo nešto da vas zamolimo. Nećete da se ljutite? Hoćete li da nam nešto prevedete s francuskog. Dušan i Mika su nam pričali kako lepo znate francuski i pokazujete im. A mi imamo jednu tešku lektiru.

— Zašto da se ljutim? Dođite k meni! — odgovori ona ljubazno.

— Evo, sad ćemo. Kako je zlatna! — ushićeno su šaputale maturantkinje.

Ljiljani je bilo drago što može pomoći maloj Tatjani; znala je njenu tajnu o vešanju, a videla je i koliko je ta mala skromna. Nikad nije gledala za njenim mužem niti je istrčavala u dvorište. Devojčica je sigurno patila, ali je umela da sakrije svoj bol i da bude ponosita. Poredeći je s Jelkom i Margitom, Ljiljana zaključi da je Tatjana bolja od njih. Bolja je svakako i od one Dare preko puta što su je nudili Radmilu. Ta je stalno visila na prozoru, ali Ljilja nije obraćala pažnju na nju, jer je verovala da se Radmilo nije osvrtao na nju. Neki put bi joj se javio, a neki put bi prošao, ne bi je ni pogledao. Ljilja je sve to motrila kroz prozor kad je on odlazio na posao.

Sačekala je devojčice na terasi.

— Izvol'te u trpezariju!

— Baš je divno kod vas! — divile su se devojčice. — I spolja je lepa kuća. A imate divnu baštu. Jeste li vi vezli one jastučiće?

— Jesam.

— A ono ste vi kao nevesta. Kako ste lepi!

— Lepota ne igra najvažniju ulogu u životu — nasmeši se Ljilja.

— Treba biti dobar i karakteran. I vi ste sve tri lepe devojčice —

pogledala je Tatjanu kao da je njoj htela da pokloni najviše tog komplimenta. — Jeste li se raspustile za maturu?

— Jesmo... Prilično se bojimo. Samo maturu da položimo. Čini nam se da će nam ispiti na univerzitetu biti lakši.

— Tako se uvek misli. A kad dođete na univerzitet, opet ćete imati tremu. Slušala sam da ima studentkinja koje su odlični đaci, polažu redovno, spreme se za ispit, pa na dan ispita odustanu od polaganja.

— Jaoj, tako ćemo i mi!

— A šta ste htele da vam prevedem?

— Evo, ovaj deo... Nikako ne možemo da prevedemo. Uvek se sapletemo na zamenicu „an”.

— Jeste... Treba znati na šta se ona odnosi. Nije ovo teško. Samo da pročitam.

— Možete bez rečnika?

— Mogu.

Ona je čitala, a maturantkinje su je gledale. Tatjana je nije nikad ovako izbliza posmatrala. Divila se njenim crnim povijenim trepavicama, finim obrvama, pravilnom nosiću... Bila je sveža i nežna kao ruža. Tatjana oseti jak bol i stid od same sebe. Kakvu je ludost mogla učiniti, i kakvu tragediju.

— Evo, hoćete da zabeležite? — upita Ljilja.

— Hoćemo. Diktirajte...

— Sad idemo. Izvinite što smo vas uznemirile.

— Zašto odmah da idete? Čekajte da donesem kolače. Znam da devojčice vole kolače — iznese na sto punu činiju kolača s bademom.

Začu se Ikina gitara.

— Ovaj Ika samo svira. Što je to mangup? — čavrljale su gimnazistkinje. — Uobražen je u svoju lepotu. I njegov brat je uobražen. Kaže da ovde za njega nema devojke...

— A zabavljate li se vi? — pitala ih je Ljilja.

— Ah, gospođo, da znate kako su ovde svi mangupi! Ne možemo od njih da prođemo ulicom. Ovaj Ika svaku devojku ismeva i svakoj dobacuje. Ali mu ni mi dužne ne ostajemo. Što su lepi kolači!

— Uzmite, deco, još!

Žurni koraci se začuše uza stepenice.

„Ako, bar će me videti s devojčicama. Neće biti ljubomoran”, pomisli Ljilja. „Ali, još je rano za njega.”

— Dragiša! — ciknu Ljilja.

— Kao što vidiš, ja sam, sestrice!

Maturantkinje uzbuđeno pogledaše elegantnog smeđeg čoveka koji zagrli Ljilju.

— Kako se radujem što si došao! Baš je divno što si me iznenadio.

— Pa, kako mi ti, sestrice? Lepo izgledaš! — poljubi je još jednom.

Mladić spazi tri devojčice. Njegove znalačke oči oceniše odmah da su vrlo ljupke. Pogled mu se malo duže zaustavi na Tatjani.

— Maturantkinje su, pa su došle da im nešto prevedem iz francuskog... A ovo je moj brat od tetke, sudija Dragiša Nikolajević... Nemam rođenog brata, pa njega volim kao rođenog.

Mladić se pozdravi s učenicama koje su ga ljubopitljivo gledale.

— Idemo! — reče Tatjana.

— Zašto da idete? Nemojte da bežite od mene.

— Gospođa Tomić nam je sve prevela... Imamo da učimo. Hvala — devojčice se brzo oprostiše.

Mladi sudija pogleda za njima:

— Pazi kako ovde ima lepe dece! Ko je ono visoko crnooko devojče s viticama?

— To je Tatjana, ćerka šefa finansijske uprave. Stanuje prva kuća do mene.

— Komšinice! Imaš zaista lepu kuću, sestrice! Tetka Jelena mi je pričala, ali nisam verovao. Vidi samo kolika je bašta. Divno, bogami. Pa jesi li srećna, iskreno mi reci?

— Jesam. Nemaš pojma koliko je Radmilo divan. Nikad ne bih mogla naći boljeg muža od njega.

— Vidiš. Šta sam ti govorio! A ti si se zaljubila u onu vucibatinu Momčila. Zamisli kakav bi ti život bio da si se udala za njega.

— Ostavi, to je sve prošlo. Bila sam tada derište.

— Kako si se samo prolepšala!

— Oslabila sam malo?

— Nisi. Kao što si i bila. Svraćao sam i do Radmila u kancelariju.

— A šta ti on kaže? Je li srećan sa mnom?

— Kako da nije srećan! Vidim na njemu. Tako se obradovao kad me video. Nije mogao sa mnom da pođe, pa me poslao ovamo.

— Divno što si došao! — „Sad da vidim da li će Radmilo izaći iz one njegove sobe.”

— Samo, Ljiljanice, ja se odmah vraćam.

— Kako? — upita ona zapanjeno. — Pa zar nećeš ni da noćiš?

— Ne mogu. Autom smo došli. Imam celo društvo. Idemo dalje. Zastali smo ovde da bih ja video tebe i Radmila.

Ljilja sva klonu.

— No, no, pa nemoj tako da se žalostiš. Znam da bi volela da mi pokažeš kako si izvrsna domaćica. Već mi je Radmilo to rekao. Vidim da je zaljubljen do ušiju u tebe, ali i ti si zaljubljena u njega. Priznaj! Tako i treba. Zar bih ja kao brat tebi našao rđavog mladića? Hajde, da mi pokažeš kuću!

Oduševljenje koje je osetila kad je ugledala svog dragog brata, iščeze, iščeze i rastuži je, ali to što je Radmilo lepo govorio o njoj povrati joj malo nadu. Imao je priliku da upozna njenog brata s njihovim odnosom i svim onim što je doživeo od nje prve večeri.

— Bogami, sestrice, mnogo se radujem što si srećna. Mi svi čitamo tvoja pisma. Teča je oduševljen kako pišeš. Ti si njegova spisateljica. Kako dođem znam da će odmah da mi pokaže tvoje pismo. I tetka Jelena i teča su srećni što si uvidela kako imaš dobrog muža.

— Reci im, Dragiša, da je on zaista najbolji muž. Čekaj da zovnem Juliju — Ljilja je viknu.

— Gospodin Dragiša! — pljesnu ona rukama. — Bože, vi da nam dođete! — brisala je mokre ruke o kecelju da bi se s njim rukovala. — Pa kako gospodin Drago? Kako gospođa Jelena?

— Svi smo zdravi. Poslali su me da vidim kako ste vi.

— Imate šta da vidite.

— Ali, Julija, on će odmah ići! — žalosno saopšti Ljilja.

— Pa zašto, gosn Dragiša? — čisto se naljuti Julija.

— Moram, čeka me društvo. Doći ću opet čim nastane sudski raspust. Ovde je divno.

Oprosti se sa sestrom i Julijom i žurno ode. Prolazeći pokraj Tatjanine kuće okrete se i vide kako se devojke smeše na njega iz bašte. On skide šešir i pozdravi ih. Ljilja se vrati u sobu.

***

Taman je Radmilo hteo da kaže nešto Peri pisaru kad telefon zazvoni...

— Alo, je l' tu advokat Tomić? — pitao je muški glas.

— Ja sam. Ko zove?

— Jedan vaš prijatelj koji vam želi dobro i žali vas... Obratite malo više pažnju na svoju ženu, jer će vam nasaditi rogove sa studentom Ikom.

Radmilo se sav ohladi. Dođe mu da tresne slušalicu.

— Ko ste vi?

Ali, slušalica s one strane škljocnu.

— Treba li i ovo da prepišem? — zapita Pera.

— Šta kažeš? — trže se Radmilo.

— Ovu tužbu da prepišem?

— Pa, kazao sam ti. Prepiši! — izbrecnu se. — Gde si ona akta zaturio? Kazao sam ti da mi ovo ne diraš! — nervozno zagrize palac. Spazi kako ga pisar posmatra. Trže se... Umiri. — Treba da dođe trgovac Petrović. Ja idem. Reci mu, sutra u osam.

— Sutra je nedelja...

— A, jeste, nedelja. Onda neka dođe u ponedeljak.

— Idete li na zabavu sutra?

— Idemo... Mislim da ćemo ići.

— Ika i ja dogovorili se da idemo.

— Ti i Ika! — izbrecnu se. — Divno si društvo našao... Ika i Janko. Ne polažu ispite, jure ženske. Ti imaš da polažeš ispit, jesi li čuo? — ućuta. „Ko li mi je ovo telefonirao? To je, dakle, istina!”

Stezao je zube u besu i očajanju. Borio se da pisar ne opazi njegovu uzrujanost. Da li se to neko zaverio protiv njega? Mrzi ga, zavidi mu i hoće da sruši njegov brak...

— Pero, ti još ostani — govorio je blaže svome pisaru. — Mene tako boli glava. Do viđenja!

„Čudno, nikad se nije žalio na glavu. Šta mu je? Zaljubljen čovek”, zaključi u sebi pisar.

„Ne, scenu neću praviti, jer će ona onda biti na oprezu”, razmišljao je Radmilo. „Hoću da je motrim i da je uhvatim. Najbolje je da Dragiši sve ispričam. Ali, uhvatiću ja njih!”

Ušao je mirno u baštu. Spazio ju je odmah. Julija je zalivala cveće, a ona je posmatrala. Osmehnula mu se nežno:

— Dragiša dolazio! I kod tebe je bio? Ali, žao mi je što nije ostao... Oduševljen je kućom.

— Znam, i meni je kazao... Svratio je do mene.

Njegov hladan glas je preseče.

— Ti si nešto neraspoložen?

— Nisam... Boli me glava.

— Mnogo radiš — nežno je govorila.

Radmilo pođe u kuću. Ona ode za njim.

— Tebi nije dobro? — predosećala je da su u njemu druge patnje. Da bi ih ublažila, priđe mu i pogladi ga po čelu i kosi.

„Lažljiva je i pritvorna!" Ipak, mirno ustade.

— Idem da se umijem — hteo je da rashladi svoje vrele misli.

— Umij se, to je dobro... Hoćeš li da ti donesem aspirin?

— Neću...

Izbrisa se ubrusom i pođe u svoju sobu. Legao je na sofu. Ona tiho uđe u sobu za njim. Nije htela samog da ga ostavi. Slutila je da se u njemu opet nešto kuva. Možda zbog jučerašnje Ikine posete. Privukla je stolicu i sela pokraj sofe. U njoj se preplitala ljubav žene i majke.

— Hoćeš li da ti malo istrljam glavu? Tako sam ja mome tati...

— Kako hoćeš.

Ona je osećala kako on preko volje odgovara, kao bolesnik koga tište fizički bolovi. Naže se nežno prema njemu. Masirala mu je blago prstima čelo, kao da ga miluje... On je ležao sklopljenih očiju. Ljilja se zastide...

Gledala je njegovo lepo lice s beskrajnom ljubavlju. Želela je da ga razveseli.

— Bile mi danas u poseti gimnazijalke. Tatjana i njene prijateljice. Molile me da im prevedem nešto s francuskog. Posle je došao Dragiša.

On otvori oči. Pogleda njeno belo nežno lice, plave oči uokvirene crnim povijenim trepavicama... Ta bezazlena lepota, te detinjaste umiljate oči uskovitlaše sve njegove sumnje, ljubomoru, ljubav, strast! Htede da je ščepa za ruke i urlikne od bola: „Govori, šta radiš po bašti! Otkuda da mi dostavljaju o tebi preko telefona?", ali ućuta. Zatvori ponovo oči... Oseti njene male ruke na svom licu i slatki šapat:

— Ti si moje veliko dete! Ja ću tebe da mazim... I moj tata je bio uvek u kući naše veliko dete. Mazila ga i mama i ja.

Zavlačila mu je prste u kosu. On se borio u sebi, ali je osećao kako se podaje njenom milovanju. Drhtao je od ljubavi i ljubomore... Njena kosa ga je milovala po licu, a ručica klizila kao meko krilo po njegovom obrazu.

— Julija, možete li na časak da zovnete gospođu Ljiljanu? Imam nešto da joj pokažem — začu se u dvorištu glas sudinice.

— Idem odmah...

Radmilo je čuo te reči, a i Ljiljana diže glavu čuvši Julijine korake.

— Sad ću ja! — šapnu mužu. — Da vidim što me zove.

— Gospođa Nikolić vas zove! — pozva Julija sa terase.

Ljiljana siđe u baštu.

Radmilo skoči sa sofe i žurno uđe u spavaću sobu. Odatle je mogao sve videti. Sudinica je pokazivala Ljiljani neku narodnu nošnju:

— Seljanka jedna donela da proda... Da li bi vam ovo gosn Radmilo kupio? Možete obući i za bal Kola srpskih sestara... Pogledajte kako je divan jelek!

Radmilo nije slušao njih dve. Gledao je Iku na prozoru sobe njegovog brata. Posmatrao je Ljiljanu. Radmilo se povuče. Zavesa je bila spuštena te ga Ika nije mogao opaziti.

Mladić bojažljivo baci pogled na prozor spavaće sobe... Brzo spusti zavesu, ali je Radmilo osetio da je Ika iza zavese. „Nešto je među njima. Idem, idem odmah od kuće.”

Brzo uze šešir i tašnu.

Ljiljana uđe.

— Vidi, Radmilo, kako je lepa nošnja! Da li da je uzmem?

— Uzmi ako ti se dopada.

— 'Oćeš da obučem? — vide da on drži šešir. — Zar ti opet ideš?

— Moram u banku. Imam posla. Direktor me zvao...

Ona ga je tužno gledala.

— Hoćeš li se dugo zadržati?

— Ne znam. Ti večeraj ako se ja zadržim. Ostavi meni u trpezariji.

Izađe iz kuće ostavljajući rastuženu svoju mladu ženu. Ona spusti nošnju na divan. Sunce se već spuštalo iza planine. Crvena svetlost je prekrivala nebo; polako se gasila i radost male Ljilje.

Sati su prolazili u očekivanju. Osam... devet... deset... Radmilo se nije vraćao. Šetala je nervozno po sobama.

„Leći ću na njegovu sofu i neću se maći. Čekaću ga!"

Svukla se i legla, ali misli su počele da je rastržu. „Zar ovo ima smisla? Možda je on otišao Margiti? Ona mu se nudi."

Skočila je s postelje. Sela je za pisaću mašinu.

Ljubavi moja, mnogo te volim. Ja sam samo tvoja... Gde si, čekam te!

Zadovoljna spustila je tabak na njegov jastuk i otišla u svoju sobu. Brzo se vratila, uzela onaj tabak i otkucala drugi.

Milo moje! Volim te i čeznem za tobom!

Ovo je bolje. Čežnja je dokaz da ona želi da on dođe k njoj. Lepše je tako da napiše. Ono „dođi" znači nuđenje. Pretrčala je opet trpezariju. Ušla je u svoju sobu i legla.

Advokat potajno istražuje

Ljilja se trže. Učini joj se da čuje neki glas. Da, to je Radmilo govorio u bašti... Šta, je li već svanulo? Već toliko sunce izgrejalo! Poznala je po zavesi. Ah, ona je bila sama u sobi. Nije došao. Nije hteo. Zatvori oči. Oseti opet bol u grudima. Svako jutro se budila s istom duševnom patnjom. Zašto je takav? Što je tako rano ustao? Pogleda u sat i vide da nije rano. Osam i četvrt. Zar se ovoliko uspavala.

Obukla se, umila i sišla u baštu. Veselo ga je upitala kao da se ništa nije dogodilo:

— Ti si već ustao? Tako rano!

— Pa, nije rano, nego si se ti uspavala — pažljivo ju je posmatrao. Bila je sveža, ali tužna. — Jutro je tako lepo pa šetam po bašti — reče Radmilo.

Ali on nije zato šetao po bašti već je motrio na nju i Iku.

Ušao je u malu sobu u bašti koja im je bila trpezarija. Ljilja mu se pridruži. Pili su kafu i doručkovali.

— Hoćeš malo kajmaka? — nudila mu je Ljilja.

— Neću. Ja sam ranije izostavljao doručak. Ovo više zbog tebe. Ti si me navikla.

Bio je umoran i iznuren. Cele noći nije zaspao. Lomio je svoju volju... Želeo je da ode k njoj u sobu, polazio je nekoliko puta. Njene nežne reči izazvale su još veću sumnju u njemu. Zašto baš sada da ih napiše kad ju je video s Ikom? A onaj glas na telefonu?! Preljubnice su najsnalažljivije. I muškarci su najumiljatiji kad varaju ženu.

Nervirala ga je i njena mirnoća. A nije hteo da prizna sebi da je i on bio miran i da je i nju to moglo nervirati... Oboje su imali bolne misli u glavi, a ni kod jednog se nije ni naslućivalo šta se krije iza gordosti. Oboje su bili zatvorene prirode.

„Na večerašnji bal ga neću podsećati", mislila je Ljilja. „Ako on kaže, ići ćemo, ako ne kaže, ne moramo ni ići!"

Radmilo doručkova i ode u baštu. Poneo je knjige i seo da čita u dnu bašte. Kad su nameštali tu klupicu on je zamišljao kako će tu sedeti uveče, držati Ljilju u naručju i milovati je. Uzdahnuo je... A sad je seo tu da bi vrebao mladića s kojim ga ona možda vara.

Ika uskoro prođe kroz svoju baštu. Od zelenila nije mogao da vidi Radmila. Mladić je zastao i pogledao u njihovu kuću. Stajao je tako i gledao sve u jedno isto mesto. Činilo se da je bio tužan. Radmilo oseti kako ga nešto davi u grlu. Zar ovo da doživi? Umirivao je sebe. „Današnji mladići su drski. Kibicuju svaku lepu ženu. Pokušavaju gde god mogu."

Ika sede u jedan šezlong okrenut Radmilovoj kući. Uzeo je nešto da čita. Najednom se trže i ostavi knjigu. Ljiljana je izašla iz kuhinje i uputila se gore, u kuću. Ika se pridiže da je bolje vidi, a onda opet sede. „Ovako je, znači, svako jutro", zaključi u sebi Radmilo. „Da li razgovaraju?" Bol, pomešan s gnevom, kovitlao se u njemu.

Ljiljana se opet spusti niza stepenice i pođe prema kuhinji. Ika se ponovo trže i zagleda se u nju. Hteo je da ga ona vidi. Ustade i priđe njihovoj ogradi. Ona ga nije opazila. Stavljala je stolnjak na sto u bašti. Ika poče da pevuši da bi ga ona čula. Gledao ju je drskim mladićkim pogledom. Radmilo steže pesnice. Osećao je da bi ga mogao smrviti. Ustade s klupe i pozdravi ga:

— Dobro jutro, Iko. Jeste li poranili?

Mladić se trže kao da ga neko kamenom udari u glavu. Sav se zacrveni. Gledao je zablenuto u Radmila, koji ga je fiksirao svojim prodornim crnim očima.

— Dobro jutro — jedva izgovori i nasmeši se. „Do đavola, otkud on ovde! Video me je kako je gledam!" Ipak, pribra se nekako. Okrete se advokatu:

— I vi uživate u bašti? Ja baš gledam kako vam je divna bašta. Trava kao ćilim...

— Jeste, lepa je — mirno odgovori advokat. — Ja rado čitam u bašti. I vi nešto čitate?

— Čitam stečajno pravo. Uskoro polažem taj predmet.

— Iko, hajde da doručkuješ! — zvala ga je mati.

— Izvin'te! — reče mladić sav srećan što ima izgovor da pobegne od ovih vatrenih crnih očiju.

„On nešto zna pa me vreba. Moram dobro da se čuvam." Uđe brzo u svoju sobu i pročita treće pisamce:

Kad izađem iz kuće pođite za mnom da se sastanemo.

Jadni Radmilo. Ipak ga je žalio. Pogled kojim ga je prostrelio advokat uplašio je Iku. Razmišljao je da li da odbaci svaku pomisao na ovu lepu ženu. Ona je nevaljalica. Šta hoće od njega? Ne, više ne sme sedeti u bašti. On motri. Ko zna kakav je njihov život. I onomad je Ika primetio da advokat nešto naslućuje.

Iako je više puta donosio odluku da više ne pogleda lepu Beograđanku, Iku je nešto stalno mamilo da je gleda. „Najbolje je da motrim iz Milanove sobe. Iza zavese. Niko me neće videti."

— Radmilo, gde si? — zvala je Ljiljana.

— Ovde sam.

— A ja tebe tražim gore. Nisam videla kad si seo u baštu. Lepo si mesto našao.

On se diže i pođe u kuću. Bio je sasvim malaksao. Seo je na terasu i zamislio se. Spazi šefa finansijske uprave i njegovu kćer Tatjanu. Oni sve vide šta je u njegovoj i sudijinoj bašti. Možda mu je ovaj komšija ono telefonirao. Advokat je tražio način da ublaži svoju sumnju. Na Ljiljani ništa nije opazio. „Ali, ona zna da sam ja ovde i čuva se." A Ika ga nije video. „Ah taj balavac! Mangup! Kako je drsko gleda. Uhvatiću ja njih!"

Ušao je u svoju sobu. Čitao je, ali mu se nije čitalo. Osluškivao je svaki korak svoje žene. Sad je pospremala spavaću sobu. Milan je stajao kraj prozora i gledao Ljiljanu. Povuče se brzo kad spazi Radmila.

— Večeras ćemo ići na zabavu — reče Radmilo Ljiljani i zastade na pragu.

— Kako ti hoćeš. Meni je svejedno — tiho je odgovorila. — Jesi li posećivao školu igranja?

— Kao i svi mladi. Mladić koji se kreće u društvu mora znati da igra.

— Ti tako lepo igraš kao da si često posećivao igranke.

— Nisam ja imao toliko vremena za zabavljanje. Bio sam uvek zaposlen. Imao sam toliko briga.

— A sad nemaš nikakvu brigu, pa si opet tako ozbiljan. Ja nalazim da si ti srećan čovek.

— Srećan! Po čemu sudiš?

— Po tome što možeš da budeš neosetljiv... Osećajan čovek pati.

— E, ja neću da patim — nasmeši se on. — Zašto bih patio?

Neka tužna melodija čula se s radija. Srce mladog čoveka ispuni se bolom. Zatvorio je radio.

Ljiljana uđe u njegovu sobu. Gledala je ima li negde ono njeno pismo. Nije ga mogla videti. „Valjda ga je iscepao." Opazila je da on pati iako to skriva. Nije se mogla uzdržati:

— Radmilo, šta je tebi? Reci mi. Mnogo si se promenio.

— Promenio? Ja mislim da sam uvek isti.

— Nisi isti. Nešto te muči.

On ćutke izađe na terasu. Ona izađe za njim, ali htede da se vrati kad spazi Iku na prozoru bratove sobe. Muž je steže za mišicu:

— Što bežiš?

— Ne bežim. Zašto bih bežala! Hoću da operem ruke.

Osećala je kako se njegovi prsti upijaju u njenu mišicu. „Šta je njemu? Da li me on voli ili mrzi." Kad je pusti, uđe u kupatilo i zadiže rukav. Primeti crvene pečate od njegovih prstiju. „On me voli... Čezne za mnom, a neće to da pokaže. Ah, sad ću ga zagrliti i poljubiti."

— Idem do tetka-Stane, Ljiljo. Nije joj dobro. Juče je došao Dušan u kancelariju da mi kaže.

Ona oseti kako joj on izmiče; neće njenu nežnost, beži od nje. Bujica nežnih reči zastade joj u grlu:

— Dobro, idi. Pozdravi je mnogo...

Gledala je na ulicu dok se on udaljavao.

On je žurio, prosto je bežao da bi se umirio, jer je verovao da ima nešto između nje i Ike. Video je to po onom njenom strahu kad je htela da se ukloni, videći mladića.

Ljiljana se skamenila. Nije mogla da se makne od prozora. „Zašto me nije pozvao? I ja bih išla s njim. Mogli smo i prošetati po parku!" Beskrajno se rastužila. Kako bi volela da ima nekog da mu se izjada, da je uteši. Pisaće tati i mami. To je umiri. Taman je htela da uđe u sobu kad spazi jednu devojku kako prolazi pokraj kuće.

— Margita! — šapnu prigušeno. „I ona ide kud i on. Oni su se, znači, dogovorili!" Zarila je nokte u dlanove. Zato je on neraspoložen, a ona je tumačila to njegovom ljubomorom na Iku. Zato, dakle, nije došao kad ga je zvala. Zajecala je, obuzeta užasnim bolom. „Idem i ja! Baš ću da vidim je li on zaista kod tetka-Stane. Hoću da se uverim da li me vara."

Ika je provirio i video da se Ljiljana oblači i nekud sprema. Da li i on da izađe? Da ona, možda, ovo njemu ne daje znak da i on pođe za njom?

— Dobar dan, gospođo — pozdravi je Ika iz dvorišta.

— Dobar dan — odgovori ona.

— Hoćete li doveče na zabavu?

— Hoćemo... A idete li vi? — pitala je tek da nešto kaže, i ne misleći kako mladić može da protumači ovo njeno pitanje.

— Idemo svi — odgovori Ika. — A gde je vaša gošća?

— Otputovala.

— Neko je očajan.

— Ko može biti očajan? Da niste vi?

— Nisam ja nego moj drug Janko... Zaljubio se u nju.

— Zaljubio se! Dobro te se niste vi zaljubili...

Ika najednom ućuta i povuče se u kuću.

Ljilja oseti da je neko iza nje. Okrete se. Radmilo je stajao na pragu. Ona ga pogleda, skloni se s prozora i priđe ogledalu.

— Ti se nekud spremaš?

— Da, u šetnju.

— A, tako...

— A što si se ti vratio? — ljubomora malo splasnu u njoj.

— Zaboravio sam novčanik — slaga Radmilo. Usne su mu drhtale.

Ona ga meko pogleda:

— Kad me ti ne zoveš da idem s tobom, htela sam sama da idem. Čudo što si se vratio kad je ona otišla da se sastane s tobom.

— Koja ona?

— Znaš ti dobro koja — prišla je ormanu i uzela šeširić. „Idem do tetka-Stane, a on ako hoće neka pođe sa mnom", odluči Ljiljana u sebi. On je još stajao u okviru vrata. Ona prođe lagano pokraj njega. Radmilo je i dalje stajao bez reči. Njena odluka se malo pokoleba.

— Hoćeš i ti sa mnom?

On je ćutao.

Ljiljana zastade. Poče da promišlja. „On pati. Nije trebalo da razgovaram s onim balavcem Ikom.” Oseti bliskost s čovekom što je tako bespomoćno stajao pred njom. Vrati se. Obavi mu ruke oko vrata. Gledala ga je nežno i umiljato:

— Voliš li me?

On lagano ukloni njene ruke i bez reči uđe u svoju sobu.

Mlada žena ode u spavaću sobu. Skide šešir i haljinu; obuče domaću. Pošto je on nije zvao, ona sede na divan u svojoj sobi i ostade nepomična čitav sat. Tek pred ručak Radmilo je izašao iz svoje sobe. Posle ručka se opet zatvorio. Ljiljana se već bila dobro zabrinula. Oko šest on izađe i reče joj:

— Večeras ćemo na zabavu... Ti se spremi.

— Dobro — reče ona blago.

***

Sedela je u svojoj sobi odevena sve dok nije čula auto. Kad je izašla, Radmilo nije uspeo da sakrije izraz oduševljenja na licu.

— Ovo je venčana haljina. Poznaješ li je?

— Poznajem...

Pred kapijom se susretoše sa sudijinom porodicom. Sudinica zastade:

— Ama, što god vaša ženica obuče, gosn Radmilo, divno joj stoji! To vam je sigurno venčana haljina?

— Jeste.

Ika i poručnik su ćutali.

— Nas sinovi vode na bal — smejao se sudija. — Uvek idemo familijarno. Kupio sam i ja srećku. Hoću da vidim imam li sreće.

Ono, znate kako se kaže, ko nema sreće na lutriji, ima u ljubavi... Pa, do viđenja! Videćemo se na zabavi.

Oprostiše se veselo i mladi par sede u auto.

— Tako si lep u fraku! — napravi mu kompliment Ljilja kad ostadoše sami.

— Zar ti nalaziš da sam ja lep? — upita on podsmešljivo.

— Ti si vrlo lep, samo nećeš da budeš umiljat.

— Pa, to je tebi svejedno, zar ne? — pogleda je onako nežnu, lepu i nasmeši joj se.

— Voliš li me? — ponovi ona svoje pitanje.

— Kazaću ti sutra.

— A zašto baš sutra?

— Tako, sutra...

— U koliko sati?

— Posle podne...

— Posle podne? Zašto baš posle podne?

On se osmehnu, pogleda je i ništa ne odgovori.

— Danas si nešto dugo kucao na mašini?

— Spremao sam jednu odbranu.

— Koga braniš?

— Jednog trgovca.

— Šta je učinio?

— Ubio je svoju nevernu ženu.

Auto se zaustavi pred hotelom u kome je bila zabava. Ljilja ne stiže ništa više da pita.

Ušli su u veliku salu, osvetljenu raznobojnim sijalicama.

Bili su zaista lep par i sve oči se okrenuše njima.

Tek što je stidljivo pogledala po sali, Ljiljana ugleda Margitu. Bila je u tamnocrvenoj haljini. Njene crne oči oštro su gledale mladu ženu u belom. Ljiljana oseti užasnu ljubomoru.

U dnu sale spazi gospođu Janković. Ona im se ljubazno osmehnu. Ljilja i Radmilo joj priđoše.

— Ah, zlatna moja mala, kako je lepa! Kad vas dvoje vidim, odmah se oraspoložim. Hvala bogu, još ima srećnih brakova!

— Imate puno stvari za lutriju? — nasmeši se Ljiljana.

— Sve su to uradile i satkale naše žene i devojke. Vaš goblen je divan! Ah, evo i gospođice Margite! I ona je u Kolu sestara. Sve smo mi okupili, i činovnice i domaćice. Sve su one trčale i prodavale srećke.

— Da, i vaš Radmilo je kupio dve srećke od mene — potvrdi Margita.

— Ako, i treba da kupi. Trebalo je da ga naterate četiri-pet da uzme — smešila se Ljiljana. Radmilo je osetio njenu ironiju.

— Ah, oprostite, eno gospođe Terzić! — uzviknu gospođa Janković i udalji se. Oni ostadoše sami s Margitom.

Radmilo je ćutao.

— Jesu li došli Vera i Voja? — upita Ljiljana.

— Sad će oni... — zbunjeno odgovori Radmilo.

— Da vam predstavim svoju ženu — obrati se Radmilo jednom gostu. — Ovo je lekar Živković.

Ljiljana se blago osmehivala. Napravila je još nekoliko poznanstava. Svi muškarci su je gledali kao opčinjeni. Ali sve to za nju nije ništa značilo kad onaj kome pripada njeno srce nije imao nežnosti za nju. Svuda je videla samo Margitu. Opazila je da ona ide po celoj sali, ali stalno gleda nju i Radmila. Ljilju je to već počelo da nervira. Razveselila se kad je videla Veru. Ta simpatična žena bila joj je vrlo draga. Osećala je da imaju nešto zajedničko: patnju zbog muževa. Samo, Vera se njoj ispovedala i priznala svoje patnje, a Ljilja je svoje krila...

— Ah, sad će lutrija! — zacvrkuta Vera.

— Imate li vi srećke? — upita Ljiljana.

— Imamo dve. Uzeli smo od Margite. Vidite kako je lepa Margita. Ja sam joj dala jednu moju haljinu za ovu priliku. Meni je otešnjala. Sirota, muči se... Žao mi je. A devojka je, voli i ona da izađe.

— To je lepo. Zaista ste dobri...

— Ona zaslužuje. Vrlo je dobra. Kad je slava, dotrči da mi pomogne. Kad imam goste na ručku, ugrabi vreme da mi pomogne. Zavolela sam je kao sestru.

Te pohvalne reči za Margitu oneraspoložiše Ljilju. Da li Radmilo sve to zna? Da li njemu Vera ovako lepo govori o njoj?

— Hoćete li da sednemo onde, eno dve prazne stolice, pa da gledamo šta će ko da dobije? — pozva je Vera.

— Možemo.

Poče izvlačenje srećaka. Ljilja je gledala po sali. Bilo je vrlo lepih devojaka u elegantnim haljinama. Vera joj je pričala o svakoj.

— Ona lepa devojka u zelenom pored zida je učiteljica. Voli jednog oficira, ali on je neće uzeti. A jedan poreznik je prosi, ali ona neće njega. Vidite li onu plavušu? To je ćerka jednog pukovnika. Vrlo je uobražena. Na jednoj zabavi je bila kraljica, pa sad digla nos. A što je ono lola, onaj sekretar suda! Vidite li onog crnomanjastog? Jaoj, što ću da ga izgrdim! On vodi mog Voju da lumpuju i puni mu glavu... Lep je i pravi se važan. Devojke lude za njim. Pogledajte onu u plavom. Popadija! Što ona ima lepog popa, ali on njene flertove uopšte ne vidi. Svi pričaju za nju i jednog majora. Kao bajagi prijatelji, a ono ima tu i nešto drugo...

— Broj 346! — uzviknu jedan dečak. — Jastuče! Rad gospođe Lukić!

— Ja! — odazva se jedna starija gospođa.

— Zar objavljuju čiji je koji rad?

— Reklamiraju tako devojke. Eno Voje i Radmila.

Ljiljana ugleda muža. Pogledi im se susretoše. Njegove crne oči pratile su svaki njen pogled i pokret.

Margita opet priđe Radmilu. Bila je leđima okrenuta Ljilji, ali Radmilo je gledao pravo u oči svoju ženu. Ljilja ga pogleda i uvređeno okrete glavu.

Radmilo shvati njen pogled.

„Ah, što ne naiđe Ika!", pomisli Ljilja.

Najednom se nasmeši i klimnu glavom. Javljao joj se poručnik, Ikin brat. Oficir ju je gledao sav očaran. Njegov drug stajao je pokraj njega.

— Što se ovaj Radmilo oženio lepom ženom! Viđaš li je, Milane?

— Viđam je, ali šta vredi što je viđam? Samo uzalud parim oči.

Priđe im Ika. Ljilja ga spazi i bi joj milo. Sirota mala Ljilja! Nije ni sanjala kako opasnu igru otpočinje... Pogleda Iku. On joj se pokloni. Ona mu se nasmeši. Uto najednom spazi ona dva krupna Radmilova crna oka. Prilazila su joj sve bliže i bliže. Ona se napravi da ga ne vidi i okrete glavu u pravcu Ike i oficira.

— Ima lepog sveta! — govorila je Veri, ali u isto vreme i mužu, koji odjednom stade ispred nje.

— Tvoja nijedna srećka nije izvukla? — upitala je veselo muža. — Imaš li sreće na lutriji?

— Sigurno neće imati! — nasmeja se Vera. — Gledajte mog Voju! Ama, on mora da me nasekira. Šta ima da priča s onom uobraženom doktorkom? Jedva mi se javlja. Ćerka nekog rentijera. Čudna mi čuda što joj je otac rentijer! Kao da je princeza. Dobro ću da mu očitam!

— Broj 146! Pribor za manikiranje! Poklon trgovca Anđelkovića! — objavljivao je dalje glas onog dečaka.

— To je moj broj — reče Radmilo.

— Bravo! To je za gospođu Ljilju — nasmeja se Vera.

— Ja! — izgovori Radmilo.

Mlade devojke su delile poklone. Margita donese Radmilu pribor za manikiranje.

Dečak je i dalje izvlačio brojeve. Po sali se razlegao smeh, žagor i dobacivanje kad bi neki muškarac dobio kakvu žensku stvarčicu.

— Broj 446! Goblen! *Piknik iz osamnaestog veka*! Ručni rad gospođe Ljiljane Tomić!

Mlada žena sva pocrvene.

— Ja! — uzviknu poručnik Milan, Ikin brat.

Ljilja se sva zbuni. Radmilo se usiljeno nasmeši:

— Dobro je! Neka dobije komšiluk!

Sudinica je preko puta veselo klimala glavom. Bila je vrlo zadovoljna. Poručnik uze sliku i pogleda lepu ženu. Iki je bilo krivo. Ljilja primeti kako je Ika ozbiljno i tužno posmatra. Radmilo pođe za njenim pogledom i zadrhta. Dođe mu da joj došapne: „Ti se nepristojno ponašaš. Kibicuješ se s tim balavcem!"

Izvlačenje srećaka se završi.

Muzika zasvira najpre kolo, a potom tango.

„Da vidim hoće li me Radmilo pozvati da igramo?", pomisli Ljilja. Radmilo spazi kako je poručnik posmatra. Sigurno bi joj prišao, ali čeka da on, njen muž, prvi igra s njom. Njemu se nije igralo. Bio je sumoran i besan. Ipak ustade:

— Ljiljo, hajde da igramo!

Ona ustade i osmehnu se.

Prvi put da igra sa svojim mužem. Činilo joj se kao da joj to nije muž već mladić koga voli i čiju ruku prvi put oseća oko svoga stasa. Bila mu je do ramena, vrlo graciozna, nežna kao lala. Njena lepršava plava kosa milovala ga je po bradi. Muzika je opijala malu Ljilju. Gledala je u Radmilove lepe oči. Htela je da mu šapne ono isto pitanje: „Voliš li me?", ali uto preko njegova ramena spazi Margitu. Razgovarala je s nekim mladićem, ali je gledala njih dvoje. „Ja ću uvek sretati njene oči. Odvratna mi je!", uzbudi se Ljiljana.

— Kako su lepi oboje! — oduševljavali su se svi prisutni gledajući Ljilju i Radmila kako odlaze u ugao posle igre.

— Bože, što su zaljubljeni! Pogledajte Daru kafedžiku! Ona da presvisne za Radmilom! Kažu da je haljinu iz Beograda poručila. Neće ovde da joj šije krojačica. Sad joj otac kupuje kafanu „Pariz"! Drži bioskop. Zelenaš! Obogatio se! Ali, ona je zaista prosta. Kad samo počne da se gađa padežima. Kaže, hoće sad da uči francuski — komentarisala je jedna devojka.

Muzika opet zasvira.

Poručnik priđe Ljilji i pokloni joj se:

— Da vam zahvalim za onu divnu sliku! Staviću je u svoju sobu. Jedna dama na slici liči na vas. Ima vašu plavu kosu i oči...

— To sam još u Beogradu kupila.

— Ja sam imao sreću!

— Slučajnost je da baš vi dobijete tu sliku.

— Da, Iki je krivo.

— A vi se kao braća volite?

— Razume se. Ika je vrlo dobar. Nestašan je i veseo.

— A vi niste nestašni?

— Ja sam već mator momak.

— O, kako mator? Da ste major, možda biste to mogli reći... Kad polažete ispit?

— Na jesen.

— A vaša mama jedva čeka da se oženite.

— Da. Ja bih se oženio kad bih našao ženu kao što ste vi...

Ljilja pocrvene i okrete glavu. Radmilo je malo dalje razgovarao s Vojom, ali po njegovom izrazu ona oseti da je besan na nju.

„Ako, baš volim!", pomisli ona.

Radost ispuni njeno ljubomorno srce.

Ika je posmatrao Ljiljanu i svoga brata. Rešavao se da li i on da igra s njom. Malo se bojao Radmila. Ali, šta je on učinio? Šta može Radmilo da sumnja? On ne zna da ona njemu piše. Niko to ne zna. Čak ni njegov brat. To je samo njegova tajna. A ta pisma su ga mnogo zbunjivala. „Hoću, baš hoću!"

On pojuri preko sale da neko drugi ne ugrabi lepu ženu. Pokloni joj se i zamoli za ples.

„Ah, da li da igram?", pomisli ona. „Zašto da ne igram?" Hrabrila je sebe: „Sve ja njemu moram da ugađam. Stalno se bojim da on ne pati, a on neće ni da primeti moju ljubav."

Nasmeši se studentu, spusti mu ruku na rame. Mladić je bio tako uzbuđen da u prvi mah nije umeo da progovori. Posle prikupi hrabrost. On, inače, nije bio ni bojažljiv ni sentimentalan mladić. Poznavao je dobro žene i devojke. Znao je da se prave svetice, a sve žele jedno isto i sve vole laskanje. Uvek je prvo počinjao s laskanjem da bi ocenio na kakav će prijem naići njegove laskave reči kod neke žene. S nekima je bio ozbiljan, s drugima nestašan ili drzak, a bilo je slučajeva kad je izigravao romantično zaljubljenog. Devojke vole da mladići pate za njima, uzdišu i cele noći ne spavaju. A on je uvek vrlo dobro spavao. Prvi put sad je malo poremetio san, jer je ovaj slučaj nešto komplikovaniji.

— Koliko je moj brat srećan... Ja sam ljubomoran!

— Pa i vi možete da uživate posmatrajući male markize iz osamnaestog veka.

— Ah, osamnaesti vek! To je tako daleko. Ja volim jednu markizu iz dvadesetog veka.

— Kakva je vaša markiza?

— Ima plave oči, plavu kosicu i najslađe usne na svetu...

Ljilja shvati šta je Ika rekao. Bi joj vrlo neprijatno. Okrete glavu da ga ne gleda.

— Kako je srećan vaš Radmilo! — uzdahnu Ika.

— On i zaslužuje da bude srećan!

— A zar mi ostali ne zaslužujemo? Ja sada patim, gospođo, a dosad nisam znao za patnju.

— Ne čudi me to... Videla sam ovde više lepih devojaka.

— Zašto me mučite, gospođo? — ubaci Ika pitanje da bi video kako će ona da reaguje. Hteo je da se uveri piše li mu ona zaista ona pisma.

— Čime vas ja mučim? — začudi se Ljiljana.

Mladić je drsko steže na grudi.

— Mučite me, jer znate da vas volim... Volim vas mnogo, lepa gospođo!

Ljilja se sledi. Ovaj mladić je zaista drzak. Užasno se uplašila da ga neko nije čuo.

— Mnogo me boli glava! Izvinite, ne mogu više da igram.

Mladić joj poljubi ruku. „Ona piše. Lukava je, ali, mala gospođo, neću vam ja ostati dužan. Poljubiću ja vas kad se ne nadate. Sa mnom se ne možete igrati!"

Ljilja priđe Radmilu:

— Ovde je tako sparno. Mogli bismo izaći u baštu.

On ništa ne odgovori. Želeo je da je ščepa za ruku, da je stegne za prstiće i da ih zdrobi. Ono što je želeo da vidi, video je. Više mu ne treba.

Ona oseti njegovu mrzovolju i nežno ga uhvati ispod ruke:

— Hajdemo u baštu!

— Zar ti ovde nije prijatno? — tiho je upita. — Čudo nisi pozvala i onog iz Beograda da dođe!

Ljilja se osmehnu da se ne bi rasplakala. „Da li je svaki muškarac tako grub?", pitala se. „Da li je u prirodi muškarca da vređa kad pati?"

— Meni si dovoljan ti. Nije mi potrebno nikakvo društvo...

Vera i Voja presekoše njene reči:

— Hajdemo u baštu. Napolju je tako prijatno!

— I ja zovem Radmila.

Pođoše. Ljilja je držala Radmila ispod ruke. Dok su se spuštali niza stepenice, mladi čovek joj odjednom steže prste.

— Voliš li me? — šapnu mu ona nežno, želeći da ga razveseli.

— Mrzim te! — procedi Radmilo tiho kroza zube.

Te surove reči imale su u ovom trenutku za malu Ljilju sasvim drugi značaj: „Voli me i pati!" Ćutala je i držala ga ispod ruke, nastojeći da uhvati njegove prste. Ali, on ih izvuče. Vređao ga je svaki njen dodir, a istovremeno ga je i uzbuđivao.

Sedoše svi za jedan veliki sto u bašti. Priđe im Margita.

— Gospođo Ljiljo, pogledajte onog gospodina za stolom desno. Onog u sredini. Kako vam se dopada? — pitala je Vera.

— Sad ćeš da počneš opet isto. Ali ja neću, kažem ti, neću! — naljuti se Margita.

— Ko je taj gospodin? — upita Ljilja.

— Recite samo kako vam se sviđa? — navaljivala je Vera.

— Simpatičan je.

— Molim te, Vera, nemoj opet o tome! — zamoli Margita.

— E, hoću baš. Vidite, Ljiljo, taj čovek je prosi i voli je, a ona neće da se uda za njega. A on sudija!

— Udovac! Neću za udovca i ne volim ga! Ako sam ja sirota i nemam ništa, hoću da se udam za onog koga volim.

— A imate li nekoga koga volite i za koga biste se udali? — pitala je Ljilja, prikrivajući pravi smisao svoga pitanja nežnim i naivnim osmehom.

— Nemam nikoga! Ali, neću ni za njega.

— Kajaćeš se, Margita! Ovakvu priliku ne teba da propustiš. Sudija je, i vrlo dobar čovek. Nije ni star. Šta ako ima trideset sedam godina! Pa neka mu je i četrdeset — udaj se! Zar nije bolje da budeš gospođa, da ne brineš za drva, kiriju, otplate dugova, da imaš muža koji će sve da ti prinese. Tetka Zorka neće doveka živeti. Ona je slaba! Kad ona umre, ostaćeš sama. Zar više voliš činovnički život, nego da budeš gospođa i gazdarica u svojoj kući? On bi te voleo i čuvao. Zaljubljen je u tebe. Pogledajte samo kako je gleda. Što okrećeš glavu? Nerviraš me što si takva! Bežiš od sreće. Govorio je Voji i meni o tebi. Ništa ne traži. Ima i nameštaj. Pa šta ti više hoćeš, Margita! Toliko bi se devojaka udalo za njega.

— Neka se udaju.

— Je l'te, Radmilo, šta biste joj vi savetovali? — okrete se Vera advokatu.

— To je njena stvar! Ona najbolje zna voli li ga ili ne...

— Ne volim ga! — uzviknu Margita. — Treba se udati za onoga koga volite, ili se uopšte ne udavati... Lagala bih da ga volim, ako bih se udala za njega.

Ljilja oseti jezu u celom telu. Šta je ova devojka htela ovim da kaže? Ona se nada, ili daje na znanje Radmilu da se neće nikada udavati. Možda neće za onoga, jer čeka Radmila? Srdžba joj zamuti razum. Dođe joj da odgovori ovoj devojci, da je ošine bičem kao što je ona ošinula nju, suprugu.

— Ipak, gospođice, mislim da grešite ako zbog neke ljubavi, koju ne možete da ostvarite, nećete da se udate za čoveka koji vas voli. Jer, devojke se često prevare, zaljube se u one koji ih ne gledaju, ili ne vrede, a zadaju bol onima koji ih vole...

Crne oči mlade devojke oštro pogledaše lepu ženu... Da nije pročitala njen dnevnik?

— Ja smatram da sam u pravu. Samo iz ljubavi vredi se udati! — naglo ustade od stola i udalji se.

— Čudna je pomalo! Inače je divna devojka, ali je tvrdoglava. Šta hoće hoće; što naumi, mora da ostvari — reče Vera okrećući se Ljilji.

„Šta li je ona to naumila?", mislila je Ljilja. Pogleda muža. On je pušio i gledao u pravcu kuda je otišla Margita. Da li je slučajno pogledao, ili pogledom prati devojku? Ah, ovo veče je preselo maloj Ljilji. Činilo joj se da se ne može sve ovo razmrsiti.

***

Vraćali su se kući potišteni. Uđoše u baštu. Radmilo odmah pođe u svoju sobu. Uvek isto. I večeras beži u svoju sobu. Sve se uzburka u njoj. Na usnama su joj treperile reči: „Bežiš od mene! Da, znam... Margita te čeka. Uzećeš je za ženu. Zato neće da se uda za sudiju.”

Umesto toga, obuze je vihor osećanja. Ona polete, zagrli muža, podiže se na prste da ga poljubi, steže ruke oko njegova vrata, uplete prste da je ne odgurne, da ga zadrži... Njene usne su blizu njegovih, oseća mu dah. Ljiljana najzad oseti kako se strasne, vrele muške usne upiše u njene do bezumlja i bola... Ali taj poljubac kao da ga razdraži, podseti na njene osmehe i koketiranje na balu. Radmilo je silovito odgurnu od sebe:

— Mrzim te, jer si lažljiva!

Ona se sledi.

Mladi čovek zalupi vratima i uđe u svoju sobu.

Sastanak na brdu „Kod sto poljubaca"

Bilo je devet sati ujutro. Ljiljana još ne beše ustala. Radmilo je popio kafu u sedam i otišao. Julija se čudila: „Ona uvek ustaje pre njega!" Ali, tešila se da je to zbog sinoćnje zabave. Oko pola deset kucnu na vrata spavaće sobe:

— Jeste li budni, gospođo Ljiljo?

— Jesam. Uđite, Julija. Nije mi dobro. Nešto me probada ispod grudi... Valjda sam nazebla.

— Dabome da ste nazebli. Na zabavi se lako nazebe, svi se lako obuku. Jedan čaj i aspirin da vam donesem, pa će vam biti bolje.

— Ništa ne treba. Odmoriću se, možda će mi biti bolje.

— Gospodin mi ništa ne reče...

— Ja sam spavala, a on nije hteo da me budi — slaga mlada žena. — Ne brinite, Julija. Posle mi možete doneti belu kafu. Neću još da ustajem.

— Nemojte nipošto. Najbolje je da odležite. Da li da idem i kažem gospodinu Tomiću da vam pošalje doktora?

— Neću, Julija. Šta će mi doktor?

Julija izađe brižna iz sobe, a mala Ljilja se od muke nasmeje. Nije joj bilo ništa, ali se rešila da dva dana leži u postelji — da vidi kakav će biti prema njoj njen nemilosrdni muž. Pribegla je i ona poznatoj strategiji žena da lukavstvom pridobiju muža. Ona je bila vrlo nežna i osećajna priroda. Iscrpla je sva sredstva umiljatosti da bi prelomila tog neshvatljivog čoveka. Sad joj je ostalo samo još ovo malo lukavstvo. Nada se da će ga najzad ražalostiti i umilostiviti.

Dva dana je ležala zdrava u postelji. U stvari, nije bila sasvim zdrava. Bila je duševni bolesnik. Mogao ju je izlečiti samo lek koji se zove ljubav! Bile bi joj dovoljne one dve snažne muške ruke da se obaviju oko njena stasa, da je uzme u naručje, pritisne na grudi, pa da oživi. Žena bez ljubavi je kao uvela biljka.

Osećala je glad. Želela je da Julija što pre donese doručak. Julija se uskoro pojavi. Donela je obilat doručak i nudila je kao majka ćerku.

Ljilja je pred njom jela kao bez volje, a posle je s apetitom sve pojela. Osetila je želju da nastavi svoju borbu za ljubav. Uzela je knjigu i čitala. Dremež je uskoro savlada. Ali san joj nije rasterivao bol i neku muku pod grudima, koja je stalno tinjala.

— Je l' tu gospođa Tomić? — začu se muški glas.

— Gospođi nije dobro — javi se Julija. — Leži. A šta ste hteli, gospodine Pero?

„Ah, to je Radmilov pisar! Zašto li je došao?" Ljiljana skoči i malo razmače zavesu.

— Gospodin me poslao da kažem gospođi da on mora u selo. Ima neki zbor i neće se vratiti do devet uveče. Da ga gospođa ne čeka na ručak.

— Dobro, kazaću joj.

— Zdravo, Iko! Šta radiš? — Ljilja je čula kako Pera govori s komšijom.

— Učim. A što si ti došao?

— Da javim da moj gazda ide u selo.

— U selo? Ima neki zbor? — Ika se pravio da ne zna, a čuo je kad je Pera rekao Juliji da će Radmilo doći tek u devet uveče.

— Ja idem prekosutra u Beograd. A ti, Pero? — pitao je Ika.

— Ja ću u četvrtak.

— Ko će te zameniti u kancelariji?

— Boško. On ne polaže, a izgubio je mesto kod svog advokata. Zdravo! Žurim.

Ljilja je bila vrlo razočarana. Otkud sad da ide u selo? Propao joj je plan. Bilo joj je dosadno da leži. Ovako se nadala: doći će u podne, pa će čuti da je bolesna. Šta li bi on uradio? Uh, što se Julija ne seti da ga malo uplaši, da kaže pisaru Peri: „Gospođi je vrlo rđavo!"

Sad je sve propalo! Ipak, doveče će da legne i neće da večera. Sutra će sve ovo ponovo izvesti.

Obukla se i sišla u baštu. Šta joj vredi da leži.

— Gle, vi ustali! Zašto ne ležite?

— Bolje, Julija, da se dignem. Malo ću se prosunčati pa će mi biti bolje.

— Pravo kažete! Prošetajte malo po suncu! Idem ja gore da pospremim.

Posle podne Ljilja se seti da bi mogla da obiđe tetka-Stanu.

— Julija, imate li kolača? Hoću da odem malo do tetke, da joj odnesem malo kolača.

— Ima. Samo uzmite.

Ljilja uvi dva paketića: jedan će usput odneti maloj Nadi, a drugi tetki. Ona je stara, ne može da mesi. Posedeće malo kod nje, vrlo je srećna kad joj Ljilja dođe u posetu. I Radmilo voli kad ona ide kod njegove tetke. On to nikad ne kaže, ali je primetila da mu je milo što ona zove tetku, časti je i ugađa joj. Mlada žena se sećala kako joj je mama govorila: „Udata žena treba da poštuje i voli muževljevu porodicu."

Ljilja je videla da Radmilo poštuje svoju tetku kao majku. Bila je vrlo nežna i pažljiva prema njoj. Mama joj je često govorila: „Znaj, ćerko, ako te muževljeva porodica hvali, bićeš srećnija s mužem."

Ljilja uzdahnu. Pomisli kako to nije uvek tačno. Tetka Stana nju svuda hvali, a Radmilo je stalno zatvoren u svojoj sobi...

Tetka-Stanu nije zatekla kod kuće.

Bio je samo Mika. Ležao je i čitao roman.

— Izvol'te gospođo, sedite.

— Pa, hvala, Miko. Kad tetka nije kod kuće, idem malo da prošetam. A kako francuski?

— Imam jaku trojku. Profesor je vrlo zadovoljan. Ali, za to ste vi zaslužni. Inače bih zaglavio.

— Dogodine će biti i četvorka.

— Ja nisam tako ambiciozan. Zadovoljiću se i trojkom.

Ljilja se pozdravi s ovim vedrim dečakom i izađe iz kuće. On je isprati do kapije. Prošla je kroz park. Bio je pun gimnazijalaca. Sedeli su po klupama i čitali, ili se preslišavali. Na jednoj klupi spazi Dušana. On ustade i pozdravi je. Ljilja je posmatrala drveće i mlade četinare. Trava je bila pokošena. Širila je onaj opijajući miris svežeg sena. Bilo je tako prijatno šetati. Iza jednog gustog žbuna jorgovana sedeo je student Ika. On je ceo dan motrio na advokatovu kuću... Čekao je da Ljilja izađe. Sedeo je u bratovoj sobi kraj prozora iza zavese i gledao da li će ona izaći. I zbilja, oko četiri ona izađe. Čekao je da odmakne, pa se lagano uputio za njom. Išao je drugom stranom ulice. Video je da je ušla u kuću Radmilove tetke. Jedna klupa u parku bila je skrivena u žbunju jorgovana. Odatle je mogao da vidi kad Ljilja izađe. Posle desetak minuta ona izađe i uđe u park. Išla je glavnom alejom i nije ga videla. On je posmatrao njenu lepu figuru u plavoj haljini i plavom šeširiću. „Sjajna ženica!", uzdisao je Ika. „Ovako nešto nisam očekivao. Ona je ovo namerno zbog mene izašla!"

Čekao je da odmakne, pa da pođe za njom.

„Ah, vi lepa mala gospođo, što pišete ljubavna pisma. Mislite da me možete vući za nos? Moraćete vi mene nagraditi svojom ljubavlju... Ika ne ostaje dužan lepim ženama."

Od parka je put dalje vodio ispod jednog lepog brda. Tu su obično parovi šetali. Bilo je dosta klupa. Mladići su ga prozvali „Brdo kod sto poljubaca".

Ika se smešio: „Kako mala Ljilja zna kuda treba da ide! Hiljadu poljubaca dao bih joj u minutu, a ne sto!"

Jedna staza se odvajala od druma. Mladići su je prozvali „Tajni put". Pričali su, u šali, da su tu stazu pronašli muževi, da bi se mogli sakriti od žena, ako bi pošle u poteru za njima. Stazica je vodila do bostanluka i kolibice, a odatle se pela uz brdo. Ika je gledao kojim će putem mala Ljilja. Ona je išla pravo stazom. Potom poče da se penje uz brdo. Videla je klupu. Odatle je morao biti lep pogled. Bila je umorna i veoma tužna.

Ika se kolebao da li da krene glavnim putem, ili onom stazicom. Ako pođe stazom, prići će joj lagano s leđa i ona ga neće videti.

Tako je i uradio.

***

U pola pet škripnu Tomićeva kapija. Julija izviri iz svoje sobice.

— Gle, gospodin se ranije vraća! — ona izađe pred njega. — Gospođa Ljilja nije gore!

— A gde je?

— Otišla je do gospa-Stane. Jutros joj nije bilo dobro. Ležala je, pa je malopre izašla malo na sunce. Hoćete li i vi do tetke?

— Možda... Ne znam. Treba nešto da pročitam.

Ušao je u Ljiljaninu sobu i pogledao kroz prozor poručnikove sobe. Zavesa je bila dignuta i nikog nije bilo u sobi. Ljubomora koja ga je stalno mučila ponovo izbi kao požar. Namerno je javio da će ostati do devet uveče, a odlučio je da se vrati ranije. Hteo je da upadne u kuću — da vidi šta ona radi. Znao je da je sve to ružno, da ponižava i nju i sebe, da ljubomora uništava dostojanstvo u čoveku, ali nije mogao da se obuzda. Čovek je pametan kad razmišlja o drugima, ali nerazuman kad je reč o njemu samom. Radmilo je sam sebi ličio na čoveka koji je izgubio kompas u životu i ne zna šta da radi.

Da je ljubomora došla posle saznanja da ga Ljilja voli, on bi umeo da nađe opravdanje i energiju da suzbije ljubomoru. Ali, nepoverenje koje je Ljilja izazvala u njemu, njena odbojnost prema njemu, stalno su ga grizle, mučile i uplitale se u njegovu ljubav. Ponekad bi strašno osuđivao sam sebe, kao sinoć kad ju je odgurnuo — to malo nejako žensko stvorenje, koje on, surovi muškarac, odbacuje, gotov da je zgnječi i zgazi. Čitav haos je bio u njemu. I sad je zadrhtao: „Idem da vidim da li je kod tetke!"

I on je zatekao Miku samog.

„Sama u parku! Da li je tetka samo izgovor? Pa zašto, neka prošeta. I ja sam joj toliko puta kazao da izađe!"

Izašao je i on na put. U daljini je spazio kako se plavi njena haljina. Zastao je i najednom osetio vrtoglavicu. Jedna muška prilika išla je za njom i zastajkivala iza stabala kestenova. Ika! Nešto kao da mu se zari u grudi... Zastao je da ga mladić ne bi opazio. Provuče se kroz ogradu i pođe lagano. Video je kako se Ljilja penje uz brdo. Posle ju je izgubio iz vida. Onda je opazio kako se Ika uputio onom stazom. Radmilo je zastao, sav sleđen. Bio je bled, stezao je zube. Ruke su mu se nesvesno grčile. Strašna misao mu ustalasa svu krv. A onda odjednom klonu. Dođe mu da se sruši na zemlju, da zaplače. „Ona me vara! Ona zakazuje sastanke!" Ogromna njegova ljubav rasplinu se u beskrajnu žalost i potisnu gnev i očajanje. Bio je nemoćan. Jedan auto projuri drumom. On se skloni iza zelene ograde ali ta besna buka kao da ga otrezni, usplamte njegov gnev. On jurnu onom istom stazom kojom je išao student. Zastao je u jednom šipragu. Čekao je da mladić izmakne. Onda je opet pošao i zaklonio se za dve-tri mlade jele. Išao je lagano, da ga Ika ne čuje.

Drumom su škripala kola; pevali su seljaci. Video je kako se Ika približava njegovoj ženi. Ali, bio je daleko od njih. Video je opet dve-tri mlade jele i sakrio se iza njih. Odatle ih je posmatrao, nije čuo šta govore. Video je kako se ona trgla. Nešto mu govori pa onda on njoj. Potom kao da se ona nešto ljuti. A on se smeši.

Student hoće da sedne na klupu, Ljilja ustaje. Nešto joj govori. Ona mu pruža ruku. On je poljubi. Ona hoće da izvuče ruku, ali on je drži. Najzad, ona istrže ruku i krene nizbrdo.

Radmilo htede da jurne za njom, ali se uzdrža... „Zašto? Šta tražim više? Ovim je potvrdila ono što je osećala prema meni prve večeri!” Ika je ostao na klupi. Radmilo se lagano spuštao istom stazom.

Stišavao je sebe. Osećao se kao bolesnik koji ima strašne napade bolesti, koji samo za čas uminu, pa se opet javljaju još žešći. Kidao je u gnevu grančice oko sebe i šaputao:

— Žena advokata Tomića zakazuje sastanak na brdu „Kod sto poljubaca”!

Sjurio se najednom, hteo je da je stigne, da je sčepa za ruku. Ali, ono malo ponosa i razuma što mu je ostalo u ovom času zadržaše ga. Zastao je kod one kolibe. Video je jedan prazan taksi, zaustavio ga i ušao. Hteo je da stigne kući pre nje, ali da ga ona ne vidi. Uvukao se u ugao, spustio zavesu, natukao šešir. Auto je pojurio.

Ona je išla oborene glave. Nije se ni setila da pogleda ko je u autu. Naredio je šoferu da vozi drugom ulicom! Stigao je pre nje i ušao u kuću. Čekao ju je u trpezariji. Hteo je da vidi njen izraz lica i da čuje šta će slagati.

— Ah, ti si došao! — bile su njene prve reči. — Ja sam mislila da ćeš tek doveče doći.

— Ranije smo završili zbor. A gde si ti bila?

— Kod tetka-Stane.

— Kod tetka-Stane? — ponovi on, gledajući je pravo u oči. — Nije bila kod kuće!

— Otkud znaš? Jesi li i ti išao k njoj?

— Jesam. Tražio sam tebe...

— Ja sam prošetala po parku! — zbunjivala se ona. — Malo sam prošetala po parku i vratila se. Tako je lep dan... A meni jutros nije bilo dobro. Nešto me probadalo. Ležala sam. Julija je htela da ide i da ti kaže da mi pošalješ lekara. Ali, posle podne mi je bilo bolje.

— A iz parka nisi išla nigde dalje? — ispitivao ju je Radmilo kao na sudu.

— Ne, nisam... Malo samo, izvan parka. Okolica je lepa! A jesi li ti govorio na zboru?

— Ništa nisam govorio! — odseče on kratko.

Ona se čisto uplaši njegovog tona i mirnoće.

— A jesi li i ti bio u parku?

— Jesam. A ti? Jesi li s kim šetala?

Ona pocrvene. Uplašila se. Učinilo joj se da on sve zna. Ali, otkuda može znati? Nije je nigde video... Neće mu priznati. Ah, taj Ika! Kako je drzak mladić! Pošao je za njom. Svesna da nije ništa kriva, ona odgovori gledajući Radmila pravo u oči:

— Nisam ni s kim! S kim bih mogla da šetam?

Mladi čovek povuče rukom preko čela... Da mu je kazala istinu, mogla se nekako i opravdati. Sirota mala Ljilja! Sama je sebe osudila ovom laži, a lagala je jedino u želji da odstrani ljubomoru iz srca čoveka koga je toliko volela.

— S Ikom se nisi nigde sastala?

Ona ga je gledala široko otvorenim očima, ne znajući šta da kaže. Najednom se nešto neobjašnjivo dogodi u njenoj duši. Ona oseti srdžbu. Zašto je ovako sumnjiči? Šta je to ona uradila? Čime se ogrešila o dostojanstvo udate žene?

— Da, videla sam Iku. Nisam se sastala s njim, nego sam sama šetala, pošla uz ono brdo, a on se najednom pojavio i prišao mi... Zašto me ispituješ? Mogla sam da ti to ne kažem, ali ja sam ti kazala.

— Kazala si mi, jer si shvatila da sam te video. Išao sam za vama... — zaćutao je.

Ona se sva razneži. „On me prati, on me voli... Kao što i ja samo na njega mislim.”

— Dragi, zašto sad tog Iku uplićeš u naš život?

— Zato što si ga ti uplela u naš život. Ti, a ne ja... Otkud bi se on usudio da te prati da mu nisi dala povoda? I sad još hoćeš da mi predstaviš kako je to naivno što on tebe prati!

— Da li on mene naivno prati, ja to ne znam. Znam samo da sam ja potpuno nevina!

— A šta ste razgovarali na klupi?

— Ništa naročito. Kazao je da ide da polaže ispit i da je lep onaj moj goblen — zbunila se, jer nije umela da laže. Ika joj je drsko rekao da je voli i ona se odmah digla s klupe.

— U očima ti vidim da lažeš. Ah, šta sam ja dočekao u braku!

Ona lagano priđe i pomilova ga po kosi:

— Mili, otrezni se. Dočekao si to da ja tebe sada silno volim — zagrlila ga je i privukla njegovu glavu na svoje grudi. Ali, ukroćeni lav u njemu riknu.

On je odgurnu od sebe, sav bled:

— Ljiljana, ja više neću ovakav život! Ne mogu... Idi, idi od mene! Mogao bih te ubiti. Nemoj da me dotičeš. Ti ćeš me napraviti zločincem! Slušaj: sutra, odmah sutra imaš da ideš svojim roditeljima. Naš brak je završen.

— Radmilo, ja ti se zaklinjem: ništa nisam kriva! Zašto nećeš da mi veruješ? Je l' ti to ozbiljno govoriš? Je li tvoja želja da idem? Reci, hoću da znam!

— Idi, idi! Izmučila si me, upropastila si mi sav život. Ja ću te sutra odvesti i sve ću reći tvojim roditeljima.

Ljilja ga je gledala kao u bunilu. Čula je samo jednu jedinu reč: „idi”! Da, ona će sutra zaista otići. Ovoga puta se sigurno neće vratiti.

***

Sutradan se Radmilo zadržao do osam uveče u kancelariji. Nije hteo da dođe kući. Kazao je da će je on odvesti roditeljima, ali ga je pokolebala velika ljubav koju je osećao prema njoj. Zadržao se ne bi li ga ona čekala i zakasnila na voz. Nije imao snage da se rastane s njom.

Išao je kući sav utučen. Strepeo je i nadao se. Ušao je u trpezariju. Julija je bila u spavaćoj sobi. Istrča pred njega:

— Jaoj, gospodine, otkud da se najednom razboli gospođa Jelena?! Sirota mala Ljilja! Jeste li je ispratili na stanicu? Kaže, dobila depešu. Ja nisam bila tu. Pismo vam je ostavila ako vas slučajno ne nađe u kancelariji. Je li vas našla?

— Jeste...

— Pa, valjda neće biti ništa rđavo? Rekla mi je na polasku da vas dobro čuvam... Kako ne bih! Kazala sam: „Ne brinite vi ništa, sve ja znam šta gospodin Radmilo voli!" Idem ja dole. Večera je gotova.

— Gde je pismo?

— Na vašem stolu.

Radmilo je ušao u svoju sobu potpuno slomljen. Pročitao je pismo:

Zbogom! Ti si bio moja jedina misao, moja jedina radost života... Mislila sam da ću samo za tebe živeti, ali mi ti to nisi dopustio. Oprosti mi za patnju koju sam ti zadala prvo veče. To veče mi se osvetilo. Moja patnja je veća od tvoje, ali i moja ljubav je sada veća od tvoje! Zbogom! Nikad se više nećemo videti.

Klupko se polako odmotava

Srdžba, kao prvi izliv ljubomore, za trenutak potisnu duboki očaj koji je tinjao u Radmilovoj duši poslednjih dana. Pročitao je pismo još jednom i zatvorio se u svoju sobu.

Ovoga puta ona je zaista otišla! Svojim odlaskom dokazala je da ga može stvarno napustiti, da nije ljubavlju vezana za njega. Nije mogao još sebe da optuži, jer je bio gnevan. Ali sutradan, tuga mu se razli po srcu. Osetio je da nje nema; činilo mu se da je umrla. Sad je tek shvatio koliko je voli, koliko je osećao svaku njenu misao i pokret. Nije hteo da je gleda, a video je svaki njen pokret, lepršanje kose, plavetnilo očiju. Voleo je njene lake korake, kao kljucanje ptice, oni su mu dočaravali njeno lepo telo, belinu kože i rumenilo usana.

Išao je u kancelariju i vraćao se sav slomljen.

Druge večeri po Ljiljaninom odlasku ušao je u njenu sobu. Osetio je njen miris. Sve je stajalo kao da je ona tu... Ugleda i njene papuče ispod kreveta. „Zašto ih nije odnela?" Setio se njene male, lepe nožice. Otvorio je šifonjer. Trgao se: sve njene haljine bile su tu! Šta je odnela? Zagledao ih je radoznalo, kao da svaka haljina čuva otisak njenog tela. Video je njene grudi, stas, bedra... Brzo je zatvorio šifonjer. Osetio je bol u glavi, skoro da se onesvesti.

Prvog dana se zaricao da je neće tražiti. Drugog dana je želeo da dobije njeno pismo. Samo nekoliko reči i odmah bi odjurio u Beograd. Ali, ona nije napisala nijednu reč.

Pisar Pera mu reče tog dana:

— Ika je juče otišao u Beograd, a ja ću sutra. Boško će doći da me zameni. Slažete li se?

„Ika u Beogradu!" Opet je osetio gnev, ali malaksao. Činilo mu se da gubi tlo pod nogama. Lutao je toga dana po sobama, sedao na njenu postelju, milovao rukama čipkano jastuče. Očekivao je pismo svakoga dana i uzalud. Juliju je lagao: „Piše mi... Nije još dobro mami... Ostaće još koji dan..."

To je kazao i Veri, Voji, tetki — da je otišla u Beograd zbog mamine bolesti.

Tako je prošlo šest dana. Rešavao se da napiše Dragiši, da mu sve poveri. Zašto svi ćute? Kako li je ona predstavila stvar? Ma šta da je kazala — a ona ne bi lagala — njen otac je trebalo dosad da mu piše. Možda su svi protiv njega? Bio je vrlo nesrećan.

Jedno jutro je sedeo sam u kancelariji. Neki nepoznat mladić pojavio se na vratima:

— Dobar dan, gospodine Tomiću — pozdravi snishodljivo. — Mogu li nešto s vama da razgovaram? — bio je veoma zbunjen.

— Sedite! — ponudi ga Radmilo. — Šta imate da mi poverite?

Mladić je okretao šešir u ruci. Nije smeo da pogleda advokata. Najzad progovori:

— Moram da vam priznam nešto što me muči. Ja sam bednik! Reći ću vam, pa vi činite sa mnom što god hoćete. Možete me i uhapsiti, meni se ionako više ne živi... — briznuo je u plač.

— Što plačete? Ispričajte mi šta vas muči.

— Ja sam konobar kod Laze Prokića. Znate onu kafanu „Kod dobrog vina"?

— Znam. Da vas nije otpustio?

— Jeste. Ali nije me otpustio što je on hteo, već po nagovoru njegove ćerke Dare. To je zla osoba. Ona... ona je sve kriva! Nisam ja.

— Da niste imali nešto s njom?

— Nije to, gosn Tomiću! Nego, nešto gore... Nešto, što se tiče vas. Ja sam bio na telefonu. Kazao sam vam ono za vašu gospođu i Iku... Možete me i uhapsiti. Stidim se samog sebe... Znam da je sve to vrlo nečasno. Nisam više mogao...

— O čemu vi zapravo govorite? — pitao je Radmilo bezbojnim glasom, ne shvatajući još tačno u čemu je stvar.

— Ona me je naterala, gosn Tomiću! Rekla je: „Ti samo tako dostavljaj njemu preko telefona, pa ako uspeš da ga razdvojiš sa ženom i ja se udam za njega, bićeš direktor u hotelu moga oca.”

Sav narogušen, Radmilo zažele da udari ovog mladića, ali se savlada i sasvim hladnokrvno nastavi:

— Možete reći gospođici Dari da se prevarila u svojim kombinacijama i da te dostave nisu narušile moj brak. Neću vas uhapsiti. Dosta je što vidim koliko ste bedni kad se služite takvim sredstvima — ustao je i prošao nekoliko koraka po kancelariji. Stezao je ruke. Stišao se, videći mladića da plače.

— Moram još nešto da vam kažem. Nešto još gore — promuca mladić kroz plač.

— Šta još gore?!

— Ona me je i to naterala... ta prokleta Dara... Ja sam pisao ona pisma Iki i potpisivao vašu gospođu... kao da ona piše i izjavljuje mu ljubav.

— Šta kažete! — Radmilo skoči i steže pesnice. — Pisma ste pisali! Šta ste pisali?

— Zaklinjem vam se, gosn Tomiću, ja nisam hteo... ali gospođica Dara... Vi ne znate šta je sve ona u stanju da učini! Morao sam. Bio sam bez posla, mučio se i gladovao. Završio sam pet razreda gimnazije. Nisam mogao da produžim školu i šta sve nisam radio. Bio sam zidar, nosač, radio u pekari. Slučajno sam našao službu kod gazda-Laze. A znao sam i na mašini da kucam. I ta pisma sam kucao, nisam ih pisao rukom.

— A ko je sastavljao ta pisma?

— Gospođica Dara. Samo sam joj ja popravljao gramatiku.

— Dobro je što ste bar znali gramatiku. Tako ste mogli da podmetnete ta pisma kao da ih je pisala moja žena. A imate li ta pisma?

— Imam. Ovo su prepisi. Sačuvao sam ih. Evo vam sve. Sad me prijavite policiji.

Radmilo je čitao pisma. Mogao je sada i on da zaplače kao ovaj mladić malopre.

— Pa, jeste li bar dobili nagradu od gospođice Dare za ova pisma? — upita ironično.

— Eh, oni me otpustili. Ja sam joj kazao da više neću da pišem ta pisma. Bilo me je stid. Znam koliko ste vi pošten čovek! I vi ste bili siromah pa ste stekli. A ja da rušim vaš život... vaš brak.

— Ne bojte se! Nećete vi meni razrušiti život, jer ja dobro poznajem svoju ženu... Loše će se provesti gospođica Dara. U svojoj gluposti nije ni pomislila na to da bih je mogao tužiti za klevetu. Ova pisma ću zadržati.

— I sa mnom možete da raspolažete kako god hoćete. Ja ne marim više za život. Dođe mi da se ubijem! U bedi čovek može da poklekne i da postane nečastan. Ja vas preklinjem, gosn Tomiću, da mi oprostite! Kad čovek gladuje i ne može da nađe posao... — plakao je naglas kao dete.

— Ja sam vam već oprostio. Razumem ja ljude... Nego, zašto su vas otpustili?

— Ona je naterala oca da uzme nekog otmenog direktora hotela iz Beograda. Ja sam, kaže, prost za njenu kafanu.

— A ona je fina! Čujte, idite i kažite Dari i njenom ocu: ako vas ne prime ponovo, ja ću ih tužiti sudu!

— Ništa ne vredi što ja kažem. Ona zapoveda i ocu i majci.

— Dobro. Prepustite onda meni da to sve uredim. Evo vam sto dinara.

— Kako? Vi mi još dajete novac! Nisam zaslužio... Verujte, ja nisam nepošten čovek.

— Šta je bilo — bilo je. Više nemojte da budete ničiji sluga. Strpite se nekoliko dana. Ja vas uveravam da ćete ostati direktor toga hotela — reče advokat.

Mladić je izašao potpuno zapanjen. Nije mogao da veruje svojim ušima i očima.

Radmilo je čitao pisma i tumačio Ikino ponašanje. Da, mladić je verovao da mu ona piše, izvirivao je, trčao za njom, nadao se. Mangup! Najzad, nije mogao mnogo ni da ga krivi. Mlad je, piše mu lepa žena, to mu je moralo zavrteti pamet. „Samo, ja ću ovo izvesti na čistinu! Moja Ljilja mora ostati čista i nevina. Večeras idem u Beograd!”

Posle toliko neprospavanih noći i očajnih dana zaželeo je da aeroplanom odleti do Beograda.

Ah, samo da je što pre vidi! Ugušiće je poljupcima. Zato ona njemu ne piše. Uvređena je. „Ja sam sebičan”, grdio je samog sebe. „Nisam hteo da joj oprostim njenu prošlost, a ona se toliko trudila da mi dokaže da me voli!”

Sećao se svake njene reči, njenih suza, tepanja. „Sve ću joj oprostiti. Pokazaću joj ova pisma. Ah, pokvarena je devojka ta Dara. Glupa i neškolovana, a bistra za rđavo delo!” Mogla je tragediju da napravi. Na telefon će metnuti lovca i hvatati. Neka još samo neko pokuša ovako šta.

Skočio je, uzeo šešir. Nije mogao više da sedi. Ali, morao je da pričeka svog pisara. Treba da mu kaže da će doveče u Beograd. Pisar dođe posle pola sata i Radmilo radosno izlete iz kancelarije. Sav je blistao. Bio je srećan muž. Mogao je reći i — voljen muž.

Julija se obradova videći ga veselog.

— Gospodine, ima gore jedno pismo. Sigurno je od gospođe Ljilje. Ostavila sam ga u vašoj sobi na pisaćem stolu.

On ustrča, sve po dva stepenika, u kuću. Osećao se kao zaljubljen čovek koji žuri da pročita pismo voljene devojke. Iscepao je brzo koverat i počeo da čita. Najednom, sav bled, srušio se na sofu. Pismo je bilo od Ljiljaninog oca. On se čudi što Ljilja ne piše. Već nedelju dana nema od nje ni reči, pa su se zabrinuli i mole da odmah odgovori i ona i Radmilo.

On ispusti pismo.

„Ona nije u Beogradu! Gde je onda? Da nije nešto učinila od sebe?", bile su mu prve misli. Zaklopio je oči u užasu. „Ja sam je okrivio. Ja sam je oterao, a ona je potpuno nevina! Šta sam uradio s Ljiljom?", jauknuo je.

— Gospodine, hoćete li da ručate? — zvala je Julija. — Šta piše mala Ljilja? Što ste se tako promenili?

— Ništa, Julija — povrati se on. — Ljilji nešto nije dobro. Večeras idem i ja u Beograd.

Jedva je čekao da sedne u voz... Strašnu noć je proveo. Pregledao je sve novine da vidi ima li neki nesrećan slučaj. Znao je koliko je osetljiva. A patila je više od dva meseca. On ju je mučio. Zatvorio se u svoju sobu, prosto je ludeo zbog nje. Svaki čas je uzimao novine i preletao ih očima. Doneo je odluku da ode najpre Dragišinoj kući. Mora mu sve reći. Ispričaće ceo njihov život, ali će i sebe optužiti. Ako je ona nešto sebi učinila, on je kriv... Mogao je da čupa sebi kosu od očajanja.

Činilo mu se da voz mili. Samo da što pre stigne u Beograd i dogovori s Dragišom šta da preuzme. Bilo bi sve u redu da ono pokvareno stvorenje, ona Dara, nije pisala pisma i da ona luda Jelka nije došla. Strašan je svet! Koliko zavisti! Ah, ako Ljilja bude nešto sebi učinila, osvetiće se svima! Ali, da li bi život za njega bez nje imao smisla? Da li bi mogao uopšte živeti bez svoje male Ljilje? Sećao se kako je jecala uz njegova vrata, a on se zaključavao.

Skočio je kao u ludilu i otvorio prozor da rashladi čelo. Noć je bila tiha i siva. Miris polja ga je milovao svežim dahom. Kućice su bile sive, drveće je imalo boju metala. Voz juri, i njegove misli jure, a bol ga steže i davi. Najednom ga kao usijane igle ubodoše njene reči iz pisma: „Nikada se više nećemo videti!"

***

Dragiša je zapanjeno slušao dok mu je Radmilo pričao sve doživljaje, od prve večeri, iskren u osudi samoga sebe i svoje upornosti.

— Čoveče, pa je li sve to moguće? A ja sam mogao dati glavu da ste vas dvoje najsrećniji i najzaljubljeniji par!

— Mi to i jesmo, ali nismo to hteli da priznamo jedno drugom. Kad sam ja hteo, ona me je odbila; posle sam ja tvrdoglavo patio i odbijao njenu nežnost.

— Ne mogu da vas razumem. Kad sam tebe video, bio si sav srećan; a ona već nije mogla da se nahvali kako si divan muž.

— Možda bi bilo dobro da si ti onda ostao. Ti bi nas približio.

— Eh, da sam znao šta je, u stvari, među vama? Sad mi je tek jasno što se ona onako rastužila kad sam rekao da neću ostati da prenoćim. Što ti da mi sve ne poveriš? Ja bih tebe odmah isterao iz tvoje sobe.

— Ne bi do ovoga ni došlo da se pokvareni svet nije mešao. Ta ljubavna pisma... pa one klevete preko telefona.

— Ah, taj telefon! Ama, ja bih uveo najstrožu kaznu za anonimne dostavljače. Uhvatiš li ga, smesta u zatvor. Pa još da ga policija propusti kroz šake. Ne bi mu palo više na pamet da uzme slušalicu. Tebi se divim! Kako si mogao tako da živiš? Pa ispao si pravi samac u braku.

— Voleo sam je. Život je kao arhitektura. Ljiljana je bila krov, koji je trebalo da kruniše moje delo i moju sreću. Da je otišla prve večeri, čini mi se sve bi se srušilo što sam izgradio. I sada ne znam šta će biti.

Došao sam da mi ti pomogneš. Nisam smeo njenom ocu i majci da idem. Prosto sam izbezumljen. Šta može biti s njom?

— Dobro si učinio što si prvo meni došao. Ja ne pomišljam na najgore. Ljilja je pametna devojka. Ona voli roditelje. Sumnjam da bi digla ruku na sebe. A da je šta sebi učinila, dosad bi se znalo. Takve stvari se odmah čuju. Ona je častoljubiva, možda ju je bilo stid da se vrati majci i ocu, jer bi im morala priznati svoju pogrešku. Verovatno se negde sklonila. Znam da je imala nešto svog novca... Tako, oko pet hiljada. To joj je dovoljno da živi dva-tri meseca.

— Ali gde se mogla skloniti?

— Treba da se prisetim gde sve imamo rodbine. A, znam: imamo jednog teču, direktora banke u unutrašnjosti. Možda je otišla k njemu da joj nađe mesto u banci?

— Zbilja, to je moguće. Ona je meni jednom govorila da bi volela biti činovnica u banci — razveseli se Radmilo, srećan pri pomisli na tu mogućnost. Ali, još uvek ga je držao strah da nije ono najgore.

— Moju mamu ću ja da pitam. Ona zna celu našu familiju. Njoj moram reći da ništa ne govori tetka-Jeleni i teči dok se ja ne raspitam. Ah, luda ženska glava! Najjednostavnije je bilo da je došla u Beograd! Sve su žene romantične, bolje reći brbljive. Prave gluposti, ne razmišljajući. Ne znaš šta misle. Ne bi mi nikad palo na pamet da je ona tebi takvu scenu mogla prirediti prve večeri!

— Ali ja je opravdavam za to — branio ju je muž. — Više sam ja kriv. Možda sam i za ono prvo veče ja kriv. Mi se nismo dobro ni poznavali, a ja sam odmah hteo svoja prava. Možda bi svaki brak trebalo mesec-dva da bude nastavak vereništva, dok se dvoje ne priviknu jedno na drugo. Muškarac je često brutalan i nema obzira prema ženinoj stidljivosti i osećajnosti. Ja sam posle sve to shvatio i zadržao sam je, verujući da će me vremenom zavoleti. Ona me je i zavolela, sad u to čvrsto verujem. Patila je, a ja sam bio sebično neosetljiv na njene patnje. Mi muškarci teže praštamo uvrede nego žene nama. Možda sam ja nju posle više vređao, nego ona mene prve večeri.

— Ne brini, naći ćemo mi nju. Sakrila se negde.

Dragiša je tešio Radmila, mada se u sebi pribojavao da je ne daj bože izvršila samoubistvo...

— Moraš da odeš do njenih roditelja, jer su vrlo zabrinuti što Ljilja ne piše. Idi, i ništa im još ne govori. Njih bi to ubilo. Oni su već imali tragediju sa starijom ćerkom. Reci im da je bila malo bolesna. Ja ću danas telefonom da zovem tog teču, direktora banke.

— Samo dobro pazi da novinari nešto ne doznaju.

— Kakvi novinari! Oni bi razvezli najkrupnijim slovima preko cele strane. Naprave senzaciju od najmanjeg događaja i ponavljaju danima jedno isto. Kad treba jedan stubac da napišu, oni zahvate dve strane. I naša javnost se iskrivila, pa traži samo senzacije. Često novine ometu istragu i poneki slučaj pretvore u skandal i čaršijsko rekla-kazala. Ne brini. Ja verujem da ćemo pronaći malu Ljilju.

— Ja idem kod njenih. Možda su dobili već neko pismo.

— Do viđenja! Onda, opet navrati k meni. Možeš doći u sud.

Kad su se ponovo našli, Dragiša saopšti Radmilu da se svuda raspitivao i da nigde nije našao Ljilju. Slučaj je postajao sve ozbiljniji. Radmilo je video zabrinutost i na Dragišinom licu. Išao je ponovo do tasta i tašte. Oprostio se kao da putuje, ali se zadržao i sutradan u Beogradu. Od Ljiljane ni traga ni glasa! Morao je da se vrati kući zbog jednog suđenja. Dogovorio se s Dragišom da pričekaju još dva-tri dana, pa da stvar predaju policiji.

Povratak kući bio mu je strašan. Kad je išao u Beograd, još se nadao. Sad je bio izgubio svaku nadu. Kao da se nešto ogromno sručilo na njega.

***

Prošlo je tri dana otkako se vratio iz Beograda. Jedno jutro dobio je hitan poziv za telefonski razgovor s Beogradom. Odjurio je na poštu kao bez glave.

— Kaži dragička! — veselo reče Dragiša.

— Je li živa?

— Živa, kako da nije! — odgovori on veselo. — Znao sam da mala Ljilja neće učiniti glupost.

— Gde je, govori!

— U Makedoniji... U selu, kod njene drugarice Mire. Ona je učiteljica u selu. Zamisli gde se sakrila.

— Otkud znaš?

— Mira, njena drugarica, mi je pisala. Pametna devojka! Kaže: „Samo plače za mužem. Mnogo ga voli. Javi mu neka odmah dođe da je vodi...” Pakuj se odmah! — veselo završi Dragiša razgovor preko telefona.

— A kako se putuje do tog sela?

— Kad siđeš s voza, imaš sat ili dva autom. Stići ćeš uveče. Kaži Ljilji da ću joj iščupati uši kad je vidim. Uplašila je i mene. Bogami, bio sam se uplašio. Hteo sam tebe da hrabrim, ali sam svašta pomišljao. Vaš odnos je bio malo čudnovat. Imaš da joj kažeš da odmah dolazim čim nastupi raspust. Je li, boga ti, ima tu do vaše kuće jedno lepo devojčence — Tatjana? Viđaš li je?

— More, ne viđam ja nikoga! Kakva Tatjana! Ne umem više ni da mislim.

— Pozdravi Ljilju i čim dođete kući pošalji mi depešu. Dve reči: Zdravo stigosmo!

***

Radmilo je posle jednog sata već bio u vozu. Sreća te ga je Dragiša pozvao ujutro, pa je mogao da uhvati voz. Bilo je šest sati posle podne kad je sišao sa voza na jednoj stanici u Makedoniji. Našao je auto i krenuo u selo. Put je bio vrlo lep. Vijugao je kroz senke visokih topola koje su zgušnjavale mrak i pravile ga još crnjim. Prolazili su pokraj polja s duvanom, žitom i kukuruzom. Nebo je bilo sivo. Radmilo je osećao i tugu i radost. Najzad će doći kraj njegovom samaštvu u braku. Samo da se dočepa svoje male žene. Namučila ga je, ali i on je kriv.

Seoske kuće se najzad ukazaše. Skretoše s druma na seoski put. Selo je spavalo. Čuo se samo lavež pasa i neka klepetuša. Šofer zaustavi auto.

— Kuda da vozim, gospodine?

— Školi!

— Eno škole! — Radmilo spazi jedan osvetljen prozor. „Ah, inadžika mala! Tu je ona!" Bio je srećan što je bila u selu, u ovoj samoći. Da je bila u Beogradu, još bi mogao biti ljubomoran na Iku i Momčila. Ovako, sve njegove ljubomore su otpale.

Auto se zaustavi pred školom. Radmilo spazi kako se zavesa podiže. Jedna ženska glava se pojavi na prozoru.

— Hoću li da vas pričekam? — pitao je šofer.

— Pričekajte. Treba da me vratite! — „Odmah ću je strpati u auto i na voz!" Bio je uzbuđen. Zakuca na vrata.

— Ko je? — upita nepoznati ženski glas.

— Advokat Tomić. Ljiljanin muž.

Ženski glas ciknu:

— Vi, gospodine Tomiću!... Čekajte, samo da upalim lampu u hodniku.

Radmilo je osluškivao da li će čuti i drugi glas.

— Donka, gde su šibice? — pitala je učiteljica nekoga, sigurno poslužiteljku. — Ah, izvinite gospodine Tomiću!

Zvonki koraci odjekivali su po podu od cigala. Negde škripnuše vrata, izgubiše se koraci, pa se opet začuše uz glavni ulaz.

— Donka, drži lampu! — ključ se okrete.

— Dobro veče, gospodine Tomiću! — uzbuđeno pozdravi mlada učiteljica.

— Dobro veče, gospođice! — otpozdravi Radmilo. Mislio je da se iza nje sakrila mala Ljilja. Pogledao je u mračni široki hodnik. Ali Ljilju nije video. On htede odmah da bude načisto:

— Je li Ljilja tu? Vi ste pisali Dragiši?

— Da... Ona je sve vreme bila ovde, ali je jutros otputovala... Što ste me iznenadili, gospodine Tomiću!

— Uh! — ote se nehotice mladom čoveku. Dođe mu da samog sebe zgromi. — Pa, kuda je otišla?

— Ja mislim u Beograd. Tako je kazala. Ali, izvolite u sobu! Vrlo mi je drago što ste došli. I Ljilja me je obradovala svojim dolaskom. Samo mi je bilo žao što se to desilo među vama. Molim vas, uđite u sobu! Ovo je moja učiteljska sobica.

— Zaista je lepa! — nesvesno izgovori Radmilo i sede na stolicu. — Krivo mi je što sam zakasnio. A juče sam tek doznao da je ona kod vas. Vi ste Dragiši javili.

— Jeste. Bilo mi je tako žao Ljilje. Ona mi je sve ispričala. Koliko ona vas voli, ne možete ni da zamislite! Kaže: sve je ona kriva... vi ste divni! Ali ja znam da je i moja Ljilja vrlo dobra. O, vi ćete nju upoznati, ona je divno stvorenje! Mi smo bile najbolje drugarice...

— Da, da... Ljilja je divna! Znam ja. Ja sam za sve kriv.

— Ona kaže da vi ništa niste krivi. Meni je bilo žao da je gledam koliko pati, htela sam vama da napišem, a posle napišem Dragiši, njega poznajem. Do šestog razreda mi smo bili zajedno u gimnaziji, a posle sam ja morala preći u učiteljsku školu da bih što pre završila.

I ovo mesto što sam dobila pomogao mi je Ljiljanin otac. Istina, četvororazredna škola, i sama sam ovde, ali seljaci su dobri. Ljiljin otac mi je obećao da će se zauzeti da iduće godine dobijem mesto gde ima više učitelja.

Radmilo je rasejano slušao. Ta mlada učiteljica, videlo se, čestito je stvorenje. Njene pitome, crne oči bile su vrlo blage kad je govorila o Ljilji.

— Ljilja ima divnu dušu. Ona je bila skromna i kao učenica. Imale smo drugarica koje su volele da flertuju, ali Ljiljanini roditelji bili su strogi, a i ona sama nikad nije trčala na korzo i na matine. Bila je odličan đak i vrlo načitana. Sve su je nastavnice volele. Ona ima divan karakter i vrlo je nežna i umiljata.

— Jeste, to sam i ja osetio — šaputao je mladi čovek. Reči ove dobre devojke pale su kao melem na njegove duševne rane i opekotine.

— A Momčila Ljilja sada prezire... Verujte, ona mi je pričala. Kaže kako je bio drzak i upao u kuću, a vi ste preko toga prešli. I treba! Verujte, Ljilja zaslužuje vašu ljubav.

— Ja je volim, gospođice. Zar bih inače išao u Beograd za njom i došao čak ovamo? Žao mi je što je nisam zatekao. Jeste li vi sigurni da je ona otišla u Beograd?

— Jesam. Ona je kazala. Vi ste se morali mimoići. Ja sam pogrešila što nisam odmah vama napisala pismo.

— Onda, vraćam se odmah, da bih uhvatio voz za Beograd.

— Sumnjam da ćete večeras uhvatiti voz. Zakasnićete. Vi niste ni večerali. Mnogo bih se radovala da večerate kod mene.

— Treba da kažem šoferu. On čeka napolju.

— Neka šofer uveze auto u dvorište.

Mlada učiteljica se radovala što može da ugosti muža svoje dobre Ljilje i što može bar pohvalama da se oduži Ljilji za njeno dobro srce.

Radmilo se vrati sa šoferom. Učiteljica je užurbano trčkarala po sobi postavljajući sto. Sakupila je sve što je imala u kući: pečenje, sir, kolače...

Radmilo se malo smirio zahvaljujući Miri. Setio se Jelke, njene pokvarene duše i poredio je u sebi s ovom skromnom seoskom učiteljicom, čiji su svaka reč i pogled potvrđivali koliko je to karakterna devojka. Bilo mu je milo što je Ljilja došla baš njoj i što je u ovoj poštenoj devojci upoznao njenu drugaricu.

— Uzmite, molim vas. Vi ste gladni — nudila je iskreno. — Ljilja mi je pričala kako vam je lepa kuća... Ona je dobra domaćica?

— Ljilja je izvrsna domaćica. Ja sam se od prvog dana čudio — hvalio ju je Radmilo. — Ona ima mnogo lepih osobina.

Videći da je ovo iskrena devojka, on joj ispriča za one telefonske pozive i anonimna pisma.

— Strašno! Kako ima pokvarenog sveta. Ljilja mi je baš pričala da nije mogla da shvati šta je s vama poslednjih dana.

— To je, gospođice, što vam rekoh. Iako sam advokat, ipak sam podlegao uticaju klevete...

— Ali, sada ćete biti srećni. Mnogo se radujem. Ljilja je ovde stalno plakala. Bilo me je prosto strah da ne učini nešto sebi... Sve sam je vodila u razred, nisam smela da je ostavljam samu... Kako će biti srećna kad čuje da ste dolazili čak ovamo! To će joj biti najbolji dokaz da je volite. A meni je govorila: „On mene više ne voli, a ja ne mogu bez njega da živim!" A ja, kao da sam znala, uveravala sam je da vi nju volite, da je nemoguće da je ne volite...

— Hvala vam, gospođice. Vrlo sam vam zahvalan što ste tako govorili, jer ja Ljilju zaista volim... Sad je već vreme da idem.

— Da imam još jednu sobu, zadržala bih vas da noćite.

— Ne, ne, gospođice! Vrlo ste ljubazni i ja se radujem što Ljilja ima u vama tako dobru i iskrenu prijateljicu. Posetite nas na raspustu.

Radmilo se oprosti s učiteljicom, a mlada devojka ostade sva ozarena i srećna što njena Ljilja ima ovako dobrog muža. Sad je tek shvatila zašto ga Ljilja toliko voli. Uzdahnula je: „Bože, da li ću ja naći ovakvog muža?", i osetila tužnu samoću svoje sobice.

Radmilo je morao prenoćiti u varoši. Sutradan je najpre rano otišao na telefon da pita Dragišu je li Ljilja stigla u Beograd.

— Nije! — odgovorio je Dragiša.

— Ona je otišla našoj kući...

— To joj je najpametnije! Malo se prošetala i vratila. Pozdravi je. Teči i tetki neću ništa da pričam.

Kad je stigao u svoju varoš, Radmilo uze auto na stanici da bi što pre stigao kući. Bilo se već smrklo. Uleteo je u baštu. Julija je bila u trpezariji.

— Je l'te, je li Ljilja došla?

— Nije, gospodine!

— Kako? Nije došla! Trebalo je da dođe! Ja sam bio u selu... Imao sam zbor, ali znam da ona treba da dođe.

— Nije došla. Možda će doći sutra. Hoćete li da večerate, gospodine?

— Neću... nisam gladan.

— Kako da niste gladni?

— Ne mogu ništa!

Julija ode u kuhinju, a Radmilo sede za sto i obuhvati glavu rukama.

Težak uzdah mu se otrže iz grudi. Sad su ga počele obuzimati još strašnije slutnje. „Gde je ona?" Koračao je po sobi kao lud. Da li opet da ode do telefona i kaže Dragiši? Večeras je kasno. Znači, sutra opet mora u Beograd. Osetio je bol u glavi. Uđe u kupatilo i umi se da bi se pribrao i osvežio.

Julija se opet pojavi:

— Gospodine, ja još neću da legnem. Kad hoćete, siđite! Postavila sam sto za večeru.

— Lezite vi, Julija, ne mogu ja ništa da jedem...

— Vi brinete za našu malu Ljilju? Pa, doći će ona. Možda još nije dobro gospođi Jeleni...

— Ne znam — promrmlja Radmilo skrušeno.

— Hoćete li da zaključate vrata? Ja bih mogla i ovde da vam postavim večeru!

— Nemojte da se trudite. Meni se ništa ne jede. Zaključaću ja vrata. Hoću da legnem, umoran sam.

Zaključao je vrata, ali još nije mogao da legne. Šetao je po trpezariji. Uđe u svoju sobu, baci se onako odeven na sofu. Sav je bio smlaćen od briga i patnji. Nešto šušnu... Kao neko grebanje. On se trže. Otvori vrata svoje sobe. Ništa... „Učinilo mi se. Vrlo sam nervozan.” Vrati se u sobu. San mu je bio razbijen. Legao je opet na sofu. Sad kao da je čuo kucanje na spoljnim vratima. „Da li sam zaključao?” Otišao je u predsoblje i pritisnuo kvaku. Bio je zaključao. „Ja sam već lud! Ovo su halucinacije.”

Prošlo je četvrt sata. Najednom, na njegovim vratima tiho kucanje. On skoči. Neko je u kući! Da se nije lopov uvukao!

— Ko je?

Niko se nije javljao. On polete, otvori vrata i kriknu:

— Ljiljo! Ti?

Umesto odgovora, dve nežne tople ruke obaviše mu se oko vrata. Plavo, umiljato dete koje je toliko voleo, pripijalo se uz njegove grudi, usne, obraze...

Gotovo polude od sreće. Radmilo je uze u naručje, ponese je u sobu, kroči pa zastade, pritisnu je na grudi i prignu svoje lice njenom, tražeći njena rumena ustašca... Bio je lud od radosti, a Ljilja se gotovo onesvestila u njegovom naručju. On nije hteo da je pusti iz ruku, a i ona je želela da je tako nosi njen lepi jogunasti muž, koji je voli, a oterao je iz kuće. Da bi je gledao, mazio, razgovarao s njom, mladi čovek je spusti na svoju sofu, tu samačku sofu, gde je proveo tolike tužne noći.

— Kad si došla, Ljiljo?

— Još juče... Pa sam večeras kazala Juliji da ću se sakriti kad ti dođeš, da vidim šta ćeš da radiš.

— Bila si u svojoj sobi?!

— Jeste. A moj Radmilo nije ni provirio da vidi kako je u mojoj sobi. Ah, on tu sobu ne voli...

— Mila moja, hoćeš da me mučiš? Ti znaš kako sam ja čeznuo za tobom! — šaputao je ljubeći je i pritiskajući je na grudi.

— Sad si kao one prve večeri... Hoćeš li uvek da mi ostaneš takav? Ja neću da idem od tebe... Nikad! Ako me i oteraš, pre ću se ubiti nego što ću otići.

— Ti nisi smela ni sada ići. Da, žao mi je i užasno sam patio što si otišla.

— Patio! Je li? Zato si išao na zbor? — govorila je mazeći se. — Za tebe su bili važniji politički zborovi, nego tvoja ženica. Mogla sam i umreti da te toliko ne volim.

— Važniji zborovi? Jeste — mazio se i on, srećan što će joj pričiniti radost kad joj kaže gde je, u stvari, bio. — Ti misliš da se ja vraćam sa zbora? Da ti znaš odakle ja dolazim! Čak iz Makedonije. Išao sam u poteru za svojom odbeglom ženicom, čak kod njene drugarice Mire.

— Tamo si bio?! — zaprepasti se Ljilja. — Je li to istina? Ti si me tražio!

— Kao lud! Sav sam izlomljen i fizički i duševno.

— Oh, što te volim! Tražio si me. Je l' me mnogo voliš? Sad mi bar kaži. Ti si moje zlato!

— Volim te... volim! — šaputao joj je na trepavicama, šaputao na obrazima, ružičastom uvu, belom vratu, slatkim mirisnim usnama.

— Ljiljo moja, tako sam srećan! Naše patnje su prošle. Ja sam kriv... Bio sam surov. Mada nisam nikad brutalan, prema tebi sam bio poslednjih dana. Ali ti ćeš sve sad da čuješ, reći ću ti šta je uzrok i ko je svemu kriv. Mila moja, bio sam strašno ljubomoran, jer te volim.

— Šta je, u stvari, bilo? — njeno čisto, ali još neizlečeno srce obuze strepnja. — Ispričaj mi sve.

— Pusti me! Hoću na tvojim grudima da se odmaram! — šaputao joj je. — Ti si moja jedina ljubav. Ona ista devojčica plavih detinastih očiju. Povratila si mi život. Šta sam sve proživeo ovih nekoliko dana. Jurio u Beograd, vraćao se, svaki čas razgovarao telefonom s Dragišom.

— A on zna? — trže se Ljiljana. — I mama i tata? — upita uplašeno.

— Oni ništa ne znaju. Ali, da tvoja drugarica nije pisala Dragiši, mi bismo te morali tražiti policijom.

— Zlatna je to devojka. Je li da je divna? Kako te je dočekala?

— Najlepše! Samo mi je o tebi pričala — ushićen, Radmilo steže Ljiljanu u zagrljaj. — Ko tebe ne bi voleo? Koliko te godina ja volim. A ti mene, koliko? Nema ni tri meseca. Ti ćeš me opet zaboraviti. Je li da hoćeš? Nisi mnogo ni mislila na mene? Ostavila si me samog, a ja nemam nikog osim tebe. Ti si za mene sve, sve što imam na svetu.

Ljilja zadrhta od tih njegovih reči. Jecaj joj se otrže iz grudi. Kroz suze mu je šaputala:

— Sve ću ja biti za tebe, mili moj! On mi nije imao nikoga. Sam se mučio u životu. Koliko te volim! Ima li išta lepše na svetu nego voleti? Hoćeš li biti srećan pokraj mene?

— Hoću. Zato sam i patio što mi se činilo da si ti upravo žena kakvu sam želeo.

— Ali, reci mi iskreno, šta se u tebi događalo poslednjih dana?

— Reći ću ti. Samo da čuješ...

Pričao joj je o pismima Iki, o onom konobaru, o dojavi preko telefona, o Dari preko puta.

Mala Ljilja skoči:

— Pisala pisma Iki u moje ime! Pa, pa ti to ne smeš tek tako pustiti. Zar ja tako niska da budem? Šta li je taj mladić mislio o meni? A ova glupača preko puta zar na takvu ideju da dođe? Sutra moraš sve to raščistiti! Iku ćeš da zovneš ovamo, ja ću da mu kažem: „Gospodine, zar ste mogli i pomisliti da je to moje pismo? Ja obožavam svog muža. Vama da pišem? Juh, kakva drskost!" I ona glupača! Baš bih volela videti ta pisma.

— Imam prepise. Sutra ću ti ih pokazati.

— Donesi mi ih sad.

— Sad neću. Nemam vremena za to. Sve je prošlo. Ne ljutim se ni na koga kad si ti pokraj mene. Ljiljo, kako si lepa! Hodi k meni! Volim da mrsim tvoju kosu. Sve sam zaboravio. Sve! Opraštam ti i ono što je bilo u tvom devojačkom životu.

— Šta mi opraštaš? Reci! — šaputala je Ljilja i zagonetno se smešila.

— Ti znaš... Ono s onim mladićem. Pogrešila si kao mlada devojka... Ja u prvi mah nisam mogao s tim da se pomirim. Mi muškarci smo sujetni i sebični. Hoćemo uvek da budemo prvi u životu jedne žene. I ja sam o tome maštao. Užasan potres je bio za mene kad si mi sve priznala.

— Šta sam ti priznala? — pitala je umiljato.

— Znaš. Ah, ostavi to! Hoću sada da budemo srećni. Uverio sam se da devojka, ako i izgubi čednost, ne mora da izgubi dobrotu i karakter... Ti imaš mnogo lepih osobina i to te je opravdalo, dalo mi nade da verujem da ćeš biti dobra žena, da je to bila trenutna devojačka slabost. Iskoristio te, možda, jedan nevaljalac...

— Ti mi, dakle, sve praštaš! Opraštaš mi i za izgubljenu nevinost?

On je steže na grudi, ali ona oseti da je ugušio jedan skriveni uzdah. Mala Ljilja se lukavo osmehnula, sva srećna. Milovala je po obrazu ovo veliko, razmaženo dete, ovog lepog, umiljatog muškarca, čije su tople usne umele da šapuću tako slatke reči kakve prelaze preko usana samo iskreno zaljubljenih. Milovala ga je i provlačila mu prste kroz kosu. Osećala je da ipak ima malo žalosti u njemu, jer misli da nije on prvi muškarac u njenom životu, iako ju je uveravao da joj sve prašta. Srce joj je treperilo od sreće što je bila pametna devojka i što će mu prirediti ogromnu radost i iznenađenje.

Prijatno iznenađenje

Julija pogleda u sat: „Deset! Bože, što su se tako uspavali? Uvek bar jedno rano ustane! Da nije bolesna mala Ljilja?”

Spremila je doručak i postavila u bašti. Kako je samo lep kajmak kupila! Njena mala Ljilja voli kajmak. Obarila je i jaja. I lepo slatko od kajsija je skuvala. Spremila jutros da ih posluži. Ručak je već upola gotov. Radmilo sinoć nije ni večerao. O, kako je bio neraspoložen kad ga je prevarila da Ljilja nije došla. Kako je voli!

„Pola jedanaest! Da li da im kucnem na vrata? Ali sad će oni.”

Ušla je u kuhinju. Čula je uskoro lake korake.

— Ah, što smo se uspavali! — veselo je uzviknula Ljilja. — Kako ste Julija? Sve je već gotovo? Oh, vredni ste vi! Da vas poljubim — nežno je poljubila dobru Juliju. — Kako je divno u bašti! I maline su zrele...

— Hajde da vidimo šta je sve rodilo u bašti! — prošaputa Radmilo i zagrli je. Držao ju je stalno u zagrljaju i ona je osetila onu malaksalu slast koju stvara blizina voljenog čoveka.

Sunce se provlačilo kroz drveće kao zlatno sunce. Jabuke su se krile u lišću, a bolešljive su se već bojile žutom bojom. Radmilo je steže i privuče sebi:

— Srce moje, kako sam srećan! Nisam se nadao ovolikoj sreći.

Mlada žena mu se slatko osmehnu:

— Uberi mi onu malinu!

On je stavljao maline u njena usta.

— Tvoje usne su rumene kao malina! — okrete se desno i brzo joj ukrade jedan poljubac s usana. Mirisale su na malinu.

Bili su gladni jedno drugoga, ali stomak ih opomenu da nisu ništa jeli. Julija ih je stalno nudila, a slavuj je pevao na kajsiji. Kao da je pevao pesmu njihove ljubavi...

— Biće i ručak lep! Nešto što gospodin najviše voli... Ali, neću sad da kažem. Tek ćete o ručku videti.

— A šta ti to najviše voliš? — nestašno ga je pitala mala Ljilja.

On joj preko stola dohvati ruku i spusti poljubac na nju.

— Tebe sam uvek najviše voleo, ali nikad kao sad.

— A zašto nikad kao sad?

Duboke i tople Radmilove oči gledale su je strasno. Ona je zaćutala i gledala ga. Oči su joj bile plave i sjajne kao najlepše prolećno nebo nad morem. On joj steže ruku:

— Ti si sva moja, je li?

Mlada žena zaklopi oči. „Ah, kako je nežna i slatka ljubav!”

Milovao ju je po ruci. Jedan zrak sunca provuče se kroz grane kajsije i pade na lepu kosu male Ljilje.

— Mila moja, reci mi nešto iskreno — zamoli je Radmilo. — Zašto si mi sebe predstavila drukčijom nego što jesi! Sećaš se kad sam te onda pitao je li on bio tvoj prijatelj? Ti si kazala: „Neka to ostane moja mala tajna!”

— Ako je nešto tajna, mili, treba li da to bude uvek ružna tajna?

— Ali ja sam se tri meseca mučio. Ti ne znaš koliko sam patio bez tebe. A da si mi kazala: „Nije on moj prijatelj, ja sam nevina!”, ja bih bio srećan, toliko srećan! Ne bih tri meseca čekao ovu sreću i ludeo za tobom. Sva moja patnja, ljubomora i zlovolja bile su u vezi s tim što ti nisi bila moja, što nisam mogao da se pomirim s mišlju da si drugom pripadala...

— Nisam ti to rekla, jer sam želela da te zavolim. Prosto sam oklevetala samu sebe i ta kleveta je bila brana između mene i tebe; iza te brane se razvijala moja ljubav. Žene su romantične. One vole da se predaju muškarcu samo kad vole. Sve što je bez ljubavi — za njih je nasilje. One se tada plaše muškarca. I ja sam se tebe uplašila prve večeri. Bio si mi tuđ. Strašno je za ženu kad je nepoznat muškarac miluje i ljubi, a ona ga ne voli. A muškarci ponekad ne daju ženama vremena da ih zavole.

— Da, to je istina. Nagon ih napravi brutalnim i oni se ne obaziru na osećanja žene...

— A ja sam, vidiš, htela da se uzajamno volimo i uživamo. Stoga sam trpela sve tvoje uvrede. Sećaš li se kad si mi kazao: „Ko zna koliko si imala ljubavnika!", ali mene, ipak, nisu toliko vređale te reči, jer sam ti dala povoda da tako misliš... Uvek sam mislila da ćeš biti srećan kad se uveriš da sam ja bila ona idealna devojčica kakvu si zamišljao. Zato je on onako upao u kuću. Mislio je: „Ona je sad žena, kao devojku je nisam mogao dobiti, sad ću uspeti..." Taj njegov gest pokazao mi je koliko je on nečastan, a kako si ti karakteran. Ti si mi ponudio brak, svoje ime, svu svoju ljubav. A on nije hteo da me uzme za ženu, ali se nadao da će, kad mi drugi da svoje ime, moći da se koristi pravima koje ima samo muž. To su bedni muškarci! Ja umem da ocenim karakter muškarca, iako sam bila neiskusna devojka... U meni je bilo jako razvijeno osećanje za brak, kuću, porodicu... Ja sam kazala sebi: „Bićeš časna udata žena!" Kad si me ti zaprosio, priznajem, nisam bila zaljubljena u tebe. Plašila sam se braka. Ono prvo veče bilo je izraz moga straha. Mili, što me tako gledaš?

— Volim te. Ti si moja pametna ženica!

— Ah, sad se setih... Jedne večeri kad sam ušla u tvoju sobu gledao si neku fotografiju. Čiju si sliku gledao? Uvek sam bila ljubomorna na tu sliku. I nigde je nisam mogla naći. A i džepove sam ti pretresala.

— Nisi mogla nigde da je nađeš. Ona je uvek kraj moga srca. Evo, i sad je tu.

— Daj da vidim!

— Pokazaću ti. Nećeš biti ljubomorna?

— Hoću... Ja sam vrlo ljubomorna!

— Onda neću da ti je pokažem — on se slatko nasmeja, izvadi sliku i pruži je Ljiljani.

— Pa to sam ja! Moja devojačka slika! Otkud ti ta slika?

— Ukrao sam je jednom od Dragiše. Hajdemo gore da ti nešto pokažem.

— Šta da mi pokažeš?

— Videćeš.

Kad su ušli u trpezariju, ona oseti na ramenu snažnu ruku svoga muža.

— Volim te! Ništa nemam da ti pokažem. Hoću da te zagrlim...

— Ah, treba da namestim spavaću sobu! — jedva se otrže Ljilja.

Ali on je opet dohvati, nestašan i razdragan. Bio je izgubio nerve zbog nje, a sad je osetio kako mu ona vraća snagu, volju za rad, za život...

— Jutros ne ideš u kancelariju?

— Ne! Posle podne ću otići. A ti bi volela da odem u kancelariju?

— Volela bih — prkosno odgovori Ljilja.

On se u dva skoka nađe kraj nje.

— Ded' ponovi još jednom: voliš da idem u kancelariju.

— Zašto? Šta ćeš mi uraditi?

— Videćeš.

— Onda, v... o... l... — vrele usne mladog čoveka upiše se u njene.

— Ne volim! Ne volim! — nestašno je ponavljala i pokušavala da mu uzvrati poljubac.

***

— Kazala je Vera da će sutra pre podne doći do tebe — reče Radmilo Ljilji to veče. — Ona te mnogo voli i kaže da joj je prazno bez tebe. Neće više ni da čuje ni za jednu svoju raniju prijateljicu. Ti si, kaže, najiskrenija, prava prijateljica. Ima nešto važno da ti saopšti. Meni nije htela da kaže šta.

Sutradan oko deset pre podne zaista dojuri Vera, sva razdragana.

— Ah, jedva sam čekala da doputujete! — uzviknu između zagrljaja i poljubaca. — Bogami, mnogo sam vas zavolela! Sve moje prijateljice su ljubomorne na vas. A ja im kažem: volim je, s tom ženom imam šta da razgovaram. Ništa se nju ne tiče palanačko rekla-kazala. Gleda žena svoju kuću i svoga muža. A meni ogovaranja dosadiše. Pravo da vam kažem, moj Voja nije takav kakvog ga predstavljaju...

— Isto kaže i Radmilo. On ima najlepše mišljenje o vašem Voji i kao mužu i kao svom drugu.

— A, ja sam se opametila. Ko god mi šta kaže, odmah mu zapušim usta. Svet je pakostan! Ali, što ima jedna novost! Ah, da znate — u ushićenju Vera zagrli Ljiljanu. — Što sam srećna!

— Kakva novost?

— Ja ću imati bebu. Pre neki dan me doktorka pregleda i kaže: dva meseca sam u drugom stanju.

— Kako se radujem! — uzviknu Ljilja istinski obradovana. — Vi ste čeznuli za decom, a sigurno i gospodin Voja.

— Manite. Ja sam bila nesrećna što nemam decu i verujem da su moja ljubomora i sve nesuglasice s Vojom dolazile od toga. Vidim, druge žene su srećne: oblače se, maze decu, izvode ih u šetnju, a ja se rastužim, plačem pa onda sve na muža.

— Šta znače deca u braku! — reče Ljilja zamišljeno. Verovala je da će se i ona ovako radovati jednoga dana.

— Deca su sreća! Voja se prosto preobrazio. Sad sve oko mene, pa mi ugađa kao da smo se juče venčali... I već nagađamo hoće li biti muško ili žensko. Ali, oboma nam je svejedno. Šta god bude! Pravo da vam kažem, patila sam i bojala se. Deca su veza u braku. A ovo, vidite kako je danas. Sa svih strana vitlaju žene tuđeg muža. Kao vele, žena nerotkinja, nema šta da ga vezuje. Samo što je moj Voja pametan, i ume da ceni ženu, kao i vaš Radmilo. Bože, gospođo Ljiljo, bio je lud bez vas. Svratila ja jednog dana u njegovu kancelariju da vidim jeste li došli, a on sav mračan. Diram ga i kažem: „Bogami, Radmilo, još malo pa da se rasplačete za Ljiljom!" A on mi priča kako mu je prazna kuća. I moj Voja ne može bez mene. Jednom sam bila u Beogradu, a on sve pismo za pismom: „Dolazi, ne mogu bez tebe!" Da vidiš, kažem ja njemu, kako je tužna kuća bez žene! Kako ja strepim nad njim! More, čarape, pantofle, pidžama — sve mora da je čisto i na svom mestu. Ali, meni nije teško, kao ni vama, gospođo Ljiljo! Jaoj, ovo „gospođo" da izostavimo? Da vam kažem samo Ljiljo? I vi mene zovite Vera! Nešto mi prisnije... A, još nešto imam da vam kažem. Margita odlučila da se uda za sudiju.

— Je li moguće?

— Bogami jeste! Jednog dana dođe kod mene i reče mi: „Hoću da se udam za njega!" Tako sam se obradovala. I Radmilo joj jednog dana lepo reče kad smo se sreli: „Što se, Margita, ne udate za njega? To je dobar čovek."

„A to je", pomisli Ljilja. „Radmilo joj je ubio svaku nadu. On me zaista voli!"

— I tako smo svi na nju uticali i ona se reši. Znam da se neće pokajati. U drugu nedelju će biti proševina kod naše kuće. Samo u užem krugu prijatelja. Priredićemo večeru. Na jutrenje će se venčati, pa će da otputuju čim nastane sudski raspust. Ja sam kazala Voji da joj kupi dve-tri haljine i malo rublja. Sirotica, nema ništa. Pa joj kažem: „Ludo moja! Bićeš srećna s tim čovekom. Ima punu kuću.

Nije sreća udati se za nekog lepotana." I Voji milo, jer ga dobro poznaje. A Voja je vrlo dobra srca i daće joj sve što joj je najpotrebnije.

— Kako ste vi dobri, Vera!

— I vi ste takvi, Ljiljo! Pričala mi je tetka Stana o vama. Ne može da se nahvali... Gle, mi o vuku, a vuk na vrata! Evo ide tetka Stana! — uzviknu Vera.

— Sirota, bila je bolesna! Kaže mi Radmilo. Idem da je dočekam — Ljilja istrča čak u baštu. Tetka se zaplaka i zagrli je:

— Snajka moja! Pa gde si mi ti, lutko moja? Zar da tetka umre, a ti da ne dođeš na pratnju!

— Kako da umrete! Vi se još držite. Imate vi još dugo da živite! — tešila ju je Ljilja vodeći je uza stepenice ispod ruke.

— More, tetka Stana je delija žena! Vidite kako je prava — dočeka ih veselo Vera.

— Šta je to bilo s vama, tetka? — upita Ljilja.

— Srce, snajka! Jedne večeri zalupa mi srce da umrem. Umalo da odapnem... Sreća te se zadesila jedna komšika. A i ova noga mi poboleva... Išijas — šta da ti pričam...

— Vi morate, tetka, u banju. Radmilo će vam dati novca. U Matarugama jedno dvadesetak dana da provedete, pa da vidite kako će vaš išijas nestati.

— Vidiš, Vera, kako o meni brine moja snajka. Čak da idem i u banju! — stara tetka se osmehnu radosna kao dete.

— Slušajte, tetka — reče Ljilja — ja ću vama da plaćam jednu devojčicu da vam svako jutro dođe, da počisti, propere, istrese, skuva...

— Hvala ti, snajka, za tu dobrotu! Bog neka ti da sreće. Ali ja sam i nadžak žena! Ne mogu ja da mi mlađe vršljaju po kući. Ovako, dokle mogu — ja ću da taljigam. A sve sam spremila kad umrem.

— Kakvo umiranje, tetka! — smejala se Ljilja i grlila je.

— Dete moje, oseti čovek i starost i smrt... Spremila sam ja i košulju, i belu suknju, i čarape... Hoću u čisto da me obuku kad umrem.

Mlade žene su je tešile.

— Pogledajte, Ljiljo, tetka-Stanine oči! — reče Vera. — Još su mlade i svetle.

— Radmilo ima tetkine oči! Zato ja nju volim — nežno reče Ljilja.

— Bile su nekad lepe, a sad su zgasle — smejala se tetka odbijajući taj kompliment, ali videlo se da joj je milo.

— Hoćemo li, tetka, jednu kaficu? — upita Ljilja.

— Ne bih smela, ali ću da je popijem, pa makar krepala!

Ljilja donese kafu.

— Kad popijem jednu šoljicu odmah osetim da me razgali... A šta mi reče gospa Zorka! Njena Margita se udaje? Mladoženja je sudija, i to dobar. Pa, neka joj je sa srećom. I gospa Zorka se mučila. Ostala je udovica kao i ja... Da idem, snajka, vazda bih s tobom pričala.

— A što ne ostanete, tetka, da ručate?

— Ne mogu danas, snajka. Hvala ti. Nuđen kao čašćen! Hvala ti snajka! — zaplaka tetka sva raznežena. — Volim te kao da si mi ćerka.

— Kad bude Margitina proševina i vi, tetka-Stano, da dođete na večeru. U našoj kući će biti — pozva je Vera.

— Samo bože zdravlja, pa ću da dođem! Pozdravi mi mnogo gospa-Zorku i tvog Voju. Ama, ti meni ono tvoje ne pričaš!

— Šta, tetka-Stano?

— Znaš ti, neću sad da govorim. Kazala mi Zorka... Ako! Ako! Mladi ste, zdravi, treba da imate dece. I moja će snajka dogodine. Još samo to da dočekam. Uđem u kuću, a ono malo šepelja i zove me „baba".

Ljilja isprati tetka-Stanu i Veru, pa poče da šeta po svojim lepim sobama. Očekivala je muža. Srce joj je bilo prepuno sreće. Kako je slatko očekivati voljenog čoveka! Znala je kako otvara kapiju, njegove korake, ustrčavanje uza stepenice...

On uskoro ulete u kuću. Osetila je njegove snažne mišice. Sva se šćućurila u njegovom naručju, kao u toplom gnezdu.

— Šta si radila, mila moja? — pitao ju je, privlačeći je na grudi. Ona mu je pričala veselo, s osmehom, prekidajući reči poljupcima.

— Jesi li umoran? — pitala ga je, milujući mu kosu.

— Pa, i jesam! Morao sam trčati u sud. A znaš u sudu uvek gužva. Nisu još došli svi svedoci... Oh, ovde je takva hladovina!

— Hoćeš da skineš mašnu i kaput? Možeš i da se istuširaš...

— Baš dobro!

— Spremila sam ti letnje odelo od sirove svile. Ispeglano je kao novo. Pogledaj! — ona otvori šifonjer. — Obuci ga posle podne. Ovo sivo je suviše toplo. Još jedno nosiš, a drugo ti se čisti i pegla. Tako je i moj tata voleo. I bele cipele sam ti spremila. Pogledaj kako sam ih očistila!

— Misliš li stalno na mene? — šaputao je strasno.

— Neprekidno! A ti na mene? Sagni se! — ona mu zavuče prste u kosu, privuče ga sebi i poljubi. — Idi sad da se istuširaš!

On ubrzo izađe iz kupatila: svež, namirisan, svetlih očiju. Ushićeno je obuhvati oko pojasa i podiže. Bio je vrlo srećan. Kako je ova lepa mlada žena umela da stvori divnu atmosferu! Gledao ju je kako trčkara po kući i bašti, postavlja, a oko nje leprša tanana haljina. Uživao je u njoj i njenoj lepoti za kojom je stalno čeznuo.

Taman sedoše da jedu kad se pojaviše Dušan i Mika.

— Sedite, sedite! — ponudi ih Radmilo. — Ima li, Ljiljo, i za njih ručka?

— Kako da nema! Julija, dajte i za dečake tanjire.

— Hvala, mi smo jeli! — odgovoriše dečaci.

— Ako, možete i po drugi put! — nudila ih je Ljilja.

Radmilo je voleo njenu srdačnost, kojom je prihvatala svaki njegov predlog. On je voleo društvo u kući. Domaćinski život koga je dugo bio lišen. Bio je srećan što je u Ljilji našao ženu pored koje je svakog mogao da pozove u svoju kuću; osećao je kako je i njoj milo da mu učini po volji. Time ga je sve više vezivala za sebe i kuća mu je bila bliska.

— Vidiš, Ljiljo, ovo će da budu ljudi!

Posle ručka đaci se oprostiše, a Radmilo i Ljilja uđoše u svoju sobu.

— Čekaj, nešto da vidim. Jesi li našao novac u jednoj fioci?

— Kakav novac?

— Tvoj. Evo ga. Četiri hiljade.

— Kakve su to četiri hiljade?

— Što si dao za trošak... za ovo vreme. Nisam htela ovo da trošim, nego sam trošila svoj novac. Ti si besplatno davao stan, a ja hranu.

— Gle, kako je moja ženica podelila trošak! Pa, koliko si ti potrošila?

— Tri hiljade.

— Nisi htela moj novac, je li? Da, znam... Dobro.

— Ne, nisam htela da te iskorišćavam kad nisam bila tvoja žena... To nije pravo! Odbila te kao muža, a da primam tvoj novac — to ne bi bilo časno. Sad je već drugo. Jedna dobra žena zaslužuje da je muž izdržava. Od danas ću trošiti tvoj novac. Samo, ja sam štedljiva. Nama za trošak dnevno ne treba više od 25 dinara. Najviše 25, a možemo da prođemo i sa 20 dinara. Ove četiri hiljade uzmi.

— Ne, to je tvoje! Ako ne uzmeš, ja ću se uvrediti...

— Oh, kako si nevaljao! — mazila ga je ona. — Dobro, uzeću... Ali, ovo da ostaviš na knjižicu. Ja imam još dve hiljade. Pet sam donela iz Beograda. Svega šest hiljada.

— To će biti tvoja knjižica.

— Od ovoga ću hiljadu da zadržim. Htela sam da poručim jednu policu za moje knjige. Svuda mi se vuku, a ovako ću sve da ih poređam. I još sam htela da poručim celu kolekciju „Naša knjiga". Imaš li ti štogod da poručiš?

— Imam. Dve knjige su mi potrebne. Kako moja ženica misli i na duhovni život.

— Je l' ti voliš što sam ja pametna?

— Dabome. Muž se ponosi kad ima pametnu ženu. Svaku tvoju reč sam osluškivao u društvu. Ti to i ne znaš. I o političkim događajima, i o umetnosti, o svemu. Ova mala plava glavica je tako pametna.

— Radmilo, znaš šta je Vera imala da mi kaže?

— Znam. Jutros mi je Voja kazao. Imaće dete.

— Je li i on srećan?

— Ne pitaj! Samo: Vera, Vera! Častio je sve u kancelariji. Tako ću i ja jednog dana da čašćavam...

— A je l' voliš sina ili ćerku?

— Sina...

— Da bude crnomanjast kao ti! Uh, naše dete će biti lepo! Hoćeš malo da se odmoriš? Ti si umoran.

— Hoću! — Radmilo je privuče sebi i poče strasno da je ljubi. — Ljiljo, hoćeš li me uvek ovako voleti? Umreću od sreće!

— Hoću — šaputala je nežno, zavlačeći prste u njegovu kosu.

***

Vetrić je pirkao i nadimao zavesu, unoseći kroz prozor opojni miris junskog cveća. Jedna pčelica je zujala oko prozora. U sobi se čulo tiho kucanje sata.

Ljiljana je sedela i vezla plave i žute cvetiće na čaršavu, a Radmilo je spavao. Ona spusti vez u krilo i pogleda na sat. „Još pet minuta do tri. Treba da ga probudim." Pogleda ga nežno kao mati dete. Ah, kako je slatko spavao! Bilo joj je žao da ga probudi. Njene plave oči milovale su njegovo lice. Uzdahnula je od sreće i ljubavi. „Moram da ga probudim!"

Prišla je lagano:

— Mili!

On se trže, otvori oči. Ljilja ga zagrli i pritisnu svoj obraz uz njegov.

Ikin bes

Celo posle podne Ika je ležao u krevetu, besno udarajući nogom o mesingane šipke. Škripao je zubima i sve na svetu psovao Dari kafedžiki. Ona njega da namagarči. Studenta Iku, koga su volele sve devojke, a devojčići bili ludi za njim! Ta prostakuša da ga ismeje u očima jedne Beograđanke. Kako mu je Ljilja samo ironično odbrusila: „Zar ste mogli i pomisliti da bih vam ja pisala pisma?" Kao da je htela reći: „Budalo, trčao si za mnom i izjavljivao mi ljubav, a meni nije ni na pamet padalo da te gledam!" Odbrusila mu je lepo pred Radmilom.

Ušla je potom u sobu, otkucala na mašini nekoliko redova da ga uveri kako nije ista mašina. I još ga je pozvala njihovoj kući, pa ona prva počela: „Gospodine Iko, hoću da mi date sva ljubavna pisma koja ste dobili od mene!" U tom trenutku kao da mu se krov srušio na glavu.

Kako se samo smejala kad mu je saopštavala: „To vam je pisala Dara preko puta! Idite, onaj konobar će vam sve objasniti!" A on, budala, da se ne seti?! Ko bi pomislio na Daru glupaču? Ah, samo da je sretne u pomračini. Sutra će da ode pravo njenoj kući, pa će pred majkom: šljis po jednom obrazu, šljis po drugom obrazu! „Ti da pišeš ljubavna pisma i potpišeš ženu advokata Tomića! Evo ti za ta pisma! Pa sad idi i tuži me! Ali prvo ću ja s tobom da se potplatim."

I otac joj je bio besan kad je čuo za ta pisma, a primio onoga za direktora hotela. Ali, Iku će ona zapamtiti! Lupio je ponovo nogom u mesingane šipke.

Mati uđe u sobu:

— Iko, hajde da večeramo. Da nisi, sine, bolestan?

— Nisam, nego sam snivao.

— Mamin lepi student! — grlila ga je mati i tepala mu ljubeći ga u kosu. — Položio si ispit! Sad te mama voli.

Ika ustade, umi se i izađe.

Sedeli su u bašti i večerali. Svi su bili raspoloženi, samo je Ika bio tužan.

— E, Radmilo sjajno odbranio onog trgovca! — poče mati. — Baš volim, Đoko, što ste ga oslobodili. Zar da nevaljala žena na robiju otera jednog čestitog čoveka? Kako je Radmilo lepo izneo njegov život, sirotinju, trud i muku da stekne, da se oženi, a ona — umesto da poštuje i voli takvog čoveka — prima u kuću ljubavnike!

— Zaista mu je bila izvanredna odbrana! — potvrdi muž. — Analizirao je činjenice sa socijalnog i psihološkog gledišta. Otkako sam sudija nisam čuo bolju odbranu. I govornik je, nema šta.

— A on će za to i lep honorar da dobije! — primeti poručnik.

— Pa, razume se! Advokati ne zarađuju na sitnim parnicama, nego ovako, na kompikovanijim slučajevima. Može od tog honorara da kupi još jednu kućicu za rentu, pa mu ne treba više da radi. I ti si bio na suđenju?

— Jesam...

— Što si se ućutao? Danas si nešto išao Radmilovoj kući?

— Vratio sam mu neke knjige koje mi je bio pozajmio — slaga Ika.

— Vala, kažem vam obojici: ako nađete ženu kao što je Ljiljana, odmah se ženite! — izjavi mati.

— Nemoj da je zoveš Ljiljana, nego „Ljilja", tako njoj Ika tepa. Mama, Ika je izgleda zaljubljen u Ljilju. Samo izviruje preko plota — nasmeja se poručnik i pljesnu brata po ramenu.

— Govoriš gluposti! Zaljubljen u ženu koja voli svog muža! — izbrecnu se Ika na brata. — Ostavi, mama! Slušaš Milana. On voli mene da zadirkuje... Možda si je ti više gledao. Tvoja soba gleda u njen prozor. Ja sam učio. Ljilja mi ni na pamet nije padala!

Poručnik se ćutke smeškao.

— On je mamin vredni student! — opet mu je tepala mati.

— Jes' tvoj vredni student. A kamo sto dinara? Kazala si da ćeš mi dati.

— Ama, kažem ti, sine, nemam ništa sitno. Treba da usitnim hiljadarku.

— Daj, ja ću da je usitnim. Nego, bojiš se uzeću ti dvesta. Neću, samo sto!

— Znam ja tebe. Voliš ti mene uvek da zakineš. Đoko, molim te, daj mu sto dinara, pa ću ti sutra vratiti.

— A, to ne dam! Znam ja tebe: „Daj, Đoko, pedeset dinara! Daj, Đoko, sto dinara!", pa izvučeš sav moj džeparac, a posle se praviš nevešta kad treba da mi vratiš. Traži od Milana. Njemu ćeš vratiti.

— Izvini, tata, imam svega sto dinara! Hajde večeras, Iko, sa mnom. Ja ću da ti platim bioskop.

— Neću u bioskop. Ti, mama, nikad nemaš sitno.

— E, baš ste stipse vas dvojica! Dižite se od stola...

— Idi, idi, potraži! — smejao se Đoka. — Da vidite, sad će ona da donese. Ima ona i sitno i krupno.

— Evo ti, Iko, pedeset dinara — vrati se mati.

— A onih drugih pedeset?

— Bogami, sutra ću ti dati. Kad pođem na pijac poneću da usitnim hiljadarku, pa ću ti dati. Jaoj, sine, ti mnogo tražiš! Sad si u Beogradu potrošio više od hiljadu dinara. Treba ja i Đoka da idemo u banju. A bogami, Đoka se rešava i da ne idemo. Lepa je ova naša bašta, možemo i ovde da provedemo leto.

— Ali ti si meni, mama, obećala za more. Ja idem s ferijalnim savezom.

— Ti idi! Istina je da sam ti obećala, ako položiš ispit.

— Blago tebi, Iko. Baš ti zavidim! — govorio je Milan. — A ja moram tek da gruvam za ispit...

— Što moraš? Oženi se! Nude ti se dve-tri devojke. Vi oficiri još dobijete i miraz. Baš to nije pravo! — ljutio se Ika.

— Da vam ispričam nešto — nasmeja se mama. — Došla provodadžika da nagovori Milana da se oženi Darom kafedžikom...

— Darom? Tom glupačom! — ciknu Ika i steže zube. — Jaoj, što ću da je izudaram!

— Gle, gle! Što da biješ devojku? Šta ti je učinila? — ljutnu se otac.

— Ogovara me svuda, eto šta.

— Čudna mi čuda ako te Dara ogovara! — nasmeja se mama. — Pa, neka te i ogovara. Valjda će ti okrnjiti ugled? Zoricu ćemo mi za tebe, Iko. Ima kuću i dobra je devojčica. Još jedno dve godine, pa kad budeš pisar — da se oženiš.

— Ostavi ti balavice! Sasvim su ludi ti devojčići! Kažeš li im samo: lepi ste, gospođice, odmah misle da si smrtno zaljubljen.

— A ti ih sve redom lažeš! — zadirkivao ga je otac.

— Pa, kao i svaki mladić.

— Ja verujem da će se Ika pre mene oženiti — dirao ga je brat.

— Varaš se! Neće mene lako nijedna uhvatiti.

— Ja idem u bioskop. Što nećeš i ti sa mnom? — upita Milan.

— Neću. Ne dopada mi se program.

Ika je bio neraspoložen. Hteo je da ostane sam.

Mati i otac ubrzo odoše da legnu, a on siđe u baštu. Znao je da Radmilo i Ljilja šetaju uveče po bašti. Sakrio se iza jednog žbuna da ih vidi i čuje. Iako se pred svojima džilitao, i nije hteo to ni sebi da prizna, Ika je bio zaljubljen u lepu plavu Beograđanku.

Večeras, sedeći iza žbuna, hteo je da se uveri da li mala Ljilja voli Radmila...

Video ih je kako idu kroz baštu zagrljeni: jedna siva i druga bela prilika.

— Ah, kako sam bila ponosna što si moj muž kad si danas govorio odbranu! Jesi li me video u sali?

— Jesam. Video sam dva lepa plava oka...

Opet su ućutali. Iku su podilazili žmarci kao u groznici.

— Srce moje! — začuo se šapat. Ljiljanin glas. — Volim te! Čekaj, i drugo oko da ti poljubim!

— A znaš gde ćemo na letovanje? Čik da pogodiš? — smejao se Radmilo.

— Ne znam... Ne mogu da pogodim. Možda na more?

— Jeste, na more. Ali, gde?

— Pa, gde ti voliš?

— U Grčku idemo!

— Je l’ moguće?

— Moguće. Ima ovde jedan doktor, Grk. On svake godine ide u Grčku. Ima, kaže, divna plaža kraj Atine. More i šuma. A svake večeri može da se ide u Atinu na večeru. Ima autobus. A i drahma je jeftinija. Najlepši komfor za jeftine pare! Bar ćemo videti Grčku...

— Mnogo se radujem! Mili moj, zaista smo srećni!

Opet su zaćutali. Ika je hteo da skoči i pobegne, jer je osetio kako mu krv udara u glavu. „Ih, kako ona ume da voli! Da li još traje poljubac?”

— Hajd’mo gore — šaputao je muž. — Spava mi se!

„I meni bi se spavalo da imam ovakvu ženu!”, mislio je Ika sav malaksao.

— Jutros si bio sav u groznici, posle suđenja...

— Nikad nisam govorio s takvim oduševljenjem. Ali, to je zato što su me gledala dva plava zaljubljena oka.

— Zlato moje! — zagrli ga ona.

Digoše se lagano s klupe i pođoše u kuću. Ika je gledao za njima. Video je kako se spajaju u jednu figuru. Išli su zagrljeni. Pojurio je kao bez glave. Sve mu je buknulo u glavi. Zastade blizu Zoričine kuće. „A šta ću tamo? Plakaće i pisaće mi posle pisma s puno gramatičkih grešaka. A, eno Cane! Da požurim za njom?" S tom lepom daktilografkinjom izljubio se jednom, ali ništa više.

— Dobro veče, Cano!

— O vi, Iko? Gde ste bili dosad? Nisam vas odavno videla.

— Zar ste primetili da me nema?

— Možda i jesam... Šta znate?

— Kad bi to bila istina, bio bih vrlo srećan — uzdahnu Ika. — Polagao sam ispite u Beogradu. Ali, često sam mislio na vas... Hoćete li da prošetamo malo onom ulicom?

— Neću. Da me neko vidi, pa posle da me ogovaraju.

— Šta se to vas tiče ako vas ogovaraju? Da sam ja žensko ne bih se na to uopšte osvrtao... I nas muškarce ogovaraju, pa nas se to ništa ne tiče. Je l' još stanujete kod gospođe Mitrović?

— Da, kod nje.

— Hajd'mo ovamo. Neću tom ulicom — reče Ika i uhvati je ispod ruke. — Slatko devojče! — prošaputa i privuče je sebi.

Ona se otrže:

— Ne, idem kući! Neću da šetam.

— Pa, šta sad to znači? A pošli smo, Cano! Dušice moja, hajdemo u park! Znaš kako je tamo lepo! — okrenu Ika na „ti". — Moram da te poljubim. Da li znaš koliko te volim?

Ali, mala daktilografkinja mu se otrže iz naručja. Tako oni svi govore. Tako je govorio i sekretar suda, a sad je izbegava i laže. Ovo je, doduše, prilika da mu se osveti, da se izljubi s Ikom. Ali, šta to vredi? Da može to da je izleči, pa da i ode u park. Ah, da samo on sada odnekud naiđe, odmah bi pošla s Ikom. Ali ovako, ne vredi! Ika hoće samo da se provede s njom, kao i svi drugi.

— Idem ipak kući! Ne mogu da šetam. Ako hoćete, Iko, izađite sutra posle podne na korzo da prošetamo — dobaci mu i odjuri.

On polete za njom da je stigne, ali ona utrča u kapiju. Uletela je u svoju sobu i pala na postelju. Plakala je zbog sekretara suda. Žrtvovala mu je nevinost, a on i ne pomišlja da je uzme za ženu. Jecala je očajna, pomišljajući na najgore.

„O, boga li im ženskog! Sve čuvaju poštenje!", psovao je Ika. „Hoću, baš ću ti izaći na korzo! Po korzou da se vodam s tobom! Da si htela malo u pomračinu, u park, to bi i značilo nešto. A na korzo neće Ika."

Glava mu je još gorela. Još mu je u ušima šapat male Beograđanke: „Mili moj!" Kako ume da se mazi! Gle, eno Perke na prozoru! More, to je lafica! Ah, sad ću na Perku da kidišem!

— Dobro veče, Perka, kako ste?

— Eto, uživam u lepoj noći.

— Pa što ste sami?

— Niko se ne seti da prođe pored moje kuće. Neko ima lep komšiluk, pa nema vremena...

— A ja sam večeras neprestano mislio na vas i namerno sam ovuda prošao. Kazao sam: šetaću ispred vaše kuće sve dok se ne pojavite.

— Zar se pored lepe komšike sećate i mene? — ironično se smešila.

— Ja i ne vidim tu komšiku.

— Kao bajagi. A svi ste poludeli za njom. I Vera i Voja. Je l' istina da je Ljiljana tako vredna? Vera je u zvezde okiva!

— Bogami, ja to ne znam. Možda bi vam moja mama znala reći. Ja sam sve vreme učio, nisam imao vremena glavu da dignem.

— A pričaju kako neprestano svirate i pevate u bašti.

— Pa ja sam i pre svirao i pevao... Valjda njoj pravim serenade? Žao mi je što vi niste moja komšika. Sve žene ima da se sakriju pred vama!

— Mangupe jedan! Umeš ti da laskaš.

— Bogami, Perka, ja vam ne laskam. Verujte, stalno mislim na vas. Vi ste najlepša žena u varoši. Što me ne pozovete malo na razgovor? Baš mi se večeras ne spava, a mogao bih i jednu kafu da popijem.

— Idi, Iko, bog s tobom! Da te zovem usred noći!

— Kakva noć! Nema još ni jedanaest.

— Neću, Iko. Zaključala sam kapiju. Hoću da legnem. Laku noć!

— Slušajte, Perka, ja neću odavde da se maknem. Sad ću da se raspevam pod vašim prozorom, pa će svi da izlete. Što me mučite? Ne morate ključ da mi dajete. Evo vidite, stanem na ovaj sims i — već sam do prozora!

— Iko, molim te, idi! Juh, što si drzak!

Ona priđe prozoru da ga zatvori, ali je mladić ščepa. Ona pokuša da se otrgne, ali Ika ju je držao kao kleštima. Ona se nekako otrže, ali mladić se lako izdiže na ruke i uskoči u sobu.

— Iko, baš si bezobrazan! Odmah da ideš, jesi li čuo? Pusti me!

— Neću da te pustim! Jaoj, otkad tebe želim! — besno je govorio mladić, sav usplamteo. Poljupci su pljuštali; ljubio ju je gde je stigao. Njegove snažne mladićke ruke drsko su je milovale sve dok i ona ne klonu, pobeđena silovitim mladićkim žarom.

U istom času sedamnaestogodišnja Zorica je plakala u svojoj sobi. Jastuk joj je bio sav mokar od suza. Plakala je zbog studenta Ike. Večeras ga nije videla na korzou, ni juče. Čekala ga je celo veče na prozoru, sve do jedanaest sati. Mislila je da će proći pokraj njene kuće. Juče je ona prošetala pored njegove kuće, ali ga nije videla. Večeras je prosto luda. Ubiće se zbog Ike. Toliko ga voli da ne može bez njega da živi. Što joj je ono rekao na matineu: „Mala moja, vi ne znate koliko ja mislim na vas!", i ona sad, i dan i noć, misli samo na njega. Ne može ni da jede ni da spava. Samo mu piše pisma i cepa ih. Ona više nikog neće voleti. Ika je njena prva i poslednja ljubav. On sad spava i ne misli na nju. Sutra će mu ona poslati ovo pismo. Umirila se malo, san je počeo da je hvata. U snu je videla njegove lepe plave oči, njegovu gitaru i pesmu: *Adio, Mare.*

Tek u tri po ponoći Ika uđe u dvorište. Lagano je otključao i zaključao kapiju, kao lopov, da ga mama ne čuje. Zastao je u dvorištu i pogledao u prozor Ljiljanine spavaće sobe. Bio je mrak. Uzdahnuo je i zamislio plavu glavicu na jastuku kako spava, mirno kao anđelak. Setio se Perke i smučio mu se život. Dohvatio je bokal vode, umio se i isprao usta. Plava nežna žena potisnu sve njegove doživljaje ove večeri. Uvlačila mu se u svest kao pesma. Gnev je zamenila tuga. Uzdahnuo je i savladan umorom uskoro zaspa slatkim mladićkim snom.

Ljubav je kao nežna biljka...

— Sutra nam dolaze mama i tata! — sva srećna saopštila je Ljilja mužu. — Je li, Dragiša i tetka Draga nisu njima ništa pričali o svemu onome?

— Ništa. Dragiša je kazao da im on neće ništa o tome pričati. Ne brini.

— Nećemo im ni mi reći! To bi pomutilo njihov život. Znam ja mamu i tatu. Oni ne bi verovali da smo mi sada srećni. Ja osuđujem žene koje svaku zađevicu u braku trče da ispričaju roditeljima.

— I ogovaraju muža. Posle se opet vrate mužu, a tast i tašta ostaju ljuti na zeta što im kći nije srećna. A šta ćeš ti reći tvome tati?

— Videćeš! I raspored sam napravila kako ćemo spavati.

— Mene si opet oterala u moju sobu? — zagrli je Radmilo.

— Ne. Tamo će da spava tata, a mama na divanu u trpezariji — nasmeja se Ljilja i zagnjuri glavu mužu na grudi.

— Koliko sam vremena bio samac!

Najednom je dohvati u naručje kao dete i pritisnu na svoje grudi.

— Mila moja, priredićemo divnu veliku večeru!

— Divno. A koga ćemo sve pozvati?

— Ovo naše društvo: Veru i Voju, Boru i Desu, tetka-Stanu, gospođu Janković... A možemo i sudiju Nikolića i sve njegove, pa onog drugog sudiju Sretenovića, Margitinog verenika, pa jednog advokata i doktora sa ženom... Hoću domaćinski da ih dočekamo.

— Hoćeš li da pozoveš dok su mama i tata ovde?

— Ne. Mi ćemo s tvojima lepo da se provedemo sami. Oni sigurno vole da budu sami s nama.

— Pravo kažeš. Oni će da budu samo tri dana pa idu u banju... Ah, mamicu moju i tatu što sam poželela!

— Ja ih poštujem i cenim tvog tatu kao poštenog činovnika i intelektualca.

***

Tri dana, koje su proveli kod Ljilje i Radmila, roditelji su bili presrećni. Čudili su se, kad bi za trenutak ostali sami, kako se njihova Ljilja prosto preobrazila. Kakva je domaćica, pa kako ugađa mužu! A kuća kao kutija. Još su čuli i kakvu je odbranu održao njihov zet, kako je lepo nagrađen. Svi ga cene. Kad je Ljilja kazala: „Mama, s ovih hiljadu dinara tebe časti Radmilo!", mati se iznenadila.

— Ju, dete moje! Nemoj, Radmilo, sine moj, pa mi treba tebi da damo, a ne ti nama. Ostavite vi ovo i čuvajte za vas.

— Ne, ne! Ovo, mama, moraš od mene da primiš — govorio je zet.

— Hvala ti, sine. Hodi da te poljubim. Veruj mi, drukčije te ne smatram nego kao sina! Rastužim se ponekad i zaplačem, ali pomislim: neka ih, ako su dalje, samo kad su srećni njih dvoje! A Dragiša mi pričao kako ste srećni. Nije mogao da vas nahvali kad je došao.

— Posle banje, u jesen, da nam dođete, mama, opet oboje. Biće lepo. Pravićemo i izlete — govorio je zet.

— A vi da dođete posle k nama.

— U oktobru, mamice, kad počnu premijere u pozorištu! A na odmor idemo u Grčku! — cvrkutala je Ljilja.

— Ako, provedite se dok ste mladi! Važno je da ste srećni! — zaključi otac.

— Ljilja je najpametnija i najbolja ženica na svetu! — reče Radmilo grleći je.

— Ljilja je dobro dete. Nije što je moja kći, nego je stvarno pametna i dobra. Žena mora da poštuje muža, pa i da popušta.

Vrlo zadovoljni, otac i mati posle tri dana otputovaše u banju.

***

Ljilja se dade na posao da pripremi ugovorenu večeru za goste. Videla je koliko je Radmilo srećan što se ona trudi i ništa joj nije bilo teško. Trčkarala je gore-dole, mesila, pomagala Juliji. Došla je i tetka Stana; ona je bila specijalista za gibanicu i pite od tankih kora.

Postavili su u trpezariji. S velikim uživanjem Ljilja je ukrašavala sto cvećem. Napravila je izvrstan jelovnik. Htela je da pokaže sve veštine i svoje i Julijine. Htela je svima da pokaže da je današnja mlada žena i dobra domaćica. Ostalo je još samo da na svaki tanjir stavi posetnicu s imenom, da bi svaki gost znao gde da sedne. Radmilo joj je u tome pomogao.

Oko osam sati svi gosti su se bili već skupili. Ljilja je bila vrlo srećna. Glavica joj je ličila na zlatnu, rascvetanu hrizantemu. Sad je ona polagala ispit pred društvom svoga muža. Videla je sreću i na licu muževom. Gospođa Janković ju je nežno gledala, kao majka, a tetka Stana samo što nije zaplakala.

Posle večere gosti nateraše Iku da donese gitaru. Voja, veseljak, nije mogao zamisliti društvo bez pesme i gitare.

Ljilja je bila vrlo vesela. Pesma se čula i na ulici; komšiluk je šetao ispred kuće. Sekirali su se što nisu mogli da zvire unutra, jer su prozori bili visoki. Kod Dare na prozoru bila je čitava četa devojaka. Od muke Dara je izgrizla sve nokte. Na plotu preko puta bile su načičkane devojčice i dečaci. Penzioner iz susedstva i njegova žena cele večeri su sedeli kraj prozora kao da gledaju proševinu.

— Vidiš, ženo, otac mu je bio siromašak, zanatlija, abadžija, a sin mu advokat! — govorio je stari penzioner. — A, eno ga, onaj Svetozarev Žika. Ništa od njega neće biti. A otac gazda! Hoće da mu upropasti ono imanje. Samo se kocka i lumpuje. Plače čovek onomad, pa mi se žali na sina.

Ljilja je obilazila goste oko stola. Sve je nudila. Zagrli gospođu Janković, stojeći više nje, poljubi tetku.

— Jeste li probali od ove torte?

— Jesam. Sve je izvrsno! Ne mogu da se nadivim. Tako mlada i lepa, a ovakva domaćica!

Mala Ljilja je sva blistala od sreće. Ovo je bio njen dan. Videla je kako i Radmilo sav blista — njen dobri, nežni, zaljubljeni muž. Nije zaboravljala ni njega.

— Mili, uzmi! Probaj ovu tortu! — umela je da koncentriše pažnju na goste, sa svakim reč da progovori, da uzme učešće u svim razgovorima. Osmehnu se i Iki:

— Izvolite, gospodine Iko, vi volite kolače. Što ne uzmete još jedno parče?

— Verujte, gospođo, ne mogu više. Vaši kolači su zaista jedinstveni!

Kad su svi otišli, Ljilja i Radmilo su seli i zagrlili se.

— Danas si položila ispit, najdraža moja!

— A kakvu mi ocenu daješ?

— Peticu! Ti ne znaš šta za jednog muža znači žena koja ume da mu stvori ugodan život u kući. Vidiš, ja sam večeras tako srećan. Zadao sam ti posla, jeste...

— O, to meni uopšte nije teško!

— Pa, nije ni lako! Ali, ja sam uživao što si ti s takvom ljubavlju i voljom prihvatila moj predlog. Mnogo znači živeti i družiti se sa svetom. Ja volim da imam društvo u kući, uvek sam o tome maštao.

Ne da idem po kafanama, da pijančim, lumpujem i pevam, nego da se skupimo kao familija i da uživamo.

***

Pozvali su i Dragišu da dođe iz Beograda malo kod njih, pre nego što pođu u Grčku. On dojuri kao vihor. Izljubio je svoju sestricu i nabrojao odmah šta sve voli da jede.

— Da malo ugađaš i bratu — smejao se. — Znaš kako sam ja bio dobar brat — potom se obrati Radmilu: — A ono devojčence, ona Tatjana, je l' tu?

— E kasno si stigao. Otišli su na more.

— Ah, što sam baksuz! A ima li ovde još lepih devojaka?

— U našem društvu su sve bračni parovi.

— Šteta. Onda moram što pre da bežim. I ja ću na more.

— Ti treba već da se ženiš! Što da bećariš?

— More, još mi je rano za ženidbu! Kod kuće mi je sve potaman. Mama mi ugađa! Zar će ijedna žena da mi ugađa kao mama? Ali, i ja ću jednom morati da se zarobim. Oženiću se.

— Jest', neće žena da ti ugađa! A kako ja ugađam mom mužu? Reci, mili, da li ti ugađam?

— Još kako. Razmazila me kao dete.

— Vidi kako je moj muž elegantan. Pa ispeglan! A vidi mu samo kosu.

— Gle, što se raspričala. Pa, hoćeš li ti meni neko posluženje da doneseš? Žedan sam! Mogao bih jednu čašu piva.

— Sve će biti odmah gotovo. A i pivo sam spremila. Malo da mezetiš, pa ćemo onda da večeramo.

— Tako, sestrice! Baš je lepo kod vas. Bogami, željan sam bašte! Mi u Beogradu živimo kao vrapci među krovovima. Eh, šteta što ono devojčence nije ovde da ga gledam preko plota.

— Ona će doći u Beograd da studira. Otac joj je tražio premeštaj. Nada se da će ga dobiti — reče Radmilo.

— E, onda ću ja nju pronaći. Uh, što osvežava ovo pivo! Znaš ti, sestrice, šta ja volim.

— Pa znam. Ti si pravi aga u kući. Tetka Draga ti mnogo ugađa. Zato ti i oklevaš sa ženidbom.

— Treba da se ženiš — savetovao mu je Radmilo. — Nema ništa lepše od dobre žene.

***

Dođe i mesec septembar. Lišće je žutelo i opadalo. Hrizanteme su bile u cvatu. Ljilja je predveče zakidala pupoljke, ostavljajući samo po dva cveta. Uto spazi Tatjanu. Ulazila je u njihovu baštu.

— Gospođo Tomić, došla sam da vam kažem zbogom. Mi prekosutra putujemo. Sutra ćemo biti kod staramajke, možda vas neću videti. Znate, tata je dobio Beograd. Ja ću se upisati na Filozofski.

— Sigurno se radujete što ćete živeti u Beogradu?

— Radujem se! Beograd je mnogo lep...

Bila je tužna dok je to govorila i Ljilja je shvatila njenu tugu. Zažele da je razveseli:

— Vi ste se mnogo dopali mome bratu od tetke, sudiji. Kad je drugi put dolazio, mnogo vas je pozdravio. Bili ste tada na moru.

Tatjana pocrvene i prošaputa:

— Hvala!

Još malo je stajala gledajući baštu i kuću, a onda se trže:

— Zbogom, gospođo!

— Zbogom, želim vam srećan put!

Tatjana je još htela reći: „Pozdravite gospodina Radmila!" Ali, nije smela. Izašla je brzo i uletela u svoju baštu.

Veče je bilo blago. Osećao se miris suve trave i jesenjeg lišća. Jedna klupa je bila među hrizantemama. Mala plava žena, uvijena u meki beli šal, izađe s mužem iz kuće i sede na klupu. On je privuče sebi i poljubi.

S prozora, skrivena u mraku svoje sobe, gledala ih je Tatjana. Videla je tamni rukav mladog čoveka na belom šalu preko ramena. Videla je kako njena plava glava leži na njegovim grudima. Plakala je. Nikad ona „Abisinca" neće zaboraviti. On je njena prva i poslednja ljubav. Blago Ljiljani!

I drugi crni rukav prigrli ženu. U tom obruču snažnih muških ruku, koje su se sastavljale na Ljiljaninom ramenu, pripijala se nežna bela žena na grudi muškarcu. Glave su im bile spojene.

Mala bela ruka žene spusti se na tamnu kosu muškarca. Milovala ga je.

Tatjana je zadrhtala od bola.

„Nikad, nikad više neću nikoga voleti!", govorila je sebi.

Da ju je mogla čuti, Ljiljana bi joj kazala:

„Luda devojčice, nemoj plakati. I ja sam jednom tako plakala i mislila da nikad neću zavoleti drugog čoveka. Patila sam i očajavala kao i ti i htela da uništim svoj život. A posle je došla druga, velika, prava ljubav. Sada bih uništila svoj život, kada bih izgubila mog Radmila. Ljubav je večna pesma našeg devojačkog srca, ali mi ponekad pogrešno pevamo pesmu ljubavi!"

— Tatjana! — zovnu je mati. — Hodi da vidiš nešto!

Devojka žurno izbrisa suze i skloni se s prozora.

A tamni obruč muških ruku još jače se steže oko nežnih ramena bele žene.

— Voliš li me najviše na svetu? — izgovori šapatom mala Ljilja to veliko pitanje koje uvek treperi na usnama žene.

Zagrljaj i poljupci muškarca govorili su više od reči.

— Je li, mili, mi ćemo biti uvek srećni?

— Hoćemo, ako budemo uvek razumevali jedno drugo kao sada. Ti umeš da popuštaš i da me krotiš.

— Zato što si dobar, što te volim, cenim te, ponosim se tobom. Sam si sve stvorio, bez ičije pomoći...

On nasloni svoj obraz uz njen i čvrsto je privi uza se.

— Ja sam se, mili, uvek čudila mojim prijateljicama kad su govorile da srećan bračni život postoji samo u romanima, a ne i u životu. Je li da to nije istina? I u životu postoji ljubav i sreća u braku.

— Postoji, razume se, ali mnogi neće, ili ne umeju da čuvaju ljubav, da je gaje kao što se gaji nežna biljka. Ništa se u životu ne može steći bez truda. A kad se nešto stekne, mora i da se čuva. Čovek sazida kuću, pa je doteruje, opravlja, ulepšava. Zar ne bi mogao isto tako i svoj brak da čuva, popravlja, ulepšava... Mnoge devojke bi na tvome mestu izvršile samoubistvo da ih je muž prognao kao ja tebe...

— I mnogi bi muževi odmah sutradan oterali svoju ženu da im je prve večeri sasula onakve pogrde u lice kao ja tebi. A ti si mene zadržao. Moje osećanje je bilo kržljava biljka, koju si ti odnegovao kao ove hrizanteme...

— Eto, takav je i život. A svaki život je jedan roman. I svaki brak se može razvijati kao u romanu. Samo pisac u romanu predviđa kraj i zna da sve može biti lepo, a supruzi nemaju uvek strpljenja. U braku treba imati i strpljenja i razumevanja. Ti mene nisi volela na početku...

Mlada žena mu pokri usta rukom:

— Ne govori o tome! Teško mi je kad to čujem.

— Ne, dopusti da završim. Nisi me volela, ali si se trudila da me razumeš. A iz tvog razumevanja razvila se ljubav. Nekad se dvoje vole, a neće da se razumeju, pa unište ljubav i brak. Njihovo razumevanje je samo u telesnom uživanju, a to je kao kad zidaš kuću i slažeš ciglu na ciglu ne spajajući ih cementom. Duhovni život je cement bračne zajednice.

— A ti mene sad još više voliš?

— Volim te — šapnuo joj je na uvo — a volim i naše malo biće koje nosiš...

— Čekaj da izračunamo kad će tačno da se navrši devet meseci.

Mala Ljilja je brojala mesece na prste:

— April! Najlepše godišnje doba!

— Jeste, u aprilu! — prošaputa on.

Zagrliše se ponovo kao da grle i to treće biće. Oboje su u mislima videli jednu glavicu i dva detinjasta nevina oka, u kojima se ogleda sav smisao života i budućnosti.

Milica Jakovljević, jedna od najpopularnijih i najčitanijih srpskih književnica međuratnog perioda u Kraljevini Jugoslaviji i svakako najznačajniji ženski autor istog perioda, rođena je 1887. godine u Jagodini u mnogočlanoj porodici. Otac Jakov, kao udovac sa osmoro dece iz prethodnih brakova, u treći je ušao sa Simkom Jakovljević sa kojom je imao još troje dece, ćerke Milicu i Zoru, i sina Stevana. Stevan Jakovljević, mlađi brat Milice Jakovljević, takođe je bio poznati srpski pisac, autor čuvene *Srpske trilogije.*

Zbog očeve činovničke službe, porodica se često selila po Srbiji. Detinjstvo i mladost, Milica je provela u Kragujevcu. Tu je završila osnovnu i pet razreda Više ženske škole.

Pošto je želela da postane seoska učiteljica, i bila odličan đak, roditelji su je poslali na dalje školovanje u Beograd gde je pohađala Žensku učiteljsku školu. Diplomirala je na isturenom odeljenju ove škole u Kragujevcu u koji se vratila zbog neizvesne finansijske situacije njene porodice.

Ubrzo po diplomiranju, dobija mesto seoske učiteljice u istočnoj Srbiji, u mestu Krivi Vir u podnožju planine Rtanj. Posle pet godina, premeštena je u selo Obrež kod Varvarina.

Po završetku Prvog svetskog rata u kojem je izgubila oba roditelja, odlučuje da okonča rad u državnoj službi i preseli se u Beograd. Tu počinje da radi kao novinar, najpre pet godina u listu „Novosti", a zatim neprekidno sledećih petnaest u „Nedeljnim ilustracijama".

Po savetu kolega novinara, autorske tekstove sve vreme piše pod pseudonimom Mir-Jam, a ovo umetničko ime odabrala je u znak poštovanja prema autorki romana na čijem prevodu je u tom trenutku radila — Mirjam Hari. Pseudonim je zadržala i kad je počela da piše romane.

Pošto su novine za koje je radila prestale da izlaze 6. aprila 1941. godine, i pošto je odmah zatim, iako egzistencijalno ugrožena, odbila da radi tokom nemačke okupacije zemlje, posle Drugog svetskog rata gubi status člana Udruženja novinara Jugoslavije, uprkos činjenici da je prethodno bila njegov član gotovo 20 godina. Zbog nemogućnosti zaposlenja, sve do kraja života živela je u velikoj bedi, potpuno ponižena i zaboravljena. Nije pomoglo ni to što je bila rođena sestra Stevana Jakovljevića, u tom trenutku prvog rektora Beogradskog univerziteta i narodnog poslanika.

Preminula je 1952. godine od posledica upale pluća. Sahranjena je na Novom groblju u Beogradu, a vest o njenoj smrti nisu prenele nijedne novine.

Roman *Samac u braku* dirljiva je ljubavna priča najpoznatije srpske spisateljice ljubavnih romana dvadesetog veka. Ova oda ljubavi i razumevanju istražuje složenost međuljudskih odnosa kroz priču o prelepoj plavokosoj Ljiljani iz Beograda i skromnom palanačkom advokatu Radmilu Tomiću. Iako njihov brak na prvi pogled deluje kao nemoguć, jer je Ljiljana ušla u njega iz osvete, povređena odbacivanjem bivšeg udvarača, Radmilova dobrota, strpljenje i bezgranična ljubav polako će otkriti Ljiljani sve prave vrednosti duboke emocionalne povezanosti i iz temelja promeniti njen pogled na svet i njihov odnos. Kroz ovu emotivnu priču, Milica Jakovljević ne samo da pruža čitaocima nezaboravan uvid u moć iskrene ljubavi i ličnog sazrevanja, već majstorski, jasno, ali nenametljivo razdvajajući dobro od zla, oslikava i društvene prilike i moralne vrednosti u Srbiji u periodu između dva svetska rata.

od zla, oslikava i društvene prilike i moralne vrednosti u Srbiji u periodu između dva svetska rata.

SADRŽAJ

SADRŽAJ

Milica Jakovljević Mir-Jam
SAMAC U BRAKU

London, 2024

Izdavač
Globland Books
27 Old Gloucester Street
London, WC1N 3AX
United Kingdom
www.globlandbooks.com
info@globlandbooks.com

Naslovna fotografija
Kiy Turk
(https://unsplash.com/photos/
a-cup-of-coffee-sitting-on-top-of-a-tray-DH-_hrMLSuA)

www.ingramcontent.com/pod-product-compliance
Lightning Source LLC
Chambersburg PA
CBHW070347170726
48291CB00001B/219